Pinhan

PİNHAN

Yazan: Elif Şafak

Doğan Kitap'ta 1. baskı / Nisan 2009
43. baskı / Ocak 2018 / ISBN 978-605-111-138-4
Her 2000 adet bir baskı olarak kabul edilmektedir.
Sertifika No: 11940

Kapak tasarımı: Uğurcan Ataoğlu
Grafik tasarım: Zeynep Oray
Kapak resmi: Mercan Dede
Kapak içi fotoğrafı: Gökhan Çelem
Baskı: Ana Basın Yayın Gıda İnş. San. Tic. A.Ş.
B.O.S.B Mermerciler Sanayi Sitesi 10. cad. No. 15 Beylikdüzü - İSTANBUL
Tel. (212) 422 79 29
Sertifika No: 20699

Doğan Egmont Yayıncılık ve Yapımcılık Tic. A.Ş.
19 Mayıs Cad. Golden Plaza No. 3 Kat 10, 34360 Şişli - İSTANBUL
Tel. (212) 373 77 00 / Faks (212) 355 83 16
www.dogankitap.com.tr / editor@dogankitap.com.tr / satis@dogankitap.com.tr

Pinhan

Elif Şafak

DK
DOĞAN
KİTAP

Zifiri bir halka idi toprak,
Yıldızlara sığınırdı bazen...

BU BAB TOPRAK AHVALİN BEYAN EDER
Kİ TABİATI SOĞUK VE KURUDUR

Elma

Devir tamam oldu,
Dünyaya geldim.

Ahu

Taş köprünün tam orta yerinde durdu. Dağ, taş, dere, tepe, börtü böcek onunla beraber durup, soluğunu tuttu. Onlara dönüp yola devam etmelerini, arkalarından yetişeceğini söylemek istedi; ama yapamadı. Aniden bir ürperti yaladı tenini; hazan yaprağı gibi tir tir titredi. Hava bu kadar rakit, sema böylesine bulutsuz iken, yağmur muştulayan bu arsız rüzgârın nereden çıktığını kestiremedi. Ne öne ne arkaya, tek bir adım dahi atamıyordu. Soğuk terler boşaldı sırtından. Nicedir meftun olduğu şehir nihayet görünmüştü uzaktan. Ağyar ile karşılaşmadan evvel tanıdık bir simayı kucaklayabilmek umuduyla eğildiğinde, köprünün altında cuş eden suyla gözgöze geldi. "Bugün sana nazım geçmedi. De bana, vuslatımıza çok var mı?" diye sual etti. İlelebed süreceğini sandığı derin mi derin sessizlik, kabzası yakutlarla bezenmiş bir hançerle boydan boya yırtıldı. Beklediği cevabın kesik başı gümüş bir tepsi içinde ayaklarına atıldı.

Korktu. Gidip de varamamaktan değil, varıp da dönüş yollarını kaybetmekten değil, dönüp de geride bıraktıklarını yerlerinde görememekten değil; bir kendini bulmaktan, bulduğundan korkmaktan korktu. Boynundaki sahtiyan keseyi burnunun hizasına kaldırıp, gönül okşayan bir nazarla baktı ona. Parmaklarını, derinin arkasına saklanan o yuvarlaklığın üzerinde uzun uzun gezdirip, incinin fısıltılarını, nefes alıp verişlerini dinledi. Keseyi öptü, derin derin kokladı. Sanki dağ, bayır, ova, tepe ve bilcümle mahlûkat ve hatta önüsıra uzanan koca şehir bu kokuyla yoğruluyor, vücut buluyordu.

Ferahlamıştı. Çünkü kesenin içindeki inci burada, yanıbaşındaydı; ve her ne olursa olsun, başına ne gelirse gelsin asla boynundan ayrılmayacak, hep böyle ışıldayarak yolunu aydınlatmaya, ılık nefesiyle içini ısıtmaya devam edecekti. İnci boynunda asılı oldukça, hikâyesinin peşini bırakmayacak; korkularını âzad ettiğinde dahi titreyen dizlerine, gümbür gümbür çarpan yüreğine söz geçirmeye muvaffak olacaktı. Her ne olursa olsun, başına ne gelirse gelsin ve kendini hangi sûrette bulursa bulsun...

Taş köprüyü geçecek takati bulabilmişti sonunda. Yabani otların, sivri dilli taşların, akbabaların afiyetle mideye indirdiği leşlerden artakalan kemiklerin arsızca tırmaladıkları bîçare ayaklarına muzipçe göz kırpıp, olanca kuvvetiyle yüklendi asasına. Dizlerine derman, yüzüne renk geldi. Yeniden yollara düştü.

Osmanlı devrinin taht şehrine az bir mesafe kala önü sıra ilerleyen kandil nazlı bir edayla sönüverdi. Demek ki varmıştı. Dâr-ı dünyada arayıp durduğu yer işte burasıydı. Sol omuzunda asılı duran koca boynuzu çatlamış dudaklarına yapıştırıp, vargücüyle üfleyerek, giderek yaklaşmakta olduğunu "oraya" ve "oralılara" haber verdi. O kallavi ses, şehrin kurşunî kubbelerinde içiçe geçmiş halkalar çizerek göğe ağdı; kül olup yere yağdı.

Kül dediğin, devr-i Yusuf'tan beri havaya savrulurdu.

Oraya buraya yerleştirilmiş kandillerin titrek alevleri devasa gölgeler doğuruyordu tekkenin en kuytu, elma ağaçlarına nazır odasında. Nicedir bu mekânda hüküm süren envai çeşit eşya, duvarlarda büyüyor, genişliyor, arsızlaşıyordu. Eşyalar gün ağarıncaya kadar bu mestane meclisin tadını çıkarıyor, duvarların pürüzlü yüzeylerinde kendilerinden geçinceye kadar raks ediyor, ve her şafak vakti, gecenin karanlığı hamam lifi gibi dağılırken, hiç itirazsız eski kisvelerine bürünüyorlardı. İçlerinde boyundan fazlasına soyunmayan, bir tek, oymalı, cevizden bir sandıktı. Dört kenarında Kûfî yazıyla yazılmış dört ayrı ibare göze çarpardı. Bir tek o, gece meclislerinin dışında kalıyor; ne daha küçük ne daha büyük, her neyse o olarak duvarlara yansımayı yeğliyordu. Sandık, gölge oyunlarının sırnaşık çağrılarına kulaklarını tıkıyor; omuzdaşlarının laubali ve mürai tavırlarından hiç mi hiç hazzetmediğini her fırsatta beyan ediyordu.

Yıllar var ki sandığın ağzı kilitliydi. Kilidin anahtarı, vakt-i zamanında, tekkenin yakınlarında gürül gürül akan suyun ellerine teslim edilmiş, selâmetle yoluna gönderilmişti. O gün bugündür oymalı ceviz sandık suskun, külçe gibi ağır ve taş kadar hareketsizdi.

Ola ki bu sırra vakıf biri çıkıp da, sulardan, çoktan pas tutmuş anahtarı geri isteseydi, ve onu yuvasına oturtup üç kez sola döndürseydi, ve ağır mı ağır, bağrı kırmızı kadifeyle kaplı kapak kendini koyverip sonuna kadar açılsaydı, ve okunaklığını çoktan yitirmiş Kûfî yazılar kış günü güneş görmüş gibi parlamaya, harflerini açık seçik etmeye rıza gösterseydi... yani olsaydı bütün bunlar, olabilseydi, işte o vakit sandık hatırlayacaktı. Hatırladığında kahrolacaktı. Derin derin iç geçirip, boynunu bükecekti.

İşlemeli ceviz sandık hafızasına küs, yerinde ağır, var iken yok idi.

Derviş, odanın eşiğinin bir adım gerisinde dikilmiş, kâh dalgın dalgın, kandillerden cesaret alan gölgeleri süzüyor; kâh memlû bir nazarla karşısındaki adamı seyrediyordu. Bir pervasızlık ederek odadaki efsunu bozmaktan çekindiği için, çıt çıkarmamaya gayret ediyordu. Hiç kıpırtısız öylece bekliyordu. Neyi ya da kimi beklediğini bilmeden, bilmeyi dahi istemeden, sadece ve sadece orada, o anda bulunmanın tadına varıyordu. Gölgelerse dervişin kıpırtısızlığıyla, ürkekliğiyle alay edercesine, fettanlıkta sınır tanımıyor; pür neşe gerdan kırıp göbek atarak, açık açık cilve yapıyorlardı. Derken, içlerinden biri, daha da ileriye gitmeye karar vermiş olacak ki, karındaşlarını ite kaka önünü açarak hızla sağa yöneldi; yılan gibi kıvrıldı; imbiklerden geçti; dervişin merakla ve hayranlıkla seyretmekte olduğu adamın kirpiklerinden aşağıya damla damla süzüldü.

Damlalardan biri
düştüğü yeri
deldi geçti.

Dürri Baba olan bitenin farkında görünmüyordu. Ağladığını bilmeden ağlıyor olabilir miydi? Dikkatini tamamıyla önündeki işe vermiş, sudan ve renklerden, hakettikleri itinayı ve sabrı esirgemeden ebru yapmaktaydı. Damlalar, yer yer ağarmış, keçe gibi sert, göğüs kafesine kadar uzanan kıvır kıvır sakalından aşağı pıtır pıtır düşerken, o başını kaldırdı; eşikte soluğunu tutarak dikilen genç dervişe baktı. Nicedir sımsıkı kapalı tuttuğu dudaklarını aralamaya çalıştığında, o altlı üstlü iki erguvânî çizgi buna direnmek istedi; yapışan deri hoyratça kalktı; ince ince kan aktı. Dudaklar birbirlerinden ayrı düşerken, Dürri Baba'nın dişlerinin arasından kelimeler tane tane döküldü.

"Ebru neyi hikâye eder, bilir misin ya Pinhan?"

Sessizce bakıştılar. Dervişin iri, simsiyah, doğuştan sürmeli gözleri, Dürri Baba'nın birer çizgi halinde çekilmiş mavi bulutlu gözlerine takıldı. Karşılaştıkları gün geldi Pinhan'ın hatırına; o masmavi, incecik bulutları ilk kez gördüğü gün. İçi cız etti.

Küçüktü Pinhan; henüz ufacık bir çocuktu. İsmi, yani bu dünyaya gözlerini açışının üçüncü günü, dedesi tarafından ezan-ı şerif'in okunduğu sağ kulağına tam üç kez üflenen eski ismi, şimdi çok uzaklarda kalmış; çoktan sırra kadem basmıştı. Eski ismini, kırılmasından korktuğu billur bir şişe gibi dikkatle kuşağında taşıdığı günlerde, gün boyu oradan oraya arkadaşlarıyla koşturarak, on kişinin çıkaramayacağı gürültü ve patırtıyı tek başına çıkartırdı. Aklına koyduğunu yapar, yapamadığında da ham meyve dişlemiş gibi günlerce karın ağrısı çeker, kıvranırdı. Ekseriyya alaycı, kırıcıydı. Kulağı ne kadar çok ve ne kadar sert çekilirse, o da o kadar azmakta, bildiğini okumaktaydı. Dili sivri, hayalleri hudutsuz, gönlü gamsızdı; ama sadece gün batımlarına kadar. Çünkü o, gündüzleri, arkadaşlarına parmak ısırtacak kadar korkusuz ve vurdumduymaz; geceleriyse, yavrusunu yitirmiş bir ceylan gibi yaralı ve mahzundu. Gece çökünce, beş kardeş birbirlerine sokularak yattıkları yer yatağında, karanlığı fırsat, yalnızlığı kılıf bilen hüzün, arz-ı endam ediverirdi. Çocuğun etrafında naralar atarak birkaç kez fırıl fırıl döndükten sonra, arsızca üstüne çöreklenir, acımasızca boğazını sıkar, sesini soluğunu keserdi. Çocuksa, hüzünle hesaplaşması sona erdiğinde, bir umutla ellerini vücudunda gezdirir; ama her seferinde bu karabasanın hakikat olduğunu görerek yattığı yerde tortop olur, kendi içine kıvrılırdı. O vakit, toprağın yarılmasını, doğduğu günden bu yana kendisine musallat olan bu ikibaşlı illetle beraber yerin dibine geçip yok olmayı ne çok isterdi.

Gündüz ve gece,
güneş ve ay,
ayrılmışlardı uçurumdan hudutlarla
ve o,
kâh orada, kâh burada,
konargöçer, ölürdirilir umutlarla
sırrını canından âlâ bilerek korumakta,
ağyarın gözlerinden,
yavuz dilden sakınarak yaşamakta
ve deli gibi korkmakta idi
uçurumun üzerinden her atlayışında.

Ta ki o güne, o mavilikle buluşana kadar.

O gün yedi çocuk, her zamanki gibi bir araya gelmiş, kendilerine keyifli bir meşgale aramaktaydılar. Karınlarını doyurur doyurmaz evlerinden fırlamış; dikenlerin, çalı çırpının yırttığı, toz toprak içindeki minik ayaklarıyla dünyayı arşınlamaktaydılar. Bu niyetle aylak aylak dolaşarak rasgele kuş avlarken, peşinden gittikleri bir serçeyi kaçırdıkları yetmezmiş gibi, kendilerini civardaki tekkenin yakınında buldular. Başka zaman olsa oralı olmaz, etrafı kerpiç duvarlarla örülü bu mekâna bir adımdan fazla yaklaşmazlardı. Ortalıkta hiç kuş görünmese bile, oralarda oyalanmak yerine gider atlanbaç, ya da bızdık veya durtut, o da olmadı allı dikli oyunu oynarlardı. Başka zaman olsa, içten içe çürümüş duvarları aşmaya teşebbüs etmeyi akıllarından dahi geçirmezlerdi. Tekkeden ya da içinde yaşayanlardan korktukları, çekindikleri için değil; ne de içeride neler döndüğünü merak etmediklerinden. Fazla yaklaşmamaları sadece ve sadece, oradan etrafa yayılıveren ve her daim, yani gece gündüz, yaz kış demeden yükselen tuhaf seslerin üzerlerinde bıraktığı tesiri, yüreklerinde doğurduğu yankıyı pek sevmemelerinden. Ne de olsa, bağdaş kurarak oturmak yerine dallardan yapma atlara binip doludizgin koşturmak, tek kelime konuşmadan uzun uzun, içli içli söyleşmek yerine külhani naralar atarak etrafa korku saçmak, kendi içine doğru sonu meçhul bir yolculuk etmek yerine adı duyulmamış kıtalara yelken açmak varken, elbette ki, tekkenin kâh durgun, kâh kasvetli havasını cazip bulamazlardı. Madem ki dünyayı fethetmeye, en zalim hükümdarları dize getirmeye, peri kızlarını atlarının terkisine atıp kaçırmaya namzet bıçkın bir ordu teşkil etmekteydiler, onların nazarında, tekkeden yükselen seslerin hiçbir kıymeti olamazdı.

Yeni serüvenlere at koşturmak için oradan uzaklaşmaya hazırlanırlarken, çocuklardan hafif şehla ve fazlasıyla şirret olanı, daha önce eşine benzerine rastlanmamış bir kuş gördü. Onun çığlığı üzerine hepsi birden başlarını yukarı kaldırıp, tekkenin bahçesindeki ağaçlardan birinde dinlenmekte olan bu acayip ama bir o kadar da füsunkâr yaratığa baktılar. Siyahlı sarılı gövdesinin üzerinde mavi şeritler ve şarabi lekeler barındıran bu kuşun boynunda fındık iriliğinde, parlak, beyaz bir boncuk asılıydı. Çocuklar kafakafaya verip, bu boncuğun olsa olsa, deniz aşırı diyarlardan, belki de ta Çin-i Maçin'den yürütülmüş paha biçilmez bir inci tanesi olduğunda karar kıldılar. Derin bir nefes alıp, boncuğun yaydığı yosun ve nem ve macera kokularını ciğerlerine doldurdular. Madem ki kuşkuya yer yoktu, artık bu tuhaf kuşu haklamak, inci tanesini satıp yol boyu çil çil altınlar saçarak köylerine avdet etmek, ve ebeveynlerinin gözlerini yaşartmak boyunlarının borcu olmuştu. Ganimetlerine tez elden kavuşabilmek için sapanlarını hazırladılar. Aralarında helalleşip, vakur bir edayla tekkenin bahçesine daldılar.

Lâkin duvarın öte yanına vardıklarında, o emsalsiz kuş yerinde yoktu. Yaklaşan atlıların art niyetlerini anlamış olsa gerek, göz açıp kapayıncaya kadar ortadan kaybolmuştu. Aradılar, seslendiler, bildikleri tekmil kuş seslerini çıkardılar; uzun uzun, nazlı nazlı, kızgın kızgın, kesik kesik, küskün küskün öttüler, şakıdılar. O vakit, av olmayınca, avcının ne denli naçar kaldığını anladılar. Yürekleri sıkıştı; içleri burkuldu. Kimisi burun kanatlarını titreterek hüngür hüngür ağlamaya koyulurken, kimisi de olan bitene sessiz sedasız tanıklık eden meyve ağaçlarını gammazlıkla itham etti; kimisi mağlubiyeti çabucak hazmedip gerisin geri eve dönmeye hazırlanırken, kimisi de tamamıyla çileden çıkarak, ellerinden kaçan ava yakası açılmadık küfürler savurmayı yeğledi.

İşte o esnada, sonradan Pinhan adını alacak olan çocuk, keskin bir bakış fırlatarak öfke ile hüsran arasında gidip gelen omuzdaşlarına, madem ki bunca yolu teptiler elleri boş dönemeyeceklerini, ve hiç olmazsa şuracıktaki meyve ağaçlarını talan etmekte yerden göğe kadar haklı olduklarını, umduklarına değil bulduklarına el koyacaklarını, adeta emir verircesine anlattı. Ötekiler, bu fikri tuttular. Tekkenin bahçesinde devran süren meyve ağaçlarına tırmanarak başlarına gelen talihsizliği unutmaya, o baha biçilmez inciye olan açlıklarını yağmaladıkları meyvelerle bastırmaya çalıştılar. Öylesine pervasız, öylesine kaygısızdılar ki çıkardıkları gürültünün ta nerelerden rahatlıkla işitilebileceğini hiç hesaba katmadılar.

Böyle olacağı ta başından belliydi zaten; hırsızlık yaparken enselendiler.

Yedi çocuktan altısı topuklamanın, yakalanmadan sıvışmanın bir yolunu buldu. Sonradan Pinhan adını alacak çocuk ise, hem ağaçlara arkadaşlarından daha iyi tırmandığı hem de ortaya attığı fikrin ne denli isabetli olduğunu gösterme hevesine kapıldığı için, bir elma ağacının en yüksek dalından aşağıya inmeye fırsat bulamadı. Kucağına topladığı, yarım yarım dişlediği elmalara sımsıkı sarılarak, bildiği tekmil duaları peşpeşe sıralamaya başladı. Eğer yakayı elevermezse, eğer bu melûn günü kazasız belasız atlatabilirse, sapanını evlerinin bahçesindeki kuyuya atmaya ve bir daha kuş avına çıkmamaya yemin etti. Lâkin yeminden anlamayan ve son bir gayretle kuşağına tutunmaya çalışan sapanın daha fazla dayanamayarak aşağıya düşmek üzere olduğunu çok geç fark etti. Sapan, elma ağacının dibine, boyundan büyük bir patırtı çıkartarak düştü. Aşağıda hırsız aramakta olan dervişlerden biri eğildi, sapanı aldı ve başını yukarı kaldırmadan oradan uzaklaştı. Çocuk, soluğunu tutmuş, dalların, yaprakların arasından olan biteni gözetlemekteydi. Sapanı alan derviş, bir müddet sonra, yanında yaşlı bir adamla çıkageldi. Çocuk, adamın suratında, kendisine reva görülecek cezanın nişanelerini aramaktaydı. Oysa bu suratta ne öfkeli, ne gaddar; ne muhakkir, ne de cabir bir ifade vardı. Adeta sabah gezintisine çıkmış veyahut namaza durmuş gibi sakin ve telaşsızdı. Yaşlı adam, ötekileri bir el işaretiyle bahçeden uzaklaştırdıktan sonra, bağdaş kurarak, çocuğun dallarına tünediği elma ağacına sırtını dayadı. Ne gariptir ki bu ağaç, çok değil az evvel, o eşi benzeri görülmemiş kuşun üzerinde soluklandığı ağaçtı.

Yaşlı adamla beraber gelen sükûnet, uzunca bir müddet mevcudiyetini korudu. Rüzgâr esti, yapraklar hışırdadı, hava iyiden iyiye soğudu.

"Dilersen bizdeki emanetini al," dedi yaşlı adam, elindeki sapanı evirip çevirerek. Yüzü rüzgâra dönüktü, sanki çocukla değil de rüzgârla konuşuyordu. Öyle ki çocuk, söylenenleri harfiyyen işittiği halde, hâlâ yakayı ele verdiğinden emin olamıyordu. Daha da sindi kaldı olduğu yerde. Teni ağacın kabuğunun rengini alırken, yanakları elma kokularıyla taravetlenirken, her bir uzvu elma ağacının bir parçası, budanmamış bir dalı oldu.

"Dilersen kal orada," dedi adam. "Sen nasıl dilersen, gönlün ne yöne akarsa..."

O vakit çocuk anladı ki, ağaca sırtını yaslayıp oturan bu adam rüzgârla değil kendisiyle konuşmakta. Anladı ki ne olacaksa olmalı bir an evvel. Beklemenin, korkmanın, yürek çarpıntılarının faydası yok. Hafifçe doğruldu yerinden. Üzerinde oturduğu dal çıtırdadı. Yaşlı adam bu ses üzerine başını kaldırıp yukarı baktı.

İşte o zaman, çocuk gördü. Mavi bulutlu, incecik çizilmiş gözlere takıldı gözleri. O gözlerde yağmuru, fırtınayı, ebemkuşağını ve Nuh Tufanı'nı gördü. Tepeden tırnağa ürperdi.

İşte o zaman, yaşlı adam gördü. İri, simsiyah, doğuştan sürmeli gözlere takıldı gözleri. O gözlerde göğe yükselen dumanları, alevleri, karanlıktan istifade eden yangınları, ve yangınlardan son anda kurtarılan kenarları tutuşmuş bir sırrı gördü. Velhasıl, çocuğun gündüzlerini değil, gecelerini gördü. Derin bir hüzünle, başını başka yöne çevirdi.

Çocuk elma ağacının bir dalında donakalmıştı. Yaşlı adam elini uzatıp inmesine yardım etmeseydi orada öylece kalakalacak, maviliğin içinde hiç kıpırtısız, hiç telaşsız, öncesiz ve sonrasız soluklanacaktı.

Sonradan adı Pinhan olacak çocuğun, Dürri Baba tekkesine varışının hikâyesi işte böyleydi.

Vardı ve bir daha hiç ayrılmadı. Zaten, yıllar evvel dul kalmış anasının canı her daim burnundaydı. Sofradan eksilen boğazın, karnını tekkede doyurduğunu bilmek, haytalığa bir son verip günbegün, senebesene olgunlaştığını, durulduğunu görmek, kimselerin bilmediği derdinin dermanını belki de orada buluvereceğini düşünmek kadını hoşnut ediyordu. Hayır duasını eksik etmiyor, oğlunu sevdiği kullar arasına sokması için Rabbine her kuşluk vakti dua ediyor; ardından günün hayhuyu demini sürüp, açlık ve fukaralık kapıya dayandığında dualarının topunu birden geri alıyor; oğlunun, anasını bir başına, dört yetimle bırakıp gitmiş olmasına içerliyor, köpürdükçe köpürüyordu. O vakit kadın, kuşluk vakti hayır dualarını, akşam yemeği öncesi beddualarına çeviriyor, dur durak bilmeksizin söyleniyordu.

"Ters nallanmış ata dönesin! Uyuz olmuş ite dönesin! Kansız bite dönesin! Kilisede puta dönesin! Âkıbetin kavm-i Lut'a benzesin! Şeriat kılıcına gelesin!..."

Kadının bedduaları her akşam, ocakta kaynayan tencerenin fokurtularına, ortaya konan tek kap aşın dumanına, yetimlerin velvelelerine karışıyor, sofraya katık oluyordu. Ve her akşamın sabahında bu katık, yerini derin bir pişmanlığa bırakıyor, tek göz evin her bir köşesine bir kez daha hayır duaları yayılıyordu.

Çocuk ise olan bitenden bîhaber, yüreğinin neden her kuşluk vakti ferahlayıp, akşamları daraldığını anlayamadan Dürri Baba tekkesinde yaşamaktaydı. Çalışkandı. Verilen her işi eksiksiz tamamlıyor, üstelik bundan keyif alıyordu. Mutfak işlerine yardım etmeyi, reçeli tam kıvamında pişirmeyi, ortalığı süpürmeyi, tütün sarmayı, mangalda bol köpüklü kahve pişirmeyi, elma kurularını ipe dizmeyi, çapa yapmayı tez zamanda öğrenmiş, takdir toplamıştı. Kendisine verilen her işi hiç yakınmadan, hemencecik yerine getirse de, hiç şüphesiz, en çok sevdiği yer yine o geniş meyve bahçesiydi. Fırsat buldukça kendini oraya atıyor, kaderini değiştiren elma ağacının altında, etrafında, üstünde, içinde oynuyordu. Tekkenin bahçesinde sadece elma değil, türlü türlü meyve ve sebze yetiştiriliyor; toplanan mahsulün heba olmaması için azami çaba sarfediliyordu. Zaman zaman civarın köylüleri de bu mahsulden faydalanıyor, kimse kimseye muhtaç olmadan yaşayabilmek için uğraş veriyordu.

Çocuk, tekkenin en küçük ferdi olduğu için çoğu kez, yaptığı hatalar hoş görülüyor, olur olmadık işlere burnunu sokmaya çalışmasına pek ses çıkarılmıyordu. Dervişlerin huyları da, eşgalleri de türlü türlüydü. Çocuk, içlerinde en çok Kul Hüseyin'i, Dulhani Hasan'ı, Budala Tosun'u ve Dertli Hagopik'i beğeniyordu. Kul Hüseyin ile Budala Tosun dudaklarından tebessüm eksik olmayan, ağızlarından bal damlayan, kimsenin kusurunu görmeyen dervişlerdi. Adeta tüm ömürlerini, dâr-ül hayal ile dâr-ül hakikati birbirinden ayıran hatt-ı fasılı silmeye vakfetmişlerdi. Onları kızdırmak, deveye hendek atlatmaktan çok daha zordu. Her Allahın günü kendilerine keyifli bir meşgale bulur; o da olmadı, bildikleri veyahut lâyıkıyla oracıkta uydurdukları hikâyeleri ballandıra ballandıra anlatarak etraflarına neşe saçarlardı. Çoğunlukla hinlik yapar; hikâyelerin en tumturaklı yerinde ansızın susuverip, etraflarına şöyle bir göz gezdirdikten sonra, vaktin geç olduğunu bahane edip, kalkmaya davranırlardı. O zaman ötekiler onlardan daha atik davranıp, bin dereden su getirerek, kendilerini naza çeken bu koca koca adamları tekrar yerlerine oturtup, hikâyeye devam etmeye razı ederlerdi. Kul Hüseyin ile Budala Tosun yerlerine tekrar oturduktan sonra her akşam oynadıkları bu küçük oyunun tadını kaçırmamak için birbirlerine göz kırpar ve kaldıkları yerden anlatmayı sürdürürlerdi.

Çocuk, bu hikâyeleri dinlemeye bayılır; güzellerin cemaline bent olan, türlü cefa ve belaya bir kez olsun "yandım Allah!" demeden göğüs geren, aynı döşeğe iki kere baş koymayan, aynı aşa iki kere kaşık sallamayan, bir kılı bin pare eden, her bir pareyi çil çil altınlara, kıymetli taşlara yeğleyen Ademoğullarının, Havvakızlarının maceralarını dinleyerek uyuyakalır; rüyasında aynı hikâyelerin kendi başından geçtiğini görür; sabahları pek mahmur, pek ürkek uyanırdı. Bu sayede, tekkeye varmadan evvel istisnasız her gece boğazına çöken hüznü bir nebze olsun susturmayı, püskürtmeyi başarmıştı. Gene rüyasında gördüğü ve bizzat yaşadığı maceraların tesirinden kurtulamadığı bir sabah, Budala Tosun'un yanına ilişip, anlattığı memleketleri hakikaten görüp görmediğini bir çırpıda soruverdi. Budala Tosun, sanki bu soruyu uzun zamandır bekliyordu. Çocuğun iri, siyah, doğuştan sürmeli gözlerine dosdoğru bakarak,

"Elbet ya. Amma bu demde değil, başka başka demlerde gidip gelmişliğim var o diyarlara," dedi.

Başka başka demlerde...

Neyin nesi ola ki başka başka demler? Çocuk, Budala Tosun'a dargın dargın bakıp, oradan uzaklaştı. Dargınlığı topu topu akşama kadar sürecekti; yani bir başka hikâyenin anlatılışına kadar.

Kalın kaşlı, yazları kızıl kışları siyah sakallı, kemerli burunlu Dulhani Hasan ise, adı üstünde, tam bir tiryaki idi. Kahveye, tütüne, afyona, bâdeye, gecenin matemine, dost cemaline ve nâr-ı aşka müptelası o denli büyüktü ki, bu hususlarda katiyyen şakaya gelmez, köpürür, ortalığı duman ederdi. Keyif adamıydı. Dilinde kemik, üslubunda perva, havsalasında art niyet bulunmazdı. Hakkında rivayet muhtelifti. Evvelki namının "Dulhani" değil de "Külhani" olduğu; bir zamanlar, meyhaneden meyhaneye kalıbını taşıdığı; sokaklarda naralar savurup en okkalısından küfürler bastığı; her kanlı hesaplaşmada gammazların, münafıkların, hilekârların, ve cümle erazil taifesinin çanına afiyetle ot tıkadığı; vaktiyle pek biçimli olan burnunun da işte böyle bir kavgada yamulduğu; şer'an haram, aklen fena ne bulursa yaptığı; nice sonra bir Kıpti güzeline gönlünü fena halde kaptırdığı; kadının ona olmadık oyunlar ettiği; bu sebepten ötürü elâleme madara olduğu; şanına yakışmayacak bir yufka yüreklilik gösterip arkasından türlü türlü dolaplar çeviren Kıpti güzelini her daim koruyup kolladığı; sonunda biricik âşığını paşa konaklarına kaptırdığı; onun ardından kendi canına kastederek intiharlara yeltendiği ortalıkta deveran eden şaibeler arasında en çok revaçta olanlarıydı. Velhasıl kimsecikler Külhani Hasan'ın hangi sebepten ötürü tasını tarağını toplayarak, senebesene ekmeğini yediği, suyunu kuruttuğu şehr-i şehiri terk ettiğini, Dulhani Hasan namıyla Dürri Baba tekkesinde kapılandığını tam olarak bilmemekteydi. Sebep her ne olursa olsun Dulhani hoş gelmiş, sefa getirmişti. Bir elinde sagarı, bir elinde çubuğu kuruldu mu bir köşeye, ondan hoşsohbet, ondan âlâ olamazdı kimse. Tatlı tatlı konuşur, içli içli ağlar, en yüksekten uçanı bile insafa getirir, hüngür hüngür ağlatırdı.

Çocuk, korkuyla karışık hayranlıkla seyrederdi onu. Kahvesini tam kıvamında pişirdiğinde, Dulhani Hasan durduk yerde heybetlenir; onun körpe omuzuna okkalı bir şaplak indirir; farkında olmadan salıverdiği küfrü elinin ayasıyla yakalayıp bastırır; kendince "ellerin dert görmesin!" demeye getirirdi. Çocuk da omuzunun ağrısına aldırmaz; gözlerinin içi gülerek sağ elini sol göğsüne yapıştırır; boyun kırar; kendince, "afiyet, bal olsun!" demeye getirirdi. Gizli bir hukuk vardı adeta aralarında. Dulhani Hasan'ın, en şirret, en hodbin olduğu anlarda dahi, veyahut çocuğun en patavatsız, en ham olduğu anlarda dahi bozulmayan, bozulmamasına itina gösterilen, kuytularda saklı, güneş yüzü görmemiş, adı konulmamış bir hukuk.

Dertli Hagopik'e gelince, çocuğun onunla tanışıp kaynaşması hayli zaman aldı.

Havalar adamakıllı soğumuştu. Köhnebahar, usul usul çekilirken, karakış da sefer hazırlıklarını tamamlamaktaydı. Çocuğun elleri çabuk çatlamış, tırnaklarının kenarlarındaki etler yer yer kalkıp, kanamaya başlamıştı. Hiç durmadan soluğunu avuçlarına üfleyip ellerini ısıtmaya, tırnaklarına oturan morlukları pembeye çevirmeye çalışıyordu ama nafile. Bir sabah, bahçedeki kuyudan bir kova su çekerken, soğuk bir yel akma hançer gibi kesti ellerini. İpi tutamaz oldu, kova gerisin geri aşağı yuvarlandı. O vakit, kıllı bir el uzandı kuyuya, kovayı çekti yukarı. Ardından, kıllı elin sahibi kuşağından bir çift yün eldiven çıkartıp çocuğa uzattı. Tam geldi eldiven çocuğun ellerine. Çocuk, derdine derman bulan Dertli Hagopik'le işte böyle tanıştı, böyle kaynaştı.

Dertli Hagopik, hemen hemen hiç konuşmazdı. Sesinin neye benzediğini bilen pek azdı. Gözpınarları her zaman dolu dolu olur, birazdan kendini koyverip ağlamaya başlayacakmış sanılırdı. Gene de ağladığını gören olmamıştı bunca zaman. Gün boyu elinden kitap düşmez, ve satırların, kelimelerin, harflerin deryasında dalıp dalıp giderdi. Hem oradaydı hem de başka başka yerlerde; hem gözle görülürdü hem de elle tutulmaz. Sanki anlatacak çok şeyi vardı da, kelimelere itimadı yoktu. Bir tek boşluğa ve boşlukla konuşurdu. Sessiz sedasız, kendince devran sürerdi. Akşamları, bir kandilin ışığında, işlediği siyah minelere veyahut evvela yontup ardından üzerlerine gümüş teller kakıdığı tahta parçalarına sülünler, güvercinler, bülbüller, serçeler nakşederdi. Çalışırken, devamlı kuşağında taşıdığı reyhan, ceviz ve tarçından mürekkep bir keseyi ikide bir çıkartıp, uzun uzun koklar ve derin derin iç geçirdikten sonra, gözpınarları dolu dolu tekrar işine dönerdi. Dertli Hagopik kuşları pek sever, korur kollardı. Bu sebeptendir ki, köy çocuklarının tekke bahçesinde koşuşturup kuş avlamaya kalktıkları günden kalma yetime, sapan ehlini etrafında görmek istemediğini kanıtlarcasına yüzünü buruşturup bakmış ve o gün bugündür çocuktan uzak durmuştu.

Zaman geçtikçe, çocuğun o eski fitne ve fesadını tamamıyla bıraktığına, artık o canım kuşları avlamayı aklından dahi geçirmediğine kanâat getirip, onu daha bir merakla ve şefkatle izler olmuştu. İşte o zaman Dertli Hagopik çocuğun ellerinin nasıl çatladığını, morarıp kuruduğunu görmüş ve ona bir çift eldiven örmeye başlamıştı. Dostlukları geç başlamış, derine kök salmıştı. Gözleriyle konuşur, gözleriyle ağlaşır, gözleriyle gülüşürlerdi. Çocuk, gayrete gelip, ondan tahta parçalarına, siyah minelere hayat üflemeyi, türlü türlü kuş resimlerini nakşetmeyi öğrenmişti. Bu işte giderek ustalaşmaktaydı ya Hagopik'in keyfine diyecek yoktu. Biliyor, bekliyordu. Bir gün gelecek, çocuğun nakşettiği kuşlar ötecek, şakıyacak, kanat çırpıp semalarda süzülecekti. Kuş yavrularını canlarından etmeyi nasıl terk ettiyse, vakit tamam olduğunda, ölü kuşlara hayat vermeye de muvaffak olacaktı. Dertli Hagopik, o mesud günün gelmesini sabırsızlıkla bekliyor; senelerdir gözpınarlarına dolan yaşlara dayanmalarını, belki de o vakit, sular seller gibi akabileceklerini fısıldıyordu.

Bütün bunlar olurken karakış fena bastırdı. Koç başlarıyla kapılara dayandı. İçeri buyur ettiler onu. İkramda kusur etmediler. Her sene böyle zorbalıkla gelmesine lüzum olmadığını, kapılarını çalanın başlarının üzerinde yeri olduğunu dilleri döndüğünce anlatmaya çalıştılar. Dinlemedi. Dinlemektense tepeden bakmayı, konuşmaktansa gürlemeyi, alttan almaktansa üste çıkmayı yeğledi.

Çocuksa, karakışla alakadar değildi. O, tekkede yaşayanları yakından tanımaya başlayıp, kimini can u gönülden severken kiminden de pek o kadar hazzetmediğinin ayrımına varırken, Dürri Baba'yı görememenin sıkıntısını da çekmekteydi. Meyve bahçesinde yakalanışından sonra, o mavi bulutları bir daha görememiş; nerede olduklarını kimselere sormaya cesaret edememişti. Bazı bazı, Dürri Baba'nın ayak seslerini ayırdedebiliyor, her şeyi göze alarak arkasından gitmek için atılıyor, fakat daha ikinci adımda soluğu tükendiğinden, yerine dönmekten başka çare bulamıyordu. Dürri Baba'nın maviliğini kendisinden esirgediğini düşünüyor, neden bunca zamandan sonra affedilmediğini anlamaya çalışıyor, içten içe kızıyor, öfkesini zaptetmek için yeni öfkeler ediniyordu. Dürri Baba'nın selâmını almak, onu selâmlamak, ve muhabbetinde yer almak için can atsa da içinde kabarıp duran bu dalgaların taşmasına mâni olmayı başarıyordu.

Gün geldi; Dürri Baba'yı tekrar görebildi.

Gene bir sabah rüyalarında kovaladığı maceraları düşünerek ve kanatlarının olmayışına hayıflanarak, dalgın dalgın, sıkıntılı sıkıntılı ortalıkta dolanmaktaydı. Kanatları olsaydı, rüyalarındaki gibi gece gündüz uçar; denizlerin, dağların, köylerin, şehirlerin üzerinden süzülerek kimselere görünmeden, herkesi, her şeyi görmeyi başarabilirdi. Kanatları, hem hercai renkleriyle tavuskuşunun tüylerine benzemeli, hem fırtınalara dayanacak kadar sağlam, hem de bir buluttan başka bir buluta değecek kadar uzun olmalıydı. Maviliklerde süzülürken denizlerden balık, topraktan solucan çıkartarak beslenmeli; kendisiyle aynı sırrı paylaşanları bulup, onları da kuşa çevirmeliydi. Kalemlerin yazamadığı, kitapların taşıyamadığı, insanların dillerinden düşüremediği bir efsane olup ağızdan ağıza, kulaktan kulağa aktarılmalıydı. İşte o sabah çocuk, bunları hayal edip iç geçirirken, bir zamanlar bahçeden çıkartıp döşeklerin arasına yerleştirdiği tırtılı hatırladı. Onu orada bırakmış, unutup gitmişti. Âkıbetinin ne olduğunu merak etti. Koştu, döşekleri hırpalamak pahasına kaba saba davranarak bir an önce tırtılı bulmak ve vefasızlığını örtmek istedi. Lâkin döşeklerin arasında hiç ummadığı bir şeyle karşılaştı. Ölü bir kelebekti bu. Kimbilir ne vakit kozasından çıkmış, döşeklerin arasından çıkış yolu bulamamış ve orada son nefesini vermiş bir kelebek.

Çocuk, vakti zamanında döşeklerin arasına yerleştirdiği o çirkin tırtılın, rengârenk kanatlarıyla adeta ölümü inkâr eden bir kelebeğe dönüştüğünü görünce, öyle heyecanlandı, öyle büyük bir patırtı kopardı ki, arkasında durup merakla onu izleyen yaşlı adamı çok geç fark etti. Birbirlerini görmeyeli bir hayli zaman olmuştu ama Dürri Baba, sanki az evvel yarım bırakılmış bir sohbeti kaldığı yerden devam ettirmekteydi. Öylesine ortadan ve ortaya konuşuyordu ki, çocuk, söylenenlerin muhatabı olduğundan bir türlü emin olamıyordu. Tanıştıkları gün, elma ağacının dalları arasında yaşadığı o sıkıntılı tereddüt anını bir daha yaşıyordu. Çıkan gürültüye yetişen öteki dervişler de arkalara dizilmiş, ne olup bittiğini anlayabilmek için, Dürri Baba'yı cankulağıyla dinlemekteydiler.

"Görünenle yetinirsen eğer sadece tırtılı bilirsin. Çirkindir ya tırtıl, gönlünü çelmez. Görünenin ötesine geçmek istersen eğer, aradan örtüyü kaldırıp da gönül gözü ile bakarsan, kelebeği bulursun karşında. Güzeldir ya kelebek, gönlün ona akar. Lâkin gönül gözünle görürsen eğer, kelebeğe değil tırtıla sevdalanırsın."

Çocuk tereddütlerini def etmiş, pür dikkat dinliyordu. Duyduğu kelimelerden çok mavi bulutlara vermişti dikkatini. O bulutlar gitmesin, yağmur yağmasın, bir fırtına çıkıp da bu efsunu hallaç pamuğu gibi savurmasın ve gece olmasın diye oracıkta canını verirdi.

"Sade tırtıl ile kelebek değil elbet. Sakın ola horgörme Pinhan; canları horgörme. Bak bu gayb âlemine, bir kendini gör. Bak kendine, cümle mahlûkatın özünü gör. Devri tamam olan gelir, devri tamam olan gider. Gelen, gidende saklıdır; giden gelende saklı."

"Saklı," dedi çocuk gönülden tekrar ederek.

"Pinhan!" dedi Dürri Baba. Sesi yaprak kımıldatmayan sabâ rüzgârı gibi doldu odanın içine.

"Pinhan!" dedi çocuk üst üste üç kere. İlk kez bu ismi söylerken, farkında olmadan el çırptı; omuzları sevinçle oynadı; yüzünde gonca güller açtı. İkinci kez söylerken duruldu, az evvelki taşkınlığından utandı. Üçüncü kez söylerken, ateş bastı dilini, damağını; dudaklarında buruk bir tad kaldı. Beti benzi kül kesildi. O zaman Dürri Baba, kollarını iki yana açıp, olan biteni izleyen dervişlere doğru dönerek,"Nicedir adını bekler dururdu. Velhasıl adı da onu. İşte bugün kavuştular birbirlerine. Adı Pinhan olsun bundan böyle," dedi.

Dulhani Hasan, atıldı hemen. "Pinhan ya, Pinhan elbet!" dedi dersini ezber edercesine. Dürri Baba'dan çekinmese çocuğu tuttuğu gibi havaya fırlatacak, o aşağıya düşene kadar da zincirleme beş-on küfür basacaktı. Baktı olacak gibi değil, zapt edemiyor kendini, en yakınındakine dönüp, zavallının sırtına meşhur şaplaklarından birini indiriverdi. Dertli Hagopik'ti bu şaplaktan nasibini alan. Gözlerinde yaşlar, ağladı ağlayacak bir halde oracıkta dikilip, kimbilir aklından gene hangi hicran yarasını geçirirken, aniden sırtına inen şaplakla kendine geldi. Başına gelenin hayır mı şer mi olduğunu anlamasına fırsat kalmadan, Dulhani Hasan odayı terk etmişti.

O günden sonra bir haller oldu çocuğa. Büyümeye, durulmaya başladı. Halîmâne tavırları herkesin merakını celp ederken, onun dikkati bahçedeki börtü böcekten tekkedeki kitaplara kaymaktaydı. Tez zamanda harflerle ahbaplık kurarak istidadını ispatladı. Şimdiye değin tekke yaşamı keyifli bir dostlar meclisi olmuştu onun nazarında. Burada çalışmış, hikâyeler dinlemiş, hayaller kurmuş, dostlar edinmiş, yalnızlık nedir bilmemiş, horgörülmemiş, horgörmemiş, ağız dolusu gülmüş, ve ömrünün en hoş, en tasasız demlerini geçirmişti. Hasıl-ı kelâm, sırrını fâş etmeden, yüreğini yağmalatmadan, sakin ve huzurlu bir hayat sürmüştü. Def ü ud ü kudüm ü ney ile iştigal eden veya gününü ibadetle geçiren ya da aralarında münazara eden veyahut içli nefesler koşan dervişleri hayran hayran seyretmiş, lâkin onların arasına katılmayı istemek bir yana, aklından dahi geçirmemişti. Şimdiye kadar uzaktan uzağa seyretmekle yetinmiş; deryaya dalmamış, tuzlu suyu vücudunda ağırlamamıştı. Ne var ki, eski isminin yerini Pinhan aldığında her şey hızla değişmeye başladı.

İsim dediğin, Hz. Âdem'den bu yana, kendini taşıyanı kâh usul usul yoğurur, kâh efsunlu iplerle sıkı sıkı bağlardı.

İsim dediğin, yüksekte uçanın belini bükecek, alçaktan geçenin başını doğrultacak; pervasıza perva, korkusuza korku katacak kadar kudretli idi.

İsmi Pinhan olduğunda,
Bildiği ne varsa unutmakta,
Tırtıla kanmayarak
Can gözünü açmakta,
Mânâsın veremediğinde

Muhabbetin tadına ağu katmamakta;
Ol vakte kadar da,
Tek başına
Bir kendine sığınmakta
Karar kıldı.
Henüz farkına varamasa da,
Aşıki pek haklıydı.

Aşk üzerine yazılanlar kara,
kapkaraydı.

Nokta

Katreyiz âlemde, lâkin
Dilde derya olmuşuz.

İ.H. Erzurumi

Karakış, taht şehrini taşıma hazırlıklarını savsakladıkça savsaklamakta, yola çıkış tarihini erteledikçe ertelemekteydi. Bilcümle mahlûkat, kar tabakasının altından boyunlarını uzatabilmek için onun çekip gitmesini bekliyordu. Hâlâ soğuk, hâlâ beyazdı ortalık. Hep soğuk, hep beyazdı.

Erbain kırkını çoktan doldurmuş; hamsin ellisini aşmış; erken açan çiçeklere don vurmuş; göç eden ilk kuş kafilesi yollarda telef olmuş; hiç şüphesiz, evvelbahar, yolda haramilerle karşılaşmış, engellere takılmıştı.

Dürri Baba tekkesinde erzak sıkıntısı baş göstermişti. Günlük nevaleleri iyiden iyiye azalmış; o canım ve cömert bahçe, ayaza yenik düştüğünden, imdada yetişemez olmuştu. Yaz-bahar aylarında gözalıcı renkleri, mest eden kokuları, birbirinden leziz yemişleri, remizleri ve latifeleriyle tekkedeki her bir ferdin neşesine neşe katıp büyük bir ihtişam içinde yaşayan bahçe şimdi bembeyaz bir kar tabakasıyla kaplanmış; bir başına bırakılmıştı. Sonsuz kıpırtısızlığında tek bir ziyaretçisi vardı. Zaman zaman, siyahlı sarılı gövdesinde mavi şeritler ve şarabi lekeler barındıran, boynunda fındık iriliğinde bir inci tanesi taşıyan bir kuş, karın sarıp sarmaladığı dallara tüneyerek, uzun uzun, mahzun mahzun ötmekte; feryadını duyanların içlerini burkmaktaydı. Açlıktan çok yalnızlıktı onu bu kadar kahreden. Kuru ayazdan çok içindeki çalkantılardı onu böylesine içli içli söyleten. Gurbet diyarında bikes garip gibi tek başına dolanıyor; bir an evvel bir dost sıcaklığının çıkıp da yüreciğindeki buzları damla damla eritmesini bekliyordu. Onu bekliyordu. Bulur bulmaz kaybettiği o dosttan bir haber, bir selâm bekliyordu.

O dost kapısını çaldığında, senelerdir boynunda taşıdığı inci tanesini gagasıyla çekip koparacak ve bu hazineyi, sessiz sedasız, onun sıcacık avuçlarına sıkıştıracaktı.

Kuşun tasası tekkenin duvarlarına varamadan dağılıyor, havada bin pareye ayrılıyordu. İçerde bambaşka bir telaş, bambaşka kaygılar hüküm sürüyordu. Bunca senedir mutfağı çekip çeviren Tokatlı Lütfi ile Kul Yusuf, ne yapıp edeceklerini şaşırmış; salladıkları kepçelerin, küplerin diplerine vurup kuru kuru yankılanmasından usanmışlardı. Gene de öteki dervişlere durumun vehametini belli etmemekte, ertesi günü nasıl çıkaracaklarının hesabını mümkün olduğunca içlerinden yapmaktaydılar. Dürri Baba tekkesi, kuruldu kurulalı beri, nevaleden yana böyle büyük sıkıntı çekmemişti. Sıkıntı çekmek bir yana, şimdiye değin, hem de hiç aksatmadan, civar köylülerinin dar günlerine erzak yetiştirmiş; yüzlerini güldürmüşlerdi. Oysa şimdi açlıktan sararan kendi yüzleri, feri kaçan kendi gözleriydi. Üstüne üstlük, asırlardır bu tekkenin koruyucusu, kollayıcısı olan; vakti zamanında, tam da tekkenin şimdi kurulu olduğu tepede, cüzzamlı olduğu halde kendisinden bir tas suyu sakınmayan genç bir köylü kadınına "artsın, eksilmesin; taşsın dökülmesin" diye hayır dualar eden; o gün bugündür, o köylü kadınının üzerine titrediği bahçesinde kurulmasına önayak olduğu tekkeden rahmetini bir kez olsun esirgemeyen; mutfaktaki küpleri bal ve pekmez ve yağ ile dolup taşıran; erzak çuvallarını tıkabasa dolduran; ve daha çok ihsanda bulunabilmek için iki yerine tam sekiz kol, on yerine seksen parmak taşıyan Gönlübol Baba da nicedir uğramaz olmuştu.

Asırların vefalı dostu Gönlübol Baba'nın uğramaması hayra alâmet sayılamazdı. Saymadılar da.

Günbegün katmerlenerek, nihayet arşa çıkan açlık sıkıntısı herkesi derinden etkilemekte, sarsmaktaydı. Yine de hiç şüphe yok ki bu durumdan en çok mustarip olan Dulhani Hasan idi. Pek çok derviş, midesinin gurultusunu bastırmak, hayli aç iken Halil İbrahim sofrasından yeni kalkmış gibi uyumak ve bu kara günleri tevekkülle karşılamak çabasında iken; Dulhani Hasan her önüne gelene saldırmakta, durduk yerde tatsızlık çıkartarak çatır çatır gönül kırmaktaydı. Sebebi malûmdu. Yollar karla kaplı olduğundan, kahvesi de dibe vurduğundan, asabı fazlasıyla bozulmuş; bunca zaman keyfini çıkardığı yemek üstü sohbetleri şimdi tam bir kâbusa dönüşmüştü. Bir müddet sonra oraya buraya saldırmaya dahi tâkat bulamaz oldu. Gün boyu pencerelerin önünden ayrılmadan dışarıyı gözlüyor, karakışın bir an evvel çekilip gitmesi için sızlanıyor; derin derin iç geçiriyordu. Kan çanağına dönmüş gözlerinin etrafı simsiyah hâlelerle çevrilmiş; o heybetli ve kabına sığmayan vücudu bir yaprak gibi kurumaya başlamıştı.

Topu topu birkaç kahve tanesi kaldığında, Dulhani Hasan'ın canına tak etti. Madem ki beklemekle başından atamayacaktı bu belayı, olaya bizzat el koymaya karar verdi. Sarındı, sarmalandı; kendini dışarı attı. Bahçeye çıkıp, ellerini iki yana açarak, karakışa açıkça meydan okumaya başladı. Ona, yüreğinde az biraz cesaret varsa tez elden karşısına çıkmasını, dilediği silahı seçebileceğini, dövüşün adil olmasında ısrar ettiğini, mağlub olanın haddini hatırlamakla yükümlü olduğunu, devri tamam olduğundan bu mekânı evvelbahara bırakması lâzım geldiğini, aksi takdirde bir illet gibi yapışıp kalacağını, haddini hatırladığı takdirde bütün bunları şıp diye fehmeyleyeceğini, şimdiye değin kendisine hürmette kusur etmemek için sesini çıkarmadığını, lâkin artık canına tak ettiğini, mühür kimde ise Süleyman'ın o olduğunu, o mührü er ya da geç bulacağını, Dürri Baba'nın da sıkça dile getirdiği gibi zaten herkesin kadrince kadir olduğunu ve kendisinden zerre kadar korkmadığını, korkmak bir yana karnını deşip, çarkını tersine çevirmeye kararlı olduğunu, mertçe davranıp çıkıp gelmediği takdirde burada donarak ölmeyi göze aldığını, zaten kahvesiz kalmaktansa canını vermeyi yeğ tuttuğunu bir bir anlattı. Dulhani Hasan, vaziyeti hikâye ettikten sonra, karakışa, kavgayı müteakib, mağlub olanın cümle hakkını helal edip bu diyarı mertçe terk etmesi gerektiğini bir kez daha hatırlattı; ve susup beklemeye koyuldu.

İlk gün gelen giden olmadı.

Dulhani Hasan soğuktan neredeyse düşmek üzere olan burnunu

çeke çeke beklemeyi sürdürdü. Yanına giderek, aklını başına devşirmesini isteyenleri tersliyor; daha da olmadı küfür fıçılarına batırıp çıkartarak gerisin geri gönderiyordu. Dürri Baba tekkesinde her türlü faaliyet durmuş; herkes pürdikkat Dulhani'nin akıl almaz hallerini izliyordu.

İkinci gün tipi başladı.

Herkesin aksine, Dulhani Hasan, korkunç bir hızla yağan leblebi iriliğindeki kar tanelerini hayra yorumlayıp, her birini kavganın çetinliğine ve kendi galibiyetine birer burhan addetti. Demek ki karakış teklifini kabul etmiş, karşısına çıkmaya karar vermişti. Öncü kuvvet olarak da şu tipiyi göndermişti. Varsın göndersindi; ne gam. Yakında kendisi de bahçeye gelecek, şanına yaraşır şekilde arslanlar gibi dövüşecekti. Bunca senenin karakışından da zaten bu beklenirdi. Karısının etekliği altına saklanıp, lafını sözünü bilmez Dulhani kuluna meydanı boş bırakacak değildi ya.

Dulhani Hasan vakit yitirmeden içeri koşup seneler evvel, bir daha eline almamaya yemin ettiği yatağanını aramaya koyuldu. O aranıp dururken kimse yanına ilişmeye cesaret edemiyordu. Dürri Baba da gelmemişti üstelik. "O yanımızda olsaydı, şu delinin soğuktan donmasına mâni olurdu" diye düşündü Pinhan. Lâkin anlaşılan, bu korkunç velvele bir tek Dürri Baba'nın ilgisini çekmiyordu. Pinhan içten içe kızmaktaydı. O mavi bulutların, en zor günlerde kendilerinden böyle uzak durmasına ve sadece kendi gönlü istediği zaman ortaya çıkmasına içerliyordu.

Dulhani Hasan yatağanı elinde tekrar bahçeye koştu. Tipi hızlanmış, dışarıda göz gözü görmez olmuştu. İçeriden bakanlar Dulhani'nin karaltısını seçmekte dahi büyük zorluk çekiyorlardı. Bir zaman sonra, hızlanan kar tanelerine bakmaktan sıkılıp, işlerine güçlerine döndüler. Geride birkaç kişi kaldı. Pinhan da aralarındaydı. İnatla Dulhani Hasan'ın âkıbetinin ne olacağını kavramaya çalışıyorlardı. Sürekli kar tanelerine bakmaktan başları dönmeye, gözleri kararmaya başladı. Geceyi öyle geçirdiler; uykusuz ve kaygılı. Tan yeri ağarırken, Pinhan, "artık ne olursa olsun" deyip, Dulhani'yi geri getirmek için dışarıya fırlamak üzereyken, gözleri kendisine bir oyun etmiyorsa eğer, tuhaf bir karaltı gördü. Gözlerini ovuşturup, tekrar dışarı baktı. Dulhani'ye ait olduğunu sandığı karaltının az biraz ötesinde fırıldak gibi hızla dönen, kül renkli, şekli şemaili meçhul başka bir karaltı daha vardı.

Fırıldak dönüyordu.

Üçüncü gün kavga adil, karakış mağlub oldu.

Yollar açıldı; civar köylüleri tekkeyi ziyarete geldi; dervişler iade-i ziyarette bulundu; bahçedeki toprak gayrete geldi; kadirşinas Gönlübol Baba nihayet ocaktaki kazanın başında görüldü; küpler yeniden doldu; Tokatlı Lütfi ile Kul Yusuf derin bir oh çekti.

Dulhani Hasan, Pinhan'ın elceğiziyle pişirdiği bol köpüklü kahvesine kavuşur kavuşmaz arkasına yaslanıp, bıraktığı intibâyı şöyle bir gözden geçirdi. Suratındaki tebessümden kendisiyle nasıl iftihar ettiği hemen anlaşılıyordu. Keyiften sermest olmuştu. Ne de olsa herkesin gözü onun üzerinde, iki dudağının arasındaydı. Bir süre öylece durarak, kendini yarı hayranlıkla, yarı korkuyla seyredenleri seyreylemenin tadına vardı. Sonra, Pinhan'ın kulağına eğilerek, etrafa duyurmadan, "çaktırmadım amma Allah biliyor ya, dizlerimin bağı çözüldü!" diye fısıldadı. Tekrar eskisi gibi arkasına yaslanarak, höpürdete höpürdete kahvesini yudumladı. Dürri Baba tekkesinde bir daha kimse bu vukuatı konuşmaya, hatta hatırlamaya yanaşmadı. Belki bir gün, Budala Tosun ile Kul Hüseyin, başka başka mekânlarda, o üç zorlu günün hikâyesini dile getirir; dinleyenlerin dudak büktüklerini görünce birbirlerine muzip muzip göz kırparlardı. Anlattıkları, hoş bir latife olarak havada asılı kalırdı. Belki de sadece susar, bu sırrı kendilerine saklamaktansa tez vakitte unuturlardı.

Her ne olursa olsun bahar yeşil ve ıpılıktı.

Evvelbahar tekkede hüsnükabul görüp, lâyıkıyla ağırlanırken, Pinhan pek huzursuzdu. Dulhani'nin bir fincan kahve uğruna kellesini koltuğuna alarak, karakışı bileğinin hakkı ile mağlub ettiği günün gecesinde tuhaf bir rüya görmüştü. Nereden bilsin ki bu rüya, doğduğu günden bu yana taşıdığı sırrın artık saklandığı yerde duramadığına işaret ediyordu. O karanlık dehlizden iki ayrı ses, iki ayrı inilti yükseliyor; geride bir yerlerde, özgürlüğüne susamış serkeş bir yürek deli dolu çarpıyordu.

Rüyasında Pinhan, üzerine ayak basılmaması lâzım gelen bir eşikte öylece durmaktaydı. Eşik, uçsuz bucaksız bir denizin üzerindeki ufacık bir kara parçasıydı. Orada duramayacağını, eşiğe basmanın çiğlik olduğunu gayet iyi bilmekte, lâkin suda batmaktan, boğulmaktan korktuğu için kıpırdayamamaktaydı. Sanki, sakin sakin, doğru bellediği yolda yürürken, birdenbire her şeyi, kim olduğunu dahi unutmuş, hafızasını boşaltmış, yönünü şaşırmıştı. Şimdi, kuzeye ya da güneye mi, doğuya yahut batıya doğru mu adım atması gerektiğini bilemiyordu. Bilemediği için de basmaması gereken eşiğe olanca ağırlığıyla basıyordu. "Büyük haksızlık bu" diye düşündü. Eşikler, varacak yeri, gidecek yuvası olanlar, yüreğinde sıla hasreti taşıyanlar için yapılmıştı. Yeri yurdu olmayanlar, yönünü şaşıranlar içinse, eşik dediğin, ne bir eksik ne bir fazla, tam bir azaptı. Çaresizlik içinde kıvranırken, eşiğin her iki yanında, yakından tanıdığı, gönülden sevdiği iki dost yüzü belirdi. Onları gördüğüne sevindi.

Eşiğin bir yanında, en okkalı küfürleri, kulak çınlatan kahkahaları, itinayla burulmuş bıyıkları, kızıl siyah sakalı ile Dulhani Hasan duruyordu. Her zamanki gibi gözüpek ve heybetli görünüyordu. Denizin üzerine serdiği bir Acem halısında oturuyor; Pinhan'a el ediyor, göz kırpıyordu. Afyon çubuğu, bâdesi, sagarı, mangalı, cezvesi ve nargilesi halının köşelerine özenle konulmuştu. Eşiğin öte yanında, Dürri Baba vardı. Mavi bulutlu gözleriyle, güleç ve ışıl ışıl yüzüyle, her zamanki gibi hayranlık uyandırıyor, soluk kesiyordu. Dalgaların üzerine koyduğu işlemeli bir minderde bağdaş kurmuş, baş kesmiş, çıt çıkarmadan Pinhan'ı seyrediyordu. Titrek alevli kandilleri, el yazması kitapları, toprak boyaları, tabîrnâmeleri, kamış kalemleri ve mürekkep hokkaları, hemen arkasında, havada, rafta diziliymişçesine derli toplu durmaktaydılar.

Pinhan, denizin derinliğine bakmamaya çalışarak Dürri Baba'ya doğru bir adım attığında, sırtına ani bir şaplak yedi. Dengesini kaybetti, düşeyazdı. Dönüp baktığında Dulhani Hasan'ın, elindeki kahve fincanını denize daldırdığını, o mavilikten bol köpüklü kahveler çıkardığını dehşetle gördü. Dulhani'nin bulunduğu yerde deniz maviden kahverengine dönüşmüş; tuzlar şeker, dalga köpükleri ise kahve köpüğü oluvermişti. O vakit Pinhan karar değiştirdi. Böylesi bir kerametin karşısında eğilip, Dulhani'nin bulunduğu tarafa yönelmek istedi. Lâkin bu sefer de Dürri Baba'nın eli onu saçlarından kavradı, hızla kendine doğru çekti. Dönüp baktığında, Dürri Baba'nın, eşiğin öte yanındaki denize elini daldırarak, denizin dibinden rengârenk kuşlar çıkardığını; kuşların gökyüzüne doğru kanat çırparak uzaklaştıklarını gördü.

Pinhan hangisine yönelirse, öteki ona mâni oluyordu. O da çaresiz arada kalıyor, beyhûde debeleniyordu.

Eşik üste durmak olmazdı.

Eşik üste durmak yakışık almazdı.

Pinhan naçar kalmıştı.

Haykırmaya, yardım istemeye başladı. O, çığlık çığlığa bağırırken, Dulhani Hasan ile Dürri Baba, evvelki cazip hallerinden tamamıyla sıyrılarak bayağılaşmış, küstahlaşmışlardı. İkisinin de suratına yılışık bir tebessüm oturmuştu. İşi daha da azıtarak, Pinhan'ın giysilerini çekiştirmeye hatta yırtmaya koyulmuşlardı. Yırtılan parçaları, eşiğin iki yanında uzanan kahverengi deniz ile mavi deniz oracıkta yutuyor, mideye indiriyorlardı. Sonunda Pinhan, tam orta yerde çırılçıplak kaldı. Hava soğudu, kar yağmaya başladı. Pinhan telaşla bir kartopu yapıp, önünü onunla kapadı. Ama ne fayda; birazdan güneş çıkacak, soğuktan morarmış sırrını eleverecekti. Utanç evvela boynunu, daha sonra dudaklarını ve en nihayetinde bütün vücudunu yaladı. Oysa Dulhani Hasan ile Dürri Baba güneşin çıkmasını beklemeye dahi lüzum görmediler. Ortada çekiştirip yırtarak kendi denizlerine kurban edecek giysi parçası kalmadığını idrak ettiklerinde, aynı anda, Pinhan'ın ikibaşlılığına yapıştılar. İkisi birden, olanca güçleriyle asıldılar.

Koptu. Kan akmadan, acı bırakmadan, ne olup bittiği anlaşılmadan koptu ve billur bir şişe gibi ses çıkartarak eşik üstüne yuvarlandı.

Pinhan elleriyle yüzünü kapadı.

Ağlayamadı.

Uyandığında gördüklerini unutmak, ömür boyu hatırlamamaktı tek dileği. Yüzünü yıkamadan kalktı, giyindi ve dışarı çıktı. Tekkenin yakınlarında akan dereye kadar dilini, dudağını ısırıp, ağlamamaya gayret ederek yürüdü. Dere, onu görünce şahlandı, selâm verdi. "Hoşgeldin ya Pinhan. Ne iyi ettin gelmekle," dedi. Sesi incecikti; görücüye çıkmış bir kızın utangaç sesiydi. "Anlat bana," dedi. "Karabasanlarını bir bir anlat bana ki, topunu birden alıp götüreyim uzaklara, gözden ırak gönüller içre diyarlara. Bırak yükünü ben taşıyayım. Çekinmeden, sakınmadan, saklamadan anlat ki ferahlasın yüreğin; sen kuşlar gibi hafifledikçe, senin yerine ben ağırlaşayım. Yalanım yok, inan ki bunu seve seve yaparım. Her kâbusun sabahında, kapımı çalanları ellerimle yuğar, sularımla pür ü pak eder, tek bir sözümle elemlerinden arındırırım. Bil ki ben her rüyayı hayra yorarım."

Derenin sesi giderek kalınlaşmakta, yavrusuna kanat geren, sarıp sarmalayan şefkatli bir ananın sesini andırmaktaydı şimdi.

Pinhan derenin yanıbaşına çömeldi. Hiç nazlanmadan evvelki gece gördüklerini bir bir dile getirdi. Medet umdu, aman diledi. Ağzından dökülen her bir kelimeyi serin suların ellerine verdi. Sular, derdini tasasını, gamını kederini üst üste istifleyip omuzlarına yüklerken, yavaş yavaş rahatladığını, ferahladığını hissetti. Anlatmayı bitirdiğinde, güneş tam tepesindeydi.

Dere, yükünün tamamını teslim aldıktan sonra, delikanlının rüyalarının tabîrini yapmaya koyuldu. Sularını ikiye ayırıp, yüzyüze bakan iki ayna oldu. Aynalardan birinin açtığı kapıyı öteki kapadı; birinin kazdığı çukuru öteki doldurdu. Öbek öbek kumlar, tunç tokmaklar orta yere yığılırken, dere, Pinhan'a, gördüklerini aktardı. Ona tırtılı hatırlattı. Tıpkı o tırtıl gibi ikibaşlılığının da vakit tamam olduğunda güzellikte yekta bir kelebeğe dönüşeceğini, utanıp sıkılmasının mânâsız olduğunu anlattı.

Suyun dediğine göre, Dulhani'nin gözüpekliği, neşesi, hayata ve ölüme olan derin iptilası, tek bir kadehten, tek bir nefesten, tek bir gülüşten böylesine büyük tadlar alması ikibaştan birini büyülüyor, cezbediyordu. Suyun dediğine göre, bir de işin başka yüzü vardı. Zira Dürri Baba'nın yumuşak, sessiz adımları, yürürken bastığı yerdeki karıncaları, taşı toprağı kollaması ve kendisiyle bir tutması; mavi bir yel olarak eserken uzaklardan buram buram çiçek ve yabani ot kokuları taşıması; dilindeki sükûnet, gözlerindeki şefkat de öteki başı mestediyor; kendi âlemine buyur ediyordu.

Su dedi ki eşik üste durmak olmazdı. Bir adım atmak icap ederdi. Pinhan kaygılı kaygılı başını salladı, hak verdi.

Su dedi ki, velev ki, Pinhan yanlış saymıştı. Akıl gözüyle iki parmağa denk düşenin sakın gönül gözü hesabı bir olmasındı? Hem tekmil harfler, kelimeler ve ayetler bir noktadan çıkmaz ve yine o noktaya kavuşmak için yanıp tutuşmaz mıydı? Madem ki adı Pinhan'dı, zahiride saydığını batınide tekrar tekrar hesaplamalıydı. Zira, eşiğin iki yanına serdiği, iki apayrı renkteki denizler, aslında tek ve hudutsuz bir ummandı. Hal böyle ise iki yürek tek bir vücutta pekâlâ bağdaşır, kucaklaşırdı. O vakit husumet gider, ayrı gayrı kalmaz, kâbuslar tutunacak dal, kurulacak taht bulamazlardı. Ta kalubeladan bu yana yazılan destanlar bunu anlatırdı. Canansız can, cansız canan olamazdı. Âşığın da maşuğun da gıdası, mayası aşktı. İki yürek bir çarpardı. Pinhan o zaman itiraz edip, heyecanla atıldı:

"Lâkin o yüreklerden biri benim yüreğim; de bana, ya öteki kimin? Ben kimin peşindeyim?"

Gökyüzü aniden karardı, bardaktan boşalırcasına yağmur yağmaya başladı, aynalar boydan boya çatladı. Tekkenin yanından geçen dere yatağına sığamadı, taştı. Pinhan o velvelede bir türlü işitemedi verilen yanıtı.

Yağmur geçene kadar bir sığınak aramayı aklına dahi getirmeden, sırılsıklam olma pahasına dolaşmaya çıktı. Henüz küçük bir çocukken ve bambaşka bir isim taşırken durmaksızın arşınladığı tepeleri, bayırları, ağaç kovuklarını, leylek yuvalarını keşfe çıktı. Her gördüğüne sevinçle sarıldı, hal hatır sordu. Ne çok olmuştu buralara gelmeyeli, ne kadar özlemişti avareliği. Yabani otlar, irili ufaklı parlak taşlar, kır çiçekleri ve biraz da rüzgâr topladı. Tekkeye döndüğünde hava kararmış, vakit hayli geç olmuştu.

Kerpiç duvarı aşarak, bir hırsız gibi bahçeye süzüldü. Bağdaş kurarak oturdu; gene o ağacın altında. Bir zamanlar dallarına tünediği, elma aşırırken enselendiği ve mavi bulutlarla ilk defa gözgöze geldiği ağacın altında. Ürperdi; çünkü hatırladı. Eski adı, eski hali dalda oturmakta, çıt çıkarmadan ne yapacağını gözetlemekteydi sanki. Serçe parmağını dudaklarına götürdü. Öpmeye, emmeye başladı. Yaladı. Sonra ısırdı. Hafifçe canı yandı, hepsi o kadar. "Kerem eyle!" Sözler döküldü ağzından; derinden kopan bir feryat, umutsuz bir yardım çığlığıydı. Ardından olanca gücüyle ısırdı serçe parmağını. Yakaladığı deri parçasını kopardı, tattı, tükürdü. Kan önce usul usul, ardından hızla akmaya başladı. Pinhan çıkan kanı damla yapıp toprağa damlattı. Bir nokta oluştu toprağın bağrında; kırmızı, şiddet ve şehvet kokan bir nokta. Onu gözden ırak kılmak istedi Pinhan. Çevresine bir halka çizerek etrafını ördü. Yetmedi; bir halka daha, sonra bir halka daha. Kale içinde kale, duvar içinde duvar, sırlar içre sırlar inşa etmişti. Uzaktan bakan göremezdi ortadaki noktayı. İlk duvarı geçebilen, ikincisine takılır, o da olmadı bir üçüncüsü zebani gibi dikilerek geçit vermez, sır saklardı.

O tek noktanın sırrına,
halka içre halkaların canları feda.

Birden bir kuş şakıması işitildi. Elma ağacının dallarında kalbi korkuyla çarpan çocuk, elma ağacının altında yüreğini sorgulayan delikanlı aynı anda başlarını kaldırıp karşılarında duran kuşa baktılar. Oydu. Aynı kuştu. İncili kuş.

İn-ci-li-kuş

Pinhan, bir kuşa baktı, bir toprağa; bir inciye baktı, bir noktaya. Gecenin karanlığından sıyrıldı, ayıldı. Halka içre noktanın bağrına, her bir harfe ayrı bir itina göstererek, Dürri Baba'nın ismini kazıdı.

O zaman incili kuşun gagasından bir damla kan aktı, kan noktayı canevinden vurdu.

Kuşun kanı, topraktaki noktanın içine süzülüp, Pinhan'ın kanına karıştı.

Pinhan, ömrü elverdiği sürece o geceyi yüreğinde saklayacaktı.

Hafıza

Biz sevdik âşık olduk,
Sevildik maşuk olduk.
Her dem yeni doğarız,
Bizden kim usanası.

Yunus Emre

İsimler büyülüdür. Sade büyülü mü, isimler hem de büyücüdür.

Bir isimle ol ismi taşıyan, evvela hemnâm; bir zaman sonra hemsıfat ve hemmeşrep; derken hemdil, hemkadeh ve hemsohbet; en nihayetinde de hemsefer oluverirler.

Sefer vakti kapıya dayandığında, yolcu yolunda, hancı hanında gerektir.

✪

Evvelbahar, dağları, bayırları, meyveye durmuş dalları, kuşların kanatlarını, hatta hızını alamadığından olsa gerek, yakaladığı kirpi yavrularının dikenlerini, evvela parlatıp ardından hercai renklere boyamakla haşır neşirdi. O bunları yaparken, Dürri Baba tekkesinde hummalı bir faaliyet, telaşlı bir koşuşturma yaşanıyordu. Biri köhnebaharda, diğeri evvelbaharda olmak üzere senede iki kez düzenlenen Ruz-ı Muhabbet yaklaşmaktaydı. Tekmil tekke ahalisi köşelerine çekilmiş hafızalarına çekidüzen verme ve hayallerini doludizgin koşturma telaşı içindeyken, bir tek Pinhan olan bitenin tamamıyla dışındaydı. Gene aynı şeylerin başına geleceğini gayet iyi bildiği için kendini tamamıyla kapatmış, etrafındakilerin umursamazlığına benzeri bir umursamazlıkla yanıt vermeyi kafasına koymuştu. Zira şimdiye değin her Ruz-ı Muhabbet öncesi sorduğu sualler yanıtsız bırakılmış, kısa süreliğine de olsa yabancılığı bir şamar gibi yüzüne vurulmuştu. İlk senelerde küçüklüğüne vermişti. Öyle ya henüz küçüktü, büyüdüğünde elbet o da Ruz-ı Muhabbet'e alınacaktı. Lâkin ne vücudunun büyüyüp serpilmesi, ne üzümünün çiğ yeşili terk ederek yavaş yavaş sararması, ne de delikanlı tüylerinin giderek sertleşmesi durumunda bir değişiklik yaratmıştı. Senelerdir Ruz-ı Muhabbet kapıları Pinhan'a sırlanmıştı. Buna dayanamıyor, içten içe kahroluyordu. Umutsuzdu; yalnızdı; yabancıydı.

Hal böyle iken, Dertli Hagopik uzaktan uzağa Pinhan'ı gözlemekte, delikanlıyı solduran derde çareler aramaktaydı. İşin aslı epeydir Hagopik aynı şeylere kafa yormakta, lâkin vaktin tamama erdiğinden bir türlü emin olamamaktaydı. Delikanlının tekkede görünmediği, belli ki dışarlarda dolandığı o uzun günün gecesinde, Hagopik, onun artık büyümekte olduğunu anladı. Hagopik'e göre büyümenin alâmeti gözlerde saklıydı.

Bu sebepten ötürüdür ki, Dertli Hagopik, Pinhan'ın gözlerini arıyordu.

İsmi Pinhan olalıberi durulan, her seher vakti ferahlayan yüreğinin akşam oldu mu daralmasına ses çıkarmayan bu çocuk, ten sûretinde artık yeterince serpilmişti. Üstelik, serpilirken adamakıllı güzelleşmiş, çocuksu yüzünü mühürleyen iri, kara ve doğuştan sürmeli gözleri, incelmiş delikanlı çehresinin tam ortasına bir yangın alevi gibi düşmüştü. Bakanların içini titretecek kadar güzelleşmişti Pinhan. Güzeldi güzel olmasına da, bunu kendi göremedikten sonra neye yarar? Hâlâ, sularda aksini aramayı aklından dahi geçirmeden, içinde yüzdüğü şişeyi derya sanmaktaydı. Dertli Hagopik bunları görüyor, gördüklerini "al gönlüm doya doya seyreyle" diyerek üst üste istifliyordu. Ne var ki, delikanlının dışarlarda dolandığı gün, ona, şimdiye değin gönül gözüyle ne gördüyse bir bir anlatmaya karar vermişti. Şimdi, en münasip zamanı kollamaktaydı.

Bir akşam üstü, tuttu, Pinhan'dan koyu, bol şekerli ve bol köpüklü bir kahve istedi. Bu istek Pinhan'ı epey şaşırttı. Zira Dertli Hagopik ağzına iptila yaratacak hiçbir şey koymaz; böylesinin aklı ve yüreği pek tuttuğuna körü körüne inanırdı. Körü körüne demekte fayda var zira Hagopik ne kahveyi, ne afyonu, ne şarabı, ne de tütünü tatmıştı. Demek bu akşam kendi hudutlarına savaş açacaktı. Savaş toprağın altında ve üstünde süredursun, o, altın yaldızlı bir fincana taksim edilen kahvesini, kırk yıllık tiryaki imişçesine höpürdeterek içmekten, dilini keyifle şapırdatmaktan geri durmadı. Pinhan o vakit gülümseyerek, gayet samimi bir coşkuyla, "Aşkolsun!" dedi.

"Aşkın cemal olsun," dedi Dertli Hagopik delikanlının gözlerinin içine dosdoğru bakarak.

"Cemalin nur olsun," dedi Pinhan, başını hafifçe eğip, hürmetini göstererek.

"Nurun âlâ nur olsun," dedi Dertli Hagopik iki yudum arası.

Sonra, her daim dolu dolu olan gözpınarlarını ışığa çevirerek, "bilirsin Pinhan. Ben seni yıllar var ki uzaktan seyreder; bir eksiğin, bir derdin olduğunu anladığımda da yanıbaşında yabani ot misali biteveririm. Başka zamanlarda ilişmem yanına. Ne zaman ki geniş dünya dar gelir sana, bu yürek senin için atar, bilesin," diye ekledi. Tane tane, ağır ağır konuşmaktaydı. Pinhan bu ani sohbeti hayra yorduktan sonra, yarı uyanık yarı uykuda dinlemeye koyuldu. Dinlerken de ara sıra gözlerini iri iri açarak karşısında oturan adamın ne vakit ve nasıl eski vasıflarından arındığını ve bu ani değişikliğin baki olup olmadığını anlamaya çalışıyordu. Zira Dertli Hagopik, yani kahvenin kokusuna dahi katlanamayan; ağzını değil bıçak akma hançerler bile açamayan; insanlardan köşe bucak kaçıp boşlukla dertleşen; gün boyu başını kaldırmadan siyah mine üzerine türlü türlü çiçekler, kuşlar işleyen; gözpınarlarında taşıyabileceklerinden fazla gözyaşı biriktiren Dertli Hagopik değil de, bambaşka biriydi sanki. Ve mütemadiyen konuşmakta, kelimeleri bir dil üstadı kadar rahat ve yerinde kullanarak sorulmayanı yanıtlamaktaydı.

"Bana neden Dertli derler hiç düşündün mü Pinhan? Neden her daim böyle ağlamaklı gezdiğimi, günlerimi dostların arasında değil de karanlık kuytularda bir başıma geçirdiğimi hiç merak edip sordun mu kendine veyahut bir başkasına? Sorsan da fark etmezdi zaten, çünkü hiç kimse tam mânâsıyla bilmez benim hikâyemi. Bir tek Dürri Baba bilir, o da bildiğini dilinden, gördüğünü gözlerinden sakınır, saklar. Sır vermez."

Pinhan evvelki uykulu halinden tamamıyla sıyrılmış, Dürri Baba'nın adını duyduğu an irkilmiş, toparlanmıştı. Dürri Baba ile bir sırrı paylaşabilmek, ona hiç olmazsa bu vesileyle yakın olabilmek için can atıyor, hikâyenin devamını sabırsızlıkla bekliyordu. Lâkin Dertli Hagopik, karşısında merakla yanıp tutuşan gözleri adeta hiçe saymakta; gene öyle ağır ağır, tane tane, yudum yudum konuşmaktaydı.

"Benim memleketimde, doğduğum, taşını toprağını karış karış gezdiğim, havasını soluduğum yerde, dört kitabın ehli bir arada yaşardı. Bir arada dediysem, mahallelerimiz ayrı; yediğimiz, içtiğimiz, âdetlerimiz ayrı; esvaplarımız ayrı; lâkin soluduğumuz hava, gördüğümüz güneş ve ay birdi. Kuru yerlerin ahalisi pek kederli olurmuş derler, yalan değil. Kederimiz birdi. Aynı gökkubbeye yakarırdık. Aynı yıldızlara bakıp bakıp efkârlanır; aynı yıldızları hesap etmeye çalışırken uyuyakalırdık. Yan yana dizilmiş kapalı kutular gibiydik. Bizim oranın soğuğu pek meşhurdur. Kuru ayaz din, millet ayrımı bilmez tabii; iliklerine işler adamın, her kim olursan ol. Kış çöktüğünde kapalı kutular birbirine sokulurdu ama hudutların korunmasına da ayrı bir itina gösterilirdi. Hukukumuz vardı. Öyle hem yan yana, hem de birbirimize dokunmadan, el sürmeden ısınmaya, ısanamasak bile hiç olmazsa donmadan bir kışı daha geçirmeye çalışırdık.

"Biz kuşaklardır sarraflık ederdik orada. Babam da, dedem de, dedemin babası da aynı mesleğin erbabıydı. Babama Ohannes Usta diye seslenirdi herkes. Dükkânda benim de böyle seslenmem icap ederdi. Eve döndüğümüzde babam, dükkâna gittiğimizde ustam olurdu. Benden evvel sırada ağbim vardı aslında, ama Dikran doğuştan sakattı. Elleri, bacakları tutmazdı. Küçüklerle de aramda epey yaş vardı. E, geriye bir tek ben kalıyordum işte. Ohannes Usta bildiği her şeyi bana öğretip, dükkâna beni usta yapmak istiyordu. Çok da dikkafalıydı. Aklına koyduğunu illa ki yapacak, yapmazsa hem kendi uykusunu hem de bizimkileri haram eder. Bana gelince, ben, değil sarraflık etmek, gümüş tellerini, altın yapraklarını oradan oraya koymayı bile beceremezdim. Aklım bir karış havada, gözüm gurbet ellerindeydi. İnan ki, o daracık, loş dükkân bana zindan gibi gelirdi. Dışarı çıkmaktan, gün boyu avare avare dolanmaktan, keyfimin kâhyalığını sürdürmekten başka maksadım yoktu hayatta. Ta ki o güne kadar."

Uzun uzun sustu Dertli Hagopik. Pinhan çaresizlik içinde kıvranarak, onun fincanın dibindeki telveyi yalamasını, daldığı yerden dönmesini bekledi.

"O gün ben dükkânda bir başıma idim. Bütün gün öylece oturmuş, içimi daraltmıştım. Ohannes Usta olsaydı dükkân konuklarla dolup taşar, koyu bir muhabbet kaynatılırdı. Lâkin babam olmadığında konuklar, ya yokluğunu bilirmişçesine dükkâna hiç uğramaz ya da başlarını içeri uzatıp şöyle bir baktıktan sonra çekip giderlerdi. Anlayacağın, babam varken bir edebi mahfil olan dükkân onun yokluğunda bir başına bırakılmış, metruk bir mekân olurdu. Dükkânda tek başıma olduğum günlerde hemen hemen hiç müşteri gelmezdi. Varsın gelmesindi, bunu dert edecek halim yoktu ya. Öylesine vurdumduymazdım ki. Neyse işte o gün de yine öyle boş boş geçip gitmişti."

Pinhan genç Hagopik'i gördü önünde. Gün boyu haytalık etmek isteyen bu tasasız ve pervasız sûrete çabucak ısınıverdi. Gülümsedi.

"Akşam ezanı okunduğunda dükkânı kapatmak üzereydim ki içeriye Müslüman bir kadın girdi. Bir gölge gibiydi. Beraberinde reyhan, ceviz, tarçın kokuları getirdi. Başı öne eğikti, ne yüzünü bilebildim ne de gözlerini. Tezgâhın üzerine bir kese bıraktı ve bir adım geri çekildi. Gene öyle sessiz, başı önünde. Kadife keseyi açtığımda içinden bir firuze çıktı. İşte o vakit ürkek ürkek konuşarak benden ne istediğini anlattı. Sesi bir kuş cıvıltısıydı sanki, kırılacakmış gibi incecik, öylesine nazenin. O konuştukça yüzümün kızardığını, yanaklarımı ateş bastığını biliyordum. Ama o bilemezdi. Bir kez olsun başını kaldırıp bana bakmamıştı ki, nereden bilsin. Telaşlıydı, meramını çabucak anlattı. İkimiz de dükkânda görülmemesi gerektiğini gayet iyi biliyorduk. İkimizin de yüreği ağzındaydı.

"İşte böyle Pinhan, o kadın benden bir yüzük yapmamı, yüzüğün içine kimselerin fark edemeyeceği bir kutu kondurmamı, kutunun kapağının kolay açılacak sûrette hazırlanmasını istedi. Üç gün içinde yüzüğün tamam olması gerektiğini de ilave etti. Zira o gün gerdeğe girecekti. Ve geldiği gibi sessiz, geldiği gibi ürkek gitti. Ben ardından bakakaldım. Elimde o firuze, dükkânda reyhan, ceviz, tarçın kokuları, kulaklarımda kuş cıvıltıları... öylece kalakaldım."

Pinhan, kahve kokusunu bastıran reyhan, ceviz ve tarçın kokularını derin derin içine çekti. Daha ilk nefeste başı dönmeye, gözleri seğirmeye, yüzü gülmeye başladı. Keyiflendi. Daha derin soluyarak bu bahtiyarlık deryasında boylu boyunca uzandı. Bir tüy kadar hafifti. Varsın dalgalar alıp götürsündü bedenini; götürüp ıssız kıyılara atsalardı. Nasıl olsa o kıyılarda reyhan, ceviz, tarçın kokuları bulacaktı.

"O gece hiç uyuyamadım. Kıvrandım durdum. Ben ki yıllardır sarraflık mesleğine hiç itibar etmemiş, babam Ohannes Usta'nın maharetine dudak bükmüş idim, şimdi kalkıp bir yüzük yapacaktım. Hem de ne yüzük... Aklımı başıma devşirmekten başka çarem yoktu. Ertesi sabah erkenden babamı uyandırıp dükkânı açma vaktinin geldiğini söyledim. Baba oğul, benim inadım yüzünden sabahın kör karanlığında yollara düştük. İhtiyar neden böyle durduk yere gayrete geldiğimi bilemezdi elbet, şaşırdı ama tek kelime etmedi. Anacığım endişeyle, ağbim Dikran da buruk bir tebessümle arkamdan bakmaktaydılar. Küçüklere bile bir haller olmuştu. Artin ile Nuritza başparmaklarını emerek aynı kaygıyı paylaşıyorlardı sanki. Bana o gün öyle geldi. Bir parça kızdığımı da hatırlıyorum; zira sevinmeleri gereken yerde kaygılanıyorlardı. Senelerdir benden ısrarla istediklerini işte bugün yapıyordum ve onlar sadece kaygılanıyorlardı. Oysa anacığım, oğlunun gayrete gelmesi münasebetiyle şöyle bol pekmezli malezi önüme koysaydı, 'ye evladım, ye ki zihnin açılsın, kollarına kuvvet gelsin' deseydi fena mı olurdu ya? Ben babamın yanında bunları düşünüp kös kös yürürken, baktım Artin peşimizden koşuyor. Elinde içi ceviz dolu pestil, yetişti, bana uzattı. Utandım o vakit. Demek anam şaşkınlığından kurtulunca oğluna cevizli pestil yollamıştı. Hem utandım hem de sevindim. Çok severdim cevizli pestili.

"O gün, sabahtan akşama kadar babamı seyrettim. Seyretmeyi işte o zaman öğrendim. İnsanları izlerken, daha evvel hiç görmediklerini görebilir, hiç hissetmediklerini hissedebilirsin Pinhan. İnsanları uzaktan seyrederken, onlara her zamankinden yakın olabilirsin. Eğer bakmayı bilirsen gözlerin sana oyun etmez, dosdoğru görürsün. İçte saklı olanı, acıtanı, kanatanı görürsün. O vakit anlarsın ki o dediğin sensin, seyrettiğin kendi bedenin, kendi sûretin; ağladığın kendi acıların. İnan ki, ben yılların tembelliğinin acısını o gün çıkardım. Babamın terazi başında nasıl en hassas hesapları yaptığını, gümüş telleri tahta parçalarına kakarak o canım telkârîlere nasıl hayat verdiğini, ocağın başındayken alnında biriken boncuk boncuk terlerden nasıl kıvanç duyduğunu, çekici indirirken altında yatanı incitmekten nasıl kaçındığını, maharetinde şefkat ve merhamet yattığını o gün fark ettim. İster inan ister inanma ama Pinhan ben bu kıymetli mesleğin sırrına bir günde vakıf oldum. Senelerdir yapamadığımı, bir kısa güne sığdırdım."

Pinhan dikkatle dinlemekteydi. Cevizli pestili duyar duymaz başını keyifle sallayarak, Dertli Hagopik'in damak zevkine tamamıyla katıldığını göstermişti. İkisinin de aynı anda gözleri ışıldamış, dişleri kamaşmıştı.

"İkinci gün kafamda yüzüğün şeklini şemailini tasarlamakla geçti. Bu pek hassas, pek çetrefil bir meseleydi. Hesaplarımı kusursuz yapmalı, firuzeye halel getirmeden etrafına altın halkalar örmeli, halkaların kavuştuğu yere gözden ırak, ufacık bir çıkıntı kondurabilmeli, çıkıntıya basıldığında firuzeyi omuzlayan kapağın kolayca açılmasını sağlayabilmeliydim. En ufak bir hataya tahammülüm yoktu. O kadın, kokusu, sesi, edası yanımdan bir an olsun ayrılmayan o kadın, madem ki kimselere benzemiyordu, yüzüğü de hiçbir yüzüğe benzememeliydi. Yapacağım yüzük ona lâyık olmalıydı. Bu yüzük onun düğün hediyesiydi. Bir ömür boyu onu parmağından çıkartmayacak ve baktıkça, dokundukça beni hatırlayacaktı. Birbirimizden ayrı düşsek de, benden bir parça hep onun yanında olacaktı. Yüzük parmağından çıkmadıkça, ben de onun aklından çıkmayacaktım. Bu fikir aklımı başımdan alıyordu.

"Üçüncü gün geldiğinde kalbim yerinde duramıyordu artık. Yüzüğü o gün yapacaktım."

Pinhan kıyıya varamadan ayıldı. Etrafını ören sermestlikten sıyrıldı; heyecanlanmıştı. Yüzüğü tasavvur etmeye çalıştı; olmadı. Dikkatini yeniden toplayarak, Hagopik'i dinlemeyi sürdürdü.

"Sabah erkenden dükkâna varıp arka odaya geçtim. Bütün gün oradan çıkmadım. Acıkmadım. Susamadım. Hacetimi gidermek için dahi oradan çıkmadım. Ohannes Usta dükkânı kapama vakti geldiğinde bana şöyle bir baktı ve kapıyı çekip gitti. Soru sormaması, beni sorguya çekmemesi içimi nasıl rahatlatmıştı bilemezsin. Ona öyle müteşekkirdim ki. O gece, firuzenin ellerimde nasıl hayat kazandığını, nasıl güzelleşip serpildiğini, altın halkaların nasıl eğilip bükülerek bana yol verdiğini anlatamam. Hepsi bana yardım etmek için didiniyordu sanki. Dükkânda yaşayan envai çeşit eşya insafa gelmiş, evvelki vurdumduymazlığımı gençliğime vermiş, beni affetmişlerdi. Tıpkı Ohannes usta gibi şefkatle, merhametle yaklaşıyordum onlara. Konuşuyorduk; muhabbet ediyor, ara sıra birbirimize sataşıyorduk. Yalnız değildim. Pirimiz Davud peygamber de bütün gece yanıbaşımdaydı. Beni dikkatle izliyor, ara sıra başını sallayarak memnuniyetini ifade ediyordu. Öyle büyük bir keyif alıyordum ki yaptığım işten. O yüzük Pinhan, bana baba mesleğimi sevdirdi."

Pinhan, babasını hatırlamaya çalıştı. Bir sis perdesi örttü üzerini. Uzaklardan belli belirsiz bir su şırıltısı geliyordu. Bir ara sislerin içinde bir karaltı görür gibi oldu. Karaltı ona doğru gelmekteydi; ağır ağır, adım adım. Tam yüzünü açığa çıkaracaktı ki, arkasını getiremedi. Sular dondu. Sis, olanca ağırlığıyla çöktü. Hagopik bunları nereden bilsin, o şimdi bambaşka bir âlemde yüzüyordu.

"Ne var ki Pinhan, o kadın sebeb-i felâketim oldu, ben de onun. O zamanlar bunu bilemezdim elbet. Kendimi tamamıyla yaptığım işe vermiştim, gayrısında gözüm yoktu. O kadına mahcup çıkmamak için uğraştım, olanca kuvvetimle işime asıldım. Tan yeri ağarırken yüzük avuçlarımın arasındaydı. Sımsıkı tuttum. Soluk alıp veriyordu. O yüzük Pinhan, vücudumun bir parçasıydı. Kalbimiz bir atıyordu."

Dertli Hagopik'in sesi titremeye başlamıştı. Gözpınarlarında bir patırtı, bir koşuşturma, bir isyan... O hengâmede bilinmez ki kim dost, kim düşman.

"Sabah erkenden geldi. Ne hikmetse o sabah babam dükkâna gelmemişti. Sanki olan biteni biliyor ve uzak duruyordu. Gene dükkânda yalnızdım ve gene o kokular, o endam ve o billur ses yanı başımdaydı. Yüzüğü tezgâhın üzerine bıraktım ve bir adım geri çekildim. Önce yüzüğe baktı, sonra bana, dosdoğru gözlerime. O vakit gözlerini gördüm. Gözlerinde iki dipsiz, karanlık kuyu vardı. İki elem kuyusu. Tepeden tırnağa ürperdim. Bir süre öylece bakıştık. Sonra o yüzüğe uzandığında, nasıl yaptım hâlâ bilemiyorum, ellerini tuttum. Ellerimiz kavuştu, kenetlendi, uzun uzun hasret giderdi. Titrediğini, korktuğunu görüyordum. Ben de korkuyordum. Yüreklerimiz kafeslerinden fırlayacakmış gibi deli deli atıyordu. Korkulmayacak gibi değildi Pinhan. O halde bizi bir gören olsaydı, halimiz dumandı. Bağışlanacak suç değildir bilirsin. Ama ellerimi çekmedim. Ona zar zor, 'lâkin bir şartım var' dedim. Güzel gözleri bulutlandı. 'Bana bu yüzüğü ne niyetle istediğini söyle. Senden ne para isterim ne başka bir şey. Bir tek maksadını söyle.' Bulutlar çoğaldı. Yağdı yağacak. Titriyordu, titriyordum. Anlattı."

Pinhan gözlerini Dertli Hagopik'in gözlerinden alamıyordu. Her daim dolu dolu olan gözpınarları taşmak üzereydi. Pinhan orada hüznü gördü. Görür görmez tanıdı onu, ürperdi. Bir çatlaktan başını uzatmış, sonra doğruca içeri sızmıştı. Pinhan gayri ihtiyari elini boynuna götürüp, hüznün boğazına çöreklenmesine mâni olmak istedi. Hagopik bunları nereden bilsin; o şimdi, dolaşan dilini çözmeye, boğazına atılan düğümleri açmaya çabalıyordu.

"O firuze yüzüğü kapaklı, kutulu, sırlı istiyordu çünkü içine zehir koyacaktı. Zifaf gecesinde bu zehiri bir dikişte içecek, kocasına cansız bedenini sunacaktı."

Pinhan gözlerine inanamadı. Dertli Hagopik ağlıyordu. Demindenberi gözpınarlarında tutunamayan, giderek kırmızıya çalan damlalar, şimdi hızla aşağılara süzülüyor, bunca senenin esaretine son veriyorlardı. Dertli Hagopik ilk defa ağlıyordu. Pinhan şaşkınlığından sıyrılıp yere dökülmek üzere olan kan damlalarını avuçlarında topladı. Soluğuyla kuruttu onları.

Avuçlarında asi,
iri iri,
erguvânî,
cam taneleri.

"Ben o Müslüman kadına âşık olmuştum Pinhan. Kim olduğunu, nereden geldiğini, hangi surat yoksununa yar edilmek istendiğini ve bu işlere neden kalkıştığını hiç bilmiyordum. Onun hakkında hiçbir şey bilmiyordum. Yüreğim kafesini parçalıyor, kanıyordu. Aşkımı, uğruna canımı vereceğim aşkımı, kendi ellerimle öldürecektim. Benim ellerimde hayat bulan firuze ona ölüm getirecekti. Bir feryat koptu bağrımdan. Hiç kimse, hiçbir şey umrumda değildi. O feryada bütün çarşı esnafı başımıza üşüşebilirdi ama ne gam. Değil çarşı esnafı padişah efendimizin cellatları gelse, ipi boylasam, boynum vurulsa umrumda değildi. Sevdiğim ölüme gidiyordu ve ben gafil, ben ahmak herif buna sebep oluyordum."

Pinhan, Dertli Hagopik'e acıyla baktı. Ona sarılmak, az evvel yaşlarla ıslanan yanaklarını, yüzünü, dudaklarını uzun uzun öpmek istedi. Yapamadı. Hagopik öylesine uzaklaşmıştı ki, ona el bile sallayamadı.

"Bana bir daha baktı. O iki dipsiz kuyu ağzına kadar kanla doldu. Acı çekiyordum Pinhan, yüreğim sıkışıyordu. Bana baktı, parmaklarını dudaklarıma götürdü. Yumuşacıktı. Parmakları orada salına salına gezdiler. Kıpırdayamıyordum. O vakit anladım ki onun da gönlü bana akmıştı. Ama ne fayda. Sevdiğim, sevenim toprağa yar olacaktı. O surat yoksununun koynuna gitse, orada ömür tüketse ve bir daha gül yüzünü bana göstermese inan ki içim böyle acımazdı.

"Ona mâni olamadım. Çıktı gitti; giderken reyhan, ceviz ve tarçın kokularını da beraberinde götürdü. Bana hiçbir şey bırakmadı; ismini bile. Gene öyle sakin, gene öyle bir gölge gibi sessiz ölümüne gitti. Sade kendi ölümüne değil, bir de benim ölümüme."

Pinhan, erguvânî cam tanelerini dikkatle taşıyan iki elini şakaklarına bastırmış, düşünüyordu. Adeta Dertli Hagopik, ağzından çıkan her kelimeyle, biraz daha yaşlanıyor, yıpranıyordu. Sanki teninin, saçlarının ve gözlerinin rengi anlattıklarının tesiriyle koyulaşıyor, taravetini kaybediyordu. Bir ara atılıp onu susturmak istedi. Eğer konuşmanın bedeli bu ise, varsın ödemesin Hagopik; eğer böyle yaşlanıp çökecekse gözlerinin önünde, varsın anlatmasın, ağzını bıçak açmasın, gene o eski sükûnetine gömülsün daha iyi. Bir anlık tereddütten sonra müdahale etmekten vazgeçip, uzun uzun, dostunun yüzündeki derin çizgilere baktı. Orada kendine bir geçit, bir yol aradı.

Bulamadı.

"Artık oralarda duramazdım, barınamazdım. Doğduğum, büyüdüğüm şehir bana mezardı bundan böyle. Evden ayrılırken, Ohannes Usta siyah mineler, anacığım cevizli pestil, Dikran keçi kılından bir heybe, kardeşlerim de topaçlarını verdiler. Heybemi boynuma astım; yol boyu cevizli pestili kemirdim; mola verdiğimde, bir ağaç gölgesinde yahut bir handa, siyah mineleri işledim; yeniden yola koyulmadan evvel topacı var kuvvetimle çevirip yönümü öğrendim. Dürri Baba tekkesine varana değin böyle kaç menzil tükettim, kaç diyarda konakladım bilemem. Buraya vardığımda bitap düşmüştüm. Kapı sırlıydı. Kapının tokmağında incili bir kuş durmaktaydı. Onu görünce anladım ki bunca zamandır aradığım yer işte burasıdır. İncili kuş gözlerimin içine baktı; sırlanmış kapı ardına kadar açıldı, beni içeri buyur etti. Buraya varışımın hikâyesi işte budur Pinhan."

"Neden bana verdin sırrını?" dedi Pinhan fısıltıyla. "Bunca zaman kendine sakladığın bu sırrı neden şimdi açık ettin?"

Pinhan tedirgindi bunları sorarken. Ama ağzından kaçırmıştı bir kere. Gene de cevabı duymak istemiyordu sanki, yaklaşmakta olanı kokusundan tanımış olabilir miydi? Cevabı bilmese de, duymasa da olurdu belki. Belki...

"Sana anlattım çünkü sen bize benzemezsin. Seni seyretmemin sebebi de budur bunca zaman. Etrafına dikkatlice bir bak hele Pinhan. Buradaki her bir can, her bir nefes nice hikâyelerden geçerek, damla damla süzülerek varmıştır bu tekkeye. Bilirsin Pinhan, tekkeye boş giren boş çıkar. Buraya eli boş gelinmez. Memleketteki her bir tekkeye karınca kararınca bir ikramla varılır. Lâkin bu tekkeyi farklı kılan da budur. Buraya kıymetli mücevherat, bir sepet dolusu yemiş yahut bir yeşil yaprakla girilmez. Bu tekkeye girmek isteyen, beraberinde hikâyesini getirir. Dolu girer dolu çıkar buradan. Etrafında gördüğün, bunca senedir omuzdaşlık ettiğin her bir nefes buraya böyle varmıştır. İşte bir sen farklısın. Sen buraya vardığında mini mini bir çocuktun. Yanında hikâyen değil, sapanın vardı. Hatırladın, değil mi?"

Hatırladı.

Hatırlamaz olur mu hiç?

"Dürri Baba ona emanet dedi. Emanet dediğin bir vakit sonra geri alınır Pinhan. Hikâye dediğin emanet değildir. Demem o ki, sen daha hikâyeni yaşamadın Pinhan. Yüreğin daralmakta kaç zamandır bilirim. Kendine yollar, akacak mecralar aramaktasın onu da bilirim. Dürri Baba'nın neden sana görünmediğini, neden böyle uzak durduğunu merak edersin, buna içten içe üzülürsün. Oysa bizler Dürri Baba'yı her gün her gece görür, onunla uzun uzun sohbet eder, avuç dolusu güler, hüzünleniriz. Hikâyelerimiz ortaktır, birdir. Biliriz. Hikâyelerden alâmetler derleriz. Senin defterinse henüz boştur Pinhan, boş olduğunu bilirsin sen de. Doldurmaya gayret edersin. Lâkin bunu yanlış yerde yaparsın. Burada yeni hikâye yazılmaz. Bizim nazarımızda zaten her hikâye, ta kalubeladan kalma eski bir hikâyedir. Gel gör ki hikâyesini yaşamamış olanlar bunu bilmez, onlar yeni bir hikâye arar durur kendilerine. El değmemiş olsun, tadına bakılmamış olsun isterler. Çünkü bir olmayı değil, tek olmayı arzu ederler. Sana daha başka ne söylesem ki Pinhan? Bunları fehmeylemen için yeni sandığını yaşaman icap eder. Seninle burada ayrı düşer yollarımız. Elbet bir vakte kadar, o zaman yeniden kavuşur, kucaklaşırız."

Pinhan, yüzünü basan ateşe aldırmadan zihnini toparlamaya, en doğru kelimeleri ayıklamaya çalışıyordu. Böyle bir fırsatı belki bir daha bulamayacaktı. Nicedir içini kemirerek, yakın zamanda tam bir tebelleş halini alan endişelerle yüzleşebilmek için zihnini toparladı. Hagopik'in gözlerine, gözlerini mıhlayarak sordu.

"Peki ya Ruz-ı Muhabbet? O yüzden mi yerim yok orada?"

"Doğrudur," dedi Hagopik başını sallayarak. "Elbet ya. Bu yüzden Ruz-ı Muhabbet'e alınmaz, çağrılmazsın Pinhan. Senenin iki günü, sadece iki günü biliriz ki bize benzemezsin. Bu yüzdendir ki o meclise giremezsin. O mecliste biz hafızalarımızı yere serer, hayallerimizi ortaya koyar, hikâyelerimizin falına bakarız. Hayalle hafıza ateşle su gibidir. Her biri ister ki bir tek kendi kalsın orta yerde, öteki kaybolsun. Hayal dediğin hafızayı boğmak, hafıza dediğin de hayali yakmak ister. Onlar didişirken, biz de deriz ki 'bu yaptığınız gaflettir. Zira sade bu demde değil başka başka demlerde yaşamışlığımız var. Aslında siz karındaşsınız.' O vakit onlar kavgayı keser. Anlarlar ki hatırlamak için hayal kurmaya, hayal edebilmek için de hatırlamaya muhtacız. Hikâye dediğin de budur zaten. Bu andır. İçinde geçmiş ve gelecek, hafıza ve hayal barınır. Her hikâye, ezeli evveli olmayan, alabildiğine hudutsuz bir andır. Ne başta, ne sonda; tam da ortadadır.

"O vakit hayal de hafıza da anlar ki hikâyeler hep eskidir, aynıdır. Velhasıl bunca süslü kelime, bunca harf tek bir noktada saklıdır."

Belli ki Dertli Hagopik hızını alamamıştı. Giderek artan bir heyecanla konuşmayı sürdürdü. Kendi sesinin takipçisi olmasa, bir kez olsun Pinhan'ın gözlerine baksa anlar ve susardı belki. Gerisin geri eski sükûnetine dönerdi.

"Bilirim üzümün sarardı, amma tatlanmadı; yapayalnızsın amma şu varlık âlemine gözlerini açarken attığın çığlık yankısız kalmadı; Dürri Baba'ya gönlün aktı amma gönlünü yağmalatmadın. Hikâyeni yaşamadan Pinhan, özünü bulamazsın. Hele ki özünden utanıp sıkılırsan zannımca..."

Pinhan gerisini dinlemeden hışımla ayağa kalktı. O esnada erguvânî camları ezdiğini, incittiğini fark edemedi. Avazı çıktığı kadar bağırırken, sesi sanki bir başkasının sesiydi.

"Bunları nerden biliyorsun, işin gücün yok mudur ki beni gözetlersin?"

"Gözetlemek değil, seni seyrettim. Ben... Ben sende kendimi gördüm." Hagopik şaşkındı. Kekelemeye başlamıştı. "Yani... benim hikâyem de..."

"Kâfi!" diye haykırdı Pinhan. "Daha fazla dinlemeye hiç niyetli değilim."

Öfkeliydi. Elinde olsa Dertli Hagopik'i oracıkta boğazlayıverirdi. Kendini dışlanmış, gece vakti kapı önüne konulmuş gibi görmekteydi. Ağlayarak, duvarlara çarparak koşmaya başladı. Erguvânî cam parçaları yere düştü; biri hariç, hepsi tuzla buz oldu. Pinhan eğilip yerden toplamaya çalışırken onları, elini kesti. Sağlam kalan camı aldı, kuşağına soktu. Kırık camları öylece bırakarak tekrar koşmaya başladı. Nereye gittiğini, ne yaptığını bilmiyordu.

Aniden, açık bir kapı çıktı karşısına.

İçeri daldı.

Kapı ardından kapandı.

Halka

Her gün bir yerden dönmek ne iyi
Her gün bir yere konmak ne güzel
Bulanmadan, donmadan akmak ne âlâ
Dünle beraber gitti cancağızım
Ne kadar söz varsa düne ait
Şimdi yeni şeyler söylemek lâzım

Mevlânâ Celaleddin

Uzunca bir zaman nerede olduğunu çıkartamadı. Öfkeyle koşarken, bulduğu ilk açık kapıdan içeri dalmış ve kapı arkasından kapandığında burada kalakalmıştı. Duvarları, kâh siyah üstüne beyaz, kâh beyaz üstüne siyah lekeli; yılan gibi kıvrılan, içinde tek bir eşyası dahi bulunmayan; ne karanlık ne aydınlık, ne dar ne geniş, ne sıcak ne de serin bir odanın içindeydi ya, burası neresiydi? Bunca senedir Dürri Baba tekkesindeydi, kendince tekkenin dört bir köşesini avucunun içi gibi bilmekteydi ama burayı daha önce ne görmüş, ne de işitmişti. Üstelik gizli geçitler, kilitli kapılar yahut karanlık dehlizler tekke adabına aykırıydı. Öyleyse nerede olduğunu çıkaramaması, buraya nasıl vardığını ve buradan ötesinde nelerin yattığını tasavvur edememesi nasıl açıklanacaktı?

İçeri girdiği kapıdan başka, bir kapı daha vardı, onun tam karşısında. Pirinç tokmaklı bu kapı, beyitler ve minyatürler taşıyordu iki kanadında. Öteki kapı ne kadar sade, saz benizli ve mütevazı ise, bu kapı da o kadar debdebeli, al yanaklı ve muhakkir idi. Yüksekten uçanların kibiri vardı suratında. Ona bakarken Dulhani Hasan düştü Pinhan'ın aklına. Kapıyı işaret ederek, "bak" derdi Dulhani, burada olsa; "bak, Süleyman o. Demek ki mühür onda".

Dulhani'yi pek özlediğini, dostluğuna her zamankinden fazla ihtiyaç duyduğunu fark ettiğinde buruk bir gülümseme yerleşti dudaklarına. Ama sonra, onun da tıpkı ötekiler gibi kendisini dışladığını, Ruz-ı Muhabbet'te boy gösterirken dostunun, hemsohbetinin yokluğunu hiç hissetmediğini düşünüp, dudaklarını cezalandırırcasına ısırdı. Bir başınaydı işte. Bir başına, hiç bilmediği bir mekânda, iki zıt yaradılışlı kapıyla. Ne bir eksik, ne bir fazla.

Yüz yüze durmuş iki kapı.
Biri içeri, öteki dışarı.
Birinin muhatabı yerüstü,
Ötekininse yeraltı.

Pinhan kendisini içeri alıp, bu odada sıkışmasına sebep olan saz benizli kapıya sırtını dönüp, al yanaklı kapıya yaklaştı. Kanatlarındaki minyatürlere, beyitlere uzun uzun baktı. Kimisi o kadar silik, kimisi de o kadar karmaşıktı ki, onlardan bir şey çıkaramadı. Lâkin minyatürlerden birini gördüğünde donakaldı. Orada yedi çocuk, bir meyve bahçesi, sapanlar, dal üstüne tünemiş incili bir kuş ve yere düşmüş bir elma resmedilmişti. Minyatürün hemen yanı başında da şu mısralar hakkedilmişti.

Beni böyle tutma,
Ben avcı kuşum, alıcı doğanım.
Kalamam artık bundan başka,
Baykuş gibi viranede.[1]

Pinhan korkuyla bir adım geri çekildi. Yoksa, yoksa bütün bu minyatürler ve beyitler onu mu anlatıyordu? Tekkeye gelişini, burada yaşadıklarını ve belki... belki bundan sonrasını? Daha fazla bakmak, daha fazlasını görmek fikrine tahammül edemedi. Öfkesinden zangır zangır titredi. Önceden yazılana harfiyyen uyan, varla yok arası bir mahlûk değildi ki. Bir sonraki adımını kendi başına hesap eder, kendi yolunu kendisi çizerdi. Hem, seneler evvel, daha ilk karşılaşmala-

1. Mevlâna.

rında, Dürri Baba da öyle dememiş miydi? Gönlün ne yöne akarsa dememiş miydi? Gönlü bu yöne aktığı için ağaçtan inmiş, tekkede yaşamakta karar kılmış değil miydi? Hal böyleyken, eğer bu minyatürler bugünden sonrasını da göstermeye cüret ediyorlarsa, bu düpedüz hakaretti. Yeterince kızıp köpürdüğünde Pinhan, üzerine çullanan bu iç karartıcı, meşum fikirleri bir darbede yere serdi. Yine de, bir kez daha kapının kanatlarına eğilip fikirlerinin doğruluğundan, hakikaten sonrasının anlatılıp anlatılmadığından emin olmak istemedi. Göreceğini görmüş, dilini yeterince zehirlemişti.

Tokmağa asıldı; kapıyı zorladı.
Nafile. Kapı açılmadı.

Korkarak ve korkmaktan korkarak, olduğu yerde büzüldü. Ana rahminde bebek gibi ve tekkeye varmadan evvel her gece yaptığı gibi, tortop oldu, kendine kıvrıldı. Biraz evvelki sertliğinden eser kalmamıştı. Kâbuslarında bile bugünkü kadar alt üst olmamış, yüreği bu kadar sıkışmamıştı. Evinde, tek göz odalarında, onca boğaz yan yana dizilip, boş tencerelere kaşık salladıkları günlerde bile bugünkü kadar umutsuz olmamıştı. Omuzları ince, taşıması gereken yük ağır mı ağırdı. Hem şaşkın, hem de naçardı. Doluya koysa almıyor, boşa koysa dolmuyordu. Senebesene avuç avuç mutluluk veren, demadem kadeh dolusu dostluk ve muhabbet sunan bu tekke neden durup dururken onu böylesine kıstırmış, hapsetmişti? Oysa senelerdir burada ne kadar bahtiyardı. Burada büyümüş, bıyıklarını terletmiş, serpilmiş, ve gene burada kocamakta karar kılmıştı. Zaman zaman aklını kurcalayan, kendini bildi bileli ellerini bacaklarının arasına her götürüşünde korkuyla geri çekilmesine sebep olan o iki başlılığı susturmaya, gerisin geri püskürtmeye burada muvaffak olmuştu. Bunca zaman, kapılar ardına kadar açıkken çıkıp gitmeyi bir kez olsun aklından geçirmemiş; burada sevmiş, sevilmişti. İsmi Pinhan olalıberi durulmuş, çoğu zaman içine kapanmış; lâkin en hüzünlü, en ıssız yollarda bile ayağı hoyrat taşlara takılmamıştı. Dururken de yürürken de kimseleri incitmemiş, incitilmemişti. Akşamları daralan yüreği her seher vakti ferahlamış ve iki zıt halet-i ruhiyye arasında mekik dokurken, bir kez olsun "of" dememiş, halinden şikâyet etmemişti. Oysa şimdi adımını atacak bir karış toprak dahi bulamıyor, hazan yaprağı misali oradan oraya savrulup, yalpalıyordu. Dostlarından biri çıkıp gelse; "amma yaptın Pinhan" dese; sıcacık gülümsese; sonra, hep beraber, içini kemiren bu yersiz endişeleri sille tokat dışarı atıp, ağız dolusu gülseler... Pinhan kapısını çalacak, cemalini seyredecek bir dost için yanıp tutuşuyor; havaya savrulan küllerini endişeyle izliyordu.

Kül dediğin buydu, ne fayda;
ta devr-i Yusuf'tan beri yaptığından
şaşacak değildi ya.

Bir başına kalmıştı işte. Ne bir eksik, ne bir fazla. Kapılar sırlı, dostlar vefasız, yollar tıkalıydı. İlânihâye devam edeceğini sandığı muhabbette artık yeri yoktu. Bir esre bile bırakmadan geçip gitmişti tekke hayatı. Şimdiyse pılını pırtısını toplamadan, ardına dönüp bakmadan çıkıp gitmek, yollara düşmek ve bir yerlere varmak değil, sadece gitmekti dileği.

Varmak değil sadece gitmek; gitmek...

Dayanamadı; hıçkıra hıçkıra ağlamaya başladı. Ağladıkça bir parça da olsa ferahladı. Erguvânî cam taneleri geldi aklına; onları kırdığı için, kırdıktan sonra orada boylu boyunca bıraktığı için pişmandı.

O vakit zorbalık etmekten vazgeçip, o heybetli kapıyla dosdoğru konuşmaya karar verdi.

"De bana, kapu hakkı ne dilersin?" diye sordu.

Kapı, deminden beri yüksekten uçan, kibirinden yanına varılmayan, dorukları karlı bir dağ gibi olanca heybetiyle önünde dikilen ve geçit vermeyen kapı, biraz olsun gevşedi. "Kıllarını ver," dedi.

Pinhan, soyunmaya başladı. Üzerinde ne var ne yoksa çıkardı, bir kenara fırlattı. Elifî şalvarı, deve yününden gömleği, tennuresi birer birer uzaklaştılar. Üzerinde teninin kokusunu, derisinin rengini taşıyan ne varsa eksiksiz bir bir çıkardı. Sonunda kapının karşısında çırılçıplak kalmıştı. Senelerdir üzerine titrediği, kimselerin görmemesi, duymaması için boyunca uğraş verdiği sırrı bu kibirli kapının bilmesinden en ufak bir endişe duymadığını hayretle fark etti. Artık ne korku, ne endişe. Sırtını dik tutup, elleriyle örttüğü apış arasını açığa çıkardı. Bunları yaparken bir kez olsun da dönüp kapıya bakmadı. Göreceğini görsün, gülecekse gülsün, kınayacaksa kınasın. Bu iki başlılık duyulacaksa duyulsun. Daha evvel hiç olmadığı kadar vurdumduymaz ve tasasızdı. Nasılsa gidecekti buradan. Gidecek ve bir daha geri dönmeyecekti. Arkasından neler konuşulacağı, sırrının kapıdan tokmağa, tokmaktan toprağa, topraktan duvarlara ve oradan tekmil tekke ahalisine yayılması umurunda bile değildi. Artık ne çocukluğunda iliklerine kadar ürperten "ya görürlerse" korkusu, ne de tekkeye geldikten sonra zaman zaman bedenini yalayan "öğrendiklerinde acaba kapının önüne koyarlar mı?" kaygısı... artık hiçbirine yer yoktu. Sabrı taşmış, tahammülü, metaneti kırılmıştı. Olacaklara göğüs germeden, hüsnükabul göstermeden uzaklaşacak, başka başka diyarlara kaçacaktı.

Ellerini vücudunda dolaştırarak ve ayaklarından başlayarak, rastladığı her kılı yolmaya koyuldu. Apış arasına vardığında elleri yavaşladı, yaralı bir yüreğe dokunurcasına, bir teselli kırıntısı sunarcasına usul usul dolaştı. Orada da rastladığı her bir kılı kopardı; ama daha yavaş ve çok daha insaflıca. Göğüs kafesini geride bırakıp, başına vardığında, ayaklarının dibine yığılan kıl kümesi adamakıllı büyümüş, semirmişti. Hiç tereddüt etmeden, cılız cılız çıkmaya başlamış olan sakallarını, yeni yeni terleyen bıyıklarını; ardından kaşlarını, uzun ve kıvrık kirpiklerini; ve en nihayetinde saçlarını yoldu. Çıkan çatır çatır seslere, kıllardan yükselen feryatlara kulak asmadı. Canının acısına da aldırmadı. Tepesinde sadece bir tek saç teli bıraktı. Onu eliyle şöyle bir yoklayıp, mevcudiyetinden iyice emin olduktan sonra, avuçlarına tükürdü. Tükürüğünü vücudunun her bir noktasına usul usul yaydı.

Artık vücudunda bir daha kıl çıkmayacaktı.

Pinhan yaprakları dökülmüş bir ağaç gibi yarı utangaç yarı civanmert karşısında dikilirken, kapı, onun ne kadar güzelleştiğini gördü; irkildi. Kıpırdamaya bile cesaret edemeden, delikanlının tüysüz yüzünde giderek büyüyen, doğuştan sürmeli gözlerine, gözlerindeki korlara, dudaklarının kan kırmızısına, buğday tenine, bacaklarının arasından uzanan ikibaşlılığa ve sol yanağında daha evvel hiç dikkat çekmediği halde şimdi şaha kalkan nokta benine baktı.

Demek içeri girdiğinde ne yapacağını bilmeyen, çaresizliğini öfkesiyle bezeyen bu delikanlı ne erkek ne de kadındı... Yahut, hem erkek hem de kadındı. Peki ona nasıl davranacak, bu sırrı nasıl saklayacaktı? Kapı, şaşkın ve kararsızdı; ne olursa olsun, artık yükseklerden uçamaz, tepelerden bakamazdı. Gayet iyi anlamıştı; fazla söze ne hâcet. Madem ki hafızasını, alnındaki teri siler gibi elinin tersiyle silemezdi, bu serencam, kolay kolay peşini bırakmazdı.

Pinhan kapının aklından geçenleri, sırrıyla düşmanını nasıl allak bullak ettiğini ve kıllarını döktükten sonra ne denli güzelleştiğini nerden bilsin? O da böyleydi işte. Bu kadar güzel... ve güzelliğinden bu kadar bîhaber...

Pinhan hiç telaş etmeden giyindikten sonra, ayaklarının dibindeki kıl yumağını aldı, eliyle şöyle bir tarttı, harmanladı. Nefesini üfledi onlara ve hamur yoğurur gibi yoğurdu. Üç uzun sicim çıkardı hamurdan. Ördü. Saç örüğünü, daha evvel vücudunda taşıyıp kendinden bildiği, kokusunu buram buram taşıyan saç örüğünü, kapıya teslim etti. Dağların doruklarındaki karlar usul usul eridi, kayalıkların arasından mini mini çiçekler boyverdi. Kapı, çoktan bir yana koyduğu kibirini üzüm ezer gibi ezdi; delikanlıya hemen geçit verdi.

Ardına kadar, ağır bir nağmeyle açıldı.
Pinhan, kendini dışarı attı.

Kendini dışarı atmasıyla, gözlerinin kamaşması bir oldu. Tepede yakıcı bir güneş, ortalığı kasıp kavurmaktaydı. Bir süre gözlerini açamadan, nerede olduğunu çıkarmaya çalıştı. Burnuna yabani ot ve kır çiçeği kokuları geliyordu. Yavaş yavaş gözlerini açıp, güneşi alt ettiğinde bir mezarlıkta olduğunu gördü. Hayrete düştü. Mezarlığın etrafı çitlerle çevrilmişti. Mezarların üzerinde, yanında, yöresinde yabani otlar, kır çiçekleri gülümsüyordu. Etraftaki çitlerden hâlâ Dürri Baba tekkesinde olduğunu tahmin edebiliyor, lâkin daha evvel böyle bir mezarlıktan haberdar olmayışına mânâ veremiyordu.

Usul usul ilerleyerek, mezar taşlarına baktı. Her biri bir başka âlem, her biri farklıydı. İrili ufaklı, hüsrevâne ya da alabildiğine sade, destarlı ya da dal sikkeli, mukarnesli, dört, yedi ya da on iki dilimli, kitabeli veyahut yazısız, tasvirli tasvirsiz, seyfi külahlı, kalenderi taçlı, rûmî tezyinatlı, serpuşlu, hotozlu... türlü türlü mermerden mezar taşlarının yanı sıra bir de başsız taşlar vardı. Pinhan bunları görünce hafifçe ürperdi; biliyordu zira. Başları vurularak öldürüldükleri için mezarlarına baş koymayan Melamileri gayet iyi biliyordu. Hem başsız hem ayaksız, bi ser ü pa.

Baş taşlarındaki kabartma sikkeler, usul usul açığa çıkarıyordu toprağın altında kimin yattığını. Yahut küçük bir tasvir, bir serpuş, birkaç kelime... her biri sürülecek bir iz, birer nişandı. Ölümün değil hayatın nişanları. Mezar taşlarından birinde kabartma harflerle şu mısraları okudu Pinhan.

Miskin ademoğulları
Ekinlere benzer gider
Kimi biter kimi yiter
Yere tohum saçmış gibi[2]

Mezarlığın içlerine doğru ilerlerken, mermere işlenmiş örtüleri, hotozları, saç örgüleri ile, bol tezyinatlı kadın mezar taşları gördü Pinhan. İçlerinden birinde rahle üzerinde Kuran okuyan çekik gözlü bir kadın tasvir edilmişti. Yüzünün yarısı aydınlık, yarısı gölgeliydi. Sanki yan gözle Pinhan'a bakmakta; belli belirsiz, sessiz sedasız onu gözetlemekteydi. Dört yanını ayrıkotları, hatmi çiçekleri bürüyen mezar taşına şu mısralar düşülmüştü.

Bi mekânım bu cihanda
Menzilim durağım anda[3]

Onun biraz ilerisindeki mezar taşı, yan yana durmuş, kolkola girmiş bir dağ ile küçük bir tepeyi andırmaktaydı. Tepe hafifçe yana yatmış, adeta o narin başını dağın eteklerine yaslamıştı. İşte o

2. Yunus Emre.

3. Yunus Emre.

mezar taşının altında karnında bebeği ile ölen bir anne sırlanmıştı. Başı önünde, derin bir üzüntüyle o mezardan uzaklaştı.

Pinhan aheste revan dolaşırken, otların arasında telaşla koşuşturan bir kertenkelenin hızını alamayıp ayaklarına çarpmasıyla sendeledi. Bir an için gözgöze geldiler. Kertenkelenin sarıya çalan yosun yeşili gözleri donuk, parıltısız ve fersizdi. Her an, her şeyi yapabilmenin iddiası, yüze gülüp arkadan hançerlemenin mayası, aç bitlerin kuduz pirelerin arsızlığı ve bir kancıklık susması vardı o gözlerde. Öylesine çiğ, öylesine melûn. Pinhan, arkasından bakıp anlamaya çalıştı nereye gittiğini, ne için böylesine telaş ettiğini. Ama dört yanı bürüyen yabani otlar, ok geçirmez, nazar işlemez, efsunlu bir kalkan kesilip var güçleriyle korudular kertenkeleyi. Onların sayesinde gözden kayboldu.

Pinhan başını yerden kaldırdığında bir başka kadın mezarı dikkatini celbetti. Ayakları o tarafa doğru kendiliğinden sürükleniverdi sanki. Dört bir yanında mor menekşelerin boyverdiği bu mezarın iri, mavi damarlı sütbeyaz mermer taşında, küçücük bir oyuk vardı.

Pinhan bu oyuğun ne için yapılmış olabileceğini çıkartamadı. Belki de eskiden oyukta saklı olan şeyi birileri çekip çıkartmıştı; yahut tam aksine, o şey henüz yerine konmamıştı. Oyuğun etrafında kalın ve kızıl bir saç örgüsü genişçe bir halka çiziyordu. Saç örgüsü, güneşe meydan okurcasına etrafına kızıl ışıklar saçıyor, buram buram gül kokuları yayıyordu. Pinhan merakla, bir bu kızıl ışık huzmesine, bir oyuğa, bir de altındaki mısralara baktı.

Periden güzel huriden müstesnâ
Sebeb-i enva-i bela türlü cefâ
Tam üç tane ismin var iken,
Sonuncusu Canfeza
Yedi düvel çehrene müptelâ
Ben garip âşık-ı şeydâ iken
Terk-i can etmen revâ mı bana
Müsterih ol sırrını vermem ağyara
Sırrın da senle beraber karıştı toprağa

Bî-vefâ, bî-vefâ, bî-vefâ

Pinhan bu mezarın başına vardığında içinin bir tuhaf olduğunu, yüreğinin sızım sızım sızladığını fark etti. Hiç bilmediği birinin mezarı karşısında neden böylesine allak bullak olduğunu anlayamadan, mısraları tekrar tekrar okudu, iyice ezber etti.

Gözlerini kapadığında, kızıl saçları beline kadar dökülen Canfeza nam şuh bir dilber, gerdan kırıp, göz süzmekteydi. Pinhan tepeden tırnağa ürperdi, titredi. Bu kadının mezarının tekkenin bahçesinde ne aradığını kendine sormadan, onu görememiş, tanıyamamış olmanın hüznünü iliklerine kadar hissetti. Bir kadın... hem de kızıl saçlı, ak gerdanlı, utanma sıkılma nedir bilmeyen, yedi düveli kendine müptela ve ar ü namus şişesini tuzla buz eden, baktığı yeri delip geçen bir kadın... Pinhan bir kadına hiç dokunmamıştı ki nerden bilsin? Gözlerinin önündeki Canfeza, kanlı canlı, etli butlu bir kadın değil; füsunkâr bir sûret, şerefine kadeh kaldırılacak hoş bir resimdi sadece. Resim dediğin kayıp giderdi tenin üzerinden; yağ damlası gibi kayar, keçi yolları gibi incecik, daracık izler bırakırdı peşi sıra. Hoş bir resim gülümsetirdi adamı; o kadar. Tene işlemez, ete batmaz, kanatmazdı. Oysa Pinhan teninde kayan yahut buğu olup göğe ağan bir sûret değil; etini morartacak, naraları gece gündüz yüreğinde yankılanacak; bacaklarının arasında hoyrat bir sancı, zaptedilmez bir çarpıntı bırakacak; ikibaşlılığını yüzüne vurmak bir yana güleryüzle karşılayacak; açtığı yaraların kapanmasına zinhar razı olmayacak; yavuz dile, kem nazara pabuç bırakmayacak; gündüz vakti düş gördürtüp gecelere uykuyu haram edecek bir mahbub, bir maşuk arıyordu kendine. Onu bulduğunda silahsız, savunmasız dikilecekti karşısına; "işte gönlüm, işte sen," diyecekti, "Vuruşun gayri."

Utanmalı mıydı aklına üşüşüveren fikirlerden? Yoksa onların peşinde iz sürüp at koşturarak; dağlar, denizler, köprüler aşıp yedi başlı ejderhalara kılıç mı sallamalıydı? Bir zamanlar Kul Hüseyin ile Budala Tosun'dan dinlediği, dinlemeye doyamadığı, soluk kesen hikâyeleri hatırladı. Tekkede geçen çocukluk yıllarını hamur gibi yoğuran, her gece rüyalarına girerek cılız kollarını cengaver bir delikanlının sert pazularına çeviren hikâyeler... Onları geride bıraktığını, çoktan unuttuğunu sanırken, şimdi tekrar dirilmiş, karşısına dikilmişlerdi. Acaba şu Canfeza'yı tanısaydı, Kul Hüseyin ile Budala

Tosun'un ağızlarına lâyık bir maceraya atılır mıydı? Belki o vakit anlı şanlı bir hikâyeye gözünü kırpmadan baş koyup, Dertli Hagopik'i bile utandırır, Ruz-ı Muhabbet'te salına salına boy gösterirdi.

Pinhan daldığı hayal âleminden çabuk sıyırdı kendini. Ne kadim dostlar vardı yanında, ne de o kızıl âfet Canfeza. Buradaydı işte; bir mezarlıkta tek başına.

Ne bir eksik, ne bir fazla.

Acı acı gülümseyerek yürümeye devam etti. Genç yaşta ölenlerin mezar taşlarında, açmadan solmuş goncalar, kırık kadehler tasvir edilmişti. Kiminin etrafında mavide karar kılmış kantaron çiçekleri, sarı sarı papatyalar, kan kırmızı gelincikler kol kola girerek, yıkılmaz bir duvar örmüştü. Bir başka mezar taşında bir testi ve yarıya kadar mey dolu bir peymane resmedilmişti. Altında şunlar yazılıydı.

Bizi ta'n eden olursa bilsin ki,
Harama el sürmedi Ballı Behram
Seninle içtiğim şarap helaldi,
Sensiz içtiğim su bile haram.[4]

Pinhan, her biri başka başka mecralardan akan ve muhtemelen birbirlerini hiç tanımayan bunca insanın neden Dürri Baba tekkesinde bir arada yattığına bir anlam veremedi. Mezar taşları tekke erbabına ait olsa aklı yatacaktı. Öyle ya, her tekke kendi ulularını, susanlarını yanı başına sırlardı. Gel gör ki, Dürri Baba tekkesinde her telden, her fıtrattan insan bir arada yatmaktaydı. Pek çoğunun, tekke adabıyla, erenlerin kıldan ince yoluyla hiçbir alakası olmadığı gün gibi âşikâr olan bunca insanın ne işleri vardı burada? Neden ait oldukları yerlerde, kendi diyarlarında, ailelerinin yanında değil de bu ücra mekânda gömülmüşlerdi?

4. Ömer Hayyam'dan. Orijinali şöyle:

Kim demiş haram nedir bilmez Hayyam?
Ben haramı helali karıştırmam:
Seninle içilen şarap helaldir,
Sensiz içtiğim su bile haram.

Ömer Hayyam

Pinhan, mezarlıkta bulunmaktan en ufak bir korku duymak bir yana, burada olduğu için ferahlamış, kaygılarından tamamıyla arınmıştı. Ne de olsa burada türlü türlü insan, tıpkı kendisi gibi kâh aciz kâh kudretli, kâh hırslı kâh kani, kâh riyâkâr kâh sebatkâr, kâh habis kâh muhlis, kendince devran sürmüş nice insan vardı. Hiç kimse her daim kudretli yahut her daim naçar olamazdı. Yüksekten uçanların boyun eğdiği, alçaktan kanat çırpanların da şimşek hızıyla maviliklerde gözden kaybolduğu zamanlar muhakkak ki vardı. Madem ki, hem Ademoğullarının hem de Havvakızlarının huyları oldum olası ikibaşlıydı, kendi vücudundaki ikibaşlılık da belki utanılacak bir kusur, üzeri örtülecek bir ayıp değildi.

Belki...

Devr ü teslim edenler burada sırlanmış, sır olmuşlardı. Pinhan, burada, onların arasında, huzurlu ve rahattı. Sızlayan kemikleri, ağrıyan beli ona gün boyu ne denli yorulduğunu, ne kadar yıprandığını hatırlattı. Bağdaş kurarak, otların arasına oturdu. Sırtını, bir Kalenderi dervişinin mezar taşına dayarken, otların arasından ürkek ürkek boynunu uzatan kertenkeleye türlü muziplikler yaptı. Biraz evvel gördüğü melûn kertenkele olamazdı bu; muhakkak ki bir başkası, çiğ süt emmemiş bir karındaşıydı. Onunla oynarken buradan nasıl çıkacağını, mezarlığın nerede ve nasıl sona erdiğini düşünmedi bile. Bir ömür boyu burada yaşayabilir, ve yine burada sırlanabilir, sırra kadem basabilirdi.

Yorgunluktan uyuya kalmak üzereyken, önce ne olduğunu kestiremediği, ardından davul sesine benzettiği seslerle kendine geldi. Giderek yükselen, menşe-i meçhul sesleri takip ederek mezarların arasından kayarcasına ilerlemeye başladı. Kabartma sikkeli büyükçe bir mezar taşını kendine siper ederek, izlemeye koyuldu.

İnsan bazen ağır ağır, kademe kademe görür. Bir resmin eteklerindeki ayrıntılardan başlar görmeye ve orda burda yalpalayan, kıvrılan bakışları usul usul varır resmin merkezine. Pinhan'sa önce hiçbir şey görmedi; sis ve buğudan başka. Sis yoğun; buğu arsızdı. Ne zaman ki aradan çekildi perde, ne zaman ki çırılçıplak kaldı olduğu yerde, her şeyi birdenbire gördü.

Tekmil tekke ahalisi mezarlıkta toplanmış, bir halka çizmişlerdi vücutlarıyla.

Hal-ka-hal-ka-hal-ka

Halka, bir nokta idi başlangıçta/ ne küçüktü ne büyük/ ne yerdeydi ne arşta/ çünkü sadece o vardı/ nokta dediğinse ısırılmamış, dişlenmemiş bir elma/ elma diri, elma sulu ve kan kırmızıydı/ ne zaman ki diş geçirildi elmaya/ ne zaman ki o kırmızı cevher oldu ikipare/ ben, sen davâsı çıktı ortaya/ ayrı düştük gayrı düştük/ vakit yitirmeden dönelim dersen sılaya/ bir iken çok olduk/ çok iken bir olalım dersen hatırla/ hafıza elmayı hikâye eder kuytularda/ kuytularda işimiz ne/ varalım dersen meydana/ varıp da konuşturalım dili olmayan kitabı/ bil ki dervişlik dediğin ne hırkadadır ne taçta/ inci sedef lâl ü gevher beri dursun/ nasılsa karışacak ten türaba/ yeter ki sen seni bil sen seni/ ne de olsa derya ummandır balığa/ kendinde gör on sekiz bin âlemi/ fehmeylemekse maksadın bu sırrı/ badehû duralım dara/ vuslatın yolu nedir bir de biz bilelim dersen/ lüzum yoktur yola yordama/ ne kadar çok yürek varsa çarpan/ ne kadar çok gönül gözü varsa dost cemaline müptela/ o kadar çok yol yordam var demektir/ var kendin hesapla/ Kimileri hesap kimileri feryat ederken/ döner durur halka/ halka dediğin tepeden tırnağa aşktır/ orada yer yoktur gazaba/ ben dönerim o döner halka döner/ öyle bir halkadır ki bu kimsecikleri bırakmaz dışında/ haber salın börtü böceğe, kurda kuşa/ yedi iklim, köşe bucağa/ ve burnumuzun dibinde gizlenen Kaf dağına/ kardeşiz cümle mahlûka/ madem ki âlem adem, adem de âlem içindedir/ yetmiş iki millete bakarız aynı nazarla/ ballar balını bulmak için/ kolkola girip bir öne bir arkaya/ kovanımızı yağma etmek için/ "hu" çekmek her nefes alışta/ la-mekânız, bî-mekânız/ kâh orada kâh burda/ el, ayak, baş; sûret ile kaş değil/ adem mânâya derler/ mânâ ki noktada saklıdır/ nokta ki kadrince kadirdir/ ve dahi dört kitabın elifbasıdır/ dervişlik davâsı güdene/ rıza lokmasını zoraki sindirene bir çift lafımız vardır/ Hızlanır nokta/ döner nokta/ bir feryat kopar bağrından/ kül oluruz yana yana/ ben sen gider/ Can canan gider/ âşık maşuk biter/ nokta halkaya devreder/ öyleyse ne başlangıç, ne son/ sadece bir orta nokta... / adını ne koyarsan koy/ ister elma/ ister nokta/ ister hafıza/ ister halka...

Halka içre halkalar halinde dönüyorlardı. Dürri Baba, halkaların tam ortasında, hiç kıpırtısız durmaktaydı. Ayaklarının altından çıkan yeraltı suları kâh usul usul fokurdamakta, kâh gazaba gelip sakallarına kadar fışkırmaktaydı. Gözleri sımsıkı kapalı, dudakları kıpır kıpırdı. Müzik hızlandı.

Kudüm neredeyse orta yerinden çatlayacak; öylesine gergin. Ney neredeyse hüngür hüngür ağlayacak; öylesine içli. Halka neredeyse tarumar olacak; öylesine kendinden geçmiş. Ve hep bir ağızdan, tek yürek, tek nefes olup haykırdılar. "Allahım, Allahım!"

"Allahım, Allahım!"

O vakit halka içre halka içindeki tek nokta kollarını havaya kaldırarak kendi etrafında dönmeye başladı. Ayaklarının dibindeki çatlamış toprağa gayri ihtiyari dökülüyordu sakallarından aşağıya süzülen su damlaları. Döndükçe daha da mavileşiyor; mavi ise, suya bırakılan toprak boya gibi yayılıyor, kendine kıvrılıyordu. Pinhan saklandığı yerde, bir yandan soluğunu tutmuş merakla, hayretle izliyor, bir yandan da deli gibi çarpan yüreğine tehditler savuruyordu. Büyülenmişti; dilini yutmuştu.

Her şey birdenbire oldu.

Pinhan hızla çarpan yüreğini susturamayacağını anlayınca pek yanlış bir iş yaptı. Sağ elinin parmaklarını sımsıkı kenetleyip, göğsüne okkalı bir yumruk indirdi. Lâkin yumruk pek sertti. O yumruğu yer yemez dengesini yitirdi. Birdenbire yerinden fırladı kuşağında sakladığı son erguvânî cam tanesi. Yerde sekip, kalenderi taçlı mezar taşına çarptı ve orada bin pareye ayrıldı. Ne kadar ses çıkarabilir ki bir cam tanesi kırılırken? O ses nasıl duyulabilir ki böylesi bir hengâmede? Ama duyuldu; Ruz-ı Muhabbet halkası tarumar oldu; Dürri Baba aniden durdu. Kaldırdı başını, kaldırdı mavi bulutlu gözlerini. Dosdoğru Pinhan'a baktı. Kaşlarının arasında kıpkırmızı bir nokta vardı. Pinhan, eli ayağına dolaşmış, kalbi küt küt atan Pinhan, noktayı görür görmez donakaldı. O gece, elma ağacının dibinde, halka içre halkalarla koruduğu, duvar içre duvarlarla ördüğü o kıpkırmızı noktayı görür görmez tanımıştı. Buram buram şehvet ve şiddet koktuğunu sandığı için saklamaya karar verdiği o nokta, şimdi Dürri Baba'nın iki kaşının arasındaydı.

Ama nasıl olur, nasıl böyle birdenbire, böyle destursuz, pervasız...? Çizdiği sınırlar, ördüğü duvarlar, sakladığı sırlar içre sırlar, ve yaptığı kapı içre kapılar birdenbire aşılmış, toprağa çizdiği o kıpkırmızı nokta, parmağından, bağrından kopardığı damla açığa çıkmış, çırılçıplak kalmıştı. Çırılçıplak kalması demek, ikibaşlılığının açığa çıkması demekti. İkibaşlılığının ortaya çıkması demek, senelerdir bir kendine sakladığı, çocukluğunda arkadaşlarının arsız bakışlarından, sırnaşık gülüşlerinden koruduğu ve biraz evvel, nasıl olsa buralardan çekip gideceğini düşündüğü için o kibirli kapıyla paylaşmaktan hiç gocunmadığı, lâkin şu anda herhangi bir insanın, hele hele Dürri Baba'nın bilmesini hiç mi hiç arzu etmediği sırrının faş edilmesi demekti ki, işte Pinhan buna dayanamazdı.

Dayanamadı da. Keskin bir çığlık kopardı bağrından. Yere yığıldı.

Kudüm tam orta yerinden çatladı.

Ney koyverdi kendini; hüngür hüngür ağladı.

Erguvânî cam tanesi bütün bunlara sebep olduğuna inanarak, kahrından kendini yedi bitirdi. Ondan geriye minicik bir kır çiçeği kaldı. Kalenderi taçlı mezar taşının yanıbaşında nasılsa her sene boyveren bir çiçek. Adına nice sonra "sır küpü" denecek.

Kendine geldiğinde Dürri Baba'nın eşiğindeydi.

Oraya buraya yerleştirilmiş kandillerin titrek alevleri devasa gölgeler doğuruyordu tekkenin bu en kuytu, elma ağaçlarına nazır odasında. Bir kenarda hafızasına küs, yerinde ağır, var iken yok, işlemeli bir ceviz sandık vardı. Bir tek o boyundan fazlasına soyunmuyor, gölge oyunlarına itibar etmiyordu. Derken duvardaki gölgelerden biri, karındaşlarını ite kaka önünü açarak hızla sağa yöneldi; kıvrıldı; imbiklerden geçti; dervişin merakla ve hayranlıkla seyrettiği adamın kirpiklerinden aşağıya damla damla süzüldü. Dürri Baba hiçbir şeyin farkında değildi sanki; sakin sakin ebru yapmaktaydı. Ağladığını bilmeden ağlıyor olabilir miydi?

Nicedir sımsıkı kapalı tuttuğu dudaklarını aralamaya çalıştığında, o altlı üstlü iki erguvânî çizgi buna direnmek istedi; yapışan deri kalktı; ince ince kan aktı. Dudaklar birbirlerinden ayrı düşerken, Dürri Baba'nın dişlerinin arasından tane tane sözler döküldü.

"Ebru neyi anlatır bilir misin ya Pinhan?"

Sessizce bakıştılar. Dervişin iri, siyah doğuştan sürmeli gözleri, Dürri Baba'nın birer çizgi halinde çekilmiş mavi bulutlu gözlerine takıldı. Karşılaştıkları gün geldi Pinhan'ın hatırına. O mavi, incecik çizgileri ilk kez gördüğü gün geldi aklına. İçi cız etti.

"Sen kendini küçük zannedersin. Halbuki en büyük âlem sende toplanmıştır. Ebru bunu fısıldar bize. Bir tek nokta, en ince fırçanın ucuyla suya bırakılan minnacık bir nokta, olur sana umman u derya. Yayılır, kıvrılır, lamelif misali dolanır. Katreyiz âlemde, lâkin unutma ki tek bir nokta Pinhan, tekmil sırları içinde barındırır."

Bunları söylerken bir yandan da toprak boyaları suya serpmekteydi. Bir ara başını kaldırıp "yaklaş" diye fısıldadı, "yaklaş da hele bir bak". Pinhan çıt çıkarmadan odanın orta yerine geldi ve eğilip ebruyu temaşa etmeye başladı. Mavi bulutlar aralandığında keman kaşlar çıktı ortaya. İnce, nazenin çizgiler kıvrılarak halkalara, iç içe geçmiş halkalar katmerlenerek güllere, uçuk pembe güller dillenerek bülbüllere dönüştü. Ve bülbüller katre katre dağılıp, en nihayetinde baykuşlu viranelere terk etti yerlerini. Baykuşların uğursuz sesleri vasıtasıyla, haberi kendinden önce gelen devanası, çok geçmeden boy göstererek ve bastığı yerleri zangırdatarak yoluna çıkan her şeyi ya ezdi ya da çiğnemeden yuttu. Bir müddet sonra, memeleri yerlerde sürünen ve buram buram belsuyu, ekşi ekşi ter kokan devanası, bolca hırpaladığı vücudunun sızılarına daha fazla tahammül edemeyerek, yorulduğunu kabullenmek durumunda kaldı. Her şeyi pervasızca yok ettiği için üstüne oturacak ne bir kaya, ne de yemyeşil çimenler bulabildi. Korkunç bir gürültüyle, külçe gibi yere yığıldı. İşte o zaman, kız mı yoksa oğlan mı olduğu anlaşılamayan bir çocuk, kılıcıyla devanasının şişkin ve yağlı karnını yararak ortaya çıktı. Oluk oluk akan kan, yağan yağmurla karışıp bir kez daha yerini mavi bulutlara bıraktı. Suyun üzerinde süregiden bu amansız kavga, Pinhan'ın aklını başından almış, soluğunu kesmişti. Öyle ki Dürri Baba'nın sesini tekrar işittiğinde, nerede olduğunu çıkartmakta bir an güçlük çekti.

"Anlatmana lüzum yok Pinhan. Anlatmasan da olur. Unuttun

mu gönlün ne yöne akarsa demiştim. Hâlâ öyle. Gönlün akarsa Pinhan."

Dürri Baba ağırdan aldı sözlerini, mavi gözleri çakmak çakmaktı. Baktı Pinhan'a, baktı ebruya, içi acıdı. İçi kanadı. Ancak o zaman dudaklarında kuruyup kalmış kanın, gözlerinden aşağıya yol çizmiş yaşların farkına vardı.

"Ben dostumu gökte ararken yerde buldum Pinhan. Lâkin bulur bulmaz da yitirdim. Senin yüreğine gurbet düşmüş bir kere, kavli karar etmişsin göçmeye. Gönlün o yöne akmış Pinhan, elden ne gelir. Sana verebileceğim topu topu iki hediyem var sadece. Birisi kulağına küpe olsun diye. Her ne yöne gidersen git, kaç menzil tüketirsen tüket sakın ola kendinden utanma. Vücudun şehrine gir Pinhan; onu seyreyle. Hem de doya doya seyreyle. Biz nefsimizi silmekten değil, bilmekten yanayız; unutma. Birinci hediyem budur sana. İkinciye gelince..."

Dürri Baba uzandı Pinhan'ın elini tuttu. Pinhan soluğunu tutmuş, bayıldı bayılacak, donuk gözlerle ellerine bakmaktaydı. Elleri sanki vücudunun bir parçası olmaktan vazgeçmiş, aniden başlarını alıp uzaklaşmışlardı.

Dürri Baba Pinhan'ın eline fındık iriliğinde bembeyaz bir inci tanesi bıraktı. Pinhan şaşkın, Pinhan ağlamaklıydı.

Dürri Baba sözlerini bitirmeden havada bir kandil peydahlandı. Titrekti alevi ama esen rüzgâra bana mısın demeden göz kırpıyordu Pinhan'a.

"Bu kandil sana yol göstersin. Adını fasl-ı hazan koyalım. Söndüğü yerde aradığını bulasın."

✪

Pinhan, sırdaşı olan dereyi geçmeden önce, tekkeden ayrılalıberi avucunda sımsıkı tuttuğu inci tanesini havaya kaldırdı. Güneşin altında her zamanki gibi sütbeyaz, pırıl pırıldı. Başında bıraktığı tek saç telini kopardı. Kuşağının arasında taşıdığı sahtiyanı açığa çıkardı. İnci tanesini ve yol boyu kendine eşlik eden mavi kokuyu derinin içine koydu. Saç teliyle deriyi dikip, ufacık bir kese yaptı. Sahtiyan keseyi boynuna asarken, son bir kez geriye dönüp baktı. Tuz kesilmedi, ne de taş. Geriye dönüp baktı ve...

Ol vaziyette şehr-i şehir-i İstanbul'a vardı.

Firuzefam bir halka idi hava,
Güneşi perdelerdi bazen...

BU BAB HAVA AHVALİN BEYAN EDER Kİ TABİATI SICAK VE RUTUBETLİDİR

Emanet

Kırılmamak için bükül
Düz olmak için eğril.
Dolmak için boşal,
Parçalan ki yenilen
Az şeye sahip olanlar
Çoğa kavuşabilirler
Çok şeyi olanların zihni karışır.

Tao Te Ching 22

Nakş-ı Nigâr mahallesinin Babafingo yokuşu ile Kesikbaş sokağının bitiştiği yerde güçbela ayakta duran iki katlı ahşap evden, elinde yoğurtlu ekmek, gözlerinde yaşlarla bir kız çocuğu fırlayıverdi. Sol bacağının sağ bacağından daha kısa olması, koşarken hızını kesmekteydi. Benzi hasta yatağından yeni kalkmışçasına sapsarı ve içindeki çalkantı önüne çıkanı yutabilecek kadar devasa idi. Sümüğünü çeke çeke, topallaya topallaya, rakik vücudunu sürükleyerek biraz koştuktan sonra yavaşladı; civardaki evlerden birinin basamaklarına oturdu. Bir süre, boş gözlerle, etrafını, geleni geçeni seyrettikten sonra yerdeki karıncalara verdi dikkatini. Topraktaki bir oyuktan sırayı bozmadan peşpeşe çıkan; siyah patikalar halinde evlerin mutfaklarına dadanan; küçümen gövdelerinde boylarından büyük yükler taşıyarak harıl harıl çalışan ve uzaktan bakıldığında yürüyen çörekotlarını andıran karıncalara... Çocuk, bir süre, sanki daha evvel hiç karınca görmemiş gibi dikkatle ve merakla izledi onları. Tam bu oyundan sıkılıp kalkmak üzereydi ki, onu gördü; topraktaki oyuktan en son çıkan karıncayı.

Topraktaki oyuktan en son çıkan karınca ötekilerden pek farklıydı. Öylesine emsalsiz, öylesine bir başına... Onlar ne kadar kara ise, o da o kadar aktı. Doğar doğmaz un çuvalına düşmüş ya da süt kazanına dalmışçasına...

Topal kız çocuğu, ak karıncayı görür görmez, mahalledeki bütün çocukların yağmur yağdıktan sonra söyledikleri şarkıyı mırıldanmaya başladı. Aralarındaki en ufak çocuğun etrafında bir çember örerek ve el ele tutuşarak, döne döne söyledikleri o bildik şarkıyı.

Ak karınca, çıkma karşıma
Sakın yaklaşma ebemkuşağına
Cinlerin ayağına basarsın
Çarpık çurpuk olursun sonra

Ak karınca, çıkma karşıma
Boğulursun yağmur yağınca
Namazını kimseler kılmaz
Ağlar sızlanırsın mezarında

Ak karınca, çıkma karşıma
Ak karınca, çıkma karşıma

İşte o zaman sol bacağı sağ bacağından daha kısa olan kız çocuğunun aklına müthiş bir fikir gelmiş olacak ki, suratında muzip bir ifadeyle ayaklandı. Kesme taşlarla örülü sokağın bir kenarından usul usul akan yağmur sularına daldırdı avuçlarını. Topladığı suları, karıncaların güzergâhları üzerine dökerek, hemen hepsinin istediği yerde toplanmalarını sağladı. Çamurdan bir çember çıktı ortaya. Çemberden paçasını kurtarmaya kalkışan olursa, vay haline; çocuk hemen suyu basıyordu. Su, bütün yolları kapıyor; firar kırıntılarını, kurtuluş umutlarını yakaladığı yerde elleriyle boğuyordu.

Kapıların kilitli, dağların geçit vermez olduğunu anlayan karıncalar çarnaçar çemberin içinde sıkışıp, korkuyla birbirlerine sokuluyorlardı. Topal kız çocuğu içlerinde en iri ve en kara olanın padişahları olduğunu düşündü; tahtından edilmiş, bir başına bırakılmış, mahzun ve garib bir padişah... Muhasara çemberinin dışında bıraktığı ak karıncaya son bir kez göz attıktan sonra, büyük bir şevkle yeryüzündeki tekmil karıncaları ona benzetmeye karar verdi. Gazasını cümle âleme ilan edercesine etrafına tepeden bir bakış fırlatarak, kollarını sıvadı; sırtını dikleştirdi. Karınca ırkını karalığından kurtaracak cengaver nihayet çıkıp gelmişti. Böylesi çetrefil bir vazifeye elbette ki karıncaların padişahıyla başlamalıydı. Parmağını, ekmeğe sürülü yoğurda çalıp, iri karıncanın her yanını bununla bir güzel sıvadı. O orada debelenedursun, öteki karıncalar, padişahlarının yardımına koşacaklarına, beyhûde bir inatla çemberi delip sıvışmanın yollarını arıyorlardı hâlâ. Çocuk, son bir kez baktı onlara ve yoğurtlu ekmeği tepelerine indiriverdi, muzaffer bir kumandan edasıyla.

Topraktaki oyuktan en son çıkan ak karınca cenk çemberinin dışında kalmıştı. Hızla oradan uzaklaşırken, bir an için durup kısık gözlerle geriye baktı; kardeşlerinin âkıbetine değil, uzaklara, çok uzaklara ve yakınlara, çok yakınlara baktı. İn cin top oynayan sokaklara, hıncahınç dolan cami avlularına, sızım sızım sızlanan ahşap evlere, gıcır gıcır gıcırdayan beşiklere, sus pus olmuş mezarlıklara, buram buram lavanta kokan çeyiz sandıklarına, tıklım tıklım kahvehanelere, sıkış pıkış meyhanelere, güm güm atan yüreklere, fırıl fırıl dönen dolaplara, satır satır okunan dualara, demadem bileylenen beddualara, günbegün artan yoksulluğa, gözalıcı renkleriyle pırıl pırıl parlayan mücevherlere, o mücevherler için işlenen cinayetlere ve oluk oluk akan kanlara baktı. Gurubun ilk şulesi altında, Ademoğullarının Havvakızlarının türlü türlü huylarına, öfkeyle, hasedle, kinle baktı. Sonra, nilfam damarlı mermer bir taşın altına girerek sırra kadem bastı.

Rakik vücutlu kız çocuğu ak karıncanın yokluğunu fark etmeden, çemberin içini beyaza boyamakla meşguldü. Karıncalar yoğurda bulandıkça, kapkara, küçümen gövdeler ak pak inci taneleri gibi yerde yuvarlandıkça, çocuğun gözlerinde rengârenk parıltılar dolaşıyordu. Gece vakti bir görünüp bir kaybolan havai fişeklerini andıran parıltılar. Zaman zaman, belli belirsiz iki beyaz leke, hercai parıltıların arasından sıyrılıp başlarını uzatıyordu. O iki beyaz leke henüz vaktin gelmediğini anlayarak gerisin geri kovuklarına saklanıyordu.

Çocuk, öylesine kendinden geçmişti ki, gözleri yoğurtlu karıncalardan gayrısını görmüyordu. Tek başınaydı bu âlemde; bir başınaydı. Her şeyin tam ortasındaydı; adına dünya denilen, beyhûde koşuşturmalardan, mânâsız itiş kakışlardan mürekkep koskoca bir boşluğun tam ortasında. Durmadan bileylediği öfkesinin karanlıkta parlayan sipsivri ucuyla, boşluğun karnını boydan boya yarmaya çoktan hazırdı. Bir kalabalığa sığınıp yalnızlıktan sıyrılmak istediği için değil; yarattığı her korkuda, sebep olduğu her çığlıkta, bozduğu her güzellikte, soldurduğu her gülümsemede, aslolanın kendi yalnızlığı olduğunu kendine, sade kendine ispat edebilmek için. Lâkin, işe onlardan başlamak üzere yoğurtlu ekmeği siyah karıncaların üzerlerine iyice bastırıp, topunu birden ezerken, gözlerindeki o iki beyaz leke füsunkâr renklerde havai fişekler altından boy gösterirken, o esnada yoldan geçmekte olan ve senelerdir arağı ucuza, dedikoduyu pahalıya satan Ceviziçi Tahir'den okkalı bir tokat yedi.

Ceviziçi Tahir, tam teşekküllü ve vazifesini büyük bir ciddiyetle yapan bir ayaklı meyhaneydi. İncecik, titrek bacakları ile iri, şişkin karnı müthiş bir tezatlık teşkil ederdi. En büyük derdi, sert, siyah sakalının çenesinin etrafında sanki sarp bir hududa toslamışçasına gerisingeri dönerek, yağız, esmer suratının kısmen köse kalmasına sebep olmasıydı. Bir müddetten beri, mahalle kocakarılarının tavsiyelerine uyarak, suratındaki sakal barındırmayan kısımları ateşte ucunu yaktığı fındığın karası ile boyayıp, yağı ile beslemekteydi. Sakallarına dair en ufak bir laf dahi zülf-i yare dokunup, heyheylenmesine kifayet ettiğinden, Akrep Arif mahalleliler, mahallenin yegâne ayaklı meyhanesinin bu husustaki hassasiyetine saygı göstererek, onun yanında bu mevzuyu katiyyen açmazlardı.

Ceviziçi Tahir, her Allah'ın günü, güneş tepeye yaklaştığında sermayesini omuzlar, yollara koyulurdu. Daha erken işe başlamasına iki malûm sebepten ötürü imkân yoktu. Birincisi, hem geç saatlere kadar taban tepip, muhtelif köşelerde arak sattığından, hem de eve vardığında o gün işittiği tüm dedikoduları ballandıra ballandıra uyku mahmuru karısına anlatmayı huy edindiğinden, sabahın ilk saatleri dışında uyumaya vakit bulamıyordu. Kadıncağıza gelince, her gece çektiği bu eziyeti iyiden iyiye kanıksamış görünüyordu. Her gece, uykusunun tam orta yerinde, yani gündüz gözüyle göremediklerini rüyalarında tatlı tatlı, doya doya görürken, evvela arak kokularıyla, sonra dürtüklenerek uyandırılıyor; ve çuval çuval dedikoduyu, cinlerin bile uykuda olduğu saatlerde zihnine buyur etmeye mecbur kalıyordu. Ceviziçi'nin gayesi karısının uykularını haram etmek değildi elbet. O sadece, gün boyu işittiği ve oraya buraya kırıntılarını serpiştirdiği dedikoduları, evine döndüğünde, hem karısına hem de kendine, noksansız, mübalağasız anlattığı takdirde, unutkanlık denen illetin önünü alabileceğini sanıyordu. Yani her gece tekrarlanan bu merasim, Ceviziçi'nin hafızasına takviye maksadı taşıyordu. Zira bir dedikodu hammaddesinin iyi para edebilmesi için, seneler sonra bile rahatlıkla satışa sürülecek sûrette işlenerek, hafıza mahzeninde itinayla saklanması şarttı.

Velhasıl Ceviziçi Tahir, dedikodu satarken, oldum olası, bildiği her şeyi anlatmaktan kaçınır; büyük bir ustalıkla lafı kıvırtıp, ortaya ufak ufak yemler atarak, ganimetin büyüğünü sonraya saklardı. Oltaya takılanlar, dedikodunun devamını öğrenebilmek için, kendini ağırdan satıp naza çeken ayaklı meyhaneyi kovalamaya, kovalarken de keselerinin ağzını açmaya mecbur kalırlardı. Lâkin Ceviziçi'nin dimağında toplanan ganimetler bir araya geldiklerinde ortaya öyle kelli felli bir yekûn çıkardı ki, kazara içlerinden birini unutmak işten bile değildi. Ee, madem ki unutmamak için bildiği herşeyi yüksek sesle ve noksansız anlatmalıydı, bunu yapabilmek için de karısından başka kime itimadı vardı ki...

Ceviziçi Tahir'in, işine güneş yükselmeden çıkmamasının ikinci sebebi, kadim müşterilerinin huylarının ve meşakkatli mesleğinin gereğiydi. Zira ehl-i işret, onca eziyet çektirip bolca hırpaladıkları çilekeş midelerini delmeyi, delip de su bile içemez hale gelmeyi asla arzu etmediklerinden, her ne olursa olsun, bir-iki lokma atıştırmadan demlenmeye başlamazlardı. Onlar karınlarını doyurana ve bir gece evvelinin sermestliğini fırlatıp atana kadar da güneş yükselmiş olurdu. Hal böyle olunca da, Ceviziçi Tahir, bölük pörçük uykusunu aldıktan sonra, başına takkesini, omuzlarına Bursa işi peştemalini yerleştirir; arağını, o kesif kokuyu içine çeke çeke hazırlar; bir nargile marpucunu üçe dörde katlayan bir ucu musluklu bağırsağı beline sımsıkı dolar; kadehini kuşağına dikkatle yerleştirir; uykusuzluktan gözaltları torbalanmış karısını neşeyle öper; ve besmelesini çekip işe başlardı.

Ondan sonrası, yürü babam yürü...
Dedikodulardan mürekkep saatler boyu...

Ceviziçi Tahir, gün boyu, sokaklarda müşteri kokusuna göre yön değiştirerek taban teper, uzaktan seğirte seğirte yaklaşan gediklileri sebzeci dükkânlarının önlerinde yahut içlerinde bekler; bir iki hoşbeşten sonra senelerin tecrübesiyle önünü arkasını kollar; bağırsak musluğunu açarak, kuşağından çıkardığı kadehe sapsarı arağı boca ederdi. Dükkân sahipleri de, ayaklı meyhanenin ya kesesini yahut arağını sık sık tırtıkladıklarından, bu gidişata açıkça göz yumar, ses çıkarmazlardı.

Müşterileri, ayaklı meyhanenin kadim müdavimleriydi aynı zamanda. Süratle içerken, sebzeci dükkânındaki bir lahana ya da marul yaprağını, veyahut turpu, emsaline az rastlanır bir tevazuyla meze yapar; atıştıracak bir şey bulamadıklarındaysa, ağızlarını ellerinin tersiyle silerek "ağız mezesi" ile yetinirlerdi. İçkilerini yuvarlarken, bir yandan da ayaklı meyhane ile ayak üstü sohbet etmeyi huy edinmişlerdi. Bu sohbetler esnasında Ceviziçi Tahir, huylarını gayet iyi bildiği müşterilerini mümkün olduğunca lafa tutar ve en canalıcı sualleri destursuz sıralardı. Bir yandan arağın, bir yandan da Ceviziçi'nin suallerinin adamakıllı sersemlettiği müdavimler de dillerini tutamaz; ilk üç kadehten sonra bülbül gibi ötmeye, keyifli keyifli şakımaya başlarlardı. İşte o vakit hudutlar aşılır; en hafî sırlar mahfazalarından çıkartılır; dilin kemiğinin olmadığı bir kez daha ispatlanırdı.

Neler, neler anlatılmazdı ki bu ayak üstü sohbetlerinde? Sakız mahbublarının hangi meclislerde boy gösterip kimlere gümüş çanak tuttuğundan, mahalledeki en sofu zatın aslında su katılmamış bir münkir olduğuna; hangi aşüfte karının kendini ona buna peşkeş çektiğinden, civardaki herif-i naşeriflerin habis huylarına; çengi avratların konaklarda hemcinsleriyle ne dolaplar çevirdiğinden, taze fidan karısını mesud edemeyen bir herifin, kimbilir hangi akla uyarak tenasül uzvuna merkep kuyruğundan kopardığı kılı bağlamaya kalkıştığına ve bu niyetle yanına yaklaştığı merkebin attığı çiftelerle yaralandığına; kabadayı geçinip, şahbazlıktan dem vuranların meyhane kavgalarında nasıl yiğitliğin onda dokuzuna sahip çıktıklarından, körpe gelinlerine büyü yapan kaynanaların melûn ve hafî maksatlarına; en mütekâmil görünenlerin ahval-i reziliyyesinden, kimlerin veled-i zina olduklarına kadar envai çeşit faideli bilgi bu mestane mecliste peyderpey açığa çıkardı. Bu yolla gün boyu malzeme toplayan ayaklı meyhane, hava kararmaya başlar başlamaz topladıklarını, orda burda, meraklısına satardı. Üstelik hem malzemenin en mühim kısmını sonraya saklayarak, hem de anlattıklarına arağın dört beş misli fiyat biçerek.

Hal böyleydi işte; sittinsenenin Akrep Arif, yeni adıyla Nakş-ı Nigâr mahallesinde arak ucuza, dedikodu pahalıya satılırdı.

İşte bu titrek bacaklı, şişkin karınlı ayaklı meyhane, nâm-ı diğer Ceviziçi Tahir, şimdi kaşlarını çatmış, karınca katili topal kız çocuğuna dik dik bakıyordu. Çocuk ise, yediği şamardan çok, ortalığa yayılan kesif arak kokularından sersemlemiş görünüyordu. Koku, yani o pek yakından tanıdığı, kendini bildi bileli iki katlı ahşap evlerinin her köşesinde, ama en çok da babasının yattığı odada teneffüs ettiği arak kokusu, şimdi yüreğinde buruk bir acı bırakıyor; yitip gitmiş bir hayalin kanlı canlı timsali olarak karşısında dikiliyordu. Bir türlü zaptedemediği gözyaşları yanaklarından aşağıya pıtır pıtır dökülürken, kirli, tozlu suratında ince, uzun, külrengi yollar açıyorlardı. Ara sıra gürültüyle burnunu çekip, sümüğünü emiyordu. Sümüğü genzini yakıyordu. Çıplak, hayli pis ve yara bere izleriyle dolu ayaklarının dibinde toprağa bulanmış yoğurt, unufak olmuş ekmek ve inci taneliğine terfi edemeden mevta olmuş ayaklı çörekotları yatıyordu.

Mücrim çocuğun babası ayaklı meyhanenin sıkı müdavimlerinden olduğundan, Ceviziçi Tahir, hem adamın her türlü huyunu suyunu, hem köhne evin mazisini, hem de çocuğun hangi dilden anlayacağını gayet iyi biliyordu.

"Dellendin mi kız. Bi sıkımlık canları var zaten, ona da sen mi kasdettin? Günah ki ne günah... Babana söyleyim de gör gününü. Kızılcık sopasının tadını özledin zaar."

Çocuk, kıvır kıvır saçlarla çevrelenmiş başını kaldırıp Ceviziçi Tahir'in gözlerinin içine baktı. Upuzun kirpikli, iri, bal rengi gözlerini esirgemeden, dosdoğru, yakarak, delerek baktı.

"Babam göçtü!" dedi dişlerini sıkarak.

Artık ağlamıyordu.

İsimler büyülüdür. Sade büyülü mü, isimler hem de büyücüdür.

Mahallenin ismi Nakş-ı Nigâr olalıberi, bu sözdeki kerameti çok daha iyi anlıyor, hatta iliklerinde hissediyordu sâkinleri. Sebebi gayet sarihti. Zira bu meşhur mahalle sittinsenedir Akrep Arif mahallesi diye bilinirdi. Akrep Arif, ki hiç şüphesiz hem gelmiş geçmiş kabadayıların içinde bir tane hem de fukara dostu, gönül adamı, mucib mizaclı idi, varlık âleminden göçüp gittiğinde, anlı şanlı adını mahallelisine emanet etmişti. Mahalleli de, bunca zaman emanete hıyanet etmeyi aklından dahi geçirmemiş; Akrep Arif'in şanına lâyık olmak, ruhunu her daim şad etmek için boyunca uğraş vermişti.

Sittinsenedir Akrep Arif mahallesi, şöhretini İstanbul'un tepelerinden aşırıp, yedi düvele gümbür gümbür duyurmakla övünürdü. Burada dünyaya gelen her çocuk böylesi bir şöhrete zeval getirmemeyi, sonuna kadar lâyık olmayı boynunun borcu bilirdi. Kazara, riyâkârlık ederek borcundan dönen yahut aslını inkâra cüret eden olursa, evvela kötekle, sonra nasihatle çabucak yola getirilirdi. Yola gelen, mahallenin firuze çinili, selvi motifli, bakır taslı çeşmesinde, yediden yetmişe herkesin gözü önünde, nedametini dile getirir; üç avuç suyla başını sıvazlayıp, tekmil cürmlerinden, ayıplarından arınır; ve doğru yolu bulduğuna nişan olarak da, oracığa, gönlünden ne koparsa bırakırdı. Akrep Arif mahallesinin çeşmesinin üzeri, yanı yöresi, bundan dolayıdır ki, envai çeşit nedamet nişanı ile donanmıştı. Bu nişanlardan her biri, yoldan çıkanın, aslını inkâra yeltenip de Akrep Arif'in nâmına toz kondurtanın tövbekârlığının samimi ifadesi, doğru yola döndüğünün sarih işaretiydi. Burada aşurelikler, çeşm-i bülbüller, altın bilezikler, gömleklik bezler, yaldızlı toprak lüleler, çiçek saplı mühürler, lohusa şerbetleri, cep saatleri, kunduz kürkleri, testiler dolusu şarap, enfiye kutuları, kama kınları, zemzem suları, Medine hurmaları, sedef kakmalı Kuran-ı Kerim mahfazaları, terkibi meçhul macunlar, sorguçlar, kurutulmuş meyveler, cam humbaralar, maşrapalar, yaldız pullu kâseler, kehribar tesbihler, horoz derisi gerili dümbelekler, kıymetli taşlar, fildişi taraklar, halkârî billur kutular, tombak sahanlar, gülabdanlar, lâledanlar, buhurdanlar... hatta ve hatta kimbilir hangi evliyanın sandukasının, sırma iplikle ayet işlemeli, kıymetli örtüsünü dahi bulmak kabildi. Hem âdet yerini bulsun hem de ibret-i âlem olsun diye sergilenen bu nedamet nişanlarına mahallede kimse el sürmezdi.

Sanduka örtüsünün hikâyesi, hiçbir zaman tam olarak açığa çıkartılamamışsa da, ağızlara sakız olmuş, bire bin katılarak evden eve, kulaktan kulağa nakledilmişti. Elbette işin en doğrusunu, olsa olsa Ceviziçi Tahir bilebilirdi. Gene de bu şaibeli hikâyenin hakikate en yakın hali muhtemelen şöyleydi:

Yakın zamana kadar, Akrep Arif mahallesinin mürai ve laubali delikanlılarından, ve dolayısıyla da yüz karalarından biri olan Sefih Ali, konu komşudan gizli hırsızlık eder, çalıp çırptıklarını da evinde istiflermiş. Habis huyları açığa çıkmasın diye mesleğini icra etmek için İstanbul şehrinin en uzak köşelerini seçermiş. Gel zaman git zaman, Sefih Ali hem hırsızlığı, hem laubaliliği ve müraiiliği öyle ilerletmiş ki, latife ettiğini sanırken herze söyler; kargayı bülbül, merkebi düldül diye satar; kafasında kırk tilki besler, kırkına da ayrı vaatlerde bulunur; gözden sürmeyi, kaştan rastıkı çalar; tavuskuşu görse yolacak kaz beller olmuş. Sade bununla kalsa gene iyi. Çaldıkça çalmak, çırptıkça çırpmak, paralandıkça paralanmak hırsı bürümüş gözlerini.

Sefih Ali'nin gözlerine, çiğ sebze yeşili çöreklenmiş.

Hal böyle olunca da, karnı doysa dahi gözü bir türlü doymayan Sefih Ali, şehr-i İstanbul'un meşhur yangınlarını birer ganimet fırsatı belleyip, yangın yerlerine dadanmaya başlamış. İşte ne olduysa, yine böyle bir yangın zamanı olmuş zaten. O yangın oracıkta, tam da o vakitte çıkmasaymış, Sefih Ali de civardan tesadüfen geçiyor olmasaymış, Nakş-ı Nigâr mahallesindeki nedamet çeşmesinin üzerine örtülmesi kabil olamazmış o pek kıymetli, ayet işlemeli evliya örtüsünün.

Dinleyin feleğin zulümatını
Oldu İstanbul'da bir nişane
Görün bu mahallin harabatını
Yandı dükkân evler kaldı virane[1]

Yangın Defterdar Celal mahallesinde çıktığında, bir başka kıyamet daha kıyam eylemiş şehr-i İstanbul'da. İstanbul dediğin, varlık âlemine gözlerini açtığı günden bu yana ne kıyametler atlatmış, çarnaçar bunu da atlatacak. Atlatacak ama öyle sessiz sedasız, süklüm püklüm değil; ayyuka çıkan feryadıyla figanıyla, yüreğini güm güm attıran telaşıyla korkusuyla, ve küllerinden doğabilmek için her daim yanında taşıdığı bir pişirimlik Eyub sabrıyla.

Kıyamet dediysek, alevlerin meali herkes için bir olacak değil elbet. Malûm ya, her yangın nice insanı inim inim inletirken, bir de bakmışsın ki kiminin de yüzünü güldürür. Belki de budur bu işlerin hikmeti. Ne safi kötülük, ne de safi iyilik. Ne de olsa, kötünün en okkalısı bile, bazı bazı, bazılarına, mucizevi bir merhem terkip eyleyip, cılk yaraları iyileştirir. İnanması ne denli zor olsa da, kiminin ruz-ı mahşeri, kiminin ruz-ı hızırı oluverir.

Ne safi kötülük; ne safi iyilik...
Her daim, her yerde,
İ-ki-baş-lı-lık...

Velhasıl, o gün Defterdar Celal mahallesine sayısız bela ve cefa veren, dört yanı dağdar edip inleten alevler, bazılarının yüreğine de kova kova su serpmişti. Ve şeytana pabucunu ters giydirecek kadar kurnaz, mahallelisinin yüz karası hırsız ve mürai Sefih Ali, minnetle aldığı bu suyu salt yüreğine serpmekle yetinmemişti. Tekmil kemiklerini, ve vücudunun her bir karesini onunla yıkamış, sıvamıştı. Hal böyle olunca da, evleri yakıp, canlara kastederek, usul usul tüten ocakları bir fiskede söndüren yangın, Akrep Arif mahalleli Sefih Ali'ye acil şifa vermişti. Zira onun için yangın demek ganimet demekti. Bu sebepten ötürü Sefih Ali, Defterdar Celal mahalle-

1. Âşık Cevlani, *Kerestecideki Yangının Destanı.*

sinden göğe yükselen alevleri görür görmez, sevinç naraları atmamak için kendini zor tutarak, hemen o yöne seğirtmişti.

Oysa, Sefih Ali'ye kalburdan eleğe kadar yağma fırsatı muştulayan yangın, pençesine geçirdikleri için felâketlerin en büyüğü idi. Defterdar Celal mahallesinin sâkinleri sokaklara dökülmüş, feryad u figan ederek mallarını mülklerini alevlerin gazabından ve bu renk fevvaresini takip eden küllerin siyahından kurtarmak için canlarını dişlerine takmış uğraşıyorlardı. Malûm ya, İstanbul yangını, Anadolu ise salgını ile nâm salmıştı. Söz itibarıyla alışkındılar dört mevsim, gece gündüz, vakitli vakitsiz kapılarını çalan alevleri içeri buyur etmeye. Alışkındılar alışkın olmasına da, gelen misafirin iyiden iyiye arsızlaşıp evlerinde ne var ne yoksa götürmeye kalkmasına razı gelecek halleri de yoktu elbet.

Duyunca ahali heman yetişdi
Birkaçı da yolda bayılub düşdü
Birdenbire bir yer tutuşdu
Çıkdı duman arşa ta asmane[2]

Böyle zamanlarda, bir başka mahalle ahalisinin tuzlarının kuru olduğunu sanmaları kadar büyük bir gaflet ve de cehalet olamazdı. Birbirine pek benzerdi ahşap evler; sadece kisvede değil, kaderde de. Boyasız tahtaları güç bela bir arada tutmayı kotaran çiviler, yangın çıktığında, huy değiştirir; umulmadık bir anda ok gibi fırlayarak uzaktaki bir başka ahşap evi rahatlıkla tutuşturabilirdi. Komşuluk bir kaderdaşlık demekti; ister mecburiyetten olsun, isterse can u gönülden.

Heman alev her yana sıçradı
Dörtbeş dükkân ve konakları sardı
Şiddetle rüzigar aldıkça aldı
Başladılar evden kaçan kaçana[3]

2. Âşık Cevlani, *Kerestecideki Yangının Destanı.*
3. Âşık Cevlani, *Kerestecideki Yangının Destanı.*

Kendi canını, malını kurtarmaya çalışanların ya da Sefih Ali gibi kıyametlerden parsa toplayanların dışında, alevlerin pençesinden uzak olduğu halde başkalarının imdadına koşanlar da bulunurdu her zaman. İşte o gün de, Defterdar Celal mahallesinde yangın çıktığını haber alan kuzeydeki çarşı esnafı da yardıma koşmuş, bağıra çağıra orta yere yığılmıştı. Dükkân üstü bekâr odalarında ikamet eden delikanlılar, her yangının üstüne yürümeye namzet, gönüllü ve bıçkın bir ordu teşkil etmekteydiler. İşin aslı, ara sıra kendilerinin de kazara yangın çıkartıp, çarşı boyundaki köhne dükkânları ölümle burun buruna getirdikleri de olurdu. Ve böylesi yangınların dedikodusu da bol olur; bekâr uşaklarının yüreklerinde yanan ateşin zaptedilemeyecek bir hal aldığından, gizli gizli, odalarında, –günahları boyunlarına– fiil-i şeni ve fiil-i livata işledikleri kulaktan kulağa, ağızdan ağıza dolaşırdı. Böylelikle bekâr uşakları ile yangın münasebeti pek ikircikli bir hal alır, aynı zatlar, hem nice yangının söndürücüsü, devası olurken, hem de kimi zaman, sebeb-i vücudu oluverirlerdi.

Yine de, istisnasız her yangında canla başla koşturup, kelle koltuk serbazlık eden bu yiğitlere nankörlük etmemekte fayda görürdü civar halkı. Zira gayet iyi bilinirdi ki onlar, varı yoğu, sadece tek şilteli, tek yorganlı, tek yastıklı bir yer yatağından ibaret olan daracık odalarında, dükkânda işe yaramadıklarına karar verilen envai çeşit hırdavatın arasında yatıp kalkar; şikâyet yahut itiraz etmeden boğaz tokluğuna çalışıp didinir; ve hiç karşılık beklemeden, hiç tanımadıkları insanların, hiç bilmedikleri eşyalarını omuzlarda taşımak sûretiyle alevlerden kurtarırlardı.

Defterdar Celal mahallesinin gördüğü geçirdiği kimbilir kaçıncı yangındı bu. Her yangın gibi bunun da velvelesi boyundan büyüktü. Yangınzedelerin huyları türlü türlüydü. Sokaklara dökülenler, tutuşmasın diye evlerinin damlarından aşağıya kova kova su dökenler, baygın baygın alevleri seyredenler, feryat eden dul kadınlar, zırıl zırıl ağlayan çocuklar, şaşkın çocuklar, yeni bir oyun fırsatını gülücüklerle karşılayan daha küçük çocuklar, kıymetli mallarını alevlerin ellerinden kurtarmaya çalışanlar, yardıma koşanlar, canını zor kurtaranlar, ayılıp bayılanlar, Allah'a yakaranlar, yangını çıkaran melûna lanet okuyanlar...

İşte böyle bir gulgulenin tam ortasında, mahallelisinin yüzkarası, nâm-ı diğer Sefih Ali, keyifle, olan biteni izlemekteydi. Hiçbir fırsatı kaçırmamak için fıldır fıldır dönen gözleri, çok değil, birkaç adım ötesinden geçen bir karaltıyı seçince iri iri açılarak, fener alayı gibi parlamaya başladı. Karaltı, telaşla yangın yerinden uzaklaşmaya çalışan genç bir kadına aitti. Sürekli yanını yöresini kolaçan ederek yürüyen, yüreğinin gümbürtüsü o hengâmede bile rahatlıkla duyulabilen kadının bir şeyler sakladığı, birilerinden korktuğu her halinden belliydi. Göğsünün üzerinde taşıdığı küçük bir kutuyu, sanki her an birileri çıkıp da elinden almaya kalkacakmış gibi, kollarıyla sıkı sıkı sarmıştı. Sefih Ali'ye gelince, onun aklı, kutunun içinde ne olduğundan çok kadının kıvrak vücuduna, her adımda hopur hopur hoplayan yusyuvarlak kalçalarına takılmıştı. Lâkin yangın alevleri kulaklarına kucak kucak ganimet muştuladığından, ifrat-ı hissiyat'a gem vurarak, kadını takip etmemekte karar kıldı. Kararından dönmeyeceğini ispat etmek istercesine, buram buram fitne kokan kadından yana bakmamak için kafasını çevirdi.

Tam o esnada, yangının patlak verdiği yerde, çivileri çoktan fırlamış ahşap bir ev gürültüyle çöküverdi. Sefih Ali, herkesin dikkatinin oraya toplanmasını fırsat bilerek, etrafını kollamaya dahi lüzum duymadan, yakınlardaki bir evden kurtarılmış ve üst üste istiflenmiş mallara yanaştı. Onların arasında ışıldayan bir gerdanlığın gözüne çarpması için kısacık bir an kifayet etti. Gerdanlığı almasıyla, gidip bir kuytuya saklanması bir oldu. Pek bereketli olacağı daha şimdiden aşikâr olan bir günün siftahını işte böyle yaptı. Geri geri çekilip, bir duvara sırtını verdi. Orada avını kollayan atmaca gibi gözlerini kısıp etrafı seyretmeyi sürdürdü. Oynak kalçalı genç kadını gözden yitirdiğine üzülen yüreğini avutmaya muktedir ganimetlerin ufukta görünmelerini beklemeye koyuldu. Sefih Ali'nin gördüğü geçirdiği, soyduğu yağmaladığı, kenarından köşesinden tırtıkladığı kimbilir kaçıncı yangındı bu. Sırası geldiğinde sabretmeyi de bilirdi, ok gibi fırlayarak en münasip fırsatı ensesinden tutup yakalamayı da.

Sefih Ali dişini sıkıp, etrafı temaşa ederek oracıkta aleste bekleyedursun, hiç mi hiç hesapta olmayan bir hadise patlak verdi.

Yangında sade mallarını mülklerini değil, edeblerini de yitirdikleri anlaşılan iki dul kadın saçsaça, baş başa dövüşmeye başlamışlardı. İçlerinden biri, yekdiğerini gerdanlığını çalmakla itham ediyor; itham edilen de ağza alınmayacak küfürlerle ona cevap veriyordu. Birbirlerine bakışlarındaki adavet, ortalığı ısıtmakta, yangın alevlerinden çok daha iddialı görünüyordu. Kan çıkmasına ramak kalmıştı.

"Rabbim aklım sana emanet. Ayağını denk al mandagöz karı, sonra bilmem ha!"

"Haydi oradan gudubet. Kaşla göz arasında iç ettin gerdanlığı. İnşallah el avuç açasın. Yüz okka ibrişim boyu yerin dibine geçesin."

"Artık hu! Allahtan kork. Bana torbanın ağzını açtırma. Hem gerdanlık ne ararmış senin gibi bitli karıda?"

"Aman dostlar, aklıma heyheyler geliyor. İliği murdar karı. Çaldı canım gerdanlığı, çaldı da koca kıçıyla üstüne yattı. Yetişiiiin!"

İki dul kadının çıkardıkları patırtı öylesine büyüktü ki herkes bir anda başlarına toplandı. Velhasıl ortalık fazlasıyla kalabalıktı ve böylesi bir arbedede her ne kadar kimsenin kimseyi görecek tâkati yahut niyeti olmasa da orta yerden mal aşırmak cüret değil, olsa olsa cehalet isterdi. Bu kavi sebepten ötürü, adımını atacağı toprağı yoklamadan ayağını uzatmayan Sefih Ali, oradan sıvışmaya ve külleri beklemeye karar verdi.

Külleri severdi. O siyahlığın arasından yangına yenik düşmemiş pirinç şamdanlar, mücevher kutuları, burma bilezikler, gümüş yahut altın takılar... velhasıl envai çeşit ganimet çıkabilirdi. Karın altından boyunlarını uzatan çiçekler misali, küllerin içinden sıyrılıp gelerek... Sefih Ali'ye gerdan kırıp, çapkın çapkın gülümseyerek... Telaşa lüzum yoktu. Sular durulunca tekrar gelir, küllerin arasında oynayan çocukları münasip bir bahaneyle uzaklaştırır ve Kaarun hazinelerini aramaya koyulurdu.

Gelgelelim, kani olmayı da beceremiyordu bir türlü. Ne de olsa topu topu bir gerdanlık ile oradan uzaklaşmayı hazmedecek bir adam değildi. Yılların hırsızı, nâm-ı diğer Sefih Ali ise eğer, fıldır

fıldır dolanan gözleri elbet kısa günün kârını bir yerlerde bulacaktı. Böyle düşünürken, sırtını yasladığı duvarın öte yanında uzanan evliya türbesini fark etti.

Türbe demek üç kollu gümüş şamdanlar, pirinç fiske şamdanlar ve hatta evliya şöyle büyüklerden biri ise, sandukanın üzerinde kıymetli bir örtü demekti ki, Sefih Ali pek severdi böylesi hazineleri. Hiç kuşkusuz, itikatsız değildi. Çarpılmaktan, ömür boyu çarpık çurpuk dolanmaktan ödü kopardı kopmasına da, korkusuna rüşvet sunardı işin ucu ballı olunca. Korkusu hık demiş Sefih Ali'nin burnundan düşmüş; çarçabuk teslim olurdu bir iki tatlı lokmaya. Dilini keser, hem munis hem de selis oluverirdi. Sobanın etrafında kıvrılan kedi misali keyifle mırıldayarak Sefih Ali'nin saçlarının arasına kuruluverir; sözlerin tutulmasını, vaatlerin yerine getirilmesini beklerdi.

Böyle zamanlarda Sefih Ali ile korkusu canciğer bumbar sarması oluverirlerdi.

İşte o gün de, Sefih Ali korkusunu pışpışladıktan sonra sağa, sola, göğe, toprağa bir göz attı. Ne yazık ki sığınabileceği bir karanlık yoktu ortada. Dört yana ışık saçan alevler duvarın ötesini de inatla aydınlatmaktaydı. Ne gam; omuzlarını silkip güldü Sefih Ali. Kıyıda köşede kalmış gölgeleri kendine siper edinerek, duvarı aştı. Serçe peşindeki kedi adımlarıyla türbeye yaklaşıp, alacağını alarak oradan sıvıştı.

Tam da o esnada, gerdanlığı çalınan dul kadın, bir eliyle öteki kadının başından yolduğu saç tutamını tutarken, bir eliyle de usulünce dövüşebilmek için bir tahta parçası yahut bir taş ararken, Sefih Ali'nin karaltısını seçti. Kadıncağız, donakalmak yerine, önce bir besmele çekip, ardından yanındaki yöresindeki insanlara ve bilhassa, bir dakika öncesine kadar tavuk boğazlar gibi boğazlamayı düşündüğü dul kadına karaltıyı gösterdi. O vakit kavga sona erdi. Zira herkes görmüştü ki, evliya, yangın ve kavga yerinden uzaklaşmakta idi. O ulu kişi, pılını pırtısını toplamış, alevlerden, arbedelerden uzak ve sakin bir köşe bulmak üzere karanlığa dalmakta idi. Dul kadın, gerdanlık yüzünden çıkardığı patırtıdan dolayı af temenni eder gibi, ağlamaklı bir ifadeyle karaltının ardından fatiha okudu.

Rivayet budur ki, Defterdar Celal mahallesinin yekpâre mermer bir sütundan ibaret meşhur sadaka taşı işte o müstesna günün anısına konmuştur türbe duvarının yamacına. Türlü âfete bana mısın demeyen bu sadaka taşı, yolu buradan geçenlerin başlarının gözlerinin sadakası olarak, ömürlerinde hiç görmedikleri ve görseler de tanımayacakları Ademoğullarına, Havvakızlarına bıraktıkları nafakayı, ihtiyacı olanlara, usulca, usulünce teslim ederdi. Para, üzerindeki çukurda durur, hali vakti iyi olmayanlar, semte yolları düştükçe taşın üzerini yoklar ve bir miktarını geri bırakmayı ihmal etmezlerdi. Fakir fukara, sefaleti bir kendinin çekmediğini gayet iyi bilir, paranın bir kısmını daha sonra gelecek kaderdaşlarına bırakırdı. Yangın çıktığında şamdanları ve örtüsüyle gözlerden ırak ama gönüller içre bir mekâna taşınmayı daha münasip bulan evliyanın adı kazınmıştı sadaka taşına. Onu ilk gören dul kadın bu işe önayak olmuştu; sevabına. Kadıncağız nereden bilsin karanlığa karışıp terk-i diyar eden evliya hazretlerinin, gerdanlığını aşıran haris ve habis huylu Sefih Ali'den başkası olmadığını...

Sefih Ali'ye gelince, o, sebep olduğu ve olacağı hadiselerden bîhaber yükünü yüklenmiş, yolunu tutmuştu. Lâkin mahallesine avdet etme işini mümkün olduğunca ağırdan alıyor, hiç telaş etmiyordu. Ne de olsa, sanduka örtüsünü, şamdanları, ve gerdanlığı evine sağ salim ulaştırabilmek için gecenin karanlığının bastırmasını beklemek zorundaydı.

❂

Beberuhi Rıza nefesini avuçlarına üfleyerek ısınmaya çalıştı. Bu gece hava çok soğuktu. Üstelik nöbeti devredebileceği başka bir bekçi yoktu mahallede. Oysa eskiden üç bekçisi vardı Akrep Arif mahallesinin. Nöbetleşe kollarlardı mahalleyi. Ne var ki, Kabakulak Reşo, iki sene evvel mahallenin evli barklı kadınlarından biri ile kaçıp gitmişti. Sabırküpü Sabri ise artık bekçilik yapamayacak kadar yaşlandığından yakın zamanda köşesine çekilmişti. Söylediklerine göre her gece gün ağarana kadar tek göz odasında kalın sopasını yere vura vura dolaşacak ve şikâyete gelenleri tutuklamaya kalkışacak kadar bunamıştı. Hal böyle olunca da Beberuhi Rıza tek başına kalmıştı. Lâkin bu meşakkatli vazifeyi bir başına ifa edemeyeceğini gayet iyi bildiğinden bir bekçi arıyordu yanına. Yeni bekçi, Kabakulak Reşo gibi utanmaz arlanmazın teki çıkıp elâlemin karısına kızına göz dikmemeli; ve Sabırküpü Sabri gibi ahı gitmiş vahı kalmış biri olmamalıydı. Bu sebeple Beberuhi Rıza yanına dürüst, sözüne sadık, gücü kuvveti yerinde bir bekçi aramakta idi.

Arıyordu aramasına da pek de acele ettiği söylenemezdi. Ne de olsa Ramazan-ı Şerif yaklaşmaktaydı. Beberuhi Rıza, ramazan bahşişlerinin bölünmesini istemediğinden, yeni bir bekçinin hemen gelmesini istemiyordu.

O gece hava çok soğuktu. Beberuhi Rıza, soğuktan parmakları donmuş ellerine ikide bir hohlayarak ısınmaya çalışıyordu. Ucu demirli meşeden yapma kalın sopasını arada bir yere sertçe vurarak, çıkan sesin yankısından güç topluyordu. Bu ses kafasının içinde dolanan tilkileri şaşırtıp, birbirlerinin kuyruklarına basmalarına yol açtığından, ramazan bahşişlerini nerelere harcayacağını mütemadiyen silbaştan hesaplıyordu.

Beberuhi Rıza, adı üstünde, o kadar kısa boylu bir adamdı ki, attığı her adıma dikkat eden Sefih Ali gecenin karanlığında onu fark edemedi.

Beberuhi Rıza'ya gelince, o üstüne üstüne gelen eciş bücüş karaltıyı fark etmekte gecikmemişti. Fakat iyi saatte olsunların ziyaretine uğradığını sanarak bildiği tüm duaları peşpeşe sıralamaya başlamıştı. Bir duadan ötekine geçerken, birden içine bir kurt düştü. Belki de Kepoz'du bu. İsmihan Kadın'ın meşhur ve zararsız Kepoz'u işte bu sefer de bu tuhaf kılığa girmeyi, girip de bekçi babayı şaşkına çevirmeyi kafasına koymuş olabilirdi. Eğer hal böyle ise, Kepoz'u sol bileğindeki çuvaldızdan rahatlıkla tanıyabilirdi.

Beberuhi Rıza cesaretini toplayıp karaltıya pusu kurdu. Bir duvarın arkasına sinip, tam önünden geçtiği esnada karaltının üstüne atlayıverdi. Fakat kıskıvrak yakaladığı buz gibi soğuk bilekte çuvaldıza rastlayamayınca, Beberuhi'yi bir korku raşesidir aldı. Neyse ki aynı anda, yangın yerinde aldığı rüşvetle sesini kesen Sefih Ali'nin korkusu da itaat etmekten vazgeçip, boygöstermişti. Bir müddet, iki adam karşılıklı tir tir titrediler. Ama birden Beberuhi

Rıza, sanduka örtüsünün altındakinin, ahvali ve eşgali meçhul bir yaratık değil de, Sefih Ali olduğunu anladı. Onu, gözlerine çöreklenen çiğ sebze yeşilinden tanımıştı.

Beberuhi Rıza, Sefih Ali'nin ağzını şöyle bir yokladıktan sonra ona ilişmedi. Fakat gördüklerini, arak kokusunu takip ede ede bulduğu Ceviziçi Tahir'e yetiştirdi. Ceviziçi duyar da, mahalleli duymaz olur mu hiç? Sanduka hikâyesinin bundan sonrası çorap söküğü gibi geldi. Hemen mahalle şurası toplandı. Sefih Ali elpençe divan yeminler ederek bir kendinibilmezin iftirasına kurban gittiğini, meleklerden daha pakize ve masum olduğunu ispat etmeye çalışadursun, sade evliyanın sanduka örtüsü değil şimdiye değin tüm çalıp çırptıkları evinde bir bir tespit edildi.

Önce kötek, sonra nasihat.
Kolaysa yola gelme!

Sefih Ali tövbeler ederek kendini nedamet çeşmesinin önünde buldu. Yediden yetmişe bütün mahallelinin gözleri önünde bir güzel yıkanıp cürmlerinden arındıktan sonra da, başına bela olan sanduka örtüsünü oraya serdi.

Bu kıymetli hediyeyi alan nedamet çeşmesi keyfinden bir güvercin gibi gurul gurul sesler çıkartıp, sularını taşırdı.

✪

Sittinsenenin Akrep Arif mahallesinde işler böyleydi. Böyleydi ama mahallenin adı Nakş-ı Nigâr olalıberi ortada bir tuhaflık vardı. Ne Akrep Arif'in anlı şanlı adını terk etmeye, ne de Nakş-ı Nigâr'a olan minnet borçlarını inkâr etmeye yürekleri elveriyordu. İki taraftan çekiştirilmekte ve iki tarafı da memnun edememenin huzursuzluğunu duymaktaydılar. O eski mesut günlerine bir an evvel geri dönmeyi arzulamakta, fakat bunun nasıl mümkün olabileceğine dair en ufak bir hal çaresi bulamamaktaydılar.

Yoksa, sittinsenenin meşhur ve emsalsiz mahallesini kem gözlerin nazarı mı kakalamıştı?

Hıyanet

Yaşlı kadın gerekli özeni gösterip onu kendine getirmiş; sonra da kendisine "Neyin var oğlum? Bu denli alt üst olacak ne gördün ki?" diye sormuş.

Binbir Gece Masalları
Hasan-ül-Basri'nin Serüvenleri

Akrep Arif mahalleliler, kabadayılar şahı, gönül adamı, İstanbul âlemlerinde nâmını okutmuş demini sürmüş Akrep Arif'in kutsal emanetine canla başla sahip çıkarken, sittinsenedir demadem artan şöhretlerini, mahallenin dört kapısından esen dört ayrı rüzgârın muhabbetine borçluydular. Demirden dökülmüş kuzey kapısından püfür püfür esen rüzgâra bâd-ı şahbaz denirdi. Bu soğuk rüzgâr Akrep Arif mahallelilere cesaret aşılardı. Kurşun kaplama güney kapısından ılık esen bâd-ı pîçân mahalle halkının çehresine güzellik katardı. Bâd-ı berin namıyla, bakırdan yapılmış batı kapısından salına salına ve sıcacık esen rüzgâr da mahalle ahalisini mülayim kılar; onlara hüsn-i adab bahşederdi. Tepeden tırnağa gümüşe kesmiş doğu kapısından esen nemli rüzgâr ise bâd-ı pürgû diye anılırdı. Bu rüzgâr mütemadiyen, ya konuşur yahut ıslık çalardı. Onun tesiriyle mahalle ahalisi küfürbaz olmuştu.

Dört ayrı kapıya, dört ayrı rüzgârın mührü vurulmuştu. Her mühürde bir harf taht kurmuştu. Kuzey kapısının, kenarları yabani sarmaşıklarla çevrilmiş mühründe selvi boyuyla elif, güney kapısının papatyalarla bezenmiş mühründe karnında noktasıyla cim, batı kapısının sümbül süslemeli mühründe buruk gülümsemesiyle ze ve doğu kapısının menekşe biçiminde kesilmiş mühründe ağzını bıçak açmayan mim harfi intizar ederdi.

Demir, kurşun, bakır ve gümüş... Serbazlık, güzellik, hüsn-i adab ve küfürbazlık... İşte bu dört hususta, şimdiye değin kimsecikler Akrep Arif mahallelilerin ellerine su dökememiş, onlarla boy ölçüşememişti.

Dört ayrı rüzgârın çok uzak diyarlardan taşıyıp getirdikleri tılsımlar, mahallenin yedi kocakarısının ellerinde yoğurulur, okunur, sırlanırdı. Ortaya çıkan cevher, kıymetli taşlarla bezenmiş gümüş bir mahfazanın içinde, kem gözden yavuz dilden sakınılır saklanırdı. Kocakarılar cevherden kimselere, en yakınlarına dahi söz etmezlerdi.

Bâd-ı pîçân'ın taşıdığı güzellik pek müstesna bir güzellikti. Onun sayesinde Akrep Arif mahallesinin güzeli boldu. Bâd-ı pîçân'ın yetiştirdiği evlatların ab ü tabları görenlerin ağızlarını öyle bir açık bırakırdı ki, bu açık ağızlara sinek girse, girmekle kalmayıp bir de orada yuva kursa, adamın ruhu duymazdı. Kız olsun erkek olsun, bu rüzgâra gözlerini açıp onunla serpilenler, gelincik yanaklı, mestane gözlü, fidan boylu, nazik endamlı, hokka burunlu, ok kirpikli, billur tenli, nokta benli ve lâl dudaklı olurlardı. Kimilerine göre Allah onları özenip de yaratmıştı. Kimilerine göre de vakti zamanında bu mahalle peri kızlarının akınına uğradığından, onlardan geriye, güzide bir neseb kalmıştı; yoksa keramet rüzgârda falan değildi. Sebep her ne olursa olsun, Akrep Arif mahalleliler güzellerini elâlemin nazarından korumak için, mahalle kocakarılarının ellerinden çıkma nazar boncukları ve muskalar taşırlardı. Her yeni doğan perizad bebeğin başında yine bu kocakarılar üç gün nöbet tutar; hem bebeklere hem de lohusalara dadanan cinleri savarlardı. Kocakarılar üç gün üç gece boyunca uyumadan, gözlerini dahi kırpmadan tetikte bekler; ciğer söken, kan emen, zulmü keyif edinen Pirelik'e, Pirabok'a, Alkarısı'na meydan okurlardı. Mahallede doğan her bebek ve doğum yapan her kadın, hayatlarını bu kocakarılara borçlu olduklarını gayet iyi bildiklerinden onlara saygıda asla kusur etmezlerdi.

Burada, azıcık boy atan oğlan, hemen yeni yeni terleyen bıyıklarını fiyakalı fiyakalı burmaya soyunur; memeleri tomurcuklanan kızlar da gerdan kırıp, göz süzme telaşına kapılırlardı. En mühimi, Akrep Arif mahallesinin sâkinlerinin gözleri pırıl pırıl parlardı. Beşikten mezara kadar, burada yaşayan herkesin gözlerine, mahallenin kocakarıları sabah akşam limon damlattığından, en fersiz, en inatçı ve donuk göz bile bir zaman sonra pes eder, gece gündüz fener alayı gibi parlamaya başlardı. Lâkin şu da var ki, Akrep Arif mahalleliler güzellik konusunda pek muhafazakâr, pek titizdiler. Dışarıda istisnasız her haltı karıştırır ama zinhar dışarıdan kız alıp, dışarıya kız vermezlerdi. Soyları bozulmasın, sütlerine ağu katılmasın diye mahalle dışını Dâr-ül Gudubet ilan etmişlerdi.

Mahalle evlatları, mehpare çehreleriyle olduğu kadar serbazlıklarıyla da yedi düvele nâm salabilmiş olmalarını, kuzeydeki demir kapıdan giren ve mütemadiyen soğuk esen bâd-ı şahbaz'a borçluydular. Akrep Arif mahallesinin delikanlıları kabadayılığı ustalarından öğrenir; icazet alana değin de ustalarının sözünden bir adım olsun dışarı çıkamazlardı. Kâfi derecede bıçkınlaştığına, nara atarken dizlerinin ve de sesinin titremediğine, üzümünü iyiden iyiye sararttığına inanılan delikanlı, hemen yediden yetmişe herkesin gözü önünde imtihana tabi tutulurdu. Bu imtihana Mim, imtihana girecek olanlara da Mimdar denirdi.

Mimdarlar, Alikız kuyusu, Kancıklık dehlizi, Şişe-i Rindan olmak üzere, üçü de birbirinden belalı, birbirinden çetrefil üç safhadan geçerlerdi.

Alikız kuyusu, içi yarıya kadar gülsuyuyla, yarıya kadar da bezir yağı ile doldurulmuş, geniş ağızlı bir kuyu idi. Her iki sıvı da, aradaki huduta hürmet gösterip, birbirlerine karışmadan, kuyunun yarı dairesini kaplarlardı. Alikız kuyusuna indirilen Mimdar evvela, gülsuyu ile doldurulmuş kısımda, yukarıdan sallanan halatlara tutunarak dururdu. Gülsuyu buz gibi soğuk olduğundan, bir yandan iliklerine kadar titrer, bir yandan da metanetini yitirmemeye çaba gösterirdi. Bir müddet sonra, kuyunun etrafını ören mahalle sâkinleri aşağıdaki Mimdar'ı övmeye, göklere çıkarmaya başlarlardı. Mimdar söylenen her iltifata, şımarmadan, kendini koyvermeden cevap vermeye mecburdu. Daha sonra, gene halatların yardımıyla bezir yağı ile dolu kısma geçen Mimdar, bu sefer de yergi yağmuruna tutulurdu. Mahalle ahalisi az evvel öve öve göklere çıkardıklarını, şimdi yere yere yerin dibine geçiriverirlerdi. Üstüne üstlük, bezir yağı adamın yüreğini sıkıştıracak kadar sıcak olurdu. Mahalle sâkinleri onun hakkında her türlü fena lafı söylediklerinde, Mimdar bozulmadan, gocunmadan, üstüne üstüne gelen her saldırıyı usulünce karşılamak durumundaydı. Bir de şu var ki, kuyunun ağzından atılan her söz Alikız kuyusunun duvarlarında yankılanır, münasip bir cevap gelene kadar da bu yankı durmak bilmezdi. Bir zaman sonra övgüler de yergiler de can acıtır, kan akıtırdı. Eğer Mimdar panzehirini yanında taşımıyorsa, çabucak kelimelerin zehirine teslim olur; yukarı çıkartılmak için feryad ederek ağlamaya başlardı. Alikız kuyusunda çuvallayanlar öteki sınavlara girmeye hak kazanamadıklarından, kâfi derecede pişmediklerine kanaat getirilerek salıverilirlerdi.

Kuyudan alnının akıyla çıkanlar ise bir gece dinlendikten sonra, ertesi gün en pak, en şık kıyafetlerini giyerek Kancıklık Dehlizi'ne sokulurlardı. Dehlizin dışarıya açılan kapaklarından biri mahalle camiinin içindeydi. Gülfam camiinin avlusundaki ceviz ağacının dibinde bulunan ve kilidinin anahtarı sadece cami imamında duran ağır ve hantal taş kapak bu istisnai günlerde açılır ve Mimdar işte buraya sokulurdu. Dehliz mahallenin tam altından dolanır; çatal çatal yollara ayrılırdı. Sınav esnasında, yollardan pek çoğunun ya ağızları duvarlarla, taşlarla, kalaslarla örülü olduğundan ya da nereye çıktıkları alabildiğine meçhul olduğundan, sadece birkaçı kullanılırdı. Kullanılan yollarda her taraf boy boy, türlü türlü ayna ile donatıldığından Mimdar nereye bakarsa baksın sade kendini görür; bir vakit sonra da kendi sûretiyle hesaplaşmaya koyulurdu. Bu dehlizdeki aynalar Mimdar'a paha biçilmez hediyeler teklif edip, karşılığında da ondan, herhangi bir mahalle sâkinini tufaya getirmesini isterlerdi. Teklifler öylesine göz kamaştırıcı, hediyeler öylesine akıllara durgunluk verici olurdu ki, pek çok Mimdar içinde kabaran tuğyanı zapt edemeyerek çok geçmeden kancıklık etmeye razı gelirdi. Ve işte böyleleri, mal mülk için eşine dostuna halel getirmeyi korkunç bir züll addeden mahalle sâkinleri tarafından hemen imtihandan çıkartılırlardı. Dehlizden de alnının akıyla çıkarak, kancıklığa sonuna kadar direnebilenler ise, gene bir gece dinlendikten sonra Şişe-i Rindan safhasına hak kazanmış olurlardı.

Şişe-i Rindan aşamasına varan Mimdar, Akrep Arif mahallesinin orta yerine kurulan ziyafet sofrasında, mahallelinin kendi elceğizi ve ayakcağızıyla yaptığı testi testi şarabı kafasına dikmekle işe başlardı. Böyle böyle hem Mimdar'ın meykeşliği ölçülür; hem de çakırkeyif olduğunda dilinin dolanıp dolanmadığı, huylarının değişip değişmediği anlaşılırdı. İlk iki imtihanı başarıyla vermiş pek çok Mimdar testiler dolusu şarabı mideye indirdikten sonra yılışarak ağızlarına geleni söyledikleri, çiğlik edip lüzumsuz patırtı kopardıkları ve muhabbetin tadına damla damla ağu kattıkları için tam da dananın kuyruğunu kopartacakları sırada elenmişlerdi. Kaybettiklerine kani olmayan ve nerede hata yaptıklarını sarhoş kafayla bir türlü idrak edemeyen Mimdarların, durduk yere hırgür çıkartmamaları için de her türlü tedbir alınmıştı.

Şişe-i Rindan'da da kendini ispatlayan Mimdar, demirden dökülmüş kuzey kapısının önünde, has ipekten serbazlık kuşağı kuşandıktan sonra yediden yetmişe herkes tarafından bir güzel öpülür, tebrik edilirdi. O vakit mahalle büyükleri ona yeni bir isim verir; ve bu yeni ismin kazındığı bir akma hançeri kuşağına yerleştirirlerdi.

Böyleydi işte;

Akrep Arif mahallesinde serbazlık, dışarıya hücum etmekten değil, içeriyi fethedebilmekten geçerdi.

Mahallenin şöhretini şehr-i İstanbul'un surlarından aşırıp yedi düvele gümbür gümbür duyuran bir başka husus da, sıcak esen bâd-ı berin'in taşıdığı hüsn-i adabtı. Karıncayı incitmemek için toprağa yumuşak basmaktan, densize haddini en münasip zamanda, en münasip şekilde bildirmeye; zayıfın omzuna çıkmamaktan, uzatılan her eli öpmemeye kadar envai çeşit hususta en isabetli tavrı takınmayı şart koşan hüsn-i adabın kaideleri, bir bir saptandıktan sonra, her yeni doğan bebeğin kundağına yazılırdı. Edep ve terbiye esasına göre kaleme alınan hüsn-i adab kaideleri, ağır ve hüzünlü bir şarkının nağmeleri gibi sindire sindire, tadına vara vara icra edilmeyi talep ederdi. İncecik bir dere misali heybetli dağların arasından kıvrılıp önünü açarak; dalından düşmüş bir kuş misali her yürek atışında sılanın kadrini bilerek; rüzgârda savrulan kuru bir yaprak misali ayrılığın hüznünü iliklerinde hissederek; güneş altında katre katre eriyen kar parçası misali zamanla hesaplaşarak; çamura düşmüş inci misali karanlığın ortasından ışıl ışıl bakmakta inad ederek; ve kırkbir çeşit baharatının kırkbirini de bağrına basan mesir macunu misali ayrı gayrı tanımadan edîbâne, hakîmâne, rindâne yaşamayı, yaşayabilmeyi öğütlerdi hüsn-i adab kaideleri. Mahallelinin indinde, işte bu kaidelere kulak asmayanları, bâd-ı berin'in sıcak nefesinden çok, kendi vicdanları yakardı günün birinde.

Akrep Arif mahallesinin dört ayaklı meşhur cevherinin dördüncü ayağı ise, gümüşe kesmiş doğu kapısının içeri buyur ettiği bâd-ı pürgû'nun marifeti olan sivridillilik ve küfürbazlık idi. Bu geveze rüzgâr sayesinde mahallenin küfür ve argo lugatı öylesine genişlemişti ki, kazara yolu Akrep Arif mahallesinin meyhanelerine düşen bir yabancı buralarda işittiği her bir kelime ile biraz daha afallayıp, mânâsını çözemediği lakırdıların meyanında sıkıntılı anlar yaşayabilirdi.

Mahalleliler kocakarı yerine cazır, cangoloz, dudu; hafifmeşrep kadına fırkıtma, kırıklı, totomlık, yalık, sagar-ı gerdan; fahişelere ayakkarısı, yalama, paçoz, süflü, löpçük; tombul kadına bıldırcın, hoşor; çirkin kadına kakanoş, gurabi, mırmırık boza; evde kalmışa küflü küpecik, patlıcan turşusu, kalık, köhnemiş peymane; metres yerine zamazingo, gaco, vıngır; ay yüzlü delikanlılara sakız muhallebisi, mahlep, zencefil; sofulara çerağ, davlumbaz, dü-âlem; harfendazlara kavruk, yalpa, dil iti; saraylılara kafes bülbülü, şazkaz, karakuşi; sözünde durmayıp riyâkârlık edenlere medd ü cezir, kıvırdak, ehl-i nâr; gözünü budaktan esirgemeyenlere fitil otu, koçbaşı; pintilere fukara devesi, hurda akçe; nazik tabiatlılara hanım iğnesi, iğne oyası, yassı kadayıf derlerdi.

Bâd-ı pürgû'nun verdiği ilhamla mahallenin neferlerinin ağızlarına pelesenk olan küfürler ise teeddüben buraya yazılmamışlardır. Yalnız, şu da var ki Akrep Arif mahalleliler bu külliyatı salt kendilerine saklamayarak, bir de bunun bir kısmını memalik-i Osmaniyye'nin dört bucağına ihraç ederlerdi. Akrep Arif mahallesinde dantel oya misali işlenen küfürler memleketin en ücra köşelerinde dahi kapış kapış alıcı bulurdu. Alıcılar bir taraftan en son gelen malları dikkatle tetkik ederken, bir taraftan da meşhur mahallenin yedi ceddine selâm etmekten kendilerini alıkoyamazlardı.

Dört ayrı rüzgârın sayesinde, Akrep Arif mahalleli olmak sevinç ve iftihar medarıydı. Mahalleliler, gittikleri her yerde kasım kasım kasılarak ve etraflarına şöyle bir tepeden bakarak, Akrep Arif mahallesinde yaşadıklarını, hem de doğma büyüme oralı olduklarını söylemeyi ihmal etmezlerdi. Bu sözler, bütün dikkatlerin üzerlerinde toplanmasına sebep olduğundan, ağızları kulaklarına vararak, Akrep Arif nâm babayiğidin efsanelerini ballandıra ballandıra anlatmaya başlarlardı. Böylelikle, hem mahallelerinin şöhretinin kaymağını yer, hem de velinimetlerine lâyık olmaya gayret ederlerdi.

Velhasıl bu mahalle, şöhretini, dört ayrı rüzgârın tek vücutta kaynaşabilmesine borçluydu. Her bir rüzgâr tahta tek başına çıkabilmek için can atarken, onları barındıran vücudun muhtemel bir kavgaya kurban gitmemesinin yegâne hikmetini kulak hırsızlığı yapan yedi kocakarı bilirdi. İşte bu yedi kocakarı, gökteki meleklerin fısıldaşmalarından kayan yıldızların seyrine, kırlangıçların süzülüşlerinden topraktaki börtü böceğe, taşların damarlarından çorbalardan tüten dumana kadar baktıkları her yerden alâmetler toplarlardı.

Onların nazarında alâmet dediğin her yerde mevcuttu. Kırda çiçek toplar gibi alâmet toplamak mümkündü. Yeter ki insan görmeyi görmemeye yeğlesin.

✪

Hal böyleydi. Böyleydi ama yakın zamanda mahallenin adı değiştiğinden, senelerin Akrep Arif mahallesi bir sabah uyandığında Nakş-ı Nigâr mahallesi oluvermişti. Bu işin sebeb-i hikmeti, İstanbul şehrinin en köklü ailelerinden birine mensup Nakş-ı Nigâr nâm asil ve yufka yürekli bir hatun kişinin son nefesini verirken, bu kenarda kıyıda kalmış mahalleye bir hamam yaptırılmasını vasiyet etmesiydi. Dünyasına doyamayan bu genç kadının vasiyeti sevenleri tarafından harfiyyen yerine getirilince, Akrep Arif mahallesi de bir hamama kavuşuvermişti. Hem de ne hamam... Soyunmalığı, ılıklığı, sıcaklığı ayrı güzel.

Nida hamamının erkekler kısmına Keşmekeş sokağından, kadınlar kısmına ise Muamma sokağından girilirdi. Her iki kısım da şeklen birbirlerinin aynı olmakla beraber, kadınlarınki biraz daha genişçeydi. Hamamın giriş kapısından, dar bir koridorla, iki katlı tasarlanmış, küçük küçük odalara bölünmüş soyunmalığa geçilirdi. Burada aheste aheste soyunup, Bursa işi peştemaller kuşananlar, biraz soluklandıktan sonra yekpâre mermerden, yuvarlak ve basık bir kapıdan geçerek ılıklığa varırlardı. Kapının her iki tarafında yeralan yavruağzı damarlı koyu kırmızı mermer kurnalara, pirinç çeşmelerden gürül gürül akan gülsuyu, daha ilk adımda hamamın ne kadar müstesna olduğunu ispat ederdi. Burada yürürken insanın yüzüne evvela soğuk, sonra giderek ılıklaşan ve buram buram ıtr-ı şahi kokan bir hava mevcesi çarpardı. Ilıklığın orta kısmı, birbirinden güzel, irili ufaklı tam kırkbir porselen tabakla donatılmıştı. Bu tabaklardan yayılan renk demetleri ağırlıklı olarak soluk mürekkep mavisi, çağla yeşili, uçuk mor, çivit rengi, eflatun ve camgöbeğinden mürekkepti; ve bu halleriyle sade ılıklığa değil hamamın tamamına esrarlı, müphem bir hava verirlerdi. Hamamın güzelliğine güzellik katan bir başka husus da her kısmı birbirinden ayıran kapının bir öncekinden biraz daha yüksekçe tasarlanmış olmasıydı. Böylelikle hamamın içinde yürüyenler her adımda başlarını biraz daha kaldırıp, omuzlarını biraz daha dikleştirerek en nihayetinde ta göbektaşına kadar varmış olurlardı. Hamamdan çıkarken de geçtikleri her kapıda başlarını biraz daha eğmeleri, omuzlarını biraz daha düşürmeleri icap ederdi. Öyle ki çıkış kapısına varan, kendini ikibüklüm sokağa atardı. İşte kapıların bu şekilde tasarlanmış olmasına, mahalle sâkinleri derin mânâlar vermişlerdi. Onların indinde hamamda yıkananlar sade kirlerinden arınmakla kalmıyor; bir de girerken yükselmek ve çıkarken alçalmak sûretiyle, büyüklüğün ve kibirin ne denli geçici olduğunu yakından görme fırsatı buluyorlardı.

Nida hamamının kuşkusuz en şatafatlı kısmı olan sıcaklık ise dört eyvanlı, dört halvet hücreliydi. Her bir halvet hücresinin üzeri küçük bir kubbe ile örtülmüştü. Mahallenin kadınları işte bu hücrelerde bir taraftan, seslerinin çınlamasına aldırış etmeden bol bol dedikodu yapar, bir taraftan da evvela kendi çocuklarını, sonra hızlarını alamayarak konu komşununkileri bacaklarının arasına sıkıştırıp, çamaşır döver gibi yıkarlardı. İri memeleri çocukların kafalarına sağlı sollu darbeler indirdikçe, zaten sıcaktan mayışmak üzere olan küçümen vücutlar daha da sersemleşirdi. Böylelikle defalarca keselenip, sabunlanan ve kaynar sularla yıkanıp, iri memelerin darbeleriyle hırpalanan çocuklar, sıcaklıktan adeta sürünerek dışarı çıktıklarında, tepeden tırnağa kızarmış ve iki kat derilerini geride bırakmış olurlardı. İçlerinde yaşça daha büyük ve dolayısıyla daha tecrübeli olanlar, feryatların, ağlanıp sızlamaların kâr etmediğini gayet iyi bildiklerinden, dişlerini sıkıp sabrederlerdi. Üstelik uslu duranlar muhakkak ödüllendirilirlerdi. Üzerleri sabunlanmış liflerle gerili gümüş taslar, üflemeleri için ellerine tutuşturulur; çıkan rengârenk balonlar canlarının acısını unuttururdu. Gerçi balonlar hep kısa ömürlüydü; birazcık yükselip, etrafa ışık saçtıktan sonra aniden yok olurlardı. İçlerinde kubbeye ulaşmayı başaran olmamıştı. Onlar sessizce patlarken, belli belirsiz kıvılcımlar görünürdü havada. Büyük çocuklar kıvılcımlara sinirlenip, daha iri, daha uzun ömürlü balonlar yapabilmek için birbirleriyle kıyasıya yarışırlardı. Ne var ki balonlar, bu yarışta hiçbir zaman onlar kadar hevesli, onlar kadar inatçı olmazlardı.

Daha küçük çocuklar ise bu ödüle burun kıvırıp, beyhûde ağlayıp tepinirlerdi yıkanırken; ama çok geçmeden burunlarını çeke çeke, sabundan yanan gözlerini ova ova teslim bayrağını çekerlerdi. Bazen, neftî renkli irice bir sabun kalıbı kadınların ellerinden ok gibi fırlar, engellerin arasından ustalıkla kıvrılarak ta kirli suların aktığı kanallara kadar kaymayı başarırdı. Küçük çocuklar yaşlı gözlerle bu sabun kalıplarına bakıp imrenir, onlar gibi kayıp kurtulmayı hayal ederlerdi. Aslında bu çocuklar, göbektaşına uzanıp da kendilerini tellakların ellerine bırakan büyüklerinden çok daha şanslı olduklarını bilmezlerdi. Zira Nida hamamının çamyarması tellakları sert köseleyi zımparalar gibi kese yaparlardı.

Büyükçe ve bir uçtan öbür uca kırmızıya kesmiş bir kubbe, göbektaşına kol kanat gererdi. Aşağıdan yükselen ve ardı arkası gelmeyen sesler kubbeye vardıklarında parçalara ayrılıp, su damlaları olarak geri dönerlerdi. Damlalara refakat edip kubbeden nazlı nazlı süzülen güneş ışıkları ise, kenarları işlemeli taşlarla örülü geniş, sütbeyaz göbektaşını aydınlatırken, sıcaklığın geri kalan kısmını loş bırakırlardı. Böylelikle göbektaşında uzananlar sıcaklığın her köşesinden rahatlıkla seyredilebilirken, göbektaşını çevreleyen kısımlar esrarlı bir karanlığa bürünürdü. Tellağın elinden kurtulanlar pestilleri çıkmış bir halde göbektaşına uzanırken bu karanlığa boş gözlerle bakarak, uğultuların, çınlamaların, yaygaraların ve kahkahaların ortasında kendilerinden geçerlerdi.

Nida hamamının hem erkekler hem de kadınlar kısmının her köşesi ince bir işçilikle dantel gibi işlenmişti. Güzeldi hamam; bambaşka bir âlemdi. Geniş ve bereketli bir rahim gibiydi; kapısına varanları sessizce içine çeker ve ancak canı istediğinde salıverirdi.

Hamamda yıkananlar son suyu dökünürken Nakş-ı Nigâr'ın ruhuna fatiha okumayı ihmal etmezlerdi.

İşin aslı, Nakş-ı Nigâr'ın böylesine mutantan bir hamamı pek de durup dururken yaptırmadığı, bu işin altında muhakkak bir bit yeniği olduğu ağızdan ağıza, kulaktan kulağa yayılmıştı. Ama böyle durumlarda bilip de bilmemekte fayda gören mahalle halkı diline kilit vurmuş, gözünü kapamıştı. Böylesine müstesna biri kalkıp da bu kadar büyük bir ihsanda bulunurken onun hakkında dedikodu yapmak, mahallenin gözbebeği Civan Ömer'e sevdalandığını, sevdasından verem olup döşeklerde yatarken son arzusunun, asla kavuşamadığı, zira zinhar mahallesinden kopartamadığı sevgilisine şaşalı bir yâdigâr bırakmak olduğunu konuşacak değillerdi ya. Hal böyle olunca, bilip de bilmemek en doğru, en isabetli karardı.

Bu işin ardında yatan sebep her ne olursa olsun, Nakş-ı Nigâr nâm paşa kızı kalkıp da mahalleye hamam yaptırınca ve bu hamamın külhanlarında evsiz barksız nice insan soğuk kış günlerinde kemiklerini ısıtma imkânına kavuşunca, mahallenin adının Nakş-ı Nigâr'a çevrilmesi genel kabul görmüştü. Gerçi bu pek zarif isim mahalle kabadayılarının pek hoşuna gitmiyor ve sokak isimleriyle kayda değer bir zıtlık taşıyordu ama olsun varsın. Bu mermer kurnalı, her daim sıcak sulu, görenlerin yüreğini ferahlatan, buram buram ıtr-ı şahi kokan ve sade kirden değil kederden de arındıran hamam, mahallenin veletlerini bitlerinden pirelerinden, evsiz barksızlarını kış ayazında donma derdinden, evinde rahat duramayan fettan kadınlarını da can sıkıntısından kurtarıyordu ya.

Gene de mahallelinin içi pek rahat değildi. Hem nasıl rahat olabilirlerdi ki, Akrep Arif, davudî sesi, kulaklara şenlik külhani naralarıyla rüyalarına girip herkesten teker teker hesap sormaya başlamışken?

Herkes hal çaresini başka başka yerlerde ararken, akşamcılar, nerede olurlarsa olsunlar ve nasıl bir halet-i ruhiyye içinde bulunurlarsa bulunsunlar, içtikleri ilk kadehi Akrep Arif'in şerefine kaldırmayı âdet edindiler. Kendilerini biraz olsun bağışlatmak, mahallenin adını Nakş-ı Nigâr'a çevirmenin vebalini bir nebze olsun hafifletebilmekti tüm gayeleri. Böylece kadehler tokuşturulurken, keyif ehli yeni bir akşama daha hazırlanırken şu sözler yankılanırdı havada: "Hey gidi babayiğit Akrep ağbimizin şerefli ruhu şad olsun!" Masada bir yabancı olduğunda, dürtüklemek ya da ayağına basmak sûretiyle onun da katılması sağlanır, bu merasim titizlikle yapılırdı. Hep bir ağızdan "âmîn" diyerek kadehleri başlarına dikerler; suratlarını buruştururken de ağızlarına bir iki lokma bir şey atmaya çalışırlardı. Akrep Arif'in şerefine kaldırılan kadeh öyle yudum yudum değil, tek nefeste dibini bulmalıydı. Böylelikle Akrep Arif, dudaklardan yola çıkarak hızla aşağılara süzülür, genizleri yakar, göğüsleri tırmalar ve bir mızrak hızıyla indiği mideleri delmeye kastederdi. O kadar da olsundu hani. Madem ki bir kusur etmişlerdi; affedilmek için ne lâzımsa yapacaklardı.

Hiçbiri fayda etmedi.

Hasıl-ı kelâm mahallenin adı Nakş-ı Nigâr olalıberi her şey ters gidiyordu. Ayın son cuması dükkânlara asılan ve kimsenin görmemesi için ters çevrilen Karia suresi; karınca yuvalarından alınarak dört köşeye serpilen topraklar; bir diş sarımsak, çörekotu, pavurya dişi, çatallı mercan, kurt dişi, hintkarıncası boynuzu ve mavi boncuktan meydana gelen nazarlık kümeleri; dökülen kurşunlar; okunan dualar kâr etmemekte ve mahallenin beti bereketi günbegün azalmaktaydı. Akrep Arif mahalleliler, bu işin içinde bir iş olduğunu kestirmekte, mahallelerinin adını Nakş-ı Nigâr yapmalarının vebalini ödediklerini sezmekte; lâkin duruma müdahale edememekteydiler. Senelerdir kulak hırsızlığı yapan yedi kocakarı dahi melekleri işitmekte güçlük çekmeye başlamıştı.

Ve arıyorlardı.

Ne yardan ne de serden geçebildiklerinden, iki ismi birden taşımanın yollarını arıyorlardı. Bu iki ismin birbirleriyle geçinemediğini, er ya da geç içlerinden birinin yekdiğerinin boğazına sarılacağını, çıkan kanlı kavgada kurunun da yaşla beraber yanacağını bile bile. İsimlerin hem büyülü hem de büyücü olduklarını bile bile.

Ve korkuyorlardı.

Akrep Arif'in hayaleti gece vakti evlerin damlarında dolaşıyor; ayak sesleri, yataklarında kıvranan mahalle sâkinlerinin yüreklerinde güm güm yankılanıyordu. Merhumun hayatta iken elinden düşürmediği kehribar tesbihi ilmik olup boğazlarına geçtiğinde, tekmil mahalle ahalisinin elleri ayaklarına dolaşıyordu. O vakit yediden yetmişe hepsi şıpır şıpır ecel terleri döküyorlardı.

Ve bekliyorlardı.

Neyi ya da kimi beklediklerini bilmeden, bilemeden bir alâmet bekliyorlardı.

Bir-a-lâ-met!

Felâket

Devir döndü;
Zaman yine piç oldu

Teslim Abdal

Ceviziçi Tahir, topal kız çocuğunun yanından, suratında meyus bir ifade ile ayrılmıştı. Kara haberi işitince ne yapacağını bilememiş; çocuğun gönlünü okşayacak birkaç tatlı laf dahi söyleyememişti. Karınca vakasını aklından tamamıyla çıkartarak, yetim kalmış çocuğa hakikati bilmeden attığı tokatın hicabıyla kızararak oradan uzaklaşmıştı. Şimdi, hiç vakit yitirmeden ölüyü çıkartan evi ziyaret etmeliydi. Babafingo yokuşu ile Kesikbaş sokağının bitiştiği yerdeki iki katlı ahşap eve gidip, başsağlığı dilemeli; bir ihtiyaçları varsa omuz vermeliydi. Ama evvela kendi evine uğramalı, karısını da bu elim hadiseden haberdar etmeliydi.

Ceviziçi Tahir daha evvelki akşam kendisinden arak alan, keyifli keyifli sohbet edip, bol bol dedikodu malzemesi veren bu genç ve heybetli ve küfürbaz adamın nasıl olup da ertesi günü çıkartamadığına akıl sır erdiremedi. "Takdir-i İlahi!" dedi içinden bir ses. "Lâkin çok içerdi rahmetli" diye ekledi başka bir ses. "Acep ne vakit ölmüş?" diye merakla sordu bir üçüncü ses. Derin bir sessizlik oldu. Ceviziçi bu sessizliğe teslim olurken, bir yandan da en son sorulan suale bir cevap bulmaya çalışıyordu. Eğer gece vakti göçüp gitmişse, o küçücük çocuk geceyi bir ölüyle tek başına geçirmiş demekti bu. Tepeden tırnağa ürperdi. Oldum olası korkardı ölümden ve ölülerden.

Ceviziçi Tahir ne zaman böyle dalgın dalgın yürüse, gözlerini bastığı yerden ayıramazdı. Gene böyle ikibüklüm yürürken, yerde yatan nilfam damarlı mermer bir taş dikkatini çekti. Babasını yitirmiş küçük bir çocuğa attığı tokadın acısını ondan çıkartmak ister gibi hışımla bir tekme savurdu taşa. Nilfam damarlı mermer taş havada birkaç takla atıp, uzağa düşerken, onu gördü. Gözleri yuvalarından fırladı. O şaşkınlıkla öyle ters bir hareket yaptı ki, dilini ısırdı. Tuzluydu kanın tadı.

Pürdikkat eğilerek, kendine yeni bir sığınak arayan karıncanın hakikaten ak olup olmadığını anlamaya çalıştı. Öyle ya, topal kız çocuğu bu karıncayı da yoğurtlamış olabilirdi. Ceviziçi Tahir, karıncanın hakikaten ak bir karınca olduğunu görünce, korkudan titremeye başladı. Kendini bir nebze olsun toparladığında, Babafingo yokuşunu çıkıp, Kara Nara sokağına daldı telaşla. Sokağın ortasındaki, üç katlı, sarmaşıklarla örülü ahşap eve vardığında nefes nefese kalmıştı. Kapının sapsarı pirinç tokmağını hızla çalmaya başladı. İçeriden çilli, zeytin gözlü, saçları sıfıra vurdurulmuş bir oğlan çocuğu çıktı.

"Ninen evde mi?" diye sordu. Çocuğun başını salladığını görür görmez de, geniş avluyu geçip, hızla en üst kata yöneldi. Titrek bacaklarıyla yukarıya çıkarken her bir basamakta giderek daha da kuvvetlenen yabani ot kokuları bir an için sersemleyip duraklamasına sebep oldu. Başka zaman olsa hoşuna gidecek olan bu baygın kokulara şimdi tahammül edemiyordu.

Kevser nine yukarıda, peykede oturmakta, evdeki yabani otları birer birer gözden geçirmekteydi. Her sene üç kadına toplattığı yabani ot çuvallarının gelmesine daha epey vakit olduğundan elinin altındaki malzemeyi dikkatli kullanması gerekiyordu. Fakat bazı otlar ya tamamıyla bittiğinden ya da bitmeye yüz tuttuğundan asabı bozuktu. Selâmsız sabahsız içeri dalan Ceviziçi Tahir'i görünce kınalı ellerindeki karabaş otlarını kucağına bıraktı. Ayaklı meyhanenin durup dururken evine damlamayacağını gayet iyi bildiğinden, sebeb-i ziyaretini merak etmişti.

"Hayrola Ceviziçi?" diye sordu.

"Hayır mı şer mi sana akıl danışmaya geldim ninem. Ben... Ben mahallede ak karınca görmüşüm."

Kevser nine telaşlanmadan, sıradan bir haber almış gibi sakin

sakin arkasına yaslandı. İhtiyarlığına rağmen, pembe-beyaz çehresi, hafif kalkık burnu, sütbeyaz dişleri ve hâlâ sarkmamış yanaklarıyla hayli dinç görünüyordu. Eğer yaşını eleveren bir şey varsa, o da her kıpırdayışında çatır çatır eden kemikleriydi. Bir yandan kucağındaki uçuk mor karabaş otlarını kurdela ile bağlarken, bir yandan da sordu.

"Dosdoğru baktın mı, esah mı, gözün sana oyun etmiş olmasın?"

"Yok nine, dosdoğru baktım. Yalanım yok. O'dur. Erda'dır. Bildim."

E-r-d-a! Kevser nine her bir harfi, yere düşürmekten korktuğu billur bir şişeymişçesine dikkatle taşımıştı kulaklarına. Harfler tamam olduğunda, biraz evvelki müsterih ifade yerini, bütün simasını gerim gerim geren bir endişeye bıraktı. Son bir kez daha sordu Ceviziçi Tahir'e.

"Sakın gözün sana oyun etmiş olmasın?"

❂

Sol bacağı sağ bacağından daha kısa olan kız çocuğu Babafingo yokuşu ile Kesikbaş sokağının bitiştiği yerdeki evine vardığında, derin bir sessizlikle karşılaştı. Evden çıkarken kulaklarını tırmalayan feryatlar tamamen dinmiş; geride mütemadiyen iç çeken, haykırmaktan sesleri kısılmış kadınlar bırakmıştı. Lâkin çocuğun içeriye adımını atmasıyla onu gören kadınların hep bir ağızdan müthiş bir yaygara koparmaları bir oldu. Evdeki tekmil kadınlar bahtsız çocuğa sarılmak için birbirleriyle yarışmaktaydı adeta.

Topal çocuk pis bir paçavraya bakar gibi donuk gözlerle, kendisini kucaklamak için atılan kadınları süzdükten sonra, "karnım açtır" diye seslendi. Adeta seslenmedi de buyurdu; talep etmedi de emretti. Zaten, anası Kabakulak Reşo ile kaçıp gittiğinden beri, acınarak sevilmektense hiç sevilmemeyi, hatta herkesin nefretini üzerinde toplamayı yeğ tutmuştu. Şimdi bu duygu daha da perçinlenmiş, güçlenmişti. İşte bu yüzden, kimseyi muhatab kabul etmediğini ispatlamak için ortaya konuşmuştu. Ama komşu kadınlar oldum olası acımayı severdi. Acımak, onlara gizli bir haz verir, yeknesak hayatlarını kısa bir müddet için de olsa cazip kılardı. Bir başkasına acımaktan kendilerine pay çıkartırlardı. Öylesine kanıksamışlardı ki bu işi, çocuğun gözlerindeki serkeşliği fark edemediler; hepsi birden onun karnını doyurmak için atıldılar. Bu yarışta galip gelense, Nevres'in halası oldu.

Mutfakta külbastılar, karnıyarıklar, testi kebabları, yağdan kaçınılmadan pişirilmiş pilavlar, etli dolmalar, zerdeler, kavurmalar, tavuk yahnileri, kıymalı börekler, yassı kadayıflar, lokma tatlıları, baklavalardan mürekkep mükellef bir sofra duruyordu. Çocuk, birbirinden güzel, birbirinden iştah açıcı bunca yemeğin ortasında ne tarafa saldıracağını şaşırmış aç tavuk gibi kalakalmıştı. Şaşkınlığını üzerinden attıktan sonra, oburluğuna hudut çizmeden yemeye koyuldu. Halası, bir yandan çocuğun iştahını yarı hayret yarı şefkatle izlerken, bir yandan da iç çekip duruyordu. Samimi bir sevecenlikle başını okşadığı çocuğun çenesinden aşağıya sızan yemek yağlarını sildikten sonra, yumuşacık bir sesle,

"Başın sağ olsun Nevres," dedi. "Bundan gayrı bizim de kızımız sayılırsın."

Çocuk yaprak sarmalarını mideye indirmeye ara verdi ve ağzını açıp yemyeşil dilini göstererek, alabildiğine soğuk bir sesle konuştu.

"Evine mi alacan beni?"

Bu ani sual kadının kulaklarında top gibi patlamış, suratındaki eğreti gülümsemeyi silmişti.

Nevres baktı ki cevap alamıyor, omuzlarını silkti umarsızca. Baklava tepsisine yürüyüp, iştahla üç-dört baklavayı götürdükten sonra, ağzı dolu dolu mutfaktan çıktı. Evlerinde bu kadar güzel yemeği bir arada görmeyeli ne kadar çok olmuştu. Kadınların toplaştığı birinci katta durmasına imkân yoktu. Ağır ağır merdivenleri çıktı. Sağ taraftaki odada Kuran-ı Kerim okunmaktaydı. Onun hemen yanındaki odada ise öd ağacı yakılmıştı. Sol tarafta, hâlâ arak kokan oda, babasının odası vardı. Kapıyı aralayıp içeri baktı. Ölünün başında mahalleden erkekler vardı; bir de müezzin.

İçeride babası hiç kıpırtısız, ama sanki her an ayağa kalkabilirmiş gibi uyumaktaydı. Suratı çamur rengini almıştı. Ayakları bitiştirilmiş, kolları yana yatırılmış, çenesi simsiyah bir kuşakla bağlanmıştı. Gözleri kapalıydı. Göbeğinin üzerine kara saplı bir bıçak yerleştirilmişti. Nevres kulağını kapıya dayayıp, hâlâ odayı terk etmeyen hırıltıları dinledi; arak kokusunu içine çekti. Evvelki geceyi düşünmek istemiyordu. Nasıl olsa olanbiteni sabah erkenden kalkıp nedamet çeşmesinden gürül gürül akan suya aktarmıştı. Babasının akşam yemeğini yedikten sonra zangır zangır titremeye başlayan genç ve heybetli vücudunun birdenbire nasıl kaskatı kaldığını, son nefesini vermeden evvel beyhûde bir yakarışla kızından nasıl yardım istediğini, kızının gözlerindeki korkunç öfkeyi dehşetle gördüğünde son sözleri olarak bastığı ama tamamlayamadığı yakası açılmadık küfrü, yatağın kenarına düşen elinin nasıl buz gibi soğuduğunu; bir de bütün geceyi bir ölüyü seyrederek geçirdiğini ve hiçbir şey hissetmeden öylece bakıp durduğunu anlatmıştı suya. Su, işittiklerini alıp götürmüştü uzaklara. Nevres rahatlamıştı o vakit; bütün bunlar bir rüya idi çünkü. Uyumadığı müddetçe gördüğü her şey uçsuz bucaksız bir rüya idi nasıl olsa!

Keyfini bozup da evinden gözyaşlarıyla kaçmasına sebep, haberi alıp da feryat figan dövünmeye başlayan kadınlar gürûhuydu. Onlarla aynı havayı teneffüs etmeye dahi tahammül edemiyordu.

Kapıyı kapatıp yan odaya yöneldi. Dün gece yüreği donmuştu sanki. Hiçbir şey hissetmiyordu; değil iğne çuvaldız dahi batırsalar eti acımaz, kanı akmazdı. Boş gözlerle etrafına bakarken, gayri ihtiyari o kelime geldi dilinin ucuna. Ama söylemedi; söylememek için elleriyle ağzını kapadı. Anası birkaç sene evvel mahallenin bekçisi Kabakulak Reşo ile kaçtığından beri Nevres onun ismini ağzına almamıştı. O zamanlar parmak kadardı. Babası, hadiseyi öğrendikten sonra iki katlı ahşap evin her tarafını deli gibi sabunlu sularla yıkayıp, annesine ait bütün izleri ortadan kaldırmıştı. Nevres de zamanla, hayal meyal hatırladığı bu kadını tamamen unutmuş, aklından çıkarmıştı. Bazı bazı hiç olmadık yerlerde bölük pörçük bir şeyler hatırlar gibi olur; ama parçaları yan yana dizdiğinde hiçbir mânâ veremezdi karşısındaki bulanık resme. Annesinin yüzünü hatırlayamıyordu. Sadece bir koku kalmıştı geriye. Kova kova sabunlu sulara rağmen çıkmamakta inat eden gülbeşeker kokusu. Nevres kokuları iyi hatırlardı.

Nevres'in kokuları hafızasına istifleme dışında pek tuhaf ve kimselerin bilmediği bir kabiliyeti daha vardı: gözleri. Bu onun küçük sırrıydı. Bir tek sulara açtığı sırrı. Nevres gözleriyle türlü türlü oyunlar oynardı. Bir keresinde kendini sınamak için gözlerini perdenin kıvrımlarına mıhlamış; ve epey bir müddet ter döktükten sonra nihayet perdenin ucunu tutuşturmayı başarmıştı. Gerçi küçük bir kıvılcımdı, ama olsun varsın. Kıvılcımlardan yangınlar çıkartacağı günler de gelecekti elbet.

Eline küçük, yuvarlak aynayı alıp dikkatle kendine baktı. Bir aynadaki dudağına dokundu, bir suratındaki dudağa; bir aynadaki gözlerine dokundu, bir suratındaki gözlere; bir aynadaki saçlarına dokundu, bir başını çevreleyen saçlara. Bir tuhaflık vardı ortada. Aynaya dokunduğunda nasıl parmaklarını hissetmiyorsa, yüzüne dokunduğunda da hissetmiyordu.

Nevres, artık hakikat diye bir şeye inanmıyordu.

Aynayı bir kenara bıraktı. Diş aralarına sıkışan baklava parçalarını bir güzel temizledikten sonra eğilip, kulağını yere dayadı. Bulunduğu oda aşağıdaki kadınların tam üzerine denk geldiğinden neler konuştukları rahatlıkla duyuluyordu. Komşu kadınlar aralarında fısıldaşmakta, kara bahtlı çocuğun âkıbetinin ne olacağını tartışmaktaydılar. Oynadıkları, o eski, tanıdık oyundu. Nevres'e ne kadar acıdıklarını birbirlerine gösterip, her vesilede onun talihsizliğine gözyaşı dökmenin tadını çıkarmaktaydılar. İçlerinden biri boşa kürek çektiklerini, zira ne yaparlarsa yapsınlar çocuğun er ya da geç anasına çekeceğini söyleyerek, hem odadaki kadınların hemen hepsinin hislerine tercüman oldu, hem de hep beraber oynadıkları acıma oyununa heyecan kattı. Nevres bu sesi hemen tanıdı. Esnaftan Boynukırık Abdullah'ın karısı Düşükçene Pakize idi konuşan. Kadın, Nevres'in odada olmayışını fırsat bilerek çocuğun anasına verip veriştiriyor, tüm bunlara onun sebep olduğunu söylüyordu. Öteki kadınlardan biri yarımağız itiraz edecek olup, "iyi de şu zavallı bahtsızın günahı ne?" dediğinde, Düşükçene Pakize alaylı alaylı,

"Hanım, hanım! Bilmez misin ki, mayası bozuk olan yoğurt tutmaz," diye ona karşılık verdi.

Nevres döşemedeki bir deliğe gözlerini yerleştirip aşağıdakileri gözetlemeye başladı. Esmer güzeli Hokkagülü İfakat öteki kadınlardan bariz bir şekilde uzak duruyor; uzun kirpiklerini, sütbeyaz tenini gölgeleyen bir kızgınlıkla onlara bakıyordu. Zaten çok geçmeden müsaade isteyip kalktı. Onun gitmesini fırsat bilen öteki kadınlar da camgöbeği evde en son çevirilen dolapları birbirlerine keyifle naklettikten sonra, ölü evinde olduklarını hatırladıklarından olsa gerek, dedikodularına ara verip, tekrar Nevres'in âkıbetini konuşmaya başladılar. Hokkagülü İfakat'ın gitmesi Nevres'in canını sıkmıştı. Sadece uzaktan tanıdığı bu genç kadını ne vakit görse içini bir sıcaklık kaplardı. Onun gitmesiyle beraber gözetleme faslı da cazibesini kaybetmişti. Fakat tam yerden doğrulmak üzereydi ki, hem un helvasından yiyebilmek hem de dikkatleri üzerine daha iyi çekebilmek için orta yere gelip oturan Düşükçene Pakize, Nevres'in görüş alanına giriverdi. İşte o vakit çocuk muzip bir ifadeyle güldü. Tıpkı bu sabah ak karıncayı gördüğü zaman yaptığı gibi.

Nevres delikten bakarak Pakize'nin vücudunda rasgele bir noktayı yakalamaya çalıştı. Başardı da. Sonunda gözlerini, aklı fikri hep fesada işleyen bu sevimsiz kadının sağ kulağından sallanan altın yapraklı küpeye mıhlamayı başardı. Bir kez hedefi tutturduktan sonra olanca kuvvetini toplayarak, gözlerinin yaşarmasına dahi aldırmadan oraya bakmaya başladı. Bunu yapabilmek için öylesine müthiş bir çaba sarfediyordu ki tüm vücudu kasılmış, kemiklerine ağrılar saplanmıştı. Nevres ne hissettiğini gayet iyi biliyordu. Bunun adı öfke idi. Tepeden tırnağa öfke! Katıksız bir öfke!

ÖF-KE-ÖF-KE-ÖF-KE

Diliyle ıslattığı öfkesini bir güzel yoğurup dilediği kıvama getirdikten sonra onu, bakışlarını mıhladığı noktaya fırlattı. Düşükçene Pakize'nin sağ kulağındaki altın yapraklı küpe isabet alıp, önce yavaş yavaş sonra hızla sallanmaya başladı. Hiçbir şeyin farkında olmayan Pakize hâlâ çocuğun anasını çekiştirmeye devam ediyordu. Sesi yılan tıslaması gibi geldi Nevres'e. Lamı cimi yoktu; bu berbat sesi susturmalıydı. Düşükçene Pakize süfli bir hayat süren bir siyah karıncaydı; onu beyaza boyamalıydı. Çamurdan bir bebekle oynar gibi, evire çevire, mıncıklaya mıncıklaya, eze eze oynamalıydı onunla.

Sonunda oldu! Sağ kulaktaki altın yapraklı küpe birdenbire korkunç bir hızla kendini aşağıya attı. Düşerken Pakize'nin kulak memesini boydan boya yırttı. Kadın korkunç bir çığlık atarak elini kulağına götürdü. Odadaki bütün kadınlar gözlerinin önünde cereyan eden bu garip hadiseye bir anlam veremeden donup kalmışlardı.

Altın yapraklı küpe
boylu boyunca
uzanmaktaydı yerde.

Nevres, mutfaktaki mükellef ziyafetten yeni kalkmışçasına ağzını keyifle şapırdatıp, ellerini çırparak doğruldu. Merdivenleri tek ayağının üstünde hoplaya zıplaya indi. Gene de aşağı katta kadınların toplaştığı odaya girmeden evvel suratına dalgın ve meyus bir ifade takınmayı ihmal etmedi.

Hâlâ şaşkınlığını üzerlerinden atamamış kadınların karşısına geçip, bu hayret vakfesini bozarak güldü. Sonra da en masum ifadesiyle,

"Ben daha doymadım!" dedi.

Kefaret

Korku duydu,
çünkü yalnızlık korku yaratır.
"Benden başka hiçbir şey yoksa
niçin korkayım?" diye düşündü.
O zaman korkusu geçti.
Korkacak hiçbir şey yoktu;
çünkü korku ikinci bir varlık
olduğu zaman gelir.

İ.Ö. 700'den kalma Hint örneği
Brihadaranyaka Upanişad

Kevser nine, Ceviziçi Tahir'i uğurladıktan sonra, yabani otları ayıklamaya bir müddet daha devam etti. Ama aklı tamamıyla başka yerdeydi. Erda'nın mahallede kolgezdiği haberi yüreğini ağzına getirmişti. Uçuk mor karabaş otlarını, kat kat yükselen ballıbabaları, mis kokulu kekikleri, keskin kokulu pelinotlarını, zehirli banotlarını, her derde deva sarısabırları, kırmızı-mavi ışıldayan kantaron çiçeklerini, hafakanları kovan sığırdillerini, sarı çiçekli mayasıl otlarını, ağız kokularını bastıran besbaseleri, pul pul kabaran şahtereleri, üstüne cennetten damlalar düşen hindibaları ve uzun, siyah saçlı baldırıkaraları gelişigüzel ayırıp, renk renk kurdelalı demetleri aceleyle ortalıktan kaldırdı. İdris'e seslendi. İdris, Kevser ninenin en küçük torunu, gözbebeğiydi. Gerçi Kevser nine, öteki üç torunu, en büyük oğlu ve gelini ile münasebetlerinde de her zaman samimi bir sevecenlik içindeydi ama, herkes bilirdi ki, onun gönlünde İdris'in yeri apayrıydı. Aralarındaki bağ, İdris'in kundaktan çıktığı günden bu yana, günbegün perçinlenerek, en nihayetinde, başka kimsenin içine sızamadığı, hatta yanına dahi ilişemediği, demirden bir zırha bürünmüştü. Bu küçük oğlan, yaşlı kadının gözü kulağı, varı yoğu olmuştu.

Kevser nine, İdris'in bitlenmesin diye saçları kazıtılmış yumurta biçimli kafasını şefkatle okşayıp, onun vasıtasıyla altı kocakarıya haber yolladı.

İdris koştura koştura evden çıkarken, Kevser nine, avludan uzanan asma yapraklarının nazlı nazlı sürtündüğü penceresinin önünde, kuş tüyü yastığına yaslanıp kara kara düşünmekteydi. Bir yandan da ağrıyan beline, sızım sızım sızlanan ayaklarına, çatır çatır eden kemiklerine söyleniyordu. "Yağmur yakındır!" diye geçirdi içinden.

"Ama ne fayda. Ettiğimiz hıyanetin züllünü değil yağmur, Nuh'un tufanı dahi yıkayamadıktan sonra..."

İşin aslı, Kevser nine nicedir bir nişan bekliyordu. Sittinsenenin Akrep Arif mahallesi, Nakş-ı Nigâr diye anılmaya başlandığında buna şiddetle karşı çıkmış, ama belki de ömründe ilk defa sözünü dinletememişti. Ta, Nida hamamının temelinin atılmasından bu yana, elini kolunu bağlayan ve gittikçe derinleşen bir kaygı batağına saplanarak bekliyordu. İlk zamanlar mahalle sâkinleri sık sık kapısını çalıp, cebrî bir incelikle hamamın ne kadar faideli olduğunu, Akrep Arif gibi bir gönül adamının mezarında rahat rahat uyuduğunu ve olan bitenden gocunması için kavî bir sebep bulunmadığını dilleri döndüğünce anlatmışlardı. Belli ki bu yaşlı kadının inadını kıramadıkça içleri rahat etmeyecekti. Kevser nine ise ne vakit laf dönüp dolaşıp bu mevzuya varsa, meşhur sabrını taşırarak onları bir güzel paylamış; emanete hıyanet etmenin vebalinin büyük olduğunu kaşlarını çatarak haykırmıştı. Mahalledeki pek çok kimse bu meselenin böylesine dilhıraş mânâlara çekilmesini yaşlı kadının mübalağa sanatındaki ustalığına verirken, o, her geçen gün, korkularında ne kadar haklı olduğunu görerek, mahallenin betinin bereketinin azalmasını kendi köşesinden, içi kan ağlayarak izlemişti. Sonunda, işte onlar da dediğine gelmişlerdi. Gelmişlerdi ama ne fayda.

Bir müddetten beri Kevser nine ısrarla bir nişan, bir alâmet bekliyordu. Bekliyordu beklemesine de Erda hiç hesapta yoktu. Ak karınca Erda, ölümün ve kıyametin habercisiydi. Kevser nineye göre durumun vehameti gün gibi âşikârdı; ama acaba mahallede kaç kişi bundan haberdardı? Ve koskoca mahallede kaç kişi, lâzım geleni tereddüt etmeden üstlenebilecek kadar civanmert çıkacaktı? Hoş, lâzım gelenin ne olduğunu kendi de bilmiyordu ya!

Kevser nine dostları gelene kadar istihareye yatmaya karar verdi. Hal çaresine dair emareleri düş falı ayân eyleyecekti.

Alt kattan gelininin sesi geliyordu. Severdi onu. Bugüne değin aralarında en ufak bir kötü söz dahi teati edilmemişti. Her biri yekdiğerinin alanına hürmet eder, oradan içeri sokulmayı aklından geçirmezdi. Kevser nine, sofraya konan yemeklerin yağından, tuzundan, üç torununun aldığı terbiyeye kadar evin çekipçevrilmesinin tamamıyla gelinine ait olduğunu bilir ve onun kurduğu nizama katiyyen müdahale etmezdi. Karşılığında gelini de, evin üçüncü katının Kevser ninenin toprakları olduğunu ve oğlu İdris'in onun gözündeki yerini teslim eder; kendi hudutlarının dışına taşmazdı. İşte, tek mekânı çoğaltarak barışı muhafaza eden bu hukuk sayesinde, senelerdir gül gibi geçinip gidiyorlardı. Pazarlık sıkıydı. Kevser ninenin kaynanalık hakları karşılığında evin en küçük çocuğu ona verilmişti. İdris, kendi annesinden ziyade Kevser ninenin oğluydu! Kaynana dırdırı çekmeyen, mutfağının ve evinin tartışmasız tek hâkimi olan gelin de bu durumdan memnundu. Aslında, bu pazarlık genç kadının içine öylesine işlemişti ki, bazen İdris'i seyrederken, yakından tanıdığı ama kendi kanından canından bellemediği bir varlığa baktığını düşünürdü. Onu karnında nasıl taşıdığını, doğururken çektiği zahmetleri ne zaman hatırlamaya çalışsa, gözünün önünde bölük pörçük canlananlar, öteki üç çocuğundan herhangi birinin doğum hatıralarına karışıp, unufak oluverirdi. Senelerdir ara sıra gördüğü bir rüyada, İdris'in kundağını eline alıp, örtüyü açtığında, altından Kevser ninenin pembe-beyaz yüzü çıkardı. Her şeye rağmen, genç kadın hiç de şikâyetçi görünmüyordu halinden.

İdris'e karşı hürriyet!

Alt kattan gelen gürültüler kesilmişti. Kevser nine düş falına yatmadan evvel bir de Kuran'a danışmakta fayda gördü. Kuran-ı

Kerim'i rasgele açtı; yedi sayfa geriye gitti; o sayfa üstünde parmağını herhangi bir yere yerleştirdikten sonra okumaya başladı:

Eğer yüz çevirirlerse de ki: "Ben sizin hepinize eşit biçimde açıkladım. Artık tehdid edildiğiniz şeyin yakın mı, yoksa uzak mı olduğunu bilmem."

(Enbiya suresi, 109. ayet)

Kevser nine ayetin her bir kelimesini, her bir kelimenin her bir harfini içine çekip, bilmiş bilmiş başını salladı. Sonra, istihare duasını da edip, usulca kıvrılarak uykuya yattı. Neyse halleri bir bir çıkacaktı düş falında.

Dere. İncecik, ipil ipil, nazlı nazlı akmakta. Kevser nine, karbeyazı kayığını bir kayaya bağlayıp, dere boyunca yürümeye koyuluyor. Başında allı pullu bir yemeni; ayaklarında ise, yürümesini bir hayli güçleştiren sedef kakmalı takunyalar var. Zar zor yürürken, bir taraftan topladığı yabani otları bir taraftan da suya atıyor. Suya düşen otlar renk renk dumanlar çıkartarak erirken, her yabani otla rengi biraz daha değişen dere ne olduğunu elevermeyen bir karaltıyı sürüklüyor. Kevser nine adeta büyülenmişçesine gözlerini ayıramadığı bu karaltıyı rehber ediniyor kendine; o ne tarafa giderse oraya gitmekte karar kılıyor. Fakat karaltı birdenbire derenin içine gömülüp gözden kayboluyor. Kevser nine de, hiç düşünmeden onun peşinden dereye atlıyor. Buram buram reyhan çiçeği kokan sular hızla köpürerek, bir girdabın içine çekiyorlar onu. Bu başdöndürücü yolun sonunda kendini, metruk ama vaktiyle ne denli güzel olduğunu saklayamayan bir meyve bahçesinde buluyor.

Elma ağacı. Elmaları kıpkırmızı, sulu, davetkâr; kökleri yukarda, dalları aşağıda. Kevser nine tam uzanıp bir elma koparacakken yerde yatan sapanı fark ediyor. Sapanı elinde evirip çevirdikten sonra avazı çıktığı kadar bağırmaya başlıyor. "Kimindir bu sapan? Kiminse gelsin alsın benden!" Bağırırken kendi sesini yadırgıyor; sesi bir başkasının sesi sanki, çatal çatal. Ortalıkta in cin top oynasa da, kulaklarına çocuk sesleri, şakalaşmalar, küfürler, sataşmalar geliyor. Dikkatle bakınıyor yanına yöresine; seslerin nereden geldiğini çözmeye çalışarak. Bir ara İdris'in ağladığını duyar gibi oluyor; ama İdris ortada yok. Korkuyor. Adeta kendini yukarı çekmesi için Allah'a yalvarırcasına kollarını havaya kaldırıp, mavi-gri gökyüzüne son bir umutla bakıyor.

Kayık. Onu bu garip diyara taşıyan karbeyazı kayığın, kayayı da beraberinde sürükleyerek batmış olduğunu görüyor tekrar yukarı çıktığında. Üstüne üstlük o nazlı dere şimdi delidolu akmakta, neredeyse taştı taşacak; bentlerini yıkıp, ortalığı kana bulayacak. O munis dere şimdi hırçın ve asabi. Kevser nine, onun öfkesini yatıştırmanın kabil olmadığını anlayınca karşıya geçip, kurtulmanın çarelerini arıyor; ama nafile.

Asâ. O vakit elinde sımsıkı tuttuğu sapan bir asâ oluveriyor. Asâ upuzun; asâ bükülmez, asâ dostcanlısı. Asâya abanıp, kendini fırlatarak karşıya geçmeyi başarıyor. Dönüp tekrar bağırıyor: "Kimindir bu asâ? Kiminse gelsin alsın benden!". Sesi yankılanıyor; yapraklar hışırdıyor; çalılar kıpırdıyor. Sanki birisi çıkıverecekmiş gibi. Ama kimse çıkmadığı gibi aniden, fındık iriliğinde dolu taneleri yağmaya başlıyor. Kevser nine, dolu tanelerinin istisnasız her birinin sadece derenin üstüne yağdığını görüyor hayretle. Reyhan çiçeği kokulu dere, dolu tanelerinden aldığı kuvvetle taşarken, Kevser ninenin allı pullu yemenisini de kapıp götürüyor.

Kapının sesine uyandı.

İlk gelen Sidikli Safiye idi. İki kocakarı ötekiler gelene kadar bir taraftan hoşbeş ederken bir taraftan da mangalı yakıp, kahve öğüttüler. Kahveye birazcık da dövülmüş kakule katmayı ihmal etmediler.

Çok geçmeden Bedrenk Asiye, her zamanki çığırtkan renkleri ve yanpiri yürüyüşüyle çıkıp geldi. Ardından, aralarında sözleşmişçesine birer-ikişer dakika arayla, Hoyrat Hacer, Şebgir Kamer ve İsmihan Kadın teker teker damladılar. Kevser nine, kadim dostlarının hallerini hatırlarını sorarken, kısa bir müddet için de olsa kaygılarını defedebilmişti. En son gelen Macuncu Makbule oldu; erikli-limonlu bir macunu şapır şupur yalayan İdris'i de peşinden sürükleyerek. İdris hem nefis macunun, hem de vazifesini noksansız ifa etmenin verdiği gururun tadını çıkartıyordu. Yaşını başını almış bu yedi kadının arasında hep rahat hissetmişti kendini. Hepsini yakından tanıyor; her birinin huyunu suyunu iyi biliyordu. Onlara derin bir saygı besliyor, bildiklerini bilmek, sırlarına vakıf olmak için can atıyordu. Onlar da, şimdiye kadar, İdris'i öteki çocuklardan ayrı tuttuklarını her vesilede belli etmişlerdi. Fakat İdris her zaman yaptığı gibi ortalarında bir yere bağdaş kurup oturmaya hazırlanıyordu ki, ninesiyle gözgöze geldi. Kevser ninenin bakışları odada durmamasını söylüyordu. İdris afalladı, kızardı, içerledi. Her an geri çağrılmayı bekler gibi isteksiz ve ağır adımlarla vardığı kapının önünde biraz oyalanıp, en nihayetinde pes ederek kendini odadan dışarı attı.

İdris alt kata inip, atıştıracak bir şeyler ararken annesiyle karşılaştı. Genç kadının bakışlarında derûnî bir şefkat vardı. Bir müddet, tek kelime dahi etmeye hacet görmeden, yarı merakla, yarı sevecenlikle bakıştılar. İdris, bir an, karşısındaki kadının büklüm büklüm saçlarına dokunmayı geçirdi aklından. Ama birden, üst kattan yükselen yoğun kahve kokusu acelesi olduğunu hatırlatmış gibi, bu fikri savıp, koşarak avluya çıktı.

Yukarda, Kevser nine kahveleri, mavi-yeşil çiçekli fincanlara taksim ederken, firari bakışlarla dostlarının haleti ruhiyyelerini ölçüp tartıyordu. İşte bugün, mahallelerine musallat olan karabelayı konuşacaklardı. Neler olup bittiğini anlamak üzre ilk adımı attıklarında, ardında hem şifayı hem belayı, hem buhranı hem de kurtuluşu barındıran bir kapıyı hep beraber aralamış olacaklardı. İşleri oluruna bırakmak, bilip de bilmemezlikten, duyup da duymamazlıktan gelmek artık mümkün değildi. Vaziyetin vehametini herkesin tam mânâsıyla kavraması şarttı. Bunun için de onlara Erda'yı anlatmalıydı. Lâkin söze nasıl başlayacağına bir türlü karar veremediğinden, kahve taksimini mümkün olduğunca ağırdan alıyordu. Neyse ki, Sidikli Safiye'nin şen şakrak konuşmaları odaya sıkıntılı bir havanın çöreklenmesine mâni oluyordu.

Sidikli Safiye kalın kara kaşlı, kara gözlü, güleç yüzlü, elma yanaklı bir kadındı. Etli dudaklarının kenarında yollar açan derin çizgilerle, gözlerini çevreleyen kırışıklıklar, suratına her zaman mütebessim bir ifade verirdi. İnsan ona bakarken, sevimli ve tombul yanaklarını sıkmamak için kendini zor tutardı. Lâkin bir kusuru vardı; gülmenin dozunu kaçırdığında sidiğini tutamazdı. Ne vakit kıkır kıkır gülüp de kendini kaybetse, ellerini bacaklarının arasına götürüp sımsıkı bastırarak hacetini gidermek üzere hızla bulunduğu odadan fırlardı. Gün boyu bir bebek gibi, altı kalın bezlerle sarılı dolaşırdı. Ama hiç şikâyetçi değildi; çünkü hayatta her hadisenin müsbet tarafını görmekte onun üstüne yoktu. Onun nazarında, şu varlık âleminde devasız dert bulunmazdı. Aksini düşünmek, Allah'ın rahmetinden ve şefkatinden şüphe etmek demekti. Sidikli Safiye, en ufak şeyleri birer mutluluk sebebi addedebilmek için baktığı her yerden demet demet salaha dair emareler toplardı. Adeta kendini her türlü kötü fikre kapatmıştı. Ne vakit tatsız bir hadise ile karşılaşsa tombul vücudunu kucakladığı gibi mülevven bir masal diyarına taşır; orada tazelenir, kuvvet toplardı. Şu âlemde her türlü karabasandan tamamıyla âzade biri varsa, o da muhakkak ki Sidikli Safiye idi.

Hoyrat Hacer ise gerek asık suratı, gerek menfî tabiatıyla Sidikli Safiye'nin tam zıttıydı. En basit vakada bile muhakkak bir uğursuzluk saptayıp, felâket tellallığı yapmayı bir borç bilirdi. Ortada fol yok yumurta yokken, en kötü, en olmadık ihtimalleri aklına getirir; cehennemi kargaşalıktan, fitne ve fesaddan, iflah olmaz dertlerden, onulmaz yaralardan dem vururdu. Aslında, bu bir bakıma Hoyrat Hacer'in müdafaa taktiğiydi. Nefs-i müdafaa. Zira en feci ihtimalleri düşünüp, birer birer dile getirdiğinde, bunlardan hiçbirinin başına gelmeyeceğine inanırdı. Onun nazarında, her zaman en kötüyü düşünmek, tam da kötüyü defetmek için elzem olan bir tılsımdı. Zaten baş yaran taş, ummadık taş değil miydi her zaman? Demek ki, aslolan her türlü ihtimale karşı tedarikli olmaktı. Böylelikle, adı bir kez konan, yüksek sesle bir kez telaffuz edilen kötülük, başa gelmez; insan hiçbir ukubete duçar olmadan yaşayıp giderdi.

Hoyrat Hacer ile Sidikli Safiye'nin arasında, kendilerinin bile görmek istemedikleri, son derece kuvvetli bir bağ vardı. Ustura sokağının tam ortasında, öne doğru ikibüklüm eğilerek neredeyse birbirine değen iki ahşap, köhne evde karşılıklı otururlardı. Evleri nasıl gün boyu bakışıp durursa, onlar da birbirlerinden ayrılamazlardı. Her biri, yekdiğerini adeta bir ayna gibi kullanırdı; ne olduğunu değil, ne olmadığını gösteren bir ayna. Her ikisi de çok güzel kahve falı bakardı; elbette, aynı fincandan tamamıyla farklı mânâlar çıkartarak. Sidikli Safiye kahve telvelerinin içinden güzel şeyleri çekip çıkartırken, Hoyrat Hacer'in oltasına hep fena tesirli kelimeler takılırdı. Bundan dolayıdır ki fal baktıranlar, aynı fincanı evvela Hoyrat Hacer'e, hemen ardından da Sidikli Safiye'ye uzatırlardı. Bu sayede iyi kötü ne varsa çıkardı ortaya. Halka tamamlanırdı. İşin garip tarafı, sanki aralarındaki derin fikir ayrılıkları onları birbirlerine daha merbut kılardı. Kimselerin çözemediği bir münasebetti bu. Bir taraftan, Sidikli Safiye, Hoyrat Hacer'in sesinin ve sözlerinin soğukluğundan üşüyüp ürperir, Hoyrat Hacer de onun suratından eksik olmayan gülümsemeyi tahammül edilemez bulurken, bir taraftan da birbirlerini görmeden duramazlardı. Her biri, kazara öteki olmadığında, kanadı kırık kuş gibi sızlanıp kalırdı ortada. Mahalleli onları "çiftekumrular" diye çağırırdı. İkisi de hazzetmezdi böyle çağrılmaktan, ikisi de duymamazlıktan gelirdi.

Kemerli burunlu, uzun, sivri çeneli, sert hatlı ve gözlerinin etrafı simsiyah çukurlarla çevrili Şebgir Kamer'e gelince, şimdiye değin kaç bahar gördüğünü, kaç kış atlattığını kendi de bilmezdi. Derisi meşin gibi sertleşmişti. Tam beş kere evlenmiş; beş koca eskitmiş, hiçbirine meyve vermemişti. Çoktan ağarmış saçlarına kına yapar, omuzlarından aşağıya yedi tane saç örüğü bırakırdı. Yedisi birden ince, uzun, kırmızı ipler gibi sallanırlardı beline doğru. Şebgir Kamer, beşinci kocasını da gömdüğünden bu yana geceleri devamlı ayaktaydı. Uyuyamamaktan şikâyetçi değildi; tek derdi rüya görememekti. Rüya âlemini öyle çok özlemişti ki, mahalledeki çocukları sık sık başına toplar; ellerine güllü akideler, bademli sucuk şekerleri, fıstıklı lokumlar tutuşturup, onlardan gördükleri rüyaları noksansız, mübalağasız anlatmalarını isterdi. Kendisi rüya göremese de başkalarının gördüğü rüyaların tabîriyle beslenirdi. Şebgir Kamer mahallenin rüya tabîrcisiydi. Hep başkalarının gördüğü rüyaları, yarı gıpta ederek tabîr ederdi. Bazı bazı rüya göremediği için isyan etse de, bu işin içinde de bir hikmet olduğuna inanarak haline rıza gösterirdi. Şebgir Kamer tabîrnâme haritaları hazırlar; geceleri bu haritalar üzerinde adım adım ilerleyerek, en son dinlediği rüyanın tâbirini yapardı. Bazen rüya haritalarında yolunu kaybeder, günlerce ortalıkta görülmezdi.

Macuncu Makbule ise, kocakarıların içlerinde, yarım asırlık ömrüyle, en genç olanıydı. Bilmediği, yapmadığı macun yoktu. Şifa niyetine yahut sırf sermestlik versin, kederi tasayı savsın diye terkip ettiği envai çeşit macunun yanı sıra, mahallenin çocukları için güllü, tarçınlı, limonlu, erikli, sakızlı, naneli macunlar da yapardı. Macunlarının terkibini bir sır gibi saklardı. Kendisine şifa için başvuranları kapısından eliboş çevirmez; ama macunlarının tarifini isteyenleri fena şekilde terslerdi. Bu hususta pek titiz ve ketumdu. Keyfi yerinde olduğunda, sade kendisi için yaptığı afyonlu macunları peşpeşe yutup, dalar giderdi. Yaptığı macunların yanı sıra, tohum ve toprak münasebetlerine dair verdiği nasihatlerle de ün saldığından, mahallenin kadınları en mahrem hususlarda akıl danışmak için sık sık kapısını çalarlardı. Ağzı iyi laf yapardı Macuncu Makbule'nin; harfleri, kelimeleri, tıpkı macunlarına kattığı otlar, tatlar gibi görür, bir güzel yoğurur, kıvama getirirdi konuşurken. Onun indinde her sohbet başka bir macuna benzerdi. Mühim olan, macunu talep edenin ne istediğini ilk bakışta fehmeylemek ve terkibi bu minval üzre hazırlayabilmekti. O vakit kelimeler hiç sızlanmadan usul usul, damla damla eriyerek, tüm benliklerini verirlerdi sohbete. İşte bu yüzdendir ki, Macuncu Makbule tutkunuydu sohbetimsi macunların ve macunumsu sohbetlerin. Her ikisinde de, aslolanın, tek bir damlanın yahut minicik bir harfin nelere kadir olduğunu hatırdan çıkarmadan, kıvamı tutturabilmek olduğunu söylerdi.

İsmihan Kadın'dan mahallede hemen herkes çekinirdi. Hiç evlenmemiş, bütün kısmetlerini geri çevirmişti. Öyle büyük bir inadı vardı ki, gençliğinde, ailesi onu evlenmeye bir türlü ikna edememişti. Aradan geçen uzun seneler bu meşhur inadı köreltceğine daha da bileylemişti. İsmihan Kadın her gittiği yerde, iki müdhiş sebepten ötürü saygı ve korku uyandırırdı. Bu sebeplerden birincisi, uzun, kalın kaşlarının altındaki çivit renkli gözleriydi. Bu gözler baktığı yeri deler geçer, akıllardan geçenleri okur, gizli saklı sırları bir bir ortaya çıkartırdı. Gözlerinin tılsımı diline vurduğundan, bir konuşur pir konuşurdu İsmihan Kadın. Yerin dibine geçirirdi adamı. İstediğini vezir ederdi, istediğini rezil. İkinci sebep ise cinleriydi. Cinlerden, Kişniş ve Karakura adlarını taşıyan ikisi, doğduğu günden bu yana bir an için bile yanından ayrılmamışlardı. Kişniş ufak tefek bir cindi; bütün gün ordan oraya sıçrar ve her vesilede, İsmihan Kadın'a yakayı elevermeden birilerine muziplik yapmanın yollarını arardı. Karakura ise biraz somurtkan, tepeden tırnağa simsiyah bir cindi ve ekseriya keçi kılığında dolaşırdı.

İsmi Kepoz olan üçüncü cine gelince, o ötekilerden farklıydı. İsmihan Kadın seneler evvel onu hapsolduğu bir enfiye kutusundan kurtarıp, sol bileğine batırdığı bir çuvaldız vasıtasıyla kendine bağlamıştı. Bu sayede kötü kalpli Kepoz insanlara zerre kadar zarar veremediği gibi, İsmihan Kadının sözünden dışarı çıkamamaktaydı. Mahallede herkes Kepoz'u tanır ve hiç kimse onun sol bileğindeki çuvaldızı çıkarmayı aklından dahi geçirmezdi. Kepoz da, insanları şaşırtmak için her Allahın günü başka bir kılığa girerdi. Kimi zaman bir parmak traşlı, üstü başı dökülen hımbıl bir dilenci yahut elinde çiçek sepetiyle dolaşan bir Kıpti kadın, kimi zaman mâniler söyleyerek kâğıt, keten ve susam helvaları satan bir helvacı yahut samur kürklü bir beyzade olurdu. Ama her ne kılığına girerse girsin sol bileğindeki çuvaldız hemen ele verirdi kim olduğunu ve asıl maksadını.

Bedrenk Asiye ise daha henüz genç ve pek hoppa iken evini barkını ve kocasını terk edip bu mahalleye kapağı atmıştı. Vardıktan sonra da mahalleden dışarıya bir kez olsun adımını atmamıştı. Bunca senelik cûşâcûş hayatı boyunca sarı, mavi, pembe gibi bed ve cafcaflı renklerden giyinip kuşandığı için bu adı almıştı. Bedrenk Asiye'nin kem göze bilmediği deva yoktu. Yeni dükkân açan, azıcık paralanan, oğlan doğuran ya da kızına hayırlı bir kısmet bulan oldu mu, hemen Bedrenk Asiye çağrılırdı. O da gittiği yerlerde hem el üstünde tutulmanın tadını çıkartır, hem de kâh nazar duaları okuyarak, kâh kurşun dökerek, kâh ateşte tuz çevirerek envai çeşit yolla nazarı uzak tutardı. Akrep Arif mahallesindeki yediden yetmişe herkesin omuzunda, kuşağında taşıdığı, yanından bir an olsun ayırmadığı nazarlıklar hep Bedrenk Asiye'nin elinden çıkmış, onun nefesiyle okunmuştu. Bedrenk Asiye en parlak, en cart, en bed renkleri çekinmeden giyer, nazarın kendisini kakalamasından zerre kadar korkmazdı. Niçin korksun ki, nazarın ilacının kendinde olduğunu bildikten sonra?

İşte bu altı kocakarı, durduk yerde apar topar çağrılmalarının sebebini merak etmekte, durmadan önündeki mangalı eşeleyen Kevser nineyi süzmekteydiler. Artık Sidikli Safiye'nin de daha fazla konuşup, bu bekleyişi tatlandırmaya takati kalmamıştı. Zoraki hoşbeş edip güllü-miskli akide şekerlerini şapırdata şapırdata emerken, kahvelerini höpürdetip, tütün çubuklarını tüttürürken, Kevser nine nihayet sadede geldi. Evvela Harut ile Marut'a atıflarda bulunup, ardından sihir ve efsun sanatının mesuliyetlerinden bahsetti. Sonra pencereye sürtünen asma yapraklarına çevirdi pembe-beyaz yüzünü ve ekledi:

Emanet dediğin kutsaldır/ hem kutsal hem de nazlıdır/ kudreti kendinden menkul/ zehiri isminde saklıdır/ bir kez olsun bilinmese kadrin/ hemencecik küser, kırılır/ gider bir kuytuda soluklanır/ göz ister görmeye/ yürek ister geri getirmeye/ kaçmaya teşebbüs etmek nafiledir/ yol ister firar etmeye/ emanet kuytularda ilenirken/ korku salar üstümüze/ gece gündüz peşimizi bırakmazken/ sonumuzdan korkarız/ sonumuz olmasın diye diye/ böyle giderse/ zail olmaz kara bahtımız/ çünkü emanete hıyanetten/ hayır gelmez kimseye/ kıssadan hisse/ şaşmaz hikmettir/ vicdan borcu para ile pul ile ödenmez/ hıyanet ki kuzu postunda kurttur/ evvel güler yüzüne/ sonra ciğerini söker/ pâre pâre/ felâket dediğin başlar o zaman/ başlar rüzgâr gibi / fırıldak gibi dönmeye/ cila çeker keyfine/ gene de bakılır bir çaresine/ şifasız hastalık yoktur bu âlemde/ kefarettir felâkete çare/ emanet ucuz bahaya gitmem der/ muntazır eder teşrifine/ ne zaman ki ödenir kefaret/ ne zaman ki sunulur gümüş bir tepsi içinde/ emanet der ki bağışladım/ ettiğiniz hıyaneti bağışladım...

Kevser nine bunları bir çırpıda söyledikten sonra, yol yol olmuş alnını daha da kırıştırarak ağır ağır, tane tane lafını tamamladı.

"Kefaret ister Akrep Arif. Ucuz bahaya gitmem diye ayak diretir. Elimizden geleni yaparız elbet; lâkin korkarım ki bu iş başka."

Sustular.

Yedi kocakarı, dört rüzgâr, üç cin, gökte fısıldaşan sayısız melek ve sokaktan geçen yoğurtçular, sülükçüler, ciğerciler ve ciğerlerin kokusunu alıp da acı acı miyavlayan arsız kediler ve kuyruklarına teneke bağlamak için onları takip eden daha da arsız çocuklar aynı anda durup, aynı anda sustular. Sidikli Safiye bu dehşetli sessizliğin içinden bir umut nişanı çıkartabilmek için kıpırdar gibi oldu bir ara; sonra, o da kaskatı kesildi.

Şarâbî bir halka idi ateş,
Kanına susardı bazen...

BU BAB ATEŞ AHVALİN BEYAN EDER
Kİ TABİATI SICAK VE KURUDUR

Hezarpâre

Geçmiş ve gelecek yoktu
İstanbul vardı,
Ölüm yoktu, yaşam yoktu,
Yalnızlık yoktu, ıssızlık yoktu,
İstanbul vardı...

Mehmet Fehmi İmre

Şeyh Mehmed Mühür Efendi, bir yandan, en küçük kızı Zühre'nin pişirdiği ballı, tarçınlı, ılık sütü yudumlarken, bir yandan da, avluya yağan yağmuru seyrediyordu. Seyrediyordu seyretmesine de, gözlerini açık tutmakta bir hayli güçlük çekerek. Kirpikleri tersine dönmüş sivri oklar gibi gözüne batıyor, noktadan hedeflerini sızım sızım sızlatıyordu. Uykusuzdu. Bütün gece kitap odasından çıkmadan, kâh mide ağrılarıyla kıvranarak, kâh kitapların satırları arasından çıkış yolları arayarak sabahı ettiğinden, bir damla uyku uyamamıştı. Huzursuzdu. Son bir haftadır pek huzursuzdu. Üstüne üstüne yürüyen kapkara fikirleri başından savamıyordu. Ballı, tarçınlı, ılık süt dahi ağrısını dindiremiyordu.

Pencereleri ardına kadar açarak, avludan yükselen toprak kokusunu içine çekti. Senelerdir postnişini olduğu bu tekke, bu canım tekke, ellerinin arasından usul usul kayıp gitmekteydi. Hezarpâre Horoz Baba tekkesi bir felâketin eşiğindeydi. Şeyh Mehmed Mühür Efendi olacakları sezebiliyor, ama hadiselerin önüne geçemiyordu. Avluya yağan ketum yağmur da sanki bütün bunları biliyor, bildiklerini bir sır gibi saklıyordu. Yağmur, kadim dostu tekkenin ardından el sallayıp, kova kova su döküyordu.

Oysa asırlardan bu yana Hezarpâre Horoz Baba tekkesinin eşiğinden geçenler kucak kucak huzur bulmuştu. Tekke, evsiz barksızlara yuva, gurbettekilere sıla olmuş; dilsizlere bir çift tatlı laf sunmuştu.

Burası, dost meclisleriyle, bu meclislerdeki muhabbetlerin ve derslerin güzelliğiyle de nam salmıştı. Memalik-i Osmaniyye'nin tanınmış alimleri, mûsikî üstadları, tarikat şeyhleri, gezgin dervişleri, muabbirleri ve hatta bazı saray mensupları, hem tekkedeki ayinlere, hem de mesnevi derslerine devam ederlerdi. Her çarşamba, öğle namazından sonra, Şeyh Mehmed Mühür Efendi tevhidhanede bir saat kadar Mesnevi okuturdu. O gün için seçilen kısmın okunması sona erdiğinde, derin bir sessizlik tevhidhaneyi kaplar, sımsıkı sarıp sarmalardı. Çıt çıkarmadan, gözleriyle, gönülleriyle sohbet ederek Mesnevi'nin kıvrımlarında kayıp giderlerdi. Kelimeler havada uçuşup harflerine ayrılır; harfler bölünerek çoğalıp, çoğalarak dağılıp, en nihayetinde toz zerrelerine dönüşürlerdi. Sohbeti takiben sema icra edilirdi.

Semada
her bir nokta,
olup bir halka,
dönerdi
kendi etrafında.

O büyük ve hudutsuz halka,
Sırtını soğuğa verirdi
Bağrını nâr-ı aşka.

Evvela ürkek ürkek
Sonra kendini koyvererek
Ağlardı ayrılık acısıyla

Sema dediğin
akde vefa,
O nur yüzlü
dosta vefa...

Hezarpâre Horoz Baba tekkesinin yedi senedir postnişini olan Şeyh Mehmed Mühür Efendi güzel sohbeti, tatlı dili ile olduğu kadar engin tasavvuf bilgisi ve nükteşinaslığı ile de tanınmıştı. Hakikaten derviş vasıflı bir kimse idi. Sessizliğin ve yalnızlığın kudretini de bilirdi; dost meclislerinin ve muhabbetinin kıymetini de. Kalabalıklar içinde yalnız kalmayı da bilirdi; yalnız kaldığında kalabalık olmayı da. Sikke üzerine sarık sarmak sûretiyle öteki dervişlerden ayrılmaya gönlü elvermezdi. Kalenderane kıyafetleri, ara sıra, dostlarının acı tatlı sitemlerine maruz kaldığında, aslolanın içerde yatanı görebilmek olduğunu söyleyerek derhal itiraz ederdi. İlim ve marifet öğrenmeye olan tutkusu o kadar derindi ki, tekkenin kitap odası, o postnişin olalıberi bir hayli genişlemişti. Şehr-i İstanbul'un sahafları onun bu merakını gayet iyi bildiklerinden, ellerine geçen kıymetli el yazması kitapları kâh satmak kâh akıl danışmak için kucaklayıp sık sık tekkeye getirirlerdi. Kitap odasında senelerdir hüküm süren envai çeşit koku içeri girenlerin başlarını döndürür, soluklarını keserdi. Öyle ki bu odaya adımını atan kişi bir müddet konuşmakta güçlük çeker, mekânın efsununa teslim olmaktan başka yol bulamazdı. Şeyh Mehmed Mühür Efendi zaman zaman pek müstesna konuklarını bu odada kabul ederek, çeşitli hususlarda onların fikirlerini alırdı. Bazen öyle hararetli konuşup tartışırlardı ki, vaktin nasıl geçtiğine akıl sır erdiremezlerdi. Sohbet sona erdiğinde gözlerinde tatlı bir yorgunluk, ağızlarında bal tadı kalırdı. Bu sebepten ötürü Hezarpâre Horoz Baba tekkesi imparatorluğun dört bucağından gelen türlü türlü insanla, bilhassa da âlimlerle dolup taşardı.

Sade âlimler değil, gezgin dervişler için de burası, emsalsiz bir yuva teşkil ederdi. Şeyh Mehmed Mühür Efendi, "bülbüle gülzar, tutiye şeker, sarrafa gevher ne ise dervişe de muhabbet odur" fikrinden hareket ederek, çok uzak diyarlardan gelen bu insanları merakla, saygıyla dinlerdi. Bir de, sık sık, "ayineye sen nasıl bakarsan, ayine de sana öyle bakar," derdi.

Şeyh Mehmed Mühür Efendi ayineye gönül gözü ile bakar; gönüle bir defa girenin bir daha asla çıkmayacağına inanırdı.

Tekkeye uğrayan gezgin dervişler, elleri boş gelmediklerinden, Hezarpâre Horoz Baba tekkesinin her köşesi dört iklim yedi ummandan gelen envai çeşit hediye ile donanmıştı. Bu hediyeler arasında, mûsikî aletlerinin çokluğu hemen dikkat çekerdi. Zira Şeyh Mehmed Mühür Efendi, mûsikîye, bilhassa tanbura pek düşkündü.

Tanbur çalmaktaki mahareti dinleyenlerde hayranlık uyandırmaktaydı. Kendisi tanburu, seneler evvel, mûsikî üstadlarından Mardiros Ağa'dan öğrenmişti. Zaman zaman beste de yapardı. Lâkin bestelerini umumiyetle kendine saklar, başkalarıyla pek paylaşmazdı. Sabah namazından sonra, kahvaltı saatine kadar bir başına mûsikîyle iştigal ederdi. Tekkenin güney cephesinde, mutfak ile derviş hücreleri arasında kalan, bahçeye nazır oda bu iş için tahsis edilmiş ve mûsikî odası yapılmıştı. Bu odada tekkedeki dervişlerin çaldıklarının yanı sıra, gezgin dervişlerin yanlarında getirdikleri çeşit çeşit mûsikî aleti de yeralırdı. Mûsikî odasında meydan tanburları, sedeften yapılmış balık pullu defler, ravzalar, kara zurnalar, çoban kavalları, ağız tamburaları, Yemeni dümbelekleri, kudümler, Efrasiyap boruları, dilli düdükler, kamış mizmarlar sıralanmıştı. Bunca mûsikî aletinin içinde neylerin apayrı bir yeri vardı. Davud, Şah, Kız neyi, Mansur, Müstahsen süpürde, Mabeyn neyi ve nısfiye adlarını taşıyan boy boy ney, mûsikî odasının baş köşesinde dizili dururlardı. Ayrılık acısını en iyi onlar bilir; köşelerinde usul usul, içli içli şikâyetlerini dile getirirlerdi.

Dinle neyden kim hikâyet etmede
Ayrılıklardan şikâyet etmede

Şeyh Mehmed Mühür Efendi sabah namazından sonra mûsikî odasına iner, halini hatırını sorduğu her bir mûsikî aletini teker teker okşar ve uzun uzun dinlerdi. Her sabah onların arasında ferahlayan yüreği ağır ağır yollara düşer, nice badireler atlatır ve yorgun ama müsterih bir halde gerisin geri sılaya dönerdi. Gene böyle bir sabah odasında çalışırken dügâh ayini bestelediği her nasılsa duyulmuştu. Duyulmuştu duyulmasına da henüz bu besteyi dinleyebilen çıkmamıştı. Zaman zaman dostları bu mevzuyu hatırlatıp kendisinden dügâh ayinini icra etmesini rica ettiklerinde, Şeyh Mehmed Mühür Efendi mahcub mahcub gülümser, yaptığı bestelerin henüz pişmediğini, ham meyve ile dostlarının karınlarını ağrıtmayı arzu etmediğini söyleyerek bu konuyu kapatırdı.

Böyle geçerdi günler; ve mevsimler; ve seneler... Fakat, Hezarpâre Horoz Baba tekkesini bunca zamandır çekip çeviren, koruyup kollayan, sarıp sarmalayan huzur ve sükûnetten bir haftadır eser yoktu.

Şeyh Mehmed Mühür Efendi avluya yağan yağmuru seyredip, ballı, tarçınlı, ılık sütünü yudumlarken, Mısırlı İbrahim Efendi'nin selâmsız sabahsız çıkıp geldiği o berbad günü hatırladı. Hatırladıkça daha da arttı, daha da katlanılmaz oldu mide ağrıları.

Aslında bir bakıma, tekkenin hatırı sayılır konuklarından biri idi mevkufat kaleminden Mısırlı İbrahim Efendi. Tasavvufî hususlardaki merakını gidermek için sık sık şeyhin ziyaretine gelirdi. Tekkedeki meclislerde, bazen bir çocuk sevinciyle ortaya atılıp peşpeşe sualler sıralar; bazen de bildikleriyle karşısındakileri ezmek için konuşarak hem çiğliğini gösterir, hem de patavatsız çıkışlarıyla dost sohbetlerinin tadını kaçırırdı. Gerek tekke ahalisinden gerekse ziyaretçilerden pek çok kimse Mısırlı İbrahim Efendi'yi sevmez; yanlarında, yakınlarında görmek istemezlerdi. Lâkin Şeyh Mehmed Mühür Efendi kapılarının herkese ve her daim ardına kadar açık olduğunu söyleyerek, onlara sitem ederdi. Oysa şimdi, avluya içli içli yağan yağmuru seyrederken, zamanında dostlarının itirazlarına kulak asmadığı için kendine kızmakta, bu adamı tekkeden uzak tutmasının çok daha hayırlı olduğunu acı acı düşünmekteydi. Artık bu adamın ismini kendisi de meşum saymakta idi. Zira, Şeyh Mehmed Mühür Efendi'nin bir haftadır çektiği sıkıntıların sebebi Mısırlı İbrahim Efendi'den başkası değildi.

Mısırlı İbrahim Efendi, bir hafta evvel bir perşembe günü öğleden sonra çıkıp gelmişti. O gün tekmil tekke ahalisi asırlık kuyuyu onarmak için bahçede idi. Sabah erkenden çalışmaya başlamalarına rağmen, henüz kuyuyu eski güzelliğine, ab ü tabına kavuşturamamışlardı. Mısırlı İbrahim Efendi içeri girdiğinde, Şeyh Mehmed Mühür Efendi kollarını sıvamış, dervişlerle beraber kardığı harcı kuyunun dış duvarına sıvamaktaydı. Kolları, dirseklerine kadar harca batmıştı. Hatta, kül renkli harcın bir kısmı, uzun ve gür sakallarına da bulaşmıştı. Bu vakitsiz ziyarete biraz canı sıkılsa da, misafirinin bir derdi olabileceğini düşünerek ondan güleryüzünü esirgememişti. Bahçede bıraktığı dervişlere harcı sıvarken dikkatli olmalarını sıkı sıkı tembih ettikten sonra, Mısırlı İbrahim Efendi'yi içeri buyur etmişti.

Şeyh Mehmed Mühür Efendi'nin ortanca kızı Zümrüd'ün pişirdiği bol köpüklü, bol şekerli kahveleri karşılıklı içerken havadan sudan konuşmuşlardı. Lâkin biriki hoşbeşten sonra Mısırlı İbrahim Efendi sadede gelerek dilinin altındaki baklayı çıkarmıştı. Lafı biraz dolandırdıktan sonra, adını saklı tutması lâzım gelen son derece kıymetli bir kimsenin derdinin dermanının bu tekkede bulunduğunu ve şeyhi bu yüzden rahatsız etmek durumunda kaldığını ifade etmişti. Şeyh Mehmed Mühür Efendi'nin şaşkın bakışlarına aldırmadan, ondan kısa bir süreliğine tekkede saklı olan bir kitabı almak istediğini söylemiş; tez zamanda kitabı iade edeceğini de ilave etmişti. Ve sonra sararmış dişlerini açığa çıkartarak fısıldamıştı: "Min-el-evvel İl-el-ezel". Mısırlı İbrahim Efendi bu kelimeleri hecelerken, Şeyh Mehmed Mühür Efendi şaşkınlıktan elindeki fincanı yere düşürmüş, dökülen kahve telvelerinden bir çıkış yolu bulmaya çalışmıştı.

Kahve ağır ağır, sinsi sinsi süzülerek yerdeki Acem halısını boyamıştı. Halıda cıvıldaşan kuşlar susmuş; dallardaki yapraklar kurumuş; kan kırmızı güller solmuştu. Şeyh Mehmed Mühür Efendi, güllerin dikenlerini, ağaçların yapraklarını, kuşların kanatlarını aralayıp kahve telvesinin izini sürdüğünde, cayır cayır alevler bulmuştu karşısında. Falda yangın çıkmıştı.

O vakit Şeyh Mehmed Mühür Efendi gözlerini alevlerden alamadan, "Hak nârı nur eder," demekle yetinmişti.

Bu söze hiçbir mânâ veremeyen Mısırlı İbrahim Efendi, lafı döndürüp dolaştırıp tekrar kitaba getirmişti. Konuşurken, bir yandan da gözucuyla Şeyh Efendi'yi kollayarak, onu böylesine allak bullak edebilmenin tadını çıkarmıştı.

Şeyh Mehmed Mühür Efendi ise misafirinin yüzüne bir kez olsun bakmamıştı. Yüreği ağzındaydı; zira bu kitabın varlığından kendisinden başka kimsenin haberi olmadığını sanıyordu. Bu tekkede ta Hezarpâre Horoz Baba'dan bu yana, her postnişin kitaba gözü gibi bakmakla, onu canından âlâ bilerek koruyup saklamakla mesuldü. Her postnişin gibi Şeyh Mehmed Mühür Efendi de kitabı tekkenin sırrı, Horoz Baba'nın emaneti bellemiş, gün ışığına çıkarmamıştı. Hal böyle iken bu patavatsız ve habis adam nasıl oluyordu da kitabın varlığından haberdar olabiliyordu?

Şeyh Mehmed Mühür Efendi, münasip bir dille misafirini başından savabilmek için, ona, ne yazık ki böyle bir kitaptan haberdar olmadığını, lâkin vakit yitirmeden araştırıp soracağını ve bir haber alır almaz kendisine muhakkak ileteceğini söylemişti. Sonra da, hiç huyu olmadığı halde, hemen ayağa kalkarak, sohbetin sona erdiğini göstermişti. Mısırlı İbrahim Efendi bu hareket karşısında daha fazla oturamayacağını anlayarak, suratını asıp kapıya yönelmişti. Lâkin kapıdan çıkmadan evvel başını çevirip öyle bir mırıldanışı vardı ki, Şeyh Mehmed Mühür Efendi, uğursuz misafirinin ne dediğini duyamasa da, onu ikna edemediğini gayet iyi anlamıştı.

K	K	
A	A	
N	N	
C		
I		I
K		
L		L
I		I
K		K

Misafir çıkıp gittikten sonra Şeyh Mehmed Mühür Efendi'nin içine bir kurt düşmüştü. Asırlardır Hezarpâre Horoz Baba tekkesindeki her postnişin son nefesini teslim ederken dahi bu sırrı ağyara vermemişti. Hal böyle iken nasıl olmuş da Mısırlı İbrahim Efendi gibi çiğ bir adam, kitabın varlığını bildiği yetmezmiş gibi bir de gelip onu isteme cüretini kendinde bulmuştu? Bu suale bir cevap, bu derde bir deva bulana kadar mide ağrılarından kurtuluş yoktu. Başını ellerinin arasına alıp, derin bir şüphenin tesiri altında, tekke ahalisinden herhangi birinin bu sırrı dışarıyı sızdırdığına kanaat getirdi. Bugüne değin "kancıklık" kelimesini lugatına dahil etmeyen Şeyh Mehmed Mühür Efendi, şimdi kancıklığın izini sürmekteydi. Lâkin kendi kızları da dahil olmak üzere kimselerin bu hususda en ufak bir malûmatı yoktu ki... Hiç kimse, mayası bunu yapmaya müsait olsa dahi, bilmediği bir hususda kancıklık edemezdi ki...

Şeyh Abdülfettah Efendi'nin vefatından bu yana kitabın varlığından sadece kendisi haberdardı. Bir tek kendisi... Birden tuhaf bir fikre kapıldı. Yoksa başka kitaplar da var olabilir miydi? Şeyh Mehmed Mühür Efendi bu fikir karşısında tepeden tırnağa ürperdi. Şehr-i İstanbul'un, hatta belki de memalik-i Osmaniyye'nin farklı farklı tekkelerinde bu kitabın başka başka nüshaları saklanıyor olabilir miydi? Hal böyle ise, birileri, şu veya bu şekilde kitaptan, hatta sadece kitabın adından haberdar olmuş olabilir; ondan sonra da kitabın herhangi bir nüshasını saklayan tekkeleri tahmin etme yoluna gidebilirdi. Bu mümkün müydü? Bir kitabın adı, onu eleverebilir miydi? Adlar vücutlardan önde gidebilir miydi? Şeyh Mehmed Mühür Efendi peşpeşe gelen bu sualleri evirip çevirmekten sıkılınca, ayağa kalkıp sinirli sinirli odanın içinde dolaşmaya başladı.

Dışarıdan kuyunun etrafında çalışan dervişlerin sesleri gelmekteydi. Pencereden onları bir müddet seyredip, içlerinden hangisinin bir gammazlık yapmaya daha müsait olduğunu, hangisinin yüreğinde kancıklık tohumları yeşerttiğini bulmaya çalıştı. Ama çok geçmeden, böyle düşünüp gönlünü kirlettiği için, hayatında ilk defa masum insanların günahını aldığı için, kendinden utandı. Eğer ortada suçlanacak biri varsa o da kendisiydi. Ne de olsa kitabı korumak kendi vazifesiydi.

Korku ve telaş içinde kitap odasına çıktı. Evvela odanın içinde kimsenin bulunmadığından emin olmak için her tarafa tek tek baktı. Sonra titreyen elleriyle beşiğe yaklaştı. Üç kız evladını bir kez olsun şikâyet etmeden, sırayla sallayan, avutan, uyutan beşik; ser verip, sır vermeyen beşik; kiraz ağacına midye kabuklarından kesilen sedeflerin kakıldığı beşik; buram buram süt kokan emektar ve vefakâr beşik...

Şeyh Mehmed Mühür Efendi beşiğin üzerindeki ipek örtüleri kaldırdı. Kenarları dantelli, uçları nazar boncuklu, küçük, eflatun yastığı da çıkardı. O vakit, beşiğin altındaki anahtar deliği ortaya çıktı. Teslim aldığı günden bu yana hep boynunda asılı taşıdığı anahtarı yuvasına oturttu ve üç kez sola çevirdi. Tam uzanıp kapağı açmak üzereydi ki, ansızın soluğu kesildi. Birileri tarafından seyrediliyordu sanki. Telaşla odanın her tarafına baktı. Bir hırıltı işittiğini sanmıştı. Kapıyı açıp bir de dışarıya göz attı. Kimse yoktu.

Ama o hırıltı... bir hırıltı...

Geri dönüp sakinleştikten sonra, beşikten minekârî kutuyu çekti çıkardı. Bir zaman, gözlerini kapayıp parmaklarını üzerinde gezdirerek, bu kutunun sakladığı sırrın, onu geçmişine taşımasına izin verdi.

Şeyh Mehmed Mühür Efendi, babasını küçük yaşta kaybedince, amcası Şeyh Abdülfettah Efendi'nin himayesinde büyümüş; vakti gelince evlenerek, mesut bir yuva kurmuştu. Lâkin zevcesi Rabia Hanım üçüncü kızları Zühre'yi dünyaya getirdikten sonra lohusa yatağında vefat etmişti. Karısını kaybettikten sonra Mühür Efendi üç sene insan içine çıkmamış, kimselerle konuşmamış, kitaplarının ortasında gözden kaybolmuştu. Kızlarını da yanına alarak, kimselere haber vermeden Amasya'ya yerleşmişti. Orada, evin alt katında tavanı basık, kâgir ve ufacık pencereli bir odaya adeta kendini hapsetmiş; kızlarına dahi yüzünü göstermemişti. Her geçen gün vicdanıyla cebelleşmiş, karısının ölümünden kendi nefsini mesul tutarak katre katre erimiş, adeta bir kemik yığınına dönmüştü.

Derken bir gün Mesnevihan Hamdi Dede'nin selâmını ve Şeyh Abdülfettah Efendi'nin mektubunu getiren genç bir derviş kapılarını çalmıştı.O dervişle beraber, kızlarını da yanına alarak İstanbul şehrine geri dönmüştü. Burada Şeyh-i Ekber Muhyiddîn-i Arabî hazretlerinin Füsus'unu noksansız, kusursuz okuyarak, zamanın âlimlerinin ve şeyhlerinin hazır bulundukları bir sırada semahanede merasimle icazet almıştı. Ne var ki ondan sonraki günler geceler boyu mutsuzluğu hiç azalmamıştı. Gülmeyi unutmuştu neredeyse; mecbur kalmadıkça kimseyle konuşmuyor, konuştuğunda da aradaki perdeyi hiçbir zaman kaldırmıyordu. Amasya'ya geri dönmekten, tekrar odasına kapanıp kitapların arasında yaşamaktan başka bir şey istemiyordu.

İstemiyordu ama gün geldi, artık bir hayli yaşlanmış olan amcası Şeyh Abdülfettah Efendi, ona o kitabı ve makamını teslim etti. İşte o günden sonra her şey, hızla değişti.

Şeyh Abdülfettah Efendi, onu karşısına alıp, her bir kelimeyi yüreğine kazıyarak anlattı. İki adam birbirlerinin gözlerinin içine bakarak, birbirlerine doğru yola çıktılar. Biri sessizliğe ve ölüme doğru ilerlerken, öteki suskunluğundan kurtularak kelimelere ve hayata yaklaşmaktaydı her adımda.

Şeyh Abdülfettah Efendi ona ayağını bastığı toprağın, soluduğu havanın, içtiği suyun, ısındığı ateşin hikâyesini anlattı. Anlattığına göre:

Bu tekkeye adını veren Horoz Baba, Horasanî bir derviş olup asırlar evvel, İstanbul'un fethine katılmıştı. Rivayete göre, muhasara devam ederken, horoz gibi kanatlarını açıp düşmanın üzerine dalarak cesaretleri kırılan askerleri peşinden sürüklemişti. O kadar çok faydası görülmüş, o kadar çok takdir toplamıştı ki, İstanbul zaptedildiğinde hünkar ona kıymetli hediyeler ihsan etmek istemişti. Lâkin Horoz Baba, bu hediyelerin hiçbirini kabul etmeyip, gidip bir çınar ağacının altına oturmuştu. Hünkâr bu çınar ağacının etrafında bir tekke inşa edilmesini buyurarak, burayı Horoz Baba'ya tahsis etmişti. İşte Hezarpâre Horoz Baba tekkesinin kuruluş hikâyesi böyle idi.

Aradan asırlar geçmiş, devir değişmiş, artık sakalları ağaran Horoz Baba da pek çok padişah görmüş idi. Bunca zaman zarfında kendi halinde yaşamış, etliye sütlüye karışmamıştı. Lâkin bu huzurlu hayat bıçakla kesilmişçesine aniden sona ermişti. Bir zaman gelmiş, Horoz Baba'nın kaderi, Çelebi Şeyh'in kaderi ile kesişmişti.

Çelebi Şeyh güzelliğinden ötürü böyle anılırmış. Çehresi ve huyları onu güzellikte yekta kılarken, birçok mürit peyda etmiş pay-i taht'da ve Edirne'de. Sırf mah cemalini bir kez olsun görebilmek, sesini bir kez olsun duyabilmek için ücra köylerden kalkıp yollara düşermiş sevenleri. O da herkese bir nazarla bakıp, gençliğinin de verdiği cesaretle fikirlerini saklamaya lüzum görmeden, herkesle uzun uzun söyleşir, dertleşirmiş. Lâkin seveni çok olanın çekemeyeni de çok olurmuş. Ve işte bir gün, onu haksız çıkarıp utandırmak için nicedir fırsat kollayanlar, hakkında akla hayale sığmayan iftiralar uyduranlar, emellerine ulaşmışlar. O gün Çelebi Şeyh divanın huzuruna yakapaça çıkartılmış. Öfke ile bakmışlar, bîgane kalmış; hırpalamışlar, gocunmamış; sual etmişler, cevaplamış. Demiş ki,

Haram da/ helal de/ cennetin hurileri de/ nâr-ı cehennem de/ birdir bize/ cenneti cayır cayır yakmak/ cehennemin alevlerini söndürmektir gayemiz/ bize sade seni gerek seni/ kirpiğimizi kalem/ gözümüzü defter eylemişiz/ nefsimizi köreltip/ kimsenin ayıbını görmemişiz/ gönül yapmayı/ arş yapmaya bir tutup/ gönülden gönüle/ yollar kurmuşuz/ ten türap bir olunca/ her dem yeniden doğmuşuz

Ne kabir azabı/ ne zebani zulmü/ o yardan ayrı düşmektir/ nazarımızda en dilhıraş acı/ ne dürülür amel defteri/ ne geçilir sırat köprüsü/ rahman ve rahim olandır o dostun ismi/ o sever/ o gözetir/ onun merhameti hudutsuzdur/ onun merhameti öfkesinden büyüktür

Çelebi Şeyh demiş ki:

Benim mekânım balçıktır/ gıdam ise safi aşk/ korku ile beslenmez imanım/ korku dediğin safi yalandır/ korku ile yakaran/ bir kendini sever/ aşk ile yanıp tutuşan/ geçer serden/ her dem yeniden tutuşturur küllerini

Ve Çelebi Şeyh demiş ki:

Benim vücudum şu varlık âlemine benzer/ şu gördüğünüz nehirler, dereler benim içimde çağlar/ ve şu dorukları karlı dağlar/ bende başlar bende biter/ çok alâmetler vardır bende/ derebilen gelsin beri...

Divan tepeden tırnağa öfkeye boyanmış.

Çelebi Şeyh zindana atılmış.

Ertesi gün tekrar çıkartılmış divanın huzuruna; bu sefer en büyük din âlimlerinin karşısına. Öfke ile bakmışlar, bîgane kalamamış; hırpalamışlar, incinmiş; sual etmişler, suale sual ile cevap vermiş.

Hüküm verilmiş.

O günün akşamında Çelebi Şeyh ve on bir müridi canlarından edilmiş.

Horoz Baba'ya gelince o hadiseleri uzaktan takip etmeyi yeğlemiş. Yaşlanmış çünkü; zamanın hesabını günler ve aylarla değil, seneler ve asırlarla yapacak kadar; tanık olduğu hikâyelerin geçmişten kalma tozlu bir hikâyenin torunları olduğunu görecek kadar yaşlanmış. Ne var ki, bir sabah alacasında, çınar ağacının gölgesinde kurulan tekkenin kapısı çalındığında, artık olanbitenden uzak duramayacağını anlamış. Gelen Çelebi Şeyh'in, hadise esnasında Manisa'da bulunduğu için kurtulabilen sağ kolu Derviş Fasih imiş. Kan ter içinde o kitabı getirmiş Horoz Baba'ya; ona gözü gibi bakmasını istemiş. Horoz Baba, perişan haldeki bu dervişi kapısından geri çevirmeyi aklından dahi geçirmemiş. Mülhide yardım edenin kendisinin de mülhid addedildiğini bile bile ona verdiği sözü tutup, sular durulana değin kitabı saklamış.

O senenin baharında Horoz Baba kitabı emin ellere teslim ettikten sonra tekkeyi terk etmiş. Ne nereye gittiğini bilen, ne de ölüsünü gören olmuş. Ondan geriye kan kırmızısı bir horoz tüyünden başka bir şey kalmamış. Tekkeyi terk ettiğine göre ölümüne gittiği, cesedi bulunamadığına göre ölüsünün bin pareye ayrıldığı düşünüldüğünden isminin başına bir de Hezarpâre eklenmiş:

Hezarpâre Horoz Baba.

Onu sevenler, tekkenin bahçesine bir mezar yaptırıp, kan kırmızısı horoz tüyünü mezar taşına koymuşlar. Ve her sene kış geldiğinde tıpkı kar taneleri gibi bin pâreye ayrıldığına, oradan oraya savrulup estiğine, ve her bahar, parçalarını yeniden bir araya getirip dimdik ayağa kalktığına inanmışlar. Tekkeyi ziyarete gelenlerin yanlarında devamlı buğday getirmelerinin sebebi de bu imiş; çünkü onlara göre tıpkı buğday taneleri gibi oraya buraya saçılmış Hezarpâre Horoz Baba'nın bedeni; tıpkı buğday taneleri gibi toprağa karışıp boyvermek üzere. Çocuğu olmayan kadınlar, şifa bulamayan hastalar, kara sevdanın pençesinde kıvrananlar, meczuplar, kimi kimsesi olmayanlar, buğday saçıp, horoz tüyüne el sürmek için buraya gelmeyi âdet edinmişler. Nasıl ki Hezarpâre Horoz Baba her bahar bin pâresini toplayıp ayağa kalkmaktaysa, onlar da işte öyle tazelenmeyi ümit ederek.

İşte bunları anlatmıştı Şeyh Abdülfettah Efendi. Sonra kitabı yeğenine teslim edip, eliyle ona odadan çıkmasını söylemişti. İki adam birbirlerine doğru yaptıkları yolculuğun sonuna varmış; yerlerini, birbirlerine devretmişlerdi artık.

Şeyh Mehmed Mühür Efendi, o gece kitabın kapağını açıp da ilk kelimenin, ilk harfiyle göz göze geldiğinde birdenbire gördü ki, aşkla yoğrulan bu kitap konuşmaktansa susuyor; anlatmaktansa dinliyor; bir sırrı ifşa etmektense aşikâr olan ne varsa sırra çeviriyor; ve son satırına gelindiğinde sil baştan yazılıyordu. Bu kitap okunmuyor; o, insanın içini okuyordu.

İnsan onunla kendini okuyordu.

Onun durgun çehresinden süzülen ziya tufanlarını, sayfalarının arasından yayılan mest edici kokularını ve kelimelerinin ardına saklanan hüznünü kendinden bir parça bellemişti. Birlikte susup, geceye kulak vermişlerdi. Seher kırmızı ve serindi.

O gecenin sabahında, Şeyh Abdülfettah Efendi'nin vefat ettiği haberini aldığında şaşırmamıştı. Anlamıştı çünkü. Amcası kitabı ona emanet ettiğinde, bunun birbirlerini son görüşleri olduğunu anlamıştı. Ve bir şeyi daha anlamıştı. Bu kitabın kendinden başka kimi kimsesi yoktu. Onu koruyup kollamak, üşüdüğünde nefesiyle ısıtmak, kederlendiğinde tanburuyla avutmak, sessizliğine ses katmak kendi vazifesiydi.

Karısının ölümünden sonra Şeyh Mehmed Mühür Efendi'yi hayata tekrar bağlayan işte bu kitap olmuştu. Reşadet postuna oturduğu günden bu yana hiçbir zaman bu sırrın ağırlığı altında ezilmeden ve bir kez olsun şikâyet etmeden emanetini yüklenmişti. Çünkü kitap dostuydu. Zor günler geçirip nice badireler atlatmış, ve vaktiyle incitilip hafızasına küsmüş bir dost...

Dalıp gitmişti bunları hatırlarken. Birden toparladı kendini; kaybedecek zamanı olmadığını hatırlayarak gözlerini açtı. Minekârî kutunun kapağını usulca araladığında kitap ışıl ışıl gülümsedi dostuna. Şeyh Mehmed Mühür Efendi acısını eleveren bir ses tonuyla, "kerem eyle" dedi "kerem eyle, nerede bir kusur etti isem, haberini almışlar." Sonra minekârî kutudan çıkardı kitabı. Kapağında Çelebi Şeyh'in mührü ve mührün üstünde Kûfî yazıyla yazılmış şu kelimeler vardı:

MİN-EL-EVVEL İL-EL-EZEL
İtikad-ı Anasır-ı Erbaa

Şeyh Mehmed Mühür Efendi, ikibüklüm olup kitaba sımsıkı sarılırken, etraflarındaki her şey hızla silinmeye başladı. Yağan yağmurun altında iki eski dost hasretle kucaklaşıp, birbirlerinden gayrı tutunacak bir dal bulamadan, hıçkıra hıçkıra saatlerce ağladılar.

✪

Şimdi, avluya yağan yağmuru seyredip, küçük kızı Zühre'nin pişirdiği ballı, tarçınlı, ılık sütü yudumlarken, şu son bir haftadır ona çektirdikleri için midesinden af diliyordu. Mısırlı İbrahim Efendi'nin ziyaretinden bu yana kafasından bir türlü söküp atamadığı müzic fikirler, beynini tırmalamakla yetinmemiş, sivri dişleriyle midesini de kemirmişlerdi. Bu bir hafta boyunca kitabı emin ellere teslim etmenin yollarını aramış; her türlü ihtimali, kılı kırk yararak iyice düşünüp tartmıştı. Bu uğurda tekkeden ayrılıp, kitapla beraber yollara düşmeyi de aklına getirmişti; fakat durum hemen anlaşılır, peşlerine adamlar salınırdı. Günlerce düşünüp taşındıktan sonra en nihayetinde, kitabı bir ulakla, pek güvendiği ve sevdiği Dürri Baba'ya ulaştırmakta karar kıldı. Bu ulak Cenaze Mustafa olacaktı. Benzi her zaman limon sarısı, vücudu ise kemikleri sayılacak kadar zayıf olduğu için Cenaze lakabıyla çağrılan, fakat bu narin vücudun altında demir gibi sağlam bir yürek taşıyan Mustafa'ya, Şeyh Mehmed Mühür Efendi'nin itimadı tamdı.

Cenaze Mustafa'nın yolu uzun, işi zordu. Anadolu'nun içlerinde, Denizli civarında sarp bir dağın yamacında kurulmuş Dürri Baba tekkesine varana değin, durmaksızın at koşturmalıydı. O yola çıktığında Şeyh Mehmed Mühür Efendi de, Mısırlı İbrahim Efendi'ye haber salarak kitabı bulduğunu ve kendisi ile üç gün sonra buluşmaya hazır olduğunu söyleyerek zaman kazanacaktı.

Gökyüzü puslu ve tepeden tırnağa gri idi. Avluda Hezarpâre Horoz Baba'nın kabri suya doymuş; sessiz sedasız, boylu boyunca uzanmaktaydı. Etrafına saçılan buğday taneleri çoktan çamur olmuş toprağa karışmışlardı. Alt katta, Lodos Lütfü gene tuhaf bir şarkı tutturmuştu.

Yağmur damlıyor
Altın tasa doluyor
Altın tas olmuş ne fayda
Beylerbeyi kan tükürüyor

Delileri bağlıyor
Ölülere ağlıyor
Malın mülkün ne fayda
Ak kefene sığmıyor

Soğuğu biçiyor
Rüzgârı saçıyor
Arpa darı ne fayda
Eşeğin nalları dikiyor

Lodos Lütfü'nün kısık, kadınsı sesi, evvela hırıltılarla sonra boğuk öksürüklerle kesildi. Şeyh Mehmed Mühür Efendi onun hastalığına çok üzülmekle beraber, bu garaib şarkının kesilmesine de içten içe sevinmişti. Tuhaf adamdı Lodos Lütfü.

Birkaç hafta evvel, tekkede barınmaya başlayan ve yağmuru pek seven bu meczup adam, gene bir yağmurda sokaklarda dolanıp, çaldığı her kapıyı açana "lodosun gözü yaşlı olurmuş" diye diye şifayı kapmış, ciğerlerini üşütmüştü. Zaten cılız olan bedeni soğuktan ve yağmurdan epey hasar görmüştü. Elbette, sade bir kez üşütmekle açıklanamayacak kadar büyüktü vücudundaki tahribat. Şimdi sesini boğan hırıltılar ve göğsünü tırmalayan öksürük nöbetleri, senelerdir hırpalanmış, oradan oraya sürüklenmiş vücudunun artık isyan bayrağını çektiğine işaretti belki de. Gene de ona kalsa, bildiğini okumaya devam eder; parmaklarına, bileklerine, kollarına ve bacaklarına bağladığı rengârenk kumaşlar, paçavralar, ipliklerle sokaklara fırlayıp, kapı kapı dolaşarak lodosun gözünün yaşlı olduğunu haykırırdı. Bu haliyle, uzaktan bakıldığında, yürüyen bir adak ağacına benzer ve görenlerin istihzalarına maruz kalırdı. Ne var ki, söylenen kırıcı sözlere, fırlatılan alaylı bakışlara aldırmayı bırakalı çok olmuştu. Artık ne peşinde koşup birbirlerinden cesaret alan çocukların hoyratça itip kakmaları, ne büyüklerin muhakkir bakışları, ne de kimsesizliği, garibliği... hiçbiri, ama hiçbiri yüreğine işlemiyor; etinde iz bırakmıyordu. Her şeyi gören bir kör, her sesi duyan bir sağır gibi yaşamaktı tuttuğu yol. İşte birkaç hafta evvel, bu kimsesiz adamın vücudunun artık teklemeye başladığını gören Şeyh Mehmed Mühür Efendi, Lodos Lütfü'den, gelip hiç olmazsa bir süre tekkede yaşamasını istemişti. Lodos Lütfü severdi Şeyh Mehmed Mühür Efendi'yi; arada bir tekkeye uğrar, çıt çıkarmadan Mesnevi'yi ve iştirak etmeden şeyhin sohbetlerini dinlerdi bir köşede. Bir gün olsun kendisini incitmeyen, hoyrat bakışlara teslim etmeyen bu adamı kırmamış ve bir müddet için tekkeye gelip yerleşmeyi kabul etmişti.

Gelirken yanında kedilerini de getirmişti. Üç tane kedisi vardı Lodos Lütfü'nün. Sabâ, uzun tüylü, duman renkli ve oldukça yaşlı bir erkek kediydi. Kuyruğunu yitirmişti. Mahallenin çocukları patilerini ceviz kabuklarına sıkıştırınca, o da canhavliyle takur tukur sesler çıkartarak oradan oraya koştururken, gözü karartıp bir damdan aşağı atlamıştı. Fakat o aşağıya atlarken, kiremitlerin arasına sıkışan kuyruğu yukarıda kalmıştı. Uyuşuk, bezgin ve iri bir kediydi Sabâ. Öteki kedi ise simsiyah bir dişiydi; adı Felek. Gün boyu yalanıp durur; kimselere yüz vermez; sevmeye kalkanı hemen tırmalardı. Lodos Lütfü'nün üçüncü kedisi de Felek'in yavrusu olan ve siyah gövdesinin üzerinde kulaklarından başlayıp sırtında incelerek patilerine kadar uzanan beyaz bir şerit taşıyan Fitil idi. Huyları annesininkilere zerre kadar benzemeyen bu yavru kedi, tekkeye vardığı günden bu yana merakla her şeyi seyredip, her gördüğünün peşinden gitmeye kalkmakta; oyalanacak bir şey bulamadığında da kendi kuyruğunu yakalamak için bin türlü takla atmaktaydı.

Kedilerinin rahatlarının yerinde, karınlarının tok olduğunu gören Lodos Lütfü, Hezarpâre Horoz Baba tekkesindeki sakin ve huzurlu hayata alışmakta güçlük çekmemişti. Bedeni hâlâ cılızlıkta inat etse de, yanaklarına biraz renk gelmişti. Gene de huylunun huyundan vazgeçmeyeceğini göstermek istercesine yağmur gördü mü dayanamıyor, kendini sokaklara atıyordu. En sonunda Şeyh Mehmet Mühür Efendi bu gidişata bir nokta koyup, Lodos Lütfü'nün yeni yeni toparlanan vücuduna fırsat verebilmek için çareyi bir günlüğüne de olsa onu tekkeye kapatmakta bulmuştu. Lodos Lütfü de şeyhin sözünden çıkmamış, yağmurun sesine bulunduğu odadan tuhaf şarkılarla eşlik etmekle yetinmişti.

Şeyh, Lodos Lütfü'nün nasıl olduğuna bakmak için aşağıya indi. Ateşi hâlâ düşmemiş olan bu meczup adamla biraz sohbet edip, istirahat etmesini tembihledikten sonra, karşısına çıkan her şeye, sanki ilk defa görüyormuş gibi dikkatle bakarak, tekkenin içinde gezinmeye başladı.

Haremi, selâmlığı, tevhidhaneyi dolaştı. Meydan odasına, derviş hücrelerine, mutfağa, kilere, kahve ocağına ve şeyh odasına, en son olarak da mûsikî odasına teker teker girip çıktı. Kitabeli dış kapının iki yanındaki çeşmelerden akan soğuk suyla yüzünü yıkadı. Her şeye dokunmak, her şeyle helalleşmek ister gibi bir hali vardı.

Dolaşmaktan bîtap düşünce büyük kızı Züleyha'yı çağırdı yanına. Ona baktığında, annesine ne çok benzediğini fark etti bir kez daha. Züleyha'nın kömür gibi siyah gözleri, omuzlarına dökülen siyah dalgalı saçları, boyu posu, endamı, tıpkı annesine benziyordu. Şeyh Mehmed Mühür Efendi derin bir acı duydu yüreğinde. Hayat arkadaşını yitirdikten sonra dünyadan elini eteğini çekip, her şeye ve herkese gönlünü kapadığı günler, seneler boyu kızlarıyla hiç ilgilenmediği için sonradan çok pişman olmuştu. Züleyha bütün bu zaman zarfında kardeşlerine tek başına kol kanat germiş, analık etmişti. Bu sebepten büyük kızına hem çok güvenir, hem de onu her görüşünde içinin sızlamasına mâni olamazdı.

Baba kız, bir müddet hiç ses çıkarmadan karşılıklı oturup, batan güneşin son şulelerini birbirlerinin yüzlerinde seyrettiler. Züleyha'nın gördüğü güneş, yorgun ve endişeli ve ihtiyardı. Şeyhin gördüğü güneş, inatçı ve umutlu ve gençti.

Güneş battığında aynı şeyi, karanlığı gördüler birbirlerinin yüzlerinde. O zaman şeyh, tekkelerin de tıpkı insanlar gibi yaşlanıp ölebileceklerini ve tıpkı insanlar gibi toprağa karıştıktan sonra yeniden filizlenebileceklerini anlattı kızına. Hezarpâre Horoz Baba tekkesinin de ilânihâye ayakta kalamayacağını söylerken boğazına bir yumru oturdu. Züleyha, babasının her söylediğini, adeta küçük bir çocuğu teselli eder gibi şefkatle, sıcacık gülümseyerek dinledi. İri iri açılmıştı gözleri.

"Haktan gelen haktır Züleyha," dedi şeyh. Dedi ama kızının ismini söylerken sesi titredi; ağlamaklı oldu. Züleyha ses çıkarmadan odadan çıktı. Kapıyı kapattığında dizlerinin üstüne düşerek ağlamaya başladı.

Kendini toparlayıp ayağa kalktığında kuzgunî saçlarının yarısı ağarmıştı; bir yanı lime lime dökülürken, bir yanı hâlâ dimdik durmaktaydı.

Şeyh Mehmed Mühür Efendi, Züleyha ile konuşması bittiğinde kitap odasına çıktı. Minekârî kutudaki kitabı ipek bir şala sarıp Cenaze Mustafa'ya teslim etti. Cenaze Mustafa şeyhin emanetini üç kere öpüp başına koyduktan sonra, gömleğinin içine yerleştirdi. Tek kelime konuşmadan birbirlerine baktılar.

Sadece susup, bakıştılar.

Söylenecek söz yoktu.

O gittikten sonra şeyh, boşalan minekârî kutunun içerisine başka bir kitap yerleştirdi. Minekârî kutuyu almalarına mâni olamayacağını biliyordu; ama kutunun içinden aradıkları kitap çıkmayacaktı. Gülümsedi; ve ilk defa, günlerden gecelerden beri ilk defa, rahat ve huzurlu bir uyku uyumak üzere odasına çekildi.

Şeyh Mehmed Mühür Efendi o gece rüyasında Hezarpâre Horoz Baba'yı gördü. Birlikte İstanbul'un üzerinden uçtular. Evleri, sokakları, mahalleleri geride bırakıp da denize vardıklarında, aşağıda kocaman bir gemi gördüler. Çil çil altınlarla, mücevherlerle tıkabasa dolu olan gemide yüzleri görünmeyen adamlar oradan oraya koşturmaktaydı. Birden adamlardan biri onları fark etti; fark eder fark etmez de, bir taraftan arkadaşlarına haber verirken bir taraftan da nişan aldı. Ucu ateşli ok Hezarpâre Horoz Baba'nın yüreğine saplandı. Gemidekiler ateşli okun isabet ettiğini görüp sevindiler. İçlerinden biri, onun daha çabuk tutuşması için direğe çıkıp, yukarıya üflemeye koyuldu.

Hezarpâre Horoz Baba bir ateş topu gibi döne döne direkteki adamın üstüne düştüğünde, o da yanmaya başladı. İşte o zaman hâlâ yukarıda kanat çırpan şeyh adamın yüzünü gördü. Mısırlı İbrahim Efendi'ydi bu. Yanıyordu.

Şeyh Mehmet Mühür Efendi korkuyla gözlerini açtı. Terden sırılsıklam olmuştu. Bulunduğu odanın kapısından içeri süzülen dumanlar rüya ile hakikati birbirinden ayırmasını güçleştiriyordu. Toparlandı ve ayağa fırladı. Tekkede yangın çıkmıştı.

Hızla büyüyüp, tekkedeki kitapları, mûsikî aletlerini birer ikişer teslim alan yangın, Defterdar Celal mahallesine de sıçradı.

Herkes yangını söndürmeye çalışırken Lodos Lütfü, elinde minekârî kutuyla bir köşede beklemekteydi. Çok geçmeden beklediği kadın alı al moru mor bir telaşla geldi. Genç kadın minekârî kutuyu, Lodos Lütfü kedilerini taşıyan sepeti kucaklayıp, ters istikametlere doğru yürüdüler.

Sepetin içine sıkıştıklarında hem kendi kuyruğunu hem de annesininkini yakalamayı başaran Fitil, "lodosun gözü yaşlı olurmuş" diye miyavladı. Lodos Lütfü sevinçle başını sallayıp ona hak verdi: "He ya; yaşlı olurmuş!"

Hezarpâre Horoz Baba tekkesinden geriye
kan kırmızısı bir horoz tüyü kaldı.

Rindâne

Itır gülün sesi,
ışık sonsuzun.
Geceleri ölüm
konuşur karanlıklarda.

Cemil Meriç

Emsalinur, minekârî kutuyu bakır sininin üzerine koyduktan sonra, iki adım geri çekilerek, sessizce mükâfatını beklemeye koyuldu. Arada bir gözlerini kaldırıp, karşısında oturan adamın suratını kaplayan memnuniyet ifadesine bakıyordu. Değmişti işte; bunca korkuya, bunca yürek çarpıntısına değmişti.

Adam gülümseyerek Emsalinur'a baktı. Öyle methedilebilecek kadar ahım şahım bir güzelliği yoktu bu kadının; onun, gönlünde taht kurmasına sebep güzelliği değil mizacıydı. Birbirlerine ne çok benzediklerini daha ilk günden anlamışlardı. Adam, onun tamahkârlığında, kurnazlığında, yoluna çıkanları birer birer ezişinde kendini görmüş; dişisini bulmuştu.

Sonunda adam ayağa kalkıp gözde cariyesinin uzun, ince boynuna, söz verdiği gerdanlığı taktı. Ziynet ve debdebeye pek meraklı olan Emsalinur, gerdanlığın büyüsüne öylesine kaptırmıştı ki kendini, Mısırlı İbrahim Efendi'nin minekârî kutuyu alarak odadan çıktığını fark etmedi bile.

✪

Mısırlı İbrahim Efendi kolunun altında minekârî kutu, aheste aheste yürüyerek, Melek Murat Paşa mahallesinin Kadayıf sokağına daldı. Bu sokak, adı üstünde, kadayıfları ile meşhurdu. Sıra sıra dizilmiş dükkânlardan kaymaklı, yassı, fıstıklı, yufkalı, tel kadayıf kokuları yükseliyordu. Orada burada öbekleşen insanlar, dün gece Defterdar Celal mahallesini yakıp kül eden yangını konuşuyorlardı. Mısırlı İbrahim Efendi bu konuşmalara kulak kabartıp gülümsedi. Buraya kadar gelmişken bir kadayıf yemeden geçmemeye, yerken de dükkânda konuşulanları dinlemeye karar verdi. Kitabı yerine teslim etmeden evvel şuracıkta biraz oyalanmasında hiçbir sakınca yoktu. Gözüne kestirdiği bir kadayıf dükkânına girmek üzereyken, birkaç adım öteden geçen saçsız, sakalsız, tepeden tırnağa simsiyah giyinmiş bir derviş dikkatini çekti. Bugün cömertliği üstündeydi Mısırlı İbrahim Efendi'nin. Dervişe yaklaşıp, elindeki keşküle bir altın fırlattı. Umduğunun aksine, derviş, minnetle bakıp teşekkür etmek şöyle dursun, başını kaldırmadı bile.

Mısırlı İbrahim Efendi'nin keşkülüne para bıraktığı saçsız, sakalsız, tepeden tırnağa siyahlar giyinmiş derviş Pinhan'dan başkası değildi. Şimdi kaskatı durmuş, sabit gözlerle elindeki keşküle bakıyordu.

Şehr-i İstanbul'a vardıktan sonraki ilk haftalarını gördüğü her şeye derin bir şaşkınlıkla bakarak geçirmişti. İlk günler, âlem-i vücudun bu kadar büyük, bu kadar tantanalı oluşuna hayret etmişti. Bazen gezgin dervişleri ağırlayan tekkelerde, zaviyelerde, dergâhlarda konaklamış; bazen de hamamların külhanlarına sığınmıştı. Ama ekseriya, sokaklarda dolaşarak gözüne kestirdiği bir köşede kıvrılıp uyumuştu. O sıralarda yaz mevsimi devam etmekte olduğundan geceleri üşümeden geçirmişti. Havalar soğumaya başlayalı beri tekkelere daha sık uğrar olmuştu. Gene de bir yerde bir geceden fazla kalmıyor, aynı yastığa iki kez baş koymuyordu. Uzun müddet kaldığı tek yer Üsküdar'daki Hırpani Baba tekkesi olmuştu. Elinde taşıdığı keşkülü de burada tanışıp, ahbaplık kurduğu bir Kalenderi dervişinden almıştı.

Hırpani Baba tekkesinde, ihtiyaçları karşılamak üzere kırk bir Kalenderi dervişi sıra ile dilenmekte idi. Pinhan bir müddet, kendisi gibi gezgin dervişlerin penâhı olan bu tekkede kalmıştı. Buradaki dervişler fakr ve tecerrüd esası gereği nefislerinin hâkimiyetine bir son verebilmek için dilenmeyi erkandan kabul ediyorlardı. Öteki insanlarsa, onları hem meczup, hem de evliya olarak görüyorlardı. Pinhan, Hırpani Baba tekkesindeki dervişlerin arasına karışıp, onlar gibi yalın ayak, baş açık, elinde keşkül, belinde zillerle dolaşmaya başladığında şehirlilerin ikibaşlılıklarına yakından tanık olmuştu. Onlar, bu hırpani dervişlere hem kınayarak hem saygıyla, hem korku duyarak hem de merakla yaklaşmaktaydılar. Suratını buruşturup zemmederek bakan biri birdenbire hürmet göstermeye; adeta kötü bir hastalığın kendisine sirayet etmesinden korkar gibi uzak duran biri ise birdenbire yaklaşıp keramet beklemeye başlayabiliyordu. Ne var ki, hangi tarafa meylederlerse etsinler, bunu son derece mübalağalı bir şekilde yaptıklarından, baktıklarında görmüyor, dokunduklarında hissetmiyorlardı. Onların nazarında, babayani kıyafetle dilenen bu dervişler, kâh alçalıp kendilerinden daha hakir, kâh yükselip kendilerinden daha büyük olmaktaydılar. Hal böyle olunca da hiçbir zaman bu dervişlerle aynı topraktan, aynı su ve hava ve ateşten yoğrulduklarını görmeye yanaşmıyorlardı.

Pinhan, Hırpani Baba tekkesinden ve orada edindiği dostlardan ayrıldıktan sonra keşkülünü bırakmamıştı. Şimdi Kadayıf sokağında donakalıp bu keşküle sabit gözlerle bakmasına sebep, daha dün sabah yaşadığı ve bugün verilen altınla tekrar hatırladığı bir hadiseydi.

Dün sabah, bir kadın, ne denli genç olduğu gözlerinden okunan bir kadın ayaklarına kapanmıştı Pinhan'ın. Hıçkırıklar arasında küçük kızının ne denli hasta olduğunu ve eğer onu iyi ederse sadece çaresiz bir ananın hayır dualarını değil, bütün malını mülkünü de alabileceğini söylemişti. Konuşurken Pinhan'ın ayaklarına sarılarak onun kıpırdamasına mâni olmuş; ve bir anlık boşluktan istifade ederek onu evine kadar sürüklemeyi başarmıştı.

Ev, tek katlı, izbe bir yerdi; her tarafı dökülüyordu.

Pinhan, içeri girdiğinde, evvela hiçbir şey görememiş; bir müddet sonra, gözleri karanlığa alıştığındaysa bir kedi yavrusu gibi büzülmüş minicik bir vücudu karşısında buluvermişti. Genç kadın o tüy gibi hafif vücudu kaldırıp, bir kilim gibi Pinhan'ın ayaklarına sermiş ve keramet beklemişti. Kehribar benizli hasta kız çocuğu, renkleri solmuş, saçakları dökülmüş kilim, minik kedi yavrusu oracıkta tortop olup, bir topaç gibi dönerken, Pinhan'ın gözleri kararmış, dizleri titremişti. Ve kadının yalvarıp yakaran gözlerinin içine bakarak elden bir şey gelmeyeceğini, bu derde deva veremeyeceğini lâkin Allah'tan umut kesilmeyeceğini söylerken, kendi sesine tahammül edememişti.

Kadın gülmüştü. Sadece gülmüştü. Kulakları tırmalayan korkunç kahkahalar atarak, gözlerinde delilik parıltılarıyla gülmüştü.

Pinhan kaçmıştı. Sadece kaçmıştı. Arkasına bakmadan, dizlerinde hal kalmayıncaya kadar koşarak ve her adımda o tiz kahkahaları geride bırakmayı ümit ederek kaçmıştı.

İşte o vakit elinde tuttuğu keşkül taş gibi ağırlaşmıştı.

Bu hadise Pinhan'ın üzerinde müthiş bir tesir bırakmıştı. Topacın son hızla dönüşü ve annenin vahşi kahkahaları, derisine işlemişti. Her an, her dakika, birilerinin çıkıp da ondan keramet beklemelerinden, yardım dilenmelerinden korkuyordu. Olduğundan daha hakir görülmekten değil, olduğundan daha büyük görülmekten korkuyordu. İşte Kadayıf sokağında keşküle bırakılan ışıltılı altın bu korkuyu bir kez daha yüzüne vurmuştu. Keşkülün içinde genç annenin vahşi bakışlarını görüyordu. Kararını verdi; altına elini sürmeden keşkülü bir çeşmenin başına bıraktı.

Kadayıf sokağından çıktı.

İnciyi görmeye, ona dokunmaya o kadar çok ihtiyaç duyuyordu ki, hiç düşünmeden, boynunda taşıdığı keseyi yırtarak, Dürri Baba'nın hediyesini günışığına çıkardı. Onunla dertleşmek, ona akıl danışmaktı tek arzusu. Ne var ki, o esnada oradan geçmekte olan ve günlerdir kazınan midesini avutmak için her şeyi göze almış bulunan Kayserili Kavanoz Bekir, fındık iriliğindeki inciyi fark etmekte hiç gecikmedi. Atılıp bir hamlede dervişin elindeki inciyi alıp, hızla sıvıştı. Pinhan daha ne olup bittiğini bile anlayamamıştı. Toparlanır toparlanmaz adamın peşine düştü.

Kayserili Kavanoz Bekir kaçmadı; Pinhan kovalamadı. Aynı istikamete doğru yürüyen iki insan gibi peşpeşe kaydılar sokaklarda; ta ki o kahvehaneye varana değin.

Yabani sarmaşıkların çevrelediği sokak kapısının üzerinde, neredeyse bir insan başı büyüklüğünde, etrafı süslemeli, yaldızlı bir fincan asılıydı. İşte bu fincan, Hüner Kahvehanesi'nin alâmet-i fârikasıydı. Burada her gün ateşbazlar, yumurtabazlar, çenberbazlar, şişebazlar, maymunbazlar, yılanbazlar, taklabazlar ve hayalbazlar marifetlerini sergilerlerdi.

Pinhan, Kayserili Kavanoz Bekir'in peşinden Hüner Kahvehanesi'ne girdiğinde yılanbazın sırasıydı. İçeriye adımını atar atmaz yılanın gözleriyle karşılaştı; som yeşil, parıltılı, bî-perva gözler. Buraya ne için geldiğini unutarak, alçak, hasır taburelerden birine ilişip seyretmeye başladı. Yılanın acısını görmüş, o acıyı içinde hissetmişti.

Yılanbaz sırasını savıp, orta yere meddah çıktığında Pinhan birden kendine geldi. Kahvehanenin her tarafına, buradaki herkesin suratına teker teker baktı; ama anlaşılan Kayserili Kavanoz Bekir çoktan gitmişti. Pinhan umudunu yitirip kahvehaneden ayrılırken, elinde tuttuğu ve kılıktan kılığa soktuğu mendille terini silen meddah, ilk hikâyenin sonuna varmıştı: "Meşhur darbımeseldi: iyilik eden iyilik, kötülük edense kötülük bulurdu."

Ertesi gün, inciyi çalan adamı bulmayı umarak tekrar geldi. Bulamadı. Ondan sonraki günler ayakları onu hep Hüner Kahvehanesi'ne sürükledi. Kahveci, bu genç, tüysüz, sakalsız dervişin neden her Allah'ın günü geldiğine bir anlam veremedi ilk başlarda; daha sonra, onu buranın demirbaşı olarak kanıksadı. Pinhan da giderek alışmaktaydı bu mekâna. Ama onu buraya sürükleyen şey, inciyi bulma umudu olduğu kadar, yılanın gözleriydi. Yılanbazın sırasını hiç kaçırmıyor; gözlerini ondan ve yılandan ayırmadan soluğunu tutup seyrediyordu. Yılanın gözleri, mânâsını çözemediği bir şeyler anlatıyordu. Öyle ki Pinhan, hem bu dili anlayabilmek için delice bir heves duyuyor, hem de anlamaktan ürküp, bu muğlaklıkta biraz olsun ferahlıyordu.

Yılanın gözleri...
Som yeşil, parıltılı, bî-perva gözleri...

Bir gün yılanbazı seyrettikten sonra kahvehanede daha fazla duramayıp, kapıya yöneldiğinde Kayserili Kavanoz Bekir'le burun buruna geldi. Önce tanımadı onu; çünkü kafasında hâlâ yılanın gözleri vardı. Bu sefer çok yaklaşmıştı; yılanın gözleriyle arasında sadece bir arpa boyu yol kalmıştı. Sonra, birden başını yerden kaldırıp, karşısındaki tıknaz, şişman adama baktı ve tanıdı onu. Ani bir hiddetle yakasına yapıştı. Her şey o kadar çabuk olmuştu ki, neden ve nasıl böyle hareket ettiğini sonradan düşünebilirdi ancak. Şimdi tek istediği bu adamı elinden kaçırmamak ve inciyi geri almaktı.

"İnciyi geri ver!" diye bağırdı.

Adam şaşkınlığını üzerinden atıp, yılışık bir sırıtışla ona baktı. Pinhan diklendi; hayatında ilk kez bir arslan gibi kükrerken sesinin tehditkârlığına en çok kendi şaşırdı. Ondaki bu kararlılığı adam da görmüş olmalı ki, üslubunu değiştirdi.

"Kızma be derviş. Ben ne bilirim senin gibi çetin cevize çattığımı. İnci bende değil artık. Sattım onu, bizim gibilerinde durur mu öyle kıymetli şeyler? Karnımı doyurdu, gönlümü hoş tuttu senin incin."

Pinhan yeni bir öfke dalgasıyla zangır zangır titrerken, işlerin sarpa sardığını gören adam, paçası ne vakit sıkışıverse hızla işlemeye başlayan aklını çalıştırdı.

"Dur hele. Sattık dedikse yabancıya değil. Senin inci yakın bir arkadaşımdadır. Onda para çok. Lâkin pintidir biraz. Ucuz bahaya aldı. Madem bu kadar mühimdir, gider konuşuruz. Sen de bir yolunu bulur geri alırsın. Ben çekilirim aradan. Bundan fazlasını da yapamam bilesin," dedi. Konuşurken boncuk boncuk terlemişti.

Bu sözleri işitince biraz olsun yatışan Pinhan, Kayserili Kavanoz Bekir'in teklifini kabul etmekten başka yol bulamadı. Ama bu sefer onu elinden kaçırmamak için, adamın her hareketini kolluyordu. Beraber, Mısır Çarşısı'nın yanından uzanan bir yokuşu çıkıp, Kapalıçarşı istikametine yöneldiler. Hüner Kahvehanesi çok geride kalmıştı. Bölük pörçük bir rüyaya, bulanık bir hatıraya dönüşüyordu attıkları her adımda.

Birbirine pek benzeyen daracık ve tenha sokaklardan geçip, en nihayetinde harap bir evin önüne geldiklerinde, Kayserili Kavanoz Bekir iki elinin ortasına üfleyip, kuş sesi çıkartarak işaret verdi. Kuş sesi karanlıkta eriyip giderken, ne bir ses ne bir kıpırtı vardı önünde dikildikleri evde. Derken, ağır ağır açılan kapıdan gür saçlı bir baş uzandı.

İşte Pinhan, Cüce Cafer'in hanesi diye bilinen bu izbe mekâna böylece adımını atmış oldu.

Onları karşılayan delikanlı, tek kelime etmeden önlerine düşüp yol gösterdi. Genç olmasına gençti, ama gözlerinin altındaki torbalar, omuzlarının çökmüşlüğü ve suratındaki meyus ifade onu çok daha yaşlı gösteriyordu. Oğlan, bir kapının önüne geldiğinde kapıyı açıp onları içeri aldı. Pinhan inciye yaklaşmanın sevinciyle, Kayserili Kavanoz Bekir'in önüne geçip, içeri daldı.

İçerde, yere serilmiş şilteler ve şiltelerin üzerine yayılmış, kendinden geçmiş insanlar vardı. Oraya buraya fırlatılmış kırpıntı minderler ortalığı dağıtmaktan başka işe yaramıyordu. Odanın ortasında ise, kenarları ayak dayamaktan eğrilmiş, üzerinde karanfilli, tarçınlı yeşil çay kaynayan bir mangal duruyordu. Konuşmak şöyle dursun kimsenin kıpırdadığı dahi yoktu. Buradaki herkes, her şey donmakta karar kılmıştı sanki. Odanın her köşesine yayılmış tütün dumanı bile hiç kıpırtısız, hiç telaşsız öylece durmaktaydı. Pinhan buradan bir an evvel kurtulma arzusuyla yürümeye devam edip, yan taraftaki odaya geçti.

Bu oda da, en az bir önceki kadar loş, havasız ve kasvetli idi. Ama buranın dört duvarı, içleri doldurulmuş kuşlar taşıyan, yere yakın çakılmış raflarla çevrilmişti; yan yana dizilmiş, ölü kuşlar. Turnalar, sülünler, keklikler, yaban kazları, ördekler, karatavuklar, bıldırcınlar, kılkuyruklar, çakırlar, balabanlar, atmacalar, karagözler, sungurlar, zağnoslar, tuştulunlar, şahinler ve doğanlar, korkunç bir hadiseye tanık olarak canverdiklerini göstermek istercesine gözlerini faltaşı gibi açmışlardı. Pinhan içi doldurulmuş kuşlara bakarken, onların arasında Dürri Baba tekkesinin bahçesinde bıraktığı o füsunkâr kuşu görmekten korktu. Üzerinde mavi şeritler ve şarabi lekeler taşıyan o siyahlı sarılı gövdenin bu kuytu mekânın tozlu bir rafında, içi doldurulmuş bir halde kaskatı kesildiğini görmeye tahammül edemezdi. Neyse ki korktuğu başına gelmemişti. O garip kuşun yolu buralara düşmemişti.

Pinhan öylesine dalmıştı ki, bir müddetten beri arkasında dikilen adam konuşmaya başladığında, boş bulunup korkuyla sıçradı. "Kuşlar pek ürkek olur. Her şeyden, her sesten ödleri kopar," dedi boyu Pinhan'ın dizlerine varan adam. Ve omuz hizasına gelen raflara yaklaşıp, ölü bir kekliği okşayarak lafını tamamladı. "Sayemde korku nedir bilmeyecekler bundan böyle."

Pinhan dikkatle adamı süzdü. Aslında, küçücük elleri ve ayaklarıyla, kısacık boyuyla, daha çok yaramaz bir çocuğa benziyordu. Yaşını eleveren tek şey kırmızı halelerle çevrilmiş kısık gözleriydi. Pinhan o gözlere bakarken, inciyi bu adamdan geri almanın hiç de kolay olmayacağını anladı. Etrafına bakınıp Kayserili Kavanoz Bekir'i aradı. Ama anlaşılan o çoktan çekip gitmişti; tıpkı Hüner Kahvehanesinin önünde söylediği gibi, ikisini buluşturduktan sonra aradan çekilmişti. Pinhan bir başına kaldığını anladığında, Cüce Cafer'e hiçbir şey demeyip, ona kötü bir nazarla bakmakla iktifa etti. Ama doğuştan sürmeli simsiyah gözleriyle öyle bir bakışı vardı ki, karşısındaki adama derdini anlatmakta uzun ve tumturaklı cümlelerden çok daha beliğ olmuştu.

Cüce Cafer, kendisine sert sert bakan bu suskun dervişten etkilenmişti. Onun bir sırrı sakladığını daha ilk görüşte anlamış ve bu sırrı keşfetmenin merakıyla yanıp tutuşmaya başlamıştı. Bir taraftan dervişi utandırmak, sırrını alıp suratına fırlatmak istiyor; bir taraftan da onun tüysüz yüzünde, doğuştan sürmeli gözlerinde çoktan unuttuğu bir huzuru yakalıyor, değil onu üzmek tek bir lafla dahi incitmeye kıyamıyordu. Peşpeşe sıraladığı suallerle bu kapalı kutuyu aralamaya çalışıyor, ama her seferinde, inciyi alıp buradan bir an evvel çıkmaktan ötesini düşünmeyen Pinhan'ın kesik kesik cevaplarıyla hüsrana uğruyordu. Onun esas niyetini ve bu mekândan da, kendinden de hoşlanmadığını anlamıştı. Anlamıştı anlamasına da bu beklenmedik ziyaretçisini elinden kaçırmaya niyeti yoktu. Çünkü Cüce Cafer tanıştığı ve kaydadeğer bulduğu herkesle "boy uzatma" oyunu oynardı. Bu oyunda adımlarını sinsice atıp, laflarını ustalıkla tartıp, karşısındakinin hikâyesini, sırrını, geçmişini çalar ve posasını çıkardıktan sonra onu kaldırıp bir kenara atardı. Oyun tamamlandığında başta boyu uzun olan kısalıp yere yapışmış, boyu kısa olan ise mâlik olduğu bilgilerle beslenerek uzamış olurdu. Şimdi bu dervişle aynı oyunu oynamak için canatıyordu. Bu sebepten ötürü, laf ne zaman dönüp dolaşıp inciye gelse bir yolunu bulup, araya başka laflar katarak Pinhan'ı hızla oradan uzaklaştırıyordu. En nihayetinde baktı ki olmayacak, baktı ki Pinhan inciyi dilinden düşürmeyecek, misafirine ikramda bulunmaya karar verdi.

Sol yanağında irice bir ben olan, şehla bir oğlan, gümüş bir tepsi içinde, üzüm tanesi iriliğinde macunlar getirdi. Pinhan daha evvel gördüğü oğlan gibi, bunun da vaktinden evvel çöktüğünü fark etti. Oğlan odadaki iki adamın önünde sırayla eğilerek, haşhaş tozu, tereyağ, bal, Hindistan cevizi ve envai çeşit baharattan terkip edilmiş macunları ikram etti. Pinhan tiryak macununu ağzına aldığında, uzunca bir süre onun ekşi mi, tatlı mı yoksa acı mı olduğuna karar vermekte güçlük çekti. Sanki bütün tadları bir arada barındırıyordu bu macun. Onu dilinin üstüne, kendini ise bir sermestlik denizine bıraktı. Tam da bu esnada yan odadan içeriye sızan kahve kokusuna yakalandı. Bu koku, Dulhani Hasan'ı getirmişti aklına. Burnunun direği sızladı; neredeyse ağladı ağlayacak. Bir tuhaf oldu içi. Şimdi Dürri Baba tekkesinde olmak varken, bu izbe mekânda, şu nursuz adamla ne işi vardı?

Cüce Cafer macunların tesirini göstermesini bekledi sabırla. Pinhan'ın suratına yayılan gülümseme vaktin tamam olduğunu gösterdiğinde ona kendi hikâyesini anlatmaya başladı. Zira böylesine ağzısıkı birini başka türlü konuşturamayacağına, ondaki hikâyelere ancak kendi hikâyelerini kullanarak kavuşabileceğine kanaat getirmişti. Onun nazarında bir yılan gibiydi karşısındaki derviş; ve tıpkı bir yılan gibi tatlı sözle, acı hikâyelerle deliğinden çıkacak, boy uzatma oyununda arz-ı endâm edecekti.

"Kavanoz Bekir'in ağzında bakla ıslanmamış bugüne değin; Allah bilir neler dedi hakkımda. Çekemez beni çünkü itibarım da var, param pulum da. Lâkin kimse bilmez buralara nasıl vardığımı, bir vakitler nasıl aç sefil dolandığımı. Sefaletim Semiz Halil nam bir paşanın konağına kapılanmamla son buldu. Konaktaki vazifemi sorarsan, maskaralık, soytarılık etmekti. Tez zamanda kaptım; anladım ki güldürürsem beni severler, severlerse karnım tok, sırtım pek olur. Muvaffak da oldum hani; pek sevdiler cücelerini. Keyfim de yerinde. Zaman zaman, bilhassa uzun kış gecelerinde karşılarına geçer türlü türlü hikâyeler anlatırdım. Hep gülerlerdi, ne anlatırsam anlatayım gülmek için dinlerler ve gülerlerdi. Topunu birden boğasım gelirdi bazı bazı; ama biri hariç. O başkaydı.

"Paşanın bir kızı vardı; güzelliği dillere destan. Adı Nakş-ı Nigâr idi. Bilhassa o pek severdi beni, yanından ayırmazdı. Sırf benim için en nadide kumaşlardan elbiseler diktirir, kendi elceğiziyle giydirirdi. Hatta hikâyelerimi daha rahat anlatabileyim diye marangoza gül ağacından bir sehpa hazırlatmıştı. Sehpanın üzerinde kuş tüyünden bir minder; yumuşacık. Oraya oturur, anlatırdım. Öyle severdi beni. Severdi amma sanki bir oyuncağı sever gibi. Bense bir başka severdim onu. Rüyalarıma girerdi geceleri. Utanır sıkılır, terlerdim. Uzun lafın kısası körkütük âşıktım paşanın kızına. Canımı istese hiç tereddüt etmeden çıkartıp verirdim."

Cüce Cafer burada susup, bir macun attı ağzına. Bir taraftan da gözucuyla Pinhan'a bakıyordu. İşe yaramıştı işte. Nihayet, bu inatçı derviş inciden dem vurmaktan caymış, onu dinliyordu.

"Paşa nalet, meymenetsiz bir adam. İçine afyon konmuş kuru incirler yedirirdi bana; bu merete böyle böyle alıştım. Evvela incirleri ağzıma tıkar, sonra ben yalpalarken karşıma geçip gülerdi. Bir seferinde ipin ucunu kaçırdı; zorla, ye babam ye. Ağırlaşmışım; gözümü açtığımda Nakş-ı Nigâr'ı buldum karşımda. Başımdan ayrılmamış; iyileşmem için dualar etmiş. Nasıl sevindim. Paşaya kızmadım bile. Lâkin, artık ben de bu mereti arar olmuştum. Seneler böyle geçti. Nakş-ı Nigâr iyiden iyiye büyüdü serpildi. Baktığı yeri yakardı. Ben hep böyle bodur kaldım onun karşısında. Kederim hiç azalmadı. Demadem arttı. Gene de böyle yaşayıp giderdim velev ki bunlar olmasaydı. Bir bahar vakti sultanım hastalanıverdi. Yataklara düştü. Hekimler derdine çare bulamadılar. Gözlerimin önünde eriyordu. Pembe çehresi sapsarı kesilmişti. Konakta bir ölüm sessizliği, herkes üzgün, herkes perişan. Allah bilir ya, en çok da ben korkuyordum. Senelerdir karşımda duran ve asla ilişemediğim o güzellik, eriyip gidiyordu. Her şeyi yapmaya hazırdım iyileşmesi için. Her şeyi. Hekimler türlü türlü ilaç yazıp, bol bol fikir yürüttüler ama bir çare bulamadılar. Elimiz kolumuz bağlandı. O vakit Nazikter Kalfa, paşanın zevceleri Peyveste Hanım'a bir kadın tavsiye etti. Kem göze deva bilir diye. Ah, keşke tavsiye etmez olaydı. Neyse efendim, paşa sevmez böyle şeyleri, nazarmış filan yok böyle itikatları. İlim ve fennin üstesinden gelemediği hiçbir husus olmadığına inanır ve maiyetindekilerin de böyle düşünmesini isterdi. Neyse efendim, hasıl-ı kelâm kalfa ile hanım kafa kafaya verdiler. Paşayı işkillendirmeden, şu kadın hakkında malûmat topladılar. Adı Bedrenk Asiye idi. Akrep Arif mahallesinde yaşardı. Zaten o mahallede kulak hırsızı kocakarıların olduğu herkesin malûmuydu. Onlar gökyüzünün ahvalini bilirdi. Bedrenk Asiye nâm kadına hemen haber salındı. Lâkin o kendini bilmez kulak asmadı. Gelmedi. Mahallemden bir adım harice çıkmam diye. Bunun üzerine Peyveste Hanım ile Nazikter Kalfa yollara düşüp o kenar mahallesine gittiler. Yani o Bedrenk Asiye olacak kadının ayağına gittiler. Pek kıymetli hediyeler ve tatlı laflarla gittiler. İliği murdar karı inat etti. Ne hediyeleri kabul etti, ne de tatlı dile kulak astı. Nuh dedi de peygamber demedi. Kadının içi çıfıt çarşısı derler; doğrudur. Bedrenk Asiye kaynar güğüm gibi içten pazarlıklı idi. Dedi ki hastayı evime getirin. Perisi pis kadın. Nasıl zora soktu bizi. Baktık ki çare yok. Nakş-ı Nigâr bir deri bir kemik... Çarnaçar, türlü dalaverelerle Paşa ikna edildi. Biricik kızının temiz hava alıp toparlanması, felah bulması için İstanbul dışına çıkartılması lâzım geldiği telkin edildi. Paşanın aklı yattı bu işe. Nazikter Kalfa ile ben, Nakş-ı Nigâr'a refakat edecektik. İşte böyle Akrep Arif mahallesine, o perisi pis karının evine vardık."

Pinhan, artık merakla, cankulağıyla dinlemekteydi Cüce Cafer'in hikâyesini. Arada bir gümüş tepsiler içinde yeni macunlar ikram edildiğinde, hiçbir ikramı geri çevirmiyordu.

"Allah için, iliği murdar karı pek iyi karşıladı bizi. Odalarımız daha evvelden hazırlanmıştı. Nakş-ı Nigârı ise en üst kata taşıdılar. Yanına varmamız kati surette yasaktı. O günler benim için tam bir azap kuyusu idi. Battıkça batmakta, düşündükçe çıldırmakta idim. Sevgili sultanım bu kenar mahallede ne idüğü belirsiz bir kadının elinde idi. Aynı mekânda idik, lâkin onun gül yüzünü göremiyor ne halde olduğunu bilemiyordum. Nazikter Kalfa da ben de Bedrenk Asiye nâm kadının tüm arzularına boyun eğiyor, çarnaçar susuyorduk. Akrep Arif mahallesine vardığımızın ikinci günü mahallenin altı kocakarısı Bedrenk Asiye'nin evine toplandılar. Topu birden üst kata çıkıp kapıları kapadılar. Kalfa ile ben aşağıda kıvrandık durduk. Kalfanın derdi daha bir başkaydı elbet. O Nakş-ı Nigâr sultanımızın bu evden sağ çıkmaması halinde paşaya ne hesap vereceğini düşünüyordu. Şimdi günahını almayayım kadının. O da pek severdi Nakş-ı Nigâr'ı. Amma kimse benim gibi sevemezdi onu. Benim hiçbir şey umrumda değildi; ne paşanın hiddeti, ne de konaktaki itibarımı kaybetmek. Sultanım yaşasın, tek o yaşasın da ben ölmeye razıydım. Akrep Arif mahallesinde kaldığımız günler geceler boyu gözüme zerre uyku girmedi. Dolanıp durdum. Bir zaman sonra üst kattan tuhaf kokular çıkmaya başladı. Kesif, tuhaf kokular. Hoş desen hoş değil, amma nahoş desen o da değil. Kocakarıların yukarıda ne dolaplar çevirdiğini merak da ediyorum. Bir gün dayanamadım. Süzüldüm yukarı. Üst katta kokular daha bir keskin idi. Neredeyse nefes bile alamıyordum. Anahtar deliğinden baktım ama nafile. Bi şey göremedim. Kulağımı dayadım kapıya; ne konuştuklarını işitemedim. Yüreğim küt küt atıyordu. Duyarlar diye korktum. Gerisin geri indim aşağı. Aşağıda bi ben, bi Nazikter Kalfa. Bazı bazı yabani ot filan taşıyan gençten biri uğruyordu eve. Adı Civan Ömer. Ah, her bi şeye o sebep oldu zaar."

Cüce Cafer oynadığı oyuna kendini kaptırmış, hikâyeyi sanki sade kendisi için anlatmaya başlamıştı. İşte boy uzatma oyununun en tehlikeli kısmı da buydu. Oynarken, oynadığını unutmak...

"Sana ne desem bilmem ki... Çektiğim azabı tarif edecek kelime bulamam zaten. Akrep Arif mahallesinde yedi gün yedi gece böyle geçti. Bu süre zarfında kocakarılar aşağıya hiç inmediler, kilitli kapılar hiç açılmadı, kesif kokular hiç eksik olmadı. Nazikter Kalfa olan biteni kabullenmişti sanki. Bedrenk Asiye'nin mutfağına girip yemek yapmaya başlamıştı bile. Onu da suçlayamam elbet. O da yıllar yılı bu şekilde yaşamış, böyle görmüş. Eli iş tutmasa ölmekten bin beter olur.

"Yedinci gecenin sabahında kapı açıldı. Kocakarılar birer ikişer aşağıya indiler. Nalet karılar tek kelime etmeden çekip gittiler. Geride Bedrenk Asiye kalmıştı bir. Yalvardım yakardım bi şey söylesin diye ama mendebur karı tek kelime etmedi. Bana bakmadı bile. Derken merdivenlerin gıcırdadığını işittim. Başımı kaldırıp baktım. Bir de ne göreyim... Sultanım, saz benizli sultanım merdivenlerden aşağıya iniyor. Toparlanmış; kollarına kuvvet, yanaklarına renk gelmiş. Nasıl sevindim. Yüreğim kafesine sığmıyordu, uçtu uçacak. Heyecandan elim ayağıma dolaştı; dilim lal oldu. Koştum ellerine sarıldım. Lâkin bana bir tuhaf baktı. Sanki uykuda idi. Büyülenmişti adeta. Çok korktum. Büyülenmesinden ziyade beni unutmasından, aklından çıkarmasından korktum. Sultanım merdivenlerden indi. Ruh gibi ağır ağır, donuk gözlerle etrafına bakarak. Sonra kuyulardan konuşarak 'üşüdüm' dedi. Sesi öyle garipti ki, onun sesi değildi. Yemin billah değildi. Ben sultanımın sesini tanımam mı? Yine de olsun varsın, ayağa kalkmıştı ya. Tek derdim bana sarılmaması. 'Korkma gayrı, bak iyi oldum,' dememesi. Oysa ben hep bunu hayal etmiş idim. O esnada kapı çalındı. Baktım Civan Ömer gelmiş. Her zamanki gibi fiyakalı bıyıkları, boy pos desen mevzun. İşte ne olduysa o vakit oldu. Sultanım başını kaldırdı, Civan Ömer'i gördü. Civan Ömer başını kaldırdı, içeri bakıp dosdoğru sultanımı gördü. Birbirlerine öyle bir bakışları vardı ki atılıp mâni olmak, sultanımı kolundan çekip evine geri götürmek istedim. Onu bu melûn mahalleden koparmak istedim ama elimden hiç bi şey gelmedi. Öyle kalakaldım. Sultanımın fersiz donuk gözleri kor kor alevler gibi parlamaya başladı. İşte her bi şey böyle başladı. Sultanımın gönlü Civan Ömer'e aktı. Nazikter Kalfa ile hemencecik toparlandık. Kapıp sultanımızı eve döndük. Paşa da hanımım da bayram ettiler biricik kızlarını ayakta görünce. Lâkin onun yüreğinde yanan ateşi bi ben biliyordum. O ateş en çok beni yakıyordu. Sen bunu bildin mi Pinhan? Sevdiğin, sevdiceğin gözünün önünde başkasına sevdalanır... hiç bi şey gelmez elinden... bu nasıl bir azaptır bildin mi?"

Pinhan bu suale bir cevap veremedi. Hata etmişçesine hicapla kızararak başını eğdi. Hayır, bilememişti bunun nasıl bir azap olduğunu.

"Sultanım karasevdaya tutuldu. Lâkin Akrep Arif mahalleliler zinhar kendi mahallelerinin haricinden kız almazlardı. Şu garip dünyanın işine bi bak hele. Koskoca bi paşanın kızı, dünyalar güzeli Nakş-ı Nigâr sultanım istemiş de bitli mahallenin kenar delikanlısı istememiş. Paşa bile razıydı tek kızı mesud olsun diye. Olmadı işte. Melûn mahalle ayak diredi. Nakş-ı Nigâr bi sabah topladı bizi başına. Tek tek helalleşti hepimizle. Bir bûse kondurdu yanağıma; dudakları buz gibi... Anladım ki gidiyor sultanım. Son nefesinde dedi ki bir hamam yaptırın o mahalleye. Adına lâyık bir hamam. Göçtü gitti işte. Ben de ayrıldım konaktan. Kalır mıyım artık oralarda? Dedim kendi kendime, maskaralık, soytarılık yok artık. Kimselere kulluk etmek yok. Zamanla itibarım arttı, param pulum arttı. Ama ne fayda, sultanım olmadıktan sonra. Pinti derler bana. Pintilikten değil, sultanım..."

Cüce Cafer lafını tamamlayamadan Pinhan ayağa kalktı. Ayakları dolanıyor, başı dönüyordu. Bir iki adım atıp, yere yığılırken "inci" diyebildi. Sızdı. O vakit Cüce Cafer anladı ki yılan deliğinden çıkmıyor; en tatlı lakırdıya, en acı hikâyeye dahi tav olmuyor. Bu fikir daha da heyecanlandırdı onu. Dervişin üzerini örterken onun tüysüz, kılsız suratını seyretti uzun uzun. O surattaki korkutucu güzelliğe, o güzellikteki eldeğmemiş sırra takıldı kaldı.

Ürperdi.

Sonra, kuşağında taşıdığı inciyi çıkartıp, raflardan birinde duran bir balabanın sol gözüne yerleştirdi. Ölü kuş canlanır gibi oldu. Sessizce bakıştılar.

Peymâne

Ve O'na baktım ve ruhum titredi;
çok güzeldi.
Bedeni tekildi
ve sanki her bir uzvu,
diğerini seviyordu.

Halil Cibran

Uyandığında güneş tepedeydi. Gözlerini kırpıştırıp, etrafına bakınırken, nerede olduğunu çıkarmaya çalıştı. Bunun için fazla uğraşmasına lüzum kalmadı; zira ortalığa yayılan kesif koku, evvelki geceyi fazlasıyla hatırlattı. Şimdi buradan çıkıp gitmeli ve bir daha buraya adımını atmamalıydı. Ne var ki inciyi hâlâ geri alamamıştı. Dürri Baba'nın hediyesi hâlâ Cüce Cafer'in elindeydi.

Gene de içinden bir ses, hemen şimdi buradan çıkıp gitmeyişinin tek sebebinin inciyi geri almak olmadığını muzipçe fısıldamaktaydı. Bu izbe, köhne mekân; bu düşkün, bî-edep insanlar; bu kesif, nahoş koku, daha evvel hiç bilmediği ve şimdi delicesine merak ettiği bambaşka bir âleme kapı açmaktaydılar. Kapının ardında neler olduğunu görmek istiyordu. Peki, bu âlemin bir parçası olmadan sade görmek, görmekle yetinmek ve o bir adımlık mesafeyi ilelebed muhafaza etmek mümkün müydü? İçini kemiren bu suali susturabilmek için inciyi alır almaz çekip gideceğine kendi kendine söz verdi. O muzip ses yatışır gibi oldu.

Pinhan bunları düşünürken odanın kapısı açıldı. Cüce Cafer içeriye girdi. Arkasından, yüzlerini örtmeye lüzum görmeyen iki genç kadın odaya girip, kahvaltı sofrasını kurdular. Sininin üstünü çeşit çeşit reçel ile donattılar; portakal, incir, gül, çilek ve erik reçelleri yan yana dizildiler. Pinhan, bu kadınları daha önce görmeyişine şaşırdı. İki kadın da geldikleri gibi çarçabuk odadan çıkarak kayboldular. Bu esnada Cüce Cafer, Pinhan'ın kadınlara nasıl dikkatle baktığını görmüş, kendince takılmadan edememişti. "Oynaşı peşinde rastığı kaşındadır böylesinin. Şahin sinek avlamaz!" Bu laflardaki kinaye Pinhan'ın kızmasına ve cüceye zerre kadar ısınamadığını görmesine yetti de arttı bile. İkisinin de aksiliği üstünde olduğundan, tek kelime etmeden kahvaltılarını bitirdiler. Pinhan birkaç lokmadan sonra tıkanırken, Cüce Cafer reçel tabaklarını sıyırmadan sofradan kalkmadı.

Öğleden sonra Cevahir Bedesteni'nde dolaştılar. Pinhan burada faaliyet gösteren mücevhercilerden, billurculardan, sedefçilerden yahut kutuculardan herhangi birinin inciye uzanan yol olduğunu sanarak Cüce Cafer'in peşinden ayrılmadı. Ama uğradıkları her dükkânda Cüce Cafer'in dükkân sahibiyle gizli gizli fısıldaştığını ve bu fısıldaşmaların neticesinde bazen bir kese ile dışarı çıktığını gördüğünde, buraya geliş sebeplerinin inciyle alakası olmadığını anladı.

Her dükkânda Pinhan geride kalıp, satılan eşyaları inceliyordu. Nişabur firuzeleri, Arap mızrakları, Bahreyn incileri, Golkonda elmasları, Afgan ve Hint şalları, Çin ve Rodos porselenleri, Venedik kristalleri; at başlarına mahsus tombak zereleri, Arnavut tabancaları, cellat palaları, çerkez ve kazak zırhları, kabzaları mücevherli altın işlemeli tüfekler, meşin kılıflı hançerler, İran Kirman Kafkasya halıları, Van işi savatlı tabakalar... gözlerini kamaştırsa da, içlerinden hiçbirinin incinin ışıltısını veremeyeceğinden emindi.

İnci emsalsizdi. Bütün bu kıymetli şeylerin aksine, o, ışığını kendi içinden alıyor, yılmadan dışarıya veriyordu.

Dükkân dükkân gezmekten bir hayli yorgun düştüklerinde Cüce Cafer Pinhan'a dönüp,

"Bereketi bol oldu bugünün. Sefasını süreriz," dedi. Pinhan'ın bu sözlerden bir şey anlamadığını gördüğünde, "meyhane" diye ekledi "her derde devadır; insan içince evdeki çopur karıyı sütlaç görürmüş!"

✪

Meyhaneci Manol yer yer ağarmış, sarımtrak pala bıyıklarını şöyle bir burarak, meyhanenin azametli kapısından içeriye yavaş yavaş damlayan müşterilerini karşılamaya hazırlandı. İriyarı, heybetli, güleç yüzlü bir adamdı. Gölgesinden korkulur, ondan korkulmazdı. Göbeğini hoplata hoplata gülerken, ela gözlerinin de içi gülerdi. Halden anlar, sır saklar, şaka kaldırırdı. Meyhanenin tekmil müdavimlerinin ona itimadı tamdı. O da bu itimada lâyık olmak için elinden geleni yapar, doğru bildiği yoldan sapmazdı. Bunca senedir, meyhanesine gelip gidenlerin türlü türlü huylarını görmüştü. Görmüştü görmesine de, ne bir kimsenin sırrını ağyara vermişliği vardı, ne de müşterilerinin sermestliğini suistimal etmişliği. Yanında çalışan oğlanlar, onun, hizmette kusur kabul etmediğini, her bir müşteriyi usulünce ağırlayabilmek için nasıl titizlendiğini gayet iyi bilirlerdi. Bu sebepten ötürü, onlar da benzeri bir itina göstermeye gayret ederlerdi. Herkes gibi onlar da bilirlerdi ki, bu meyhanede, akşam ezanından gecenin çıngırağına kadar, Meyhaneci Manol'ün kanunları geçer akçeydi. Bu kanunlara göre, her bir oğlan, müşterilere kusursuz hizmet etmek durumunda idi. Tembellik yahut densizlik etmeye kalkan, soluğu derhal dışarıda alırdı. Bir kez hizmet etmeye niyetlenenin, kibirini, kirli bir gömlek addederek, çıkartıp bir kenara kaldırması şarttı.

Müşterilere gelince, onlar da meyhanedeki edep ve terbiye kaidelerine sonuna kadar riayet etmeliydiler. Bilhassa, meyin, çiğliğin kılıfı değil, muhabbetin muhatabı olduğunu idrak etmeliydiler. Kendileri gibi nice insanı, nice hallerde gören, görüp de her daim müsamaha gösteren meyhane duvarlarına kulak vermeliydiler. Hal böyle olunca da, rindâne, edîbâne sohbet etmek dururken, kendinden başkasını dinlemeyip de muhabbete taş koyanın, içip içip de peri-peyker oğlanlara harfendazlık edenin, yahut heyheylenip de kimi dişine göre bulduysa ona sataşmaya kalkanın yeri burası değildi. Hem müşteriler hem de hizmet eden oğlanlar, işte bu şaşmaz kurallara itaat ederlerdi. Zira, nasıl ki sessiz atın çiftesi pek olursa, her zaman son derece mülayim olan Manol'ün bir kez küplere bindi mi o küplerden kolay kolay inmediği, hiddetle perdelenen gözleri hiçbir şey görmediğinden önüne geleni billur şişe gibi çatır çatır kırmak suretiyle unufak ettiği tecrübe ile sabitti.

Meyhaneci Manol, her şeyin noksansız olduğuna kanaat getirdikten sonra ilk damlayan müşterilerle sohbet etmeye başlamıştı ki, kapı açıldı. İçeriye Cüce Cafer ile saçsız sakalsız bir derviş girdi. Meyhaneci Manol hatırı sayılır müşterisini görünce, pek sevinçli bir haber almışçasına ellerini çırpıp, kapıya koşturdu. Göbeğini hoplatarak, davudî bir sesle;

"Sefa geldiniz ağalar; sefalar getirdiniz," dedi.

Cüce Cafer, bu karşılama merasiminden bir hayli memnun kalmışa benziyordu. Aniden, Pinhan'ın şaşkın bakışlarına hiç aldırış etmeden, annesinin kucağına çıkmak isteyen bir çocuk gibi kollarını havaya kaldırdı. Meyhaneci Manol de, boyu dizlerine bile gelmeyen bu küçük adamı, evvela havada şöyle bir sallayıp, sonra kucağına aldı. Neşe içinde birbirlerinin halini hatırını sordular. Meyhaneci Manol bir yandan kıymetli müşterisine uzun zamandır ortalıkta görünmediği için sitem ederken, bir yandan da onu meyhanenin en gözde köşesindeki sofraya taşımakta idi.

Pinhan kapıda bir müddet tereddüt etti. Çıkıp gitse belli ki kimsenin ruhu duymazdı. Lâkin daha evvel hiç görmediği bu mekânı merak da etmekteydi. Sonunda kararını verip, iriyarı meyhanecinin devasa adımlarını takip etti. Bir yandan da dikkatle etrafına bakınmaktaydı. Köşede, saz heyetine yakınca bir yere kuruldular. Hizmetkârlardan biri Cüce Cafer'in altına üç-dört tane minder getirdi hemen. Bu sayede boyu yükselen cücenin keyfi de artmıştı. Sabahki aksiliğinden eser kalmamıştı; etrafa gülücükler dağıtıyor, selâm alıp selâm veriyordu. Ara sıra Pinhan'ın kulağına eğilip, meyhaneye damlayanların dedikodusunu yapıyordu.

Ezan okunana kadar saz ve söz geçişleri yapıldı. Meyhane dolmuş, ortalığı koyu bir muhabbet kaplamıştı. Meyhaneci Manol iri göbeğini hoplata hoplata oradan oraya giderek, müşterileriyle sohbet ediyor, hal hatır soruyordu. Her şey ağırdı; muhabbetler, adımlar, gülüşler ağırdı. Ezan okunduktan sonra gene öyle ağır ağır, hiç telaşsız içki faslına geçildi. Cüce Cafer ise sofra şamdanı yakılana kadar ağzına bir damla içki koymamaya kararlıydı. Bu durumu, "değil bakla, baklava dahi vakitsiz yenmez" diye izah etti. Pinhan'ın aklı ise sininin üstündeki leziz yemeklere takılmıştı. Belli ki itibarlı müşteriydi Cüce Cafer. Böylesi bir masa başka kimseye donatılmamıştı. Öteki müşterilerin önlerinde turşu ve yemiş vardı sadece. Meyhanenin bir köşesinde de işret tezgâhı bulunuyordu. Ayakta biriki tek atıp gidenler, yani tektekçiler için fasulye piyazı, lahana turşusu, leblebi konmuştu küçük, çukur tabaklara. Bu pürvelvele meyhanenin salaş havasına hiç de yakışmayacak kadar iki dirhem bir çekirdek giyinmiş bazı kimseler işret tezgâhında biriki kadeh yuvarlayıp, etraflarına bakmadan çıkıp gidiyorlardı. Tezgâhın arkasında uzanan raflardaki çengellere rakı ibrikleri, şarap testileri asılmıştı. Pinhan etrafa iyice göz gezdirdikten sonra anladı ki, nereden bakılırsa bakılsın meyhanedeki en itibarlı ve zengin sofra onların önündeydi. Birbirinden lezzetli çiroz, piyaz, muska böreği, bumbar, çerkez tavuğu, kelle gömü pastırma, topatan kavunu, tatlı soğan garnili torik lakerdası ve balık pastırması iştah kabartıyordu. Lâkin bunca güzel yiyeceğe rağmen Cüce Cafer hâlâ ağzına ne tek lokma yemek, ne de bir damla içki koymuştu. Sofra şamdanının yanmasını bekliyordu sabırla.

Hava kararıp da, dışarının gölgeleri meyhanenin içine vurduğunda, bir ateş oğlanı teker teker sofra şamdanlarını yakmaya başladı. Ufak tefek, sarışın, ince yüzlü bir oğlandı. Küçük başını çevreleyen sapsarı saçları alnında kakül, şakaklarında zülüf bırakıyordu. Nohudî, dökümlü gömleğinin kollarını dirseklerine kadar sıvamıştı. Gömleğin arasından süt kadar beyaz, kılsız teni göz kırpıyordu. Gömleğin üstüne kenarları sırma işlemeli, önü çapraz kavuşan, parlak kadifeden şebreng bir yelek geçirmişti. Belinde uçları püsküllü kırmızı bir kuşak; altında da bol, kara bezden uzunca bir şalvar vardı. Bu bol şalvar dahi bacaklarının inceliğini saklayamıyordu. Pinhan o ateşoğlanını görür görmez, gözlerini bir daha ondan ayıramadı.

Ayakları çıplaktı; ayakları küçüktü.

Ayakları yere basmıyor, adeta buz tutmuş bir yokuştan aşağı kayıyordu.

Pinhan ona bakarken yüreğinin bekçi davulu gibi güm güm atmasına mâni olamıyordu. Ateşoğlanının geçtiği her yer, onunla aydınlanıyor, ışığa kavuşuyordu. O bu meyhanenin güneşi olmalıydı; ama dolunay kadar solgundu. Küçük, narin, kınalı parmaklarında taşıdığı tılsımın ayrımındaymış gibi, ağır ağır hareket ediyor, insanların arasından, kimselere değmeden kayıp gidiyordu. En son, saz heyetine yakınca kurulan sofraya doğru yaklaştı. Pinhan onun attığı her bir adımın yankısını yüreğinde, ta derinlerde duyuyordu. Şimdiye değin, bir tek Dürri Baba'nın mavi bulutlu gözlerini gördüğünde yaşamıştı böylesi bir fırtınayı.

Ateşoğlanı sofralarına yaklaştığında Cüce Cafer neşelendi. Nihayet vakt-i kerahat gelmişti. Boyundan beklenmeyecek kadar gür bir sesle haykırdı: "gel hele Sakız Adalı; yak şu ateşi!"

Oysa Pinhan içinden yalvarmaktaydı:

"Sakın ola yaklaşma. Yakma bu ateşi!"

Ateşoğlanına gelince, o hiç acele etmiyordu. Sanki Cüce Cafer'in sözleri ona değil de bir başkasına söylenmiş yahut hedefine isabet edemeden, başının üstünden geçip gitmişti. Gene öyle sakin, gene öyle kayarcasına yaklaştı. Pinhan artık ondan yana bakamıyordu. Telaşla gözlerini kaçırdı.

Sakız Adalı ateşoğlanı saz heyetine yakın kurulan itibarlı sofranın müşterilerine baktı. Birini gayet iyi tanıyordu. Ama ya öteki... Bu saçsız, sakalsız, tepeden tırnağa siyahlar giyinmiş dervişi daha evvel görmüşlüğü yoktu. Rüyalarında bile. Ona bakarken ellerinin titremesine mâni olamadı. Sonra kendini toparlayıp sofra şamdanını yaktı. Mumun alevinde baktılar birbirlerine. Alevin bir tarafında doğuştan sürmeli, iri, siyah gözler; alevin öbür tarafında yemyeşil, uzun kirpikli gözler. Hiç kıpırdamadan, soluk dahi almadan birbirlerine baktılar. Pinhan'ın gözleri "gör beni!" diye fısıldadı. Fısıltı bir çığlık oldu; derinlerden kopan, beraberinde et ve kemik parçaları sürükleyen bir çığlık.

Ateşoğlanının yemyeşil
gözlerinde bir hüzün,
görmüşgeçirmişliğin
nişanı saklıydı.

Bu efsunu bozan, cücenin, ilk yudumu içtikten sonra çıkardığı müdhiş şapırtı oldu. Ateşoğlanı ancak o vakit, getirdiği şamdanın sol elinin serçe parmağını yaktığını fark etti. Canhavliyle geri sıçradı. Pinhan sağ eliyle sol elini tutup, kendi serçe parmağına baktı gayri ihtiyari. Su toplamıştı parmağı; aynı anda, aynı yerden. Başını önüne eğdi. Değil konuşmaya, bakmaya dahi cesareti yoktu. Nice sonra, başını tekrar kaldırdığında, ateşoğlanını hiçbir yerde bulamadı. O vakit bütün bunların bir rüya olduğuna inanmak istedi. Lâkin rüya bile olsa, sofra şamdanının titrek alevi, onu zihninden çıkarmasına müsaade etmemeye yeminli görünüyordu.

Sofra şamdanları yakıldıktan sonra ikisi Rum, biri Ermeni, biri de Kıpti, birbirinden güzel dört sâkî telaşla oradan oraya koşturmaya başladılar. Meyhaneci Manol emrinde çalışanların güzel yüzlü olmasına bilhassa dikkat ederdi. Bu sebepten ötürü cennet kaçkınlarıyla, zümre-i hûbân'la doluydu meyhanesi. Hal böyle olunca da, eğer bu meyhane her zaman böyle lebalep dolu ise, sade bulunduğu semtin değil, İstanbul'un en gözde meyhanelerinden biri ise, bu şöhrette, ayva tüylü oğlanların mehpâre çehrelerinin payı büyüktü.

Sakız Adalı ateşoğlanı, tekrar ortaya çıktı. Sofra şamdanlarını yaktıktan sonra, şimdi de müşterilerin çubuklarına ateş götürüyordu. Pinhan gözlerini ondan alamıyordu. Ona baktıkça daha çok bakmak, hep bakmak istiyordu. Kendini bildi bileli her akşam sıkışan yüreği, bu akşam sıkışmak şöyle dursun, kanat takıp uçmaya hazırlanıyordu. Yüreği sanki ateşoğlanını görür görmez tekmil bendlerinden sıyrılmış, bir tüy gibi hafiflemişti.

Pinhan, gözlerini ateşoğlanının her bir hareketine mıhlamışken, her kadehte biraz daha efkârlanan Cüce Cafer'in aklı başka yerdeydi. Pinhan'ı buraya getiriş sebebi, onu evvela bol bol içirip, sonra da boy uzatma oyununa dahil ederek sırrını açmasını sağlamak iken, kendi dili çözülmüş ve Nakş-ı Nigâr'ı sayıklamaya başlamıştı. Pinhan'sa artık onu dinlemiyordu. Arada bir şarabı dudaklarına götürüp, o buruk tatla dudaklarını ıslatmakla yetinmesine rağmen, testi testi şarabı devirmiş gibi dönüyordu başı. Öyle ki ayağa kalksa yürüyebileceğinden dahi emin değildi. Her şeyi görüyor ama hiçbir şey hissetmiyordu. Sabah aklına takılan suali hatırladı; görüp de bir parçası olmamak mümkün mü? Mümkün olsa gerek; zira, işte bu ateşoğlanı bunu her nasılsa başarıyordu. Hem buradaydı, bu kalabalığın, uğultunun ortasında; hem de uzaklardaydı. Gözle görülüyor ama elle tutulmuyordu. Ne kimseler ona değiyordu, ne de o başkalarına. Bir sûret gibiydi.

Meyhaneci Manol orta kandili yakana değin hemen herkes çakırkeyif olmuştu. Dört bir taraftan yükselen içli şarkılar, kâh küfürlere, kâh hıçkırıklara, kâh kahkahalara karışıyordu. Herkes birbirine bir şeyler anlatırken, kimsenin kimseyi dinlediği yoktu. Ötede bir mest-i müdam başını yukarı kaldırmış; sanki içki, duman, küfür ve nağme dolu meyhane havasını değil de yıldızları seyreder gibi keyifle yukarı bakmaktaydı. Herkes onun nereye baktığını görüyor, ama ne gördüğünü kimse kestiremiyordu. Gene de her ne ise gördüğü, muhakkak ki güzel bir şey olmalıydı. Yüzüne yayılıveren gülümseme bunu ispat ediyordu.

Meyhanede demlenenlerin ortak kanaati derd-i hicrana deva bulunmadığıydı. Madem ki devası yoktu bu illetin, demlenmeye devam edip, gam-ı kederi ferâmûş etmekten, şu fani dünyadan kâm almaktan başka tutar yol olmadığı aşikârdı. Aşikârdı aşikâr olmasına da, Ramazan-ı Şerif de yaklaşmaktaydı. Belki de bu sebepten ötürü, şu sayılı günlerde ne kadar çok içersek kârdır fikrinden yola çıkarak, mütemadiyen içmekte; ve böylelikle, boşalan her kadehi gül renkli şarapla doldurmak için azami çaba sarfeden sâkîleri kan ter içinde bırakmaktaydılar.

En nihayetinde Meyhaneci Manol kapının üstündeki çıngırağı çaldı. Sanki bunu gönülsüzce, hatta bir mecburiyetten ötürü yapar gibi bir hali vardı. Böyle yapmasa, misafirlerine ayıp edeceğini, onları kovar gibi olacağını ve gönül kıracağını düşünüyordu. Oysa onun nazarında meyhanede gönül kırılmaz, gönül yapılırdı.

Çıngırak tek başına çalıyordu sanki.

Çalıyor ve buyuruyordu.

Ehl-i işret de meyhaneciye değil çıngırağa söyleniyordu. Gene de herkes gayet iyi biliyordu çıngırağın ardında kimin olduğunu. Homurdananlardan bir kısmı çevik hareketlerle kapıyı tutup, meyhanenin sabaha kadar açık kalmasını buyurduklarını, herkesin korkudan tir tir titreyerek bu emre boyun eğdiğini, gün ağarana değin bir şarap deryasında yüzdüklerini hayal ediyorlardı. Ama bu tatlı hayallerin tam ortasına bir kaya gibi düşüyordu Meyhaneci Manol'ün iri göbeği. O kayanın altında ezilmemek, bu mestane meclisten tardedilmemek için çıt çıkarmadan, ayaklarını sürüye sürüye çıkıp gidiyorlardı meyhaneden.

Şüphesiz en çok homurdananlardan biri de Cüce Cafer idi. Dut gibiydi. Artık Nakş-ı Nigâr'ın adını sayıklamayı bırakmış, derin derin iç çekerek salya sümük ağlamaya başlamıştı. Bereket Meyhaneci Manol tez yetişti kadim dostunun imdadına. Onu kucaklayıp kapıya kadar taşıdı. Dışarının buz gibi soğuk havası iyi geldi cüceye.

Pinhan geride kalmıştı. Oyalandıkça oyalanıyor, ateşoğlanını son bir defa görmeden çıkıp gitmek istemiyordu. Onu hiçbir yerde bulamayınca, akıl danışmak ister gibi sofra şamdanına baktı kederli gözlerle; ama mum çoktan erimişti.

Püryâre

İster öldür, ister al
Kurtar beni pür-yâreden
İşte gönlüm, işte sen
Ben çıktım artık aradan

Süreyya Efendi

Sininin üstündeki bakır kapta salkım salkım üzüm vardı; iri, siyah ve sulu. Pinhan gözlerini oraya mıhlamış, sıkıntılı bir bekleyişe tutsak olmuştu. Zaman zaman üzümlerden birini parmaklarının arasında evirip çevirerek eziyor; ondan akan ılık suyu teninde gezdiriyordu. Gözlerini, bir an için dahi olsa üzüm tanelerinden ayırmaya cesareti yoktu. Sanki Hüner Kahvehanesi'nde gördüğü yılanın, buralara kadar gelip, Karanfil Yorgaki'nin gözlerine çöreklenmesinden, zehirini akıtmak için fırsat kollamasından korkuyordu. Karanfil Yorgaki... nihayet öğrenebilmişti ateşoğlanının ismini.

Ve şimdi, Karanfil Yorgaki'nin yemyeşil gözlerine bakmaya cesaret edemiyordu. Ama ne denli korksa da bu odadan çıkıp gidemiyor, Karanfil Yorgaki'yi bir daha görmemeyi göze alamıyordu. Üstelik onu görmeyi kendisi istemiş ve bunun için Cüce Cafer'in suratına yayılan o yılışık sırıtışa katlanmışken. Mümkün değil, çıkıp gidemezdi. Zaten değil adım atmak, kıpırdayamıyordu bile. Lüzumundan fazla afyon macununu peşpeşe yutmuşçasına mayışmış, külçe gibi ağırlaşmıştı. Bu haldeyken düşünemiyor, konuşamıyor ve güm güm atan yüreğine söz geçiremiyordu.

Karanfil Yorgaki'ye gelince, onun da aklı bir hayli karışmıştı. Öğleye doğru Cüce Cafer'in gönderdiği haberi almış; o andan itibaren de heyecanına mâni olamamıştı. Demek dün akşam gördüğü, görüp de doğuştan sürmeli gözlerinden gözlerini alamadığı derviş, kendisiyle bir araya gelmek istiyordu. Karanfil Yorgaki oldum olası Cüce Cafer'den çekinir, korkardı. Şimdiye değin bu ufak adamın bin türlü habisliğine tanık olmuştu.

Gene de, bu akşam buraya gelmeye rıza göstermesinin sebebi Cüce Cafer'den korkması değil, o tuhaf dervişi bir daha görmeyi arzulamasıydı. Mecburiyet değildi onu buraya sürükleyen; öyle olsa bir bahane bulur, başından savuştururdu bu belayı. Hem öyle olsa bu kadar heyecanlanmazdı, cücenin ayarladığı bu kuytu evin arka bahçeye nazır geniş odasına varıp da, o ürkek dervişi üzüm tanelerini ezerken bulduğunda.

Usulca içeri süzülüp, onu seyretmeye koyulmuştu. Ama vakit geçtiği halde derviş başını siniden kaldırmıyordu. Üzüm tanelerinin biri gidiyor, bir başkası geliyordu. İşte o zaman Karanfil Yorgaki, hem Pinhan'ın üzüm tanelerini ezişine mâni olmak hem de bu sıkıntılı bekleyişi tamamına erdirmek için, elini onun elinin üstüne koydu. İkisinin de sol ellerinin serçe parmaklarında hafif bir yanık izi vardı. Parmaklar birbirine dokunduğunda, yaralar sızım sızım sızladı.

Karanfil Yorgaki esir düşen üzüm tanesini sıkıştığı yerden kurtardı. Sonra aniden ayağa kalktı. Odada yanan kandilleri teker teker söndürüp, geride sadece birini bıraktı. Mumlar söndükçe, dumanları iplik iplik tüttükçe, duvara akseden gölgeler de kademe kademe büyümüştü. Sonra Pinhan'ın başını duvardan yana çevirdi. Pinhan'ın gözleri, Karanfil Yorgaki'nin duvardaki gölgesini yakalayıncaya kadar da bu saçsız, kılsız başı bırakmadı. Bu sayede Pinhan, onu değil de gölgesini görecekti. Karanfil Yorgaki'ye bakmadan onu temaşa edebilecekti.

Bu sayede, Pinhan, hem Karanfil Yorgaki'ye doya doya bakabilecek, hem de ona bakmanın verdiği ızdırabı yaşamayacaktı. Gölge, aslının yerini alırken, gördüğü hem Karanfil Yorgaki, hem de bir başkası olacaktı.

Pinhan bu gizli anlaşmadan hoşnut, duvardaki gölgeye bakarken, Karanfil Yorgaki'nin gövdesi ve dahi gölgesi ağır ağır hareketlendi. Kolları yana açıldı; kanatlanıp uçmaya, uçup da kaçmaya hazırlanan bir kuş gibi. Sonra gölge yavaş yavaş kıvrılmaya, her bir kıvrım kendi içinde bölünüp çoğalmaya başladı. Sanki sadece kendisinin işittiği garip bir şarkıya ayak uyduruyordu Karanfil Yorgaki. Şarkı hızlandığında gölgesi hızlanıyor, şarkı yavaşlayıp mahzunlaştığında, gölgesi de yavaşlıyordu. Pinhan hayran hayran bu kıvrak gölgeyi seyrediyor; bu sayede hem Karanfil Yorgaki'den uzak düşmüyor, hem de ona fazla sokulmamış oluyordu. Gölge, uzunca bir müddet kıvrıldı, eğildi, büküldü, şekilden şekle girdi. Derken iki ayrı gölge daha doğurdu; bir serçe ve bir atmaca birbirlerine doğru kanat çırptılar maviliklerde. Atmaca serçeyi parçalamak üzere hızlı bir dalış yapıp da, duvardaki tekmil gölgeler tek ve kanlı bir gagaya dönüştüğünde, raks birden kesildi. Karanfil Yorgaki yorgunluktan dizlerinin üstüne düştü. Gölge kayboldu.

O zaman Pinhan ağır ağır başını çevirip, gölgenin aslı ile yüzleşmeye cesaret etti. "Pek güzelmiş raksın," dedi. Dedi ama sesinin çıktığından bile emin değildi.

"Eskiden, çok eskiden hiç durmadan raksederdim. Öyle lâzım gelirdi. Hem raksetmeyi de severdim," dedi Karanfil Yorgaki. Sesi tıpkı gölgesi gibi kıvrılıyor, kâh çatallaşıp kulak tırmalıyor, kâh incecik bir su şırıltısı halini alıyordu.

"Lâkin uzun zaman var ki raksetmiyorum. Bu akşam içim kabardı, beni çağırdı sanki. Seneler var ki raksetmemişim."

"Ya niçin?"

"Hatırlamamak için... Ne vakit raksetsem hatırlarım..."

Pinhan meraklanmıştı. Karanfil Yorgaki ise bu mahcub dervişe uzanacak tek köprüyü belki de bu sayede bulabileceğini gayet iyi anladığından, konuşmaya, anlatmaya karar verdi. Oturduğu yerde dizlerini yüzüne doğru çekti. Zaten ufak tefek olan vücudu daha bir ufaldı. Lâkin konuşmaya başladığında sesi o narin vücuttan beklenmeyecek kadar davudî çıktı.

"Kadılardan Felekmeşreb Ferid nam bir zat vardı. Debdebeye, şatafata bir hayli meraklıydı. İtina ile giyinir kuşanırdı. Karısı altı tane kızdan sonra nihayet bir oğlan doğurmuştu. Lâkin kadıncağızın sütü kurumuştu, bir damla süt akıtamıyordu bebeciğin ağzına. Anam konaklara çamaşıra giderdi; onların konağına da giderdi ara sıra. İriyarı, elma yanaklı, yemyeşil gözlü bir kadındı. Boyu da posu da yerinde idi. Pek de tombuldu, yuvarlana yuvarlana yürürdü. Hani dersin ki ben nasıl böyle olmuşum, böyle ufak tefek... Velhasıl anam bebeğe süt annelik etmeye başladı. Hep beraber konağa taşındık. Aradan seneler geçti; bebek büyüdü, boy attı. Anam, 'gayri gitme vakti,' dediğinde bırakmadılar; 'bu çocukta hakkın büyük gitmen yakışık almaz,' dediler. Ne dedilerse nafile; anam dinlemedi. Kimseye el etek açmak istemezdi. 'Madem ki ak sütümle büyüttüm Recebimi, madem ki fidan gibi boy attı, gayri bana lüzum kalmadı. Alıp kendi evlatlarımı gitmek isterim,' dedi. O zaman Felekmeşreb Ferid Efendi baktı ki anam nuh diyor da peygamber demiyor, 'hiç olmazsa Yorgaki burada kalsın,' dedi. 'Biz onu kendi evladımız belledik,' dedi. Anam hiç tereddüt etmedi; razı geldi. O gitti, kardeşlerim, ağbilerim gitti; ben konakta kaldım. Onların arkasından bakarken anladım ki alnıma başka türlü yazılmış. Anladım ki onlardan uzakta, çok uzakta öleceğim. Ağlamadım. Ne gariptir ki anam da ağlamadı. Sarıldı bana sımsıkı, sarıldı ve gitti. Onları bir daha hiç göremedim. Şimdi ne yaparlar, ne ederler bilmem. Bilmem ki anacığım hayatta mı; yeri yurdu neresidir bilmem."

Birden sustu. Boğazına bir düğüm atılmıştı sanki, sesi hırıltılı çıktı. Baktı ki olacak gibi değil, konuşmaktan tamamıyla vazgeçip bakır kaptaki siyah üzümleri ezdi. Akan suyu bir kadehe doldurduktan sonra Pinhan'a sundu. Pinhan kadehteki suyu sol elinin beş parmağına ayrı ayrı damlattı. Evvela baş parmağındaki üzüm suyunu emdi. Üzüm suyu dilini damağını geçip de aşağılara doğru süzülürken, artık Karanfil Yorgaki'nin anlatmasına da lüzum kalmamıştı. Hikâye kendi başına, kendini döndüre döndüre geldi. Karanfil Yorgaki çekildi aradan. Pinhan onun hikâyesiyle baş başa kaldı; yüz yüze geldi.

Felekmeşreb Ferid Efendi, anası gittikten sonra Yorgaki'yi hep el üstünde tuttu. "Şehlevendim!" diye seslenirdi hep ona. "Pek güzelsin," derdi. Yorgaki de akşamları rakısını, mezesini hazırlar, sofrasını kurar, karşısında raks ederdi. Yorgaki'nin çehresine müptelâ olan adam mest olurdu o zaman. Yorgaki de onu velinimeti bildi, bir dediğini iki etmeden, her akşam gönlünü hoş tuttu. Bazı bazı misafirler gelirdi konağa. Onların önünde raks etmeyi sevmezdi; kötü bakarlardı sanki. Bakışlarında çiğlik görür, her zamankinden kötü raks ederdi o zaman. Felekmeşreb Ferid Efendi anlamıştı oğlanın derdini. Misafirlerin önünde raks etmesi için asla ısrar etmez, onlardan biri ısrar edince de korur kollardı onu. Yorgaki'nin rahatı yerindeydi. Felekmeşreb Ferid Efendi'nin zevceleri Kerime Hanım da iyi davranırdı ona. Ama kadın hemen hemen hiç odasından çıkmaz, kimselerle muhabbet etmezdi. Varıyoğu, bunca kızdan ve bunca zamandan sonra doğurduğu oğlu Receb olmuştu zaten. Oğlunun üstüne titrer, onun için yaşardı.

Yorgaki işte bu konakta yaşlanıp saç sakal ağartacağını sanırdı; ama ilânihâye süreceğini sandığı bu hayat birdenbire sona erdi.

Hikâye kesildi. Pinhan telaşla, işaret parmağındaki üzüm suyunu yaladı; kelimeler tekrar döküldü.

Deryakeş nâmı yürümüş bir kabadayı idi. Güçlü kuvvetli, gözü kara ve mertti. Raconu çiğnemez, kahpelik etmez, arkadan saldırmaz, adabıyla işini görürdü. Yalnız bir kusuru vardı. Adı üstünde çok içki içer, son peymânede çoktan zıvanadan çıkmış olurdu. O vakit gözü hiçbir şeyi görmez, kavga çıkarmak için türlü bahaneler arar, aradığını da her fırsatta bulurdu. Serbazlığıyla ün salmış bu adam, gecenin bir vaktinden sonra ne kadar katlanılmaz olursa olsun, ertesi sabah lokum kıvamını alır; yanında yöresinde kim varsa, hem gülmekten kırar geçirir, hem de kendine hayran ederdi.

Gün geldi, Deryakeş gönlünü fena kaptırdı. Evsafını işitir işitmez Yorgaki'ye vuruldu. Ona "Karanfil" adını taktı.

Bir fırsatını kollayıp Karanfil Yorgaki'yi kaçırdı. Kaçırdı kaçırmasına ama fesatından değil, başka bir yol yordam bilmediğinden. Oğlanı karşısında titrer halde bulunca yaptığından utandı. Ne var ki ok yaydan çıkmıştı bir kere. Yeni esvaplar aldı ona, önünden kuş sütünü eksik etmedi. Tatlı dille konuşarak gönlünü hoş tuttu. Karşılığında tek istediği oğlanın gül yüzünü seyrederek içkisini içmek, demlenmekti. Deryakeş, Karanfil Yorgaki'ye el sürmedi.

Oğlan da, zamanla ilk günlerin tedirginliğini, korkaklığını üzerinden attı. Böylesi nâmlı bir kabadayının alakasından hoşnuttu. Onu dize getirmekten, sadece kaşlarını kaldırmak suretiyle her istediğini yaptırmaktan içten içe büyük bir haz alıyordu. Günler günleri kovaladı. Deryakeş onun cemalini seyre durmadan içemez, elde ettiği ganimetleri onun ayakları dibine sermeden duramaz olmuştu. Bu mesele şehrin dört bir yanına yayıldığından Karanfil Yorgaki gittiği her yerde saygı görüyor, bütün dikkatleri üstüne çekiyordu.

Bir gece, Deryakeş gene sızıp kaldığında, Karanfil Yorgaki onu uzun uzun seyretti. İçinden bir ses, külhani gövdesinin ardında bir çocuk yüreği taşıyan bu adamı sevindirmesinin vakti geldiğini söylüyordu.

Deryakeş'in yara berelerle dolu bedenini tasavvur etmeye çalıştı. Esmer yüzünü, sert sert çıkan sakallarını, o sakalların ardında saklanan ve kimbilir hangi kanlı hesaplaşmalardan kalan bıçak izlerini usulca okşadı. Deryakeş top atılsa uyanacak durumda değildi. Oğlan bundan cesaret alarak bir hayvan gibi, onu koklayarak tanımaya çalıştı. Barut kokuyordu Deryakeş; kan, ter, küfür ve içki kokuyordu. Tütün ve afyon ve enfiye kokuyordu. Karanfil Yorgaki tam geri çekilip uzaklaşacakken, envai çeşit tatsız kokunun arasında belli belirsiz bir başka koku daha yakaladı. Önce emin olamadı. Yaklaştı, tekrar kokladı; defalarca kokladı. Artık şüpheye yer yoktu; tanımıştı bu kokuyu. Süt kokuyordu Deryakeş; incir sütü. Tıpkı Karanfil Yorgaki'nin doğduğu, büyüdüğü Sakız Adası'nda yetişen incirlerden damlayan süt gibi kokuyordu.

Kimbilir nerelerden süzülüp gelmiş,
Gelip de gitmemekte inat etmiş,
İncir sütü kokusu...

Karanfil Yorgaki o gece hiç uyumadı. Deryakeş'ten yayılan bu tanıdık koku onu sarhoş etmiş, şaşırtmış, yolundan saptırmıştı. Şimdiye dek sadece ilgisinden hoşnut olduğu bu adam şimdi gözüne farklı görünmeye başlıyordu. Artık ona bir iyilik etmeyi değil, onu istiyordu. Tan yeri ağarırken, Karanfil Yorgaki kararını verdi. Deryakeş'in üzerindeki örtüyü aralayıp yanına sokuldu. Sert ve kaba ellerini avuçlarının içine alarak uzun uzun öptü; ve huzurla uykuya daldı.

Hikâye kesildi. Pinhan soluğunu tutmuş, heyecandan ne yapması gerektiğini dahi unutmuştu. Toparlandı. Ortanca parmağındaki üzüm suyunu yaladı. Kelimeler akın etti.

Deryakeş ertesi sabah uyandığında gördüklerine inanamadı. Delikanlıyı uyandırmamak için kımıldamadan öylece durup bir önceki geceyi hatırına getirmeye çalıştı. Ama nafile. Hiçbir şey hatırlamıyordu. Yine her zamanki gibi içkiyi fazla kaçırmış, naralar ve şarkılar eşliğinde homurdana homurdana sızıp kalmıştı. Hatırlayacak bir şey yoktu. Ama delikanlı yanındaydı işte. Sokulmuş, kıvrılmış, uyumuştu. Deryakeş içini kaplayan sevinci büyük bir hoşnutlukla bedeninde ağırladı. Mutluydu, hem de nasıl. "Ölsem gam yemem," dedi fısıldayarak. Dayanamadı, delikanlıya kocaman bir öpücük kondurup ayağa fırladı. Şimdi sokaklara çıkmak, şimdi kavga çıkarmak, şimdi içip içip coşmak, şimdi gülmek ve güldürmek ve şehr-i İstanbul'un altını üstüne getirmek istiyordu. Öyle de yaptı. Bu onun sonu oldu.

Bütün gün avare avare sokaklarda dolandı. Önüne gelene çattı; uluyarak peşine takılan sokak köpeklerine inat naralar attı; ortalığı birbirine kattı. O kadar mutlu ve hülyalı, o kadar serkeş ve uçarı idi ki, Tannaz Mustafa ve adamlarının bir köşeden kendisini gözetlemekte olduklarını fark edemedi. Tannaz Mustafa ki nicedir böyle bir fırsat kollamakta idi... Tannaz Mustafa ki çiğ süt emmiş, arkadan vurmayı huy edinmişti... Tannaz Mustafa ki karanlığı kan kardeşi ilan etmişti... Gece çöktü; kuytularda bekleyen ölüm meydana çıktı.

İki damla kan aktı incirden
Kan, buram buram süt kokuyordu

Deryakeş faka bastı; fena kıstırıldı. Çıkmaz bir sokaktı girdiği; kaçamadı. Başka zaman olsa belki de topunu birden gerisin geri püskürtürdü; lâkin ölümü kabullenmiş gibi mesut bir ifadeyle baktı düşmanlarına. "Kabulümdür!" dedi. Gece bekçisinin ayak seslerine karıştı son sözleri.

Ka-bu-lüm-dür
Ka-bul-üm
Ka-bul
Ka...

Pinhan, hikâyenin kesilmesini beklemeden yüzük parmağındaki üzüm suyunu da yaladı. Yola devam etti.

Tannaz Mustafa ve adamları, Deryakeş'i hakladıktan sonra Karanfil Yorgaki'yi de zorla alıp götürdüler. Yedi gün yedi gece boyunca körpe bedenini birbirlerine peşkeş çektiler.

Sokakları tuttu birkaç zebani
Arkadan vurdular seni
Tersine döndü çark-ı devran
Kara çalı kesmeyeli üredi

Yedinci gecenin sabahında, yara berelerle, morluklarla dolu vücudunu yerden kaldırıp, uzak bir semtteki mezarlığa bıraktılar.

Karanfil Yorgaki kendine geldiğinde mezar taşlarını seyretti uzun uzun. Ayağa kalkmak istemiyordu; toprak açsın ağzını, açılsın o koskoca, karanlık delik ve içine alsın, yutsun, geride bir şey bırakmasın... Bekledi; aç susuz, perişan bir halde yutulmayı bekledi. En nihayet beklemekten usanıp umudunu yitirdiğinde mezarlıktan çıktı. Çalacak bir kapısı, gidecek bir yeri yoktu. Bir zaman külhanlarda yatıp kalktı. Oralarda da pek fena muamele gördü. En kıdemliler, kulağıkesikler külhana en yakın yerde yatarken, Karanfil Yorgaki ta uçta, neredeyse kapının yanında uyumaya mecbur kaldı. Gül yüzü soldu; en ufak çıtırtıdan, her gördüğü insandan korkar oldu. Daha fazla tahammül edemedi; ayrıldı oradan. Her gecenin sabahında, hâlâ yaşıyor olmanın ıstırabıyla oradan oraya savruldu, yalpaladı. Neyse ki, talihi yâver gitti ve Meyhaneci Manol'ün yanında ateşoğlanı oldu.

Aradan geçen bunca zamana rağmen, hâlâ Tannaz Mustafa ile adamlarını rüyalarında görüyor, kan ter içinde uyanıyordu. Meyhaneci Manol olmasa belki de canına çoktan kıymıştı. Baba adamdı Meyhaneci Manol.

Karanfil Yorgaki, Deryakeş'i hiç unutmadı. Onu her zaman minnetle, sevgiyle ve incir sütü kokularıyla andı.

Deryakeş, feryadım Deryakeş...

Kelimeler tıkandığında, Pinhan karşısında titreyen küçük, narin bedene baktı. Karanfil Yorgaki'nin şakaklarına dökülen altın sarısı zülüfleri seyrederken, biraz evvel üzüm sularını ağırlayan parmaklarına kan gitmez oldu. Hepsi beyaza kestiler, biri dışında; çünkü serçe parmağı hâlâ ateş gibi yanıyordu. Tarifsizdi hissettikleri. Hiçbir şey hissetmiyordu sanki, ya da her şeyi aynı anda, içiçe hissediyor ve bu karmaşadan başı dönüyor, dili dolanıyordu. Ağzında tiryak macunu vardı sanki; tadının nasıl olduğunu bir türlü anlayamıyordu.

Elini Yorgaki'nin yüzünde gezdirdi. Onun yüzü bambaşka bir âleme açılan bir kapı gibiydi. Yabani sarmaşıkların arkasına saklanmış küçük, küçücük bir kapı. Teni yumuşacıktı, parmaklarının arasında kadife gibi kayıp gidiyordu. Yüzünü yüzüne yaklaştırdı; nefesini nefesine karıştırdı. Sol elinin serçe parmağındaki üzüm suyunu Karanfil Yorgaki'nin dudaklarına götürdü. Gözlerini kapayıp kendini bu sermestliğe bıraktı. Sabah rüzgârı içeri dolmuş, tenini yalamakta, tatlı tatlı ürpertmekteydi adeta. Rüzgâr giderek daha güçlü esmeye başladı. Hava karardı; fırtına ha çıktı ha çıkacak. Pinhan son anda geri çekildi. Öylesine ani olmuştu ki bu hareketi, Karanfil Yorgaki'yi ne denli üzdüğünü ancak daha sonra, gözlerini açtığında fark edebildi. İri, yeşil, çocuksu gözlerinde biriken yaşları gördü. İşte o zaman Pinhan bağrında sakladığı sırrı bir hamlede çekip çıkardı. O kadar hızlı, o kadar kararlıydı ki, yarası kanamaya fırsat bile bulamamıştı.

"Ben," dedi Pinhan "ben ikibaşlıyım. Bu âleme geldim geleli böyleyim."

Pinhan, Karanfil Yorgaki'nin, söylediklerinden hiçbir şey anlamadığını görünce ağır ağır, tane tane anlatmaya koyuldu. Ta çocukluğundan bu yana peşinde sürüklediği ikibaşlılığı, doğuştan hem kadın hem erkek olduğunu, geceleri üzerine çöken hüznü, gündüzlerin cengâverliğini ve sonra Dürri Baba tekkesini, her kuşluk vakti ferahlayan yüreğinin akşamları nasıl daraldığını, meçhul bir hikâyenin peşine düşüp oradan ayrılışını anlattı. Karanfil Yorgaki'ye, halka içre halkaları ve şehvet kokan kan damlasını ve sonra, İstanbul şehrine vardığından bu yana neler yaptığını, Dürri Baba'nın verdiği inciyi nasıl kaptırdığını anlattı. Arada bir kendi sesini dinliyor ve bütün bunları anlatabilmiş olmasına hayret ediyordu. Lâkin yola çıkmıştı bir kere; geri dönüş yoktu. Üstelik geri dönmeyi isteyen de yoktu. O konuşurken Karanfil Yorgaki çıt çıkarmadan dinliyor, arada bir şakaklarına uzanan sapsarı zülüfleri ile oynuyordu.

Pinhan sustuğunda göğsünde bir ağırlık vardı. Sanki görünmeyen bir yükün altında eziliyor, kıpırdayamıyordu. Nefes alabilmek için ağzını araladığında, Karanfil Yorgaki tek kelime etmeden ona yaklaştı. Karşı koymasına müsaade etmeden, onun kurumuş dudaklarını ıslattı. Sonra onu sarıp sarmaladı.

Ve onu içine aldı.

Pinhan o sıcaklıkta nicedir aradığı huzuru buldu; bir bebek gibi kıvrılıp mışıl mışıl uyudu. Rüyasında karanlık ve dar bir dehlizde korku ile ilerliyordu. Dehliz o kadar alçaktı ki dizlerinin üstünde sürünmekten başka çaresi yoktu. Dehliz boyunca sağlı sollu, altlı üstlü, irili ufaklı, envai çeşit göz vardı. Gözlerden kimisi ağlıyor, kimisi durmadan kirpiklerini kırpıyor, kimisi de öfkeyle bakıyordu. Pinhan bazen elini yumuşak ve sıcak bir sıvının içine daldırdığını fark ediyor ve ardından dehşetle, bunun da bir göz olduğunu anlıyordu. Böyle zar zor biraz ilerledikten sonra karşısına bir yol ayrımı çıktı. Ne yöne gideceğini bilemediğinden çaresiz o çatalın ağzında durup beklemeye koyuldu. Ne bir ses, ne bir nefes. O sessizlikte karar veremiyor, kıvranmaktan başka bir şey yapamıyordu.

Tam umudunu yitirmek üzereydi ki, soldaki yoldan sesler işitti. Sesleri rehber edindi kendine. Oraya saptığında rüzgârdan açılmış bir pencerenin durmadan çarptığını ve duyduğu sesin de buradan geldiğini anladı. Pencereyi kapatmak için yaklaştığında aniden ayağı kaydı ve boşluğa düştü. Düşerken tutunacak bir şeyler bulmak için çabaladı ama nafile. Tam toprağa çakılmak üzereyken bir şey onu saçlarından kavradı. O vakit Pinhan şaşkınlık içinde elini başında gezdirdi. Uzun, upuzun saçları vardı. Saçları kızıl ışıklar saçıyordu etrafına. Işıktan gözleri kamaştı evvela; sonra alıştı. Başını kaldırıp düştüğü yere baktı; saçlarından bir tutam pencerenin pervazına takılı kaldığı için, bu sayede toprağa çakılmaktan kurtulmuştu. Lâkin şimdi de saçını oradan kurtaramıyor ve boşlukta sallanıyordu. Beyhûde çabalarken, pencereden Karanfil Yorgaki'nin başını uzattığını gördü. Gene öyle güzel, öyle büyüleyiciydi. Elinde bir şamdan vardı.

"Bekle," dedi Karanfil Yorgaki aşağıya seslenerek.

"Bekle beni!"

Sarı bir halka idi su,
Rengiyle dalaşırdı bazen...

BU BAB SU AHVALİN BEYAN EDER
Kİ TABİATI SOĞUK VE RUTUBETLİDİR

Cehennemin kapıları

Ne ne Nermin'i
Çok yeme peyniri
Peynir seni öldürür
Cehenneme götürür
Cehennemin kapıları
İstanbul'un cadıları
Ik mık
Karakedi sen
Oyundan çık

Tekerleme

Nevres gözlerini karanlığa açıp, sesleri dikkatle dinledi. Rüzgârın uğultusunu, döşemelerden çıkan çıtırtıları, yanındaki yataktan yükselen iç çekişlerini, hatta bir sokak öteden geçen Beberuhi Rıza'nın her adımda yere vurduğu, meşeden yapılmış, demir uçlu sopasının yankılarını teker teker ayıkladı; bir bir eledi. Dimağına musallat olup, uykularına kasteden ses bunlardan hiçbirine, hiçbir şeye benzemiyordu. O ses, daha evvel duyduğu seslerden değildi.

Bu eve geldiğinin ertesi gecesi tanışmıştı neye benzediğini bir türlü kestiremediği o sesle. Onun yuvası karanlık olmalıydı. Her seferinde karanlıktan süzülüp, gene gerisin geri karanlığa dönüyordu. İlk birkaç gece, hiç aksatmadan, Nevres'i yoklayıp, uykularından etmişti. Ve tam bu topal kız çocuğu hem ona, hem de uykusuzluğa alışmak üzereyken, aniden kayıplara karışmıştı. Aradan haftalar geçtikten sonra tekrar ortaya çıkarak, bir kez daha kızın uykularını kaçırmaya başlamıştı. Nevres, ilk başlarda, halasının büyük kızı Safinaz'ın bu işte parmağı olduğunu sanmıştı. Ne de olsa, daha ilk günden, Nevres'in bu eve yerleşmesine açık açık itiraz eden, Safinaz'dan başkası değildi.

Halası, suratında eğreti duran gülümsemesiyle çıkıp gelmiş ve Babafingo yokuşu ile Kesikbaş sokağının bitiştiği yerde güçbela ayakta duran iki katlı ahşap evden çekip çıkarmıştı onu. Yol boyunca hiç konuşmadan yan yana yürümüşlerdi. Nevres bohçasına sımsıkı yapışarak, halasının hızlı adımlarını takip etmeye çalışmıştı topallayarak. Akrep Arif mahallesinin kuzey kapısına nâzır İfrit sokağının tam orta yerindeki ahşap evin önüne vardıklarında, halası kapıyı açmış ve gene öyle zoraki bir gülümsemeyle içeri buyur etmişti kızı.

Ve Nevres topallaya topallaya önce eşiği, sonra avluyu geçip içeri girdiğinde, Safinaz'ı karşısında buluvermişti. Birbirlerini görmeyeli çok uzun zaman olmuştu. Nevres'in halası, içkiye fazlaca düşkün, kadir kıymet bilmeyen küfürbaz erkek kardeşi ile görüşmeyi seneler evvel kestiğinden, aralarında dört-beş yaş fark olan kızlar da birbirlerini tanımadan büyümüşlerdi. Ve seneler sonra bir araya geldiklerinde, sarılıp kucaklaşmak yerine tek kelime etmeden birbirlerini süzmüşlerdi. Nevres'in halası alnında biriken terleri silerken, kızlara dönüp bundan böyle kardeş sayıldıklarını söylediğinde, Safinaz gayet sert bir tavırla başını çevirmişti. O günden beri, günler, geceler, haftalar boyu Safinaz, Nevres ile ne vakit yan yana gelseler hep başını çevirmişti. Kendince yerden göğe kadar haklıydı elbet. Odasını bir başkasıyla, hem de hiç tanımadığı yabani bir kızla paylaşmak istemiyordu. Safinaz artık büyüyüp serpildiği için kardeşlerinden ayrı bir odada, tek başına kalıyordu. Ta ki Nevres çıkıp gelene kadar.

Bu sebepten ötürüdür ki Nevres, ilk başlarda, uykularını yağmalayan o garip sesin arkasında Safinaz'ın olduğundan şüphelenmişti. O ses olsa olsa, bu evden, yahut hiç olmazsa bu odadan çıkıp gitmesi için tertiplenmiş bir desise olabilirdi. Lâkin zaman geçtikçe, yani Safinaz'ın böylesi oyunlara kalkışacak kadar zeki olmadığını idrak ettikçe, eski şüphelerinin yerini yeni endişeler alıvermişti. Durduk yerde masum bir kızın günahını aldığı için değil; sesin menşe'ini bir türlü keşfedemediği için.

Nevres, ara sıra, Babafingo yokuşu ile Kesikbaş sokağının bitiştiği yerde güçbela ayakta duran iki katlı ahşap evi görmeye gidiyordu. Evin önündeki taş basamaklara çömelip, sokaktan gelip geçenleri seyrediyor ya da su birikintileriyle konuşuyordu. Eve sırtını dönüyordu her seferinde. Safinaz nasıl Nevres'i her görüşünde başını çeviriyorsa, o da eski evine sırtını dönüyordu; umursamadığını ispat etmek istercesine. Özlemiyordu o evi. Halasının evinde daha rahat, daha mutlu olduğundan değil; ne de eski evinde hep kötü günler geçirdiğinden. Eğer çocukluğunun geçtiği evi bir nebze olsun özlemiyorsa, bu sadece ve sadece artık, öfkeden başka hiçbir şey hissetmemesinden. Ne ıstırap, ne saadet; ne nedamet, ne merhamet; ne yeis, ne de umut. Sadece öfke... Ara sıra yüreğini yoklayan ve çekip gittiğinde geride korkunç bir boşluk bırakan ve o boşluğun ta dibinde, kaynamak üzere olan su gibi ıslığıyla olacakları muştulayan öfke... Yokluğunu girdaba çevirip hatıraların enkazını emen, varlığını tufana çevirip önüne çıkanı ezen öfke...

Öfkeyi uğurlayıp, tez dönmesi için ardından su döktükten sonra hiçbir şey hissetmiyor, bir çiğ damlası gibi kayıp gidiyordu geçen günlerin arasından. Etine bir iğne batırsalar, belki onu dahi hissetmeyecekti. Öylesine donuktu gözleri; bir sabah alacasında yağmalanıp tamtakır kalmıştı yüreği. Sanki bir rüya idi o ev. Sade ev değil; hatta bütün geçmişi... Nicedir Nevres geceleri rüya görmez, gündüzleri gördüklerini, gün ışığı altında tecrübe ettiklerini rüya farzederdi. O evin her köşesini avucunun içi gibi biliyorsa eğer, bu, o evde yaşadığını değil, o evde doğup büyüdüğünü değil, onu rüyasında gördüğünü gösteriyordu sadece. Ve gene geçmişten, yani bir başka rüyadan kalma sözler yankılanıyordu kulaklarında.

"Kötü bir rüya mı gördün, karabasanlar mı çöktü üstüne, git suya anlat. Su alıp götürür kederini tasanı. Uzaklara taşır. Su vefâkârdır. Gammazlık, kancıklık nedir bilmez. Dosttur su, dostu olmayanlara."

Belki de annesiydi bunları söyleyen; annesi... Ne olursa olsun çok eskidendi bütün bunlar. Nevres gördüğü rüyaları sabah oldu mu kalkıp suya anlatırdı o zamanlar. Sabahın soğuğunu içine çekerek, kimselere görünmeden evden çıkardı. Akrep Arif mahallesinin nedamet çeşmesinden gürül gürül akan suyun ellerine teslim ederdi karabasanlarını. Nice sonra geceleri rüya görmeyi tamamıyla terk ettiğinde, bu kez de suyun karşısına geçip, gündüz vakti gördüklerini anlatmayı huy edinmişti. O vakitten sonra da rüyaları, karanlıkta değil günışığında meydana çıkmakta karar kılıp, tebdil-i mekân etmişlerdi. Rüya dediğin ister gece gelsin, ister gündüz, hakikatti söylenenler. Hakikatti; zira su her daim sırdaş, her daim vefakârdı.

Su, Nevres'in yegâne dostuydu.

Peki ya su, kendisine yaptığı gibi başkalarına da dostluğunu sunup, onların da kâbuslarını, korkularını alıp götürüyorsa... Su Nevres için tek iken, ya Nevres su için tek değilse...

İşte bu fikre tahammül edemiyor; suyu deli gibi kıskanıyordu.

Babasını da aklına getirdiği yoktu. Sadece, bazı bazı, kesif bir arak kokusunun yüzünü yalamasına mâni olamadığında, suratını buruşturarak hemen oradan uzaklaşıyordu. Babası için pişirilen ve konu komşuya dağıtılan helvayı, halasının bütün ısrarlarına rağmen ağzına koymamıştı. Halası ise olan biteni uzaktan uzağa gözlüyor ve içten içe ondan ürküyordu. Kızın bu garip hallerini kimi zaman çocukluğuna, kimi zaman da anasının seneler evvel kaçıp gitmesinin, babasının yakın zamanda vefat etmesinin çocuk yüreğinde açtığı derin yaralara veriyordu. Kızın ilacının zaman olduğuna inanıyor, sabredip beklemeyi yeğliyordu. Zamanla ıslah olurdu elbet, durulurdu taşkınlığı. Nasıl olsa, herkes gibi muhakkak ki onun da yüreğinde taşıdığı fazilet, zamanla usul usul açığa çıkar; habis huylarını önüne katıp kovalardı. O günler gelene kadar, alnının yazısı kara olan bu küçük kız şefkat ve merhamet görmeliydi ki, insanlara itimad etmeyi öğrenebilsin. Ona iyi davranılmalıydı ki, seneler evvel mahrum bırakıldığı ana kucağını tadabilsin. Oysa halası her daim gülümseyerek onu rahatlatmaya çalışırken, Nevres kadının suratına yapışıp kalan, yapıştığı yerde vıcık vıcık eriyen bu gülümsemeden iğreniyordu. Bazen halasını omuzlarından tutup silkelemek, o aptal gülüşüne bir son verebilmek için dayanılmaz bir istek duyuyordu.

Nevres'in
gözleri
ağzı mühürlü
bir mektup idi;
kimsenin,
kime yazıldığını
bilmek
istemediği.

Tertemiz çarşafların kokusunu derin derin soluyarak yatağın içine kaydı. Gözlerini yorganın dışında bırakarak Safinaz'ı seyretmeye başladı. Ne kadar da güzeldi. Nevres, bu müstesna güzelliği karanlığın dahi örtememesine hem gıpta hem de hayret etti. Safinaz yasemin kokardı buram buram; ve yasemin kokuları bırakırdı geçtiği yahut dokunduğu yerlerde. Masmavi damarlar incecik yollar çizerdi bembeyaz teninde. Dudaklarının iki yanına dikilen iki tane ben, mehpâre çehresini süslerdi. Ela gözlerini korumak ise uzun kirpiklerinin vazifesiydi. Yumuşacık ve tombul ve beyazdı elleri. Her gece yatmadan evvel, taramak için açardı rengârenk boncuklarla süslediği kestane renkli saç örüklerini. Gür saçları beline kadar dalga dalga döküldüğünde Nevres gözlerini ondan alamazdı.

Safinaz güldüğünde gamzeleri açığa çıkardı; çıkardı çıkmasına da pek fazla güldüğü yoktu. Ekseriya somurtkan gezerek, olur olmadık her şeye surat asmayı âdet haline getirmişti. Nevres evlerine yerleşip, odasına kurulduğundan beri somurtkanlığı iyiden iyiye artmıştı. Arada bir, çeyiz sandığında ne var ne yoksa tek tek çıkartıp okşuyor, uzun uzun kokluyordu. Bir tek o zamanlar yüzü gülüyor, gamzeleri âzad ediliyordu. Çeyizi tamamlanmıştı artık. Hem de ne çeyiz! Eksiği, gediği yoktu. Ne de olsa anası, kızının güzelliğine, zarafetine yaraşır bir çeyiz hazırlamak için gecesini gündüzüne katarak uğraşmıştı. Safinaz'a yakında görücü gelecekti. Belki de evde sabah akşam ballandıra ballandıra anlatılan, eşraftan o aileye gelin gidecekti. Ailenin hali vakti bir hayli yerinde olduğundan, yediğini önünde, yemediğini ardında bularak bir ömür boyu rahat edecekti. Nevres bütün bunları düşündükçe, gölge gibi peşinden ayrılmayan öfkenin göğüs kafesini tekmeleyip, dışarı çıkmak için sabırsızlandığını fark ediyordu.

Evlenmeyi aklından dahi geçirmiyordu. Geçirmiyordu ama, onun da şöyle ağzına kadar dolu, misler gibi kokan bir çeyiz sandığı olsa fena mı olurdu ya?

Safinaz'ın yüzünü güldürüyor, gamzelerini açığa çıkartıyordu o çeyiz sandığı. Nevres gayri ihtiyari elini yüzünde dolaştırıyordu bunları düşündükçe. Ama nafile; onun gamzeleri yoktu ki... Hem sade gamze de değil, çeyiz sandığı da yoktu. Halası bir keresinde, aklından geçenleri okumuş gibi, yanağını okşayıp, Safinaz'ı başgöz ettikten sonra ilk işinin Nevres'e çeyiz hazırlamak olacağını söylemişti. Nevres ise her zamanki gibi omuzlarını silkip, evlenmeye hiç mi hiç niyetli olmadığını ayân etmişti. O vakit halası çocuğun küstahlığına isyan edercesine sert bir biçimde başını iki yana sallamış ve "zaman" demişti. Zamanla bu hırçın kız evlenip mesut bir yuva kurmayı, kendi çocuklarını emzirip büyütmeyi her şeyden çok isteyecekti. Halanın zamandan gayri tutunacak dalı, besleyecek umudu, başını sokacak sığınağı yoktu ki. Tüm ömrünü zamana havale ederek geçirdiğinden, en büyük ihaneti gene zamandan görmüştü. Umutlarını bağladığı zaman, alnında ve dudaklarının kenarlarında derin çizgiler açmış, saçlarına aklar düşürmüş, gözlerinin ferine el koymuş, gençliğini ve taravetini çalmıştı. Velhasıl, dost bellediği zaman, eskiden dillere destan olan ve şimdi kızına devrettiği güzelliğinden geriye pek de bir şey bırakmamıştı. Gene de kadıncağız, hâlâ, ne vakit bir işin içinden çıkamasa veyahut başı sıkışsa koşa koşa gidip zamana sığınıyor, ağlana sızlana ondan medet umuyordu.

Nevres'e gelince, o kendi içinde, sade kendi için yaşamayı yeğliyordu. Bundan dolayıdır ki halasının nasıl olup da devamlı zamana sığınmaya çalıştığını havsalası bir türlü almıyordu. Hatta elle tutamadığı, dokunamadığı, lâkin hep adını işittiği zamanın varlığından dahi şüphe ediyordu. Var olsa dahi, Nevres'e göre, su ne kadar vefakâr ve kudretli ise, zaman da o kadar riyâkâr ve acizdi. Hiç kimseye ihtiyaç duymadan, kimselerden medet ummadan, kendi çamurunu, pisliğini yıkayıp da berraklaşabilen sudan başkası değildi. Bir bakmışsın tam bir acûze oluvermiş su; bir bakmışsın memeleri yeni yeni sertleşen gencecik bir kız. Bir bakmışsın kötülüğü tutmuş, bir fiskede mahvetmiş ortalığı; bir bakmışsın iyi gününe denk gelinmiş, bereket yağdırmış. Su dediğin öylesine başına buyruk, öylesine esrarlı, öylesine ele avuca sığmaz ki... Ve Nevres biliyordu ki, su arkasında oldukça, bir tek bakışıyla, bakışlarına yüklediği gazap ile Safinaz'ın çeyiz sandığını yakıp kül edebilir. Ev ahalisi korku ve telaş içinde oradan oraya koşuştururken, bir köşeye saklanıp kıs kıs gülebilir. Geride cayır cayır alevler bırakarak, buralardan kaçıp gidebilir. Tıpkı suyun yaptığı gibi, kimselere muhtaç olmadan, kimselere el açmadan, bir başına yaşayabilir.

Vakti geldiğinde Safinaz'ın gamzelerini soldurabileceğini, yok edebileceğini de gayet iyi biliyordu. Doğuştan sahip olduğu, günbegün bileyleyip keskinleştirdiği öfkenin verdiği kudretin farkındaydı. Düşükçene Pakize'nin kulağını yırtması, bakışlarıyla perdeleri tutuşturması bunu ispat etmeye yeter de artardı. Ama varsın kudretli olsun, varsın öfkeli olsun; en nihayetinde, bütün bunlar bir rüya değil miydi? Uykuda göremedikleri değil, uyanıkken gördükleri bir rüya. Ve rüyalar nasıl hatırlanmaktan çok unutulmaya namzet ise, Nevres de geçmişini hayal meyal hatırlayıp hızla unutma yolunda. Yarına gelince, onu da pek düşündüğü yok aslında. Tek bildiği bir gün gelecek, sokağa çıkıp su birikintilerinin arasında bir başına oyun oynamak yerine, evlerin ve kalabalıkların tam orta yerinde oyunlar oynayacağı. Ve sonra yaptıklarını, muzip bir gülümsemeyle bir bir suya anlatacağı. Tek bildiği suyun, Nevres'e darılmadan, sitem yahut gammazlık etmeden işittiklerini alıp buralardan uzaklara, hem de çok uzaklara taşıyacağı.

Gün gelecek,
Nevres'in çeyiz sandığında,
sular gürül gürül akacak.

Bir keresinde Nevres, tıpkı Safinaz'ın yaptığı gibi ayna karşısında uzun uzun saçlarını taramaya niyetlenmişti. Lâkin bir tarafı gümüş kakmalı aynayı eline alır almaz gözlerine takılmıştı gözleri. Bal rengi gözlerinde dolanan parıltıların arkasına saklanmış iki beyaz nokta yakalamıştı. Dikkatle baktığında iki ufak yumurtaya benzetmişti bunları. Yumurtaları sade o gün görseydi, muhtemelen çabuk unuturdu; ama aradan geçen günler boyunca sık sık karşılaşmıştı onlarla. Her seferinde biraz daha büyüdüklerine tanık olmuş; biraz daha ürkmüştü kendinden.

Şimdi pusuya yatıp gecenin karanlığında avını kollayan bir avcı gibi, dikkatle Safinaz'ı gözlüyordu. O garip sesin ondan gelip gelmediğini anlamaya çalışıyordu. Ama kız derin uykudaydı; arada bir iç geçirip kıpırdanıyordu yatakta. Uykusunda konuştuğu da oluyordu ara sıra. Anlaşılmaz bir şeyler mırıldanıyordu. Nevres, yakında gelecek olan görücülerin Safinaz'ın aklını nasıl meşgul ettiğini sezebiliyordu. İstese, o günü Safinaz'a zehredebilirdi. Neler yapabileceğini hayal ettikçe heyecanlandı. Sonra ağırlaşan gözkapaklarına itaat edip, yeniden uyumaya hazırlandı.

Tam uykuya dalmıştı ki halası gelip uyandırdı. Sahura kalkma vakti gelmişti. Nevres uyku ile uyanıklık arasında güm güm öten davulun sesini ayırdetti. Uyandı ve bir başka rüyaya hazırlandı. Güçbela yataktan kalkıp halasını takip ederken Safinaz'ın kalkmadığını gördü. Halasının koluna yapışıp, Safinaz'ı işaret ettiğinde, kadın, "o bu gece kusurludur," dedi. Bu sözlerin anlamını çıkartamayan Nevres'in keyfi kaçtı. Safinaz'ın, kendisi gecenin bir vakti ayakta iken horul horul uyuyabilmesine, güzelliğine, çehresini süsleyen benlerine, dillere destan çeyiz sandığına, gelecek görücülerine, hepsine, her şeye fena halde bozulmuştu.

Hem ne demek kusurludur; kusuru var ise niçin rahat rahat uyumasına müsaade ediliyor ki? Kalksın af dilesin. Af dilesin ki affetmeyelim. Af dilesin ki küçülsün; küçülsün ki çirkinleşsin; çirkinleşsin ki hak yerini bulsun!

Yüzünü ateş bastı Nevres'in; öfkeyi iliklerine kadar hissetti. Neyse ki bu hallerini kimseler görmedi. Bir başına merdivenlerden aşağı inerken, duvardaki aynaya takılı kaldı gözleri. Hayretle o iki yumurtanın kabuklarının çatlamak üzere olduklarını gördü. Omuzlarını silkip, topallaya topallaya merdivenlerden indi. Halasının durmadan şımarttığı küçük kızla oğlan da kalkmışlardı. Gözlerini oğuştura oğuştura, parmaklarını eme eme, burunlarını çeke çeke ayak altında dolanıp devamlı esniyorlardı. Nevres, evde kimse onlardan sahura kalkmalarını beklemediği halde nasıl olup da ısrarla her gece oruç tutmaya niyetlendiklerine şaşıyordu. Onlara bakarken suratı buruştu; sol gözü seğirmeye başladı. Bu eve geldiğinden bu yana kanı hiç kaynamamıştı ki bu sümüklü, mızmız çocuklara. Orada oyalanmaktan vazgeçip, başı önünde, kimsenin yüzüne bakmadan, sahur yemeğine oturdu. Konuşulanlara iştirak etmeden zar zor biriki lokma atıştırdı. İftardan kalma güllaç vardı sofrada. Güllaç tepsisini görür görmez ak karınca geldi hatırına. Şimdi neredeydi, neler yapıyordu acaba? O gün nereden gelmekteydi ve nereye gidiyordu? Ve en mühimi, bir daha görebilecek miydi onu? Belki bir başka rüyada, gene beraber oyunlar oynayabilecekler miydi siyah karıncalara? Nevres, yoğurtlu ekmeği tepelerine indiriverdiğinde siyah karıncaların nasıl telaşa kapılıp, çemberin içinde debelendiklerini hatırladı. O rüyayı bir daha görebilmeyi her şeyden çok istedi. Güllaç tepsisine eğilip kimselere duyurmadan fısıldadı:

"Ak karınca, çık karşıma!"

Sittinsenenin Akrep Arif, yeni adıyla Nakş-ı Nigâr mahallesi, başındaki felâketi Ramazan-ı Şerif sayesinde defedebilmeyi umuyordu. Şimdiye değin, Bedrenk Asiye'nin mahallenin dört kapısına astığı nazar takımları işe yaramamış; her meseleyi müsbet gören, baktığı her faldan bal tadında mânâlar çıkartan Sidikli Safiye'ye bile bir haller olmuş; kocakarıların kulak hırsızlıkları da, okudukları dualar da, döktükleri kurşunlar da kâr etmemiş; ilk kadehi şerefine kaldırmakla Akrep Arif'in ruhu şad olmamış; hem Akrep Arif'in hem de Nakş-ı Nigâr'ın isimlerini omuzlarında taşıyamayan mahallede felâketlerin ardı arkası kesilmemişti. Lâkin on bir ayın sultanı, mahallenin üstüne çöken karabasanlardan kurtulmak için biçilmiş kaftandı. Bu sebepten ötürü, bu senenin Ramazan ayı boyunca mahalleliler oruçlarını aksatmadan tutmaya gayret ediyorlardı. Şüphesiz, bu hususta en çok zorlananlar da mahallenin tiryakileri oluyordu.

Akrep Arif mahalleli tiryakiler, Ramazan boyunca her akşam, topun patlamasını dört gözle bekliyorlardı. En nihayetinde o gümbürtüyü işittiklerinde, oruçlarını bir yudum su ile bozup hemen tabakalarına, keselerine, nargilelerine veya çubuklarına sarılıyorlardı. Pofur pofur, tüttüre tüttüre, içebildikleri kadar tütün içtikten sonra, verilen nimetlere şükrederek yemek yemeye başlıyorlardı. Aç karnına içilen tütün başlarını döndürüp, midelerini ayağa kaldırdığında, gülü sevenin en sivri dikenlere nasıl katlandığını ispat etmiş oluyorlardı.

Sittinsenenin Akrep Arif mahallesi, bu seneki Ramazan-ı Şerif münasebetiyle yemeklerini titizlikle seçmeye de gayret etmekteydi. Mahalleliler, Kevser ninenin kapı kapı dolaşarak verdiği tavsiyelere harfiyyen uyarak, ağızlarına attıkları her bir lokmanın dört hılta göre tertib edilmesine razı geliyorlardı. Bu minval üzre, yaradılıştan yahut sonradan sıcak mizaclı olanlar ekşi şerbetler içip; koruk ve erik aşı, sirke ile mercimek aşı, bir de kabak kalyesi yemeye gayret etmeliydiler. Safravi mizaclıların gıdası ise daha farklıydı. Onlar erişte aşı, pirinç, ıspanak aşı gibi yaş gıdalar yemeliydiler. Mizacı yaş ve soğuk olanlara gelince, onlar latif ve sıcak gıdalara itibar etmeliydiler. Bol bol sebze, et suyu, yumurta sarısı, koyun, güvercin, serçe etinin yanı sıra, tarçın ve kimyon gibi ıssı otlara meyletmeliydiler. Sevdavi mizaclı olanlar ise darı, mercimek, kuru et gibi kuru gıdalardan ve tuzlu yemeklerden kaçınmaya bilhassa dikkat etmeliydiler. Sevdavi mizaca sahip bir kimse, eğer kuruntularından kurtulmak istiyorsa, kahveden de mümkün mertebe uzak durmalıydı. Kahve, mizacı yaş olanlar için, bilhassa kadınlar için pek münasipti.

İşte mahalleliler Kevser ninenin üstüne basa basa verdiği bu tavsiyelere pek de gönül rızası göstermeden uymaya gayret ediyorlardı. Gerçi boğazlarına düşkün olanların zaman zaman nefislerine hâkim olamayarak kendi mizaclarına hiç de uygun olmayan yemeklere dadandıkları da oluyordu. Oluyordu olmasına da, Kevser ninenin kulağına gider diye ödleri koptuğundan, lokmaları boğazlarına diziliyordu.

Akrep Arif mahallelilerin gösterdiği titizlik yemeklerle sınırlı kalmıyordu. Ramazan boyunca mahallenin kadınları Macuncu Makbule'nin evine doluşup, en mahrem konularda ona akıl danışıyorlardı. İşin aslı, mahalleli kadınlar, dört ayrı rüzgârın germ-ü serdini görmüş, gördüklerinden ibret almış, zahiri ile yetinmeyerek batınideki alâmetlerin peşine düşmüş yedi kocakarıyı, öteden beri kendilerine rehber edinmişlerdi. Hem kendi hayatlarını hem de bebeklerininkini kötü cinlerden koruyan bu kocakarıları her zaman başlarının üstünde tutmuşlardı. Lâkin son zamanlarda Macuncu Makbule'ye hususi bir alaka göstermekteydiler; zira mahallede, ebeleri dahi hayretlere garkeden, gayet tuhaf doğumlar olmaya başlamıştı. Ramazan başlarında mahallenin güney kapısına açılan sokakta bir kadın altı parmaklı bir kız doğurmuş; hemen ertesi sabah da bir başkası, kaşları neredeyse burnuna değecek kadar uzun ve gür bir oğlan dünyaya getirmişti. Ebeveynleri âdet yerini bulsun diye, bu oğlanın göbekbağını cami duvarına soktuklarında, mahallenin başıboş köpekleri göbekbağını oradan çıkartıp eve geri getirmişlerdi. Bu tatsız hadise birkaç kez daha cereyan edince, ev ahalisi göbekbağını kimselere belli etmeden toprağa gömmekten başka çare bulamamıştı. İşte bu iki garip vakadan bir hafta evvel ilk doğumunu yapan taze gelin Ganime'nin hali ise perişandı. Zira ağzında tam onbir diş ile dünyaya gelen bebeğini ne zaman emzirmeye kalksa, memeleri kan revan içinde kalıyordu. Öteden beri bu mahallenin ebeliğini yapan Eligüzel Emine dahi bu durum karşısında şaşırmış kalmıştı. Eligüzel Emine, âdet olduğu üzre doğan çocuğun tatlı dilli olması için ağzına bal sürerken, bebek elini ısırıvermişti. Zavallı ebe can havliyle geri çekilip, bahşişini dahi almadan evden kaçmıştı. İşte peş peşe gelen bu garip doğumlardan sonra mahallede dedikodular almış başını yürümüştü. Aynı âkıbete uğramaktan endişelenen gebe kadınların yürekleri ağzındaydı. Hele doğumu yaklaşanları bir korkudur almıştı. Macuncu Makbule'ye gelince o ebelikten değil, bir çocuğun hem sıhhatli hem de iyi huylu olabilmesi için tohumunun toprağa ne vakit ve ne surette düşmesi lâzım geldiğinden anlardı. Velhasıl, mahalleli kadınların son zamanlarda onun evinin kapısını daha sık çalmaya başlamalarının sebebi de işte bu idi.

Macuncu Makbule oldum olası, efsane vü efsundan dem vurarak, akıl vermeyi pek severdi. Hele bir akşam, mahallenin tüm kadınlarını etrafında toplayınca adamakıllı keyiflenmiş; odadaki çocuklara sakızlı, tarçınlı, limonlu macunlar ikram edip her birinin yüzünü güldürdükten sonra, soluk almadan konuşmaya koyulmuştu. Hoş, anlattıkları mahalle kadınları tarafından zaten gayet iyi bilinmekteydi; ama varsın olsun, bilineni bir de ondan dinlemek bambaşkaydı. Macuncu Makbule, bir yandan nasihatlerini bir bir sıralarken, bir yandan da yasemin saplarından yaptığı tütün çubuğunu tüttürmekteydi. Ortalık dumanaltı olmuş, bazı kadınların dumandan gözleri yaşarmıştı. Gene de herkes büyük bir dikkatle onun dişsiz ağzından dökülen kelimeleri yere düşmeden yakalamaya çalışıyordu. Kocakarı ise konuşurken, büyük bir ustalıkla, sesini kâh alçaltıp kâh yükselterek, kaşlarını kâh kaldırıp kâh indirerek, zaten gözlerini iri iri açıp ondan ışık bekleyen kadınların kafalarını daha da beter karıştırmaktaydı.

Macuncu Makbule'ye göre, Ramazan bayramı gecesi cima edilirse, işte o vakit ana rahmine düşen çocuk muhakkak isyankâr olurdu. Erbainden kalma çocuk ise çabuk üşür, kansız gezer, bir ömür boyu melul ve mahzun dururdu. Ne vakit ki cemre havaya düşerken cima edilse, çocuk güzide; suya düşerken cima edilse, çocuk ya dildade yahut delidivane; ve toprağa düşerken cima edilse, çocuk ak sütten pakize olurdu. Nesim-i seher çocukları ise erbab-ı dil olurlardı. Perşembeler pek hayırlı günlerdi; zira, tohumu perşembeden atılan çocuk büyüyünce âlim olurdu. Gene de en nurlu gün şüphesiz ki cuma idi; zira cuma çocukları muhakkak arif olurdu. Yok eğer şöyle mehpâre bir çocuk ise istenilen, o zaman hilalin göründüğü günü beklemekte fayda vardı. Hilalin ilk göründüğü gece yapılan cimadan doğan çocuk, kız olsun erkek olsun, görenleri hayrete düşürecek, düşmanlarını hasedinden çatır çatır çatlatacak kadar güzel ve Yusuf yanaklı, Azra suratlı olurdu. Bu sebepten ötürü cima için en münasip vakitlerden biri hilalin göründüğü ilk gece idi.

Usullere gelince, ayakta yapılan cimanın zararı da vebali de büyüktü; zira doğacak çocuk seneler boyu altına işemekten kurtulamazdı. Yok eğer cima karıkocadan biri yahut ikisi yola çıkmadan evvel yapılırsa bu sefer de çocuk kati surette müsrif olup, asla iflah olmazdı. Ne kendine ne de ailesine bir hayrı dokunurdu. Ve katiyyen cima ederken konuşulmaması şart idi; zira o geceden çıkma çocuk ömür boyu lâl kalırdı. Yorgansız yapılan cimadan doğma çocuk ise elmahkûm münafık olurdu. Bir ömür boyu nifak ve fesad peşinde koşardı. Böylesinin ipiyle kimseler kuyuya inemezdi. Tok karnına yapılan cimanın meyvesi ise ya mülhid yahut da mücrim olurdu. Dişi ehlinin gönlü yok iken yapılan cima ise hepsinden de beter idi; zira toprağa rızasız düşüveren çocuk, eğer oğlan ise harfendaz, kız ise fırkıtma çıkıp, tez zamanda erazil taifesine dahil olurdu.

Kadınlar soluklarını tutmuş Macuncu Makbule'yi dinlerken, o, tütün çubuğundan çıkardığı dumanları üzerlerine üfleyerek konuşmaya devam etti. Zinhar bir ceviz ağacının altında, yanında yahut yöresinde cima yapılmamalıydı; zira cevizler her ne görürlerse onu resmederlerdi kabuklarına. Maalesef, ceviz kısmı sır saklamayı bilmediği gibi, bir de gördüklerini bire bin katarak dört yana naklederdi. Üstüne üstlük, bir de ceviz ağaçlarında yaşayan cinler vardı ki, yakınlarında cima etmeye kalkanları anında çarparlardı. Kazara cevizlerin altında cimaya teşebbüs edenler, eğer hâlâ çarpılmamışlarsa, kusurlarını anlar anlamaz, hiç vakit yitirmeden beş yaprak toplamalıydılar. Sonra her bir yaprağın üstüne B-E-D-U-H harflerini kazıyıp, beş yaprağı ağacın üzerine asmalıydılar. Ve bu melûn hadiseyi takibeden kırkbir gün boyunca her sabah, daha horozlar ötmeden oraya gidip, her gün bir harfin yerini değiştirmeliydiler. Harfler değiştikçe bazı günler yürekleri daralacaktı ki buna elem-i dembedem denirdi. Bazı günler de kuş gibi ferahlayacaklardı; ama buna da aldanmamakta fayda vardı. Her ne olursa olsun, rıza gösterip harflerin yerini değiştirmeye devam edilmeliydi. Aksi takdirde, ceviz ağacının lanetinden kurtuluş yoktu.

Odada bulunan gebe kadınlar renkten renge girerek pürdikkat Macuncu Makbule'yi dinliyorlardı. Sanki akıllarından geçenlerin yüzlerine vurmasından endişe edercesine, istisnasız hepsi başlarını öne eğmişlerdi. Evlilik çağına yeni adım atanlar ile taze gelinlerin bakışlarında ise bir muziplik yatıyordu. Yaşı çok daha geçkince olanlarsa, ekseriya, anlatılanları iç geçirerek dinlemekte, ara sıra da gelinlerine yahut kızlarına kötü kötü bakmaktaydılar. Odada hüküm süren bu kaşgöz işaretleri, macunlarını çoktan bitirmiş, yapış yapış ellerini oraya buraya süren çocukların iyiden iyiye huzursuzlanmalarına sebep oluyordu. Macuncu Makbule'ye gelince, o, suratında hinoğluhin bir ifadeyle, genç olsun yaşlı olsun odadaki bütün kadınların akıllarından geçenleri okuyor; birilerine takılmamak için kendini zor zaptediyordu.

Vakit geç olunca kadınlar birer birer müsaade isteyip kalktılar. Geride bir tek Şehla Nefise ile gelini Vesile kaldılar. Şehla Nefise, herkesin gittiğinden emin olduktan sonra Macuncu Makbule'nin kulağına eğilip bir şeyler fısıldadı. Konuşurken ara sıra gelinine kös kös, ters ters bakmaktaydı. Macuncu Makbule ise bilmiş bilmiş başını sallayıp, yan odadan iki küçük kavanoz getirdi. Kavanozlardan birinde nohudî, ötekinde ise neftî bir macun vardı. Neftî olandan her akşam bir fındık büyüklüğünde, nohudî olandan ise her sabah bir leblebi büyüklüğünde yutulması lâzım geldiğini izah etti. Bir de gelinine fazla yüklenmemesini, kabahatin muhtemelen onda olmadığını söylemeyi de ihmal etmedi. İki kadın konuşurken, taze gelin Vesile, gelincik tarlası gibi kıpkırmızı olmuştu. Bir an evvel yarılmasını bekler gibi sabit gözlerle yere bakıyordu. Bu esnada ellerini nereye koyacağına bir türlü karar veremediğinden, garip garip hareketler yapmaktan da kendini alıkoyamıyordu. Yaşlı kadınların fısıldaşmaları sona erdiğinde, kaynanasının peşine takılıp, sessiz sedasız çıktı odadan.

Onları uğurladıktan sonra Macuncu Makbule'nin kaşları çatıldı. Misafirlerine belli etmese de mahalledeki tuhaf doğumlar onu da bir hayli kaygılandırmaktaydı. Senelerdir verdiği nasihatlerin, bu sefer hiçbir işe yaramadığının gayet iyi farkındaydı. Farkındaydı farkında olmasına da, insanlara duymak istediklerini söylemenin kime ne zararı olabilirdi ki? Ya ne deseydi misafirlerine? Boş yere tavsiye beklememelerini, mahallenin üstünde kolgezen felâketin yaptığı macunlarla, verdiği nasihatlerle defedilemeyeceğini mi söyleseydi? Bir nebze umudun kime ne zararı olabilirdi ki? Ya ne deseydi taze gelin Vesile' ye? Böyle bir zamanda çocuk yapamadığı için boş yere ezilip büzülmek, utanıp sıkılmak yerine oturup haline şükretmesinin daha isabetli olduğunu mu söyleseydi? Ya ne deseydi odasına doluşup ondan medet uman kadınlara? Mahallenin üstünde dolanan kara bulutları yüreklerinin içine doldurup, mukadderata teslim olmalarını mı söyleseydi? Bunca senenin Macuncu Makbulesi ise eğer, işte bunu yapamazdı; insanları duymak istedikleri sözlerden mahrum bırakamazdı. O, şimdiye değin kapısını çalanların ellerini boş çevirmemiş; her birini kavanozlara doldurduğu renk renk umutla uğurlamıştı. Şimdi ise mahalle gazaba geldi diye kapısını kilitleyip otursa mıydı ya? Yakışık alır mıydı hiç? Böyle diye diye kendini teselli etmeye çalıştı; ama nafile. Yüzü gittikçe daha da beter asıldı; asabı gittikçe daha da bozuldu. Baktı ki olacak gibi değil, yasemin saplarından yaptığı tütün çubuğunu tıka basa doldurup, dumanını havaya savurdu.

Duman, daha demin, genç yaşlı pek çok kadını rahat ettiren kabarık minderlerin üstüne usul usul yayıldı; ve nöbet tutar gibi bütün gece oradan kımıldamadı.

Ramazanın sonlarına doğru bir akşam, Nevres, halası ve Safinaz ile beraber Şebgir Kamer'e iftar yemeğine davetliydi. İçerisi bir hayli kalabalıktı. Şebgir Kamer her ramazanda olduğu gibi bu sene de sırayla, yediden yetmişe tekmil mahalle ahalisini ağırlamayı boynunun borcu bilmişti.

İftar topunu sinilerin etrafına dizilip beklediler. Evvela sıcak elbezleri dolaştı; ellerini silip temizlediler. Nihayet top attığında oruçlarını zeytin ve hurma ve su ile açtılar. Ardından Şebgir Kamerle beraber akşam namazını kıldılar. Namaz bitip, seccadeler toplandıktan sonra sofraya oturdular. Sofrada işkembe çorbası, pastırmalı yumurta, kavurma, tavuk yahnisi, karnıyarık, fıstıklı pilav ve kıymalı börek vardı. Yemek boyunca Nevres, gözlerini Hokkagülü İfakat'tan alamadı; güzel kadındı İfakat. Safinaz'dan bile güzeldi. Nevres onu en son Babafingo yokuşu ile Kesikbaş sokağının bitiştiği yerdeki evde görmüştü. Hokkagülü İfakat başsağlığı dilemek için gelmiş, gelirken yanında tepsi tepsi lokma tatlısı getirip Nevres'i sevindirmişti. Alt kata doluşup durmadan dövünen kadınların arasında, hepsinden farklı, bir başına durmuş; ne onlar gibi dövünmüş, ne de bir damla gözyaşı akıtmıştı. O gün hayli mahzûndu; ama ölüye yahut geride kalanlara üzülmekten çok, kendine üzülür gibi bir hali vardı. Şimdi ise iri siyah gözlerinde yıldızlar yanıp sönüyordu. Sanki her an, her şeyi yapabilirdi; yeter ki aklına koysun. Nevres bu kadın hakkında çıkan dedikoduların mahiyetini biliyordu; gene de nasıl olup da Hokkagülü İfakat'ın hiç çekinmeden, sıkılmadan, gocunmadan, dedikodusunu yapanlarla yan yana gelebildiğine şaşıyordu. Onu, kendinden bu kadar emin yapan ne idi acaba? Sanki bir dokunulmazlık hâlesi vardı etrafında. Kem gözler, yavuz diller oradan içeriye süzülemiyor; adeta camdan bir duvara çarpıp paramparça oluyorlardı.

Dedikodular, Hokkagülü İfakat'ın gözlerindeki yıldızları değil söndürmek onlara ilişemiyorlardı bile.

Nevres bunları düşünürken, sinideki tabaklar hızla boşalmaktaydı. Karınlarını doyurduktan sonra tatlı bir rehavet çöktü üzerlerine. Bütün kadınlar bir köşeye çekilip, şişen midelerini ovuşturdular. Daha yaşlı olanların hemen uykusu gelmişti; ağırlaşan gözkapaklarını taşımakta bir hayli güçlük çekmekteydiler.

O vakit Şebgir Kamer bütün misafirlerine teker teker rüyalarını sormaya başladı. Şebgir Kamer oldum olası, hal hatır sorar gibi rüya sormayı âdet edindiğinden, kimse de bunu yadırgamadı. Sırayla, en son gördükleri yahut iyi hatırladıkları bir rüyayı anlatmaya koyuluyorlardı. Ev sahibesi de her bir rüyayı dikkatle, çıt çıkarmadan dinliyordu. Rüyaları tâbir ederken lafa "Şu görülen rüya Allahu a'lem bi's-savab" diyerek başlıyordu. Mahalleli Şebgir Kamer'in Ramazan ayı boyunca verdiği iftar yemeklerinden sonra yaptığı tâbirleri dinlemeye bayılırdı. Bu sebepten ötürü sırası gelen hiç nazlanmadan anlatmaya başlıyor, rüyasını Şebgir Kamer'in maharetli ellerine teslim etmekte hiçbir sakınca görmüyordu.

Sıra Safinaz'a geldiğinde, tombul ve beyaz ellerini kucağında bitiştirip, en son gördüğü rüyayı anlattı. Rüyasında Safinaz geniş bir bahçe içindeki kocaman, metrûk, mutantan bir konakta tek başına dolaşıyordu. Konağın her tarafı baha biçilmez eşyalarla donatılmıştı. Kapılarda hindi yumurtası iriliğinde zümrütler, yakutlar, elmaslar asılıydı. Lâkin odalardaki eşyaların üstünü kalın bir toz tabakası ve örümcek ağları kaplamıştı. Safinaz tek tek odaları dolaştıktan sonra arka bahçeye çıktı. Burada içinde renk renk, çeşit çeşit balık bulunan genişçe bir havuz buldu. Havuzun etrafını pirinçten, incecik bir yol örüyordu. Safinaz bunu görünce, patikayı takip ederek pirinçleri ayıklamaya, içlerinden çıkan taşları, çöpleri uzağa atmaya girişti. Böyle böyle, pirinçleri ayıklaya ayıklaya havuzun etrafında dönmekteydi. Geride bir tek taş kalmıştı; onu da ayıkladığında pirinçler tamamıyla temizlenmiş olacaktı. Oysa o taşa elini sürdüğünde, havuzdaki balıklardan biri havuzdan çıktı ve konuşmaya başladı. Gayet sert bir ifadeyle, Safinaz'a o taşa dokunmamasını söyledi. Dillenen balığın, uçları burulmuş upuzun bıyıkları vardı. Safinaz neredeyse korkudan öleyazdı; koşarak oradan uzaklaştı. Başını çevirip balığın kendisini takip edip etmediğini anlamak istiyordu ama buna cesareti yoktu. Epey koştuktan sonra, dizlerinin üstüne düşüverdi. İşte o zaman körük gibi inip kalkan göğüslerinin arasında kıpır kıpır eden bir şey dikkatini çekti. Elini göğüslerine götürdüğünde balığın orada olduğunu gördü dehşetle.

Safinaz, Şebgir Kamer'e ve misafirlere bunları anlattıktan sonra başını önüne eğip, ertesi sabah uyandığında göğsünün arasından hakikaten balık kokusu geldiğini itiraf etti. Bunu der demez pişmanlık duymuş gibi kaygıyla odadakilere baktı. Sözlerindeki tuhaflığın kendi de farkındaydı ve yadırganmaktan çekiniyordu. Ama yalanı yoktu; ertesi sabah buram buram balık kokuyordu göğüsleri.

Şebgir Kamer, Safinaz'ın anlattıklarını başından sonuna kadar tek kelime etmeden dinlerken, misafirler müteaddid defalar başlarını memnuniyetle sallayıp, rüyayı hayra yorduklarını, balık kokusunu da kızın yüreğinin saflığına verdiklerini aşikâr etmişlerdi. Bütün bunlar olurken Nevres gözucuyla, kızı görücüye çıkmış gibi heyecanlanan halasını takip ediyordu. Demek ki heyecanlandığında o eğreti gülümsemesinden eser kalmıyordu. Nevres bunu aklında tutacaktı.

Şebgir Kamer ise konuşmaya başlamadan evvel odaya tam bir sessizliğin hâkim olmasını bekledi.

Şebgir Kamer dedi ki, her rüya bir haritadır aslında. Mecâzistan şehrinin haritası. Ve her rüyanın pek çok kapısı vardır. Hal böyle iken, herhangi bir kapıdan içeri girilir, lâkin herhangi bir kapıdan dışarı çıkılmaz. İşte rüyayı tâbir eden, rüyayı görenin hangi kapıdan mecâzistan şehrine girdiğini bilmeli ki, hangi kapıdan çıktığını da bilebilsin. Rüyayı tâbir eden, tıpkı yaralı bir ceylanın izini sürer gibi, rüya görenin peşinden gitmelidir. Kimi zaman kolay iştir ayakizlerini takip etmek. Zira rüya gören karda yürür gibi gayet sarih işaretler bırakır ardında. Kimi zaman da bir yağmur çıkar yahut şiddetli bir rüzgâr; ve ayakizleri siliniverir. Bu sebepten ötürüdür ki, muabbir dediğin elini çabuk tutmalı; burnu iyi koku alan, gözleri keskin bir zat olmalıdır. Lâkin kimi zaman, muabbir ne kadar maharetli olursa olsun adamakıllı güçleşir iz sürmek. Zira rüya gören suda yürür gibi, tek bir nişan dahi bırakmadan geçip gitmiştir. Şebgir Kamer dedi ki, suda yürüyenlerin rüyalarını tâbir edebilmek için, olana değil olmayana bakmak şarttır. Bilhassa mecâzistan şehrine su yolu ile girenlerin tâbiri için muabbir, rüyanın zıddına muhtaçtır. Velhasıl rüya dediğin zıddıyla tâbir olunduğundan, rüyayı tâbir eden rüyayı görenin girdiği kapıdan çıkmalı, çıktığı kapıdan girmelidir. Aksi takdirde rüyayı tâbir eden haritanın içinden çıkamaz; kaybolur. İşte o vakit rüyanın hakiki mânâsını veremez. Veremez çünkü nasıl ki her rüyanın pek çok giriş ve çıkış kapısı varsa, pek çok da meali, tâbiri vardır. Şebgir Kamer bunları anlattı ama Safinaz'ın rüyasını tâbir etmedi. Sadece, "Safinaz kızımızın talibi bol olacaktır. Lâkin en doğru evliliği yapmak için bir müddet daha sabretmek daha hayırlıdır," demekle yetindi.

Şebgir Kamer sustuğunda, Hokkagülü İfakat rüya anlatma sırasının kendisine gelmesini beklemeden müsaade isteyip kalktı. Odadaki bütün gözlerin üzerinde olduğunu biliyordu ve sanki bundan garip bir haz alıyordu. Genç, mütebessim çehresine bir kor gibi düşen iri siyah gözlerindeki yıldızları saça saça çıktı gitti. Giderken odadaki efsunu da kaçırmıştı sanki. En azından Nevres böyle hissetmişti. Bundan dolayıdır ki, sıra kendisine geldiğinde yalancıktan bir rüya uydurmak yerine, bu oyuna dahil olmamaya karar verdi. Ak karıncayı düşündü; tıpkı onun gibi muhasara çemberinin dışında kalmayı başaracaktı.

Odada bulunan herkes teker teker rüyasını anlatıp da sıra Nevres'e gelince, bütün başlar ona doğru çevrildi. Nevres bu beklenmedik alakadan tedirgin olduğunu saklamadan omuzlarını silkti.

"Sizi temin ederim ki rüya görmem ben," dedi.

Gözucuyla halasına bakıp, onun nasıl bozulduğunu görünce kendisiyle iftihar etti. Şebgir Kamer ise bu yetim, topal kıza gülümseyerek hakikatte herkesin rüya gördüğünü ama bazen hatırlamak istemediğini anlattı.

"Peki ya niçin?" diye sordu Nevres.

"Sebeb-i malûm," dedi Şebgir Kamer "rüya demek hatıralarımız demektir. Bazen hatırlamak istemeyiz onları."

Nevres bunları işitince başını kaldırıp dosdoğru Şebgir Kamer'e baktı. Hatıralar mı? Geçmişin kendisi rüyadır zaten; bir sürü bölük pörçük rüya. Yoksa Şebgir Kamer bunu bilmiyor mu? Gözleri iki ateş topu gibi etrafa kıvılcımlar saçtı. Kıvılcımlardan biri eline isabet ettiğinde Şebgir Kamer gayri ihtiyari, korkuyla elini sakladı. Kızın bal renkli gözlerinde saklanıp boydan boya çatlamış olan iki beyaz yumurtayı işte o vakit fark etti. Ne yapacağını, ne söyleyeceğini bilemedi. Bocaladı; konuyu dağıtmak için tatlı ikramına geçilmesini söyledi. Kaymaklı-fıstıklı baklavalar ikram edildi misafirlere. Ama nedense herkesin iştahı kaçmış gibiydi. İçlerinden biri oyunbozanlık etmişti; kaymak ve fıstık dahi bunu örtbas edemezdi.

Tatlılarını tırtıklayıp, kahvelerini içtikten sonra misafirler birer birer çekildiler. Şebgir Kamer kapıda herkesi uğurlarken diş kiralarını vermeyi de ihmal etmedi. Safinaz'a pembe çiçekli, mis kokulu ipek bir mendil hediye etti. Sonra da kızın kulağına eğilerek, üzerinde göz olduğunu, tez zamanda kırdığı bir yüreği onarması lâzım geldiğini fısıldadı. Safinaz gözlerini iri iri açıp bir vakit hayretle yaşlı kadına baktı. Sonra başı önünde, kaygılı bir ifadeyle dışarı çıktı. Onları uzaktan seyreden Nevres ise bir an evvel buradan çıkıp gitmekten başka bir şey düşünmüyordu. Bu akşam çok bunalmıştı. Kapıdan çıkarken elini öptüğü Şebgir Kamer, Nevres'in avcuna alelacele gümüş bir halka bıraktı. Sanki bu tuhaf kızın gidişinden memnun olmuş gibi bir hali vardı.

O gece yatmadan evvel Nevres, Şebgir Kamer'in verdiği diş kirasına baktı uzun uzun. Gümüş halkanın tılsımını açığa çıkarmaya çalıştı. Baktı ki olmuyor, onun, hiçbir matah tarafı bulunmayan rasgele bir suspayı, âdet yerini bulsun diye verilmiş alelade bir diş kirası olduğuna karar verdi. Parmaklarına uyup uymadığını sınadı; ama hiçbir parmağına tam gelmiyordu halka. Hoş, tam gelse dahi onu takmaya, takıp da siyah karıncaların oyununa gelmeye hiç niyeti yoktu ki.

Halkayı yastığının altına koydu.
Uzağa gitmesin ama uzak dursun.

Safinaz'a gelince, onun keyfine diyecek yoktu. Bütün akşam dikkatlere mazhar edilmekten, Şebgir Kamer'in iltifatlarından o kadar memnun kalmıştı ki, Nevres'e bile her zamankinden iyi davranmış; hiç olmazsa, başını çevirip surat asmamıştı onunla yan yana geldiklerinde. Eve vardıklarında dahi hâlâ yanağındaki gamzeleri açığa çıkartarak gülümsüyordu. Bu hali Nevres'i çıldırtmakta, deliye döndürmekteydi. Her dakika onu incitmek, hırpalamak, utandırmak için bir fırsat kolluyordu. Keşke bıraksalardı da Safinaz'ın rüyasını

Şebgir Kamer'in yerine, şöyle evire çevire tâbir etseydi. Bıraksalardı da ona, rüyasında gördüğü bütün o süslü püslü, kelli felli, allı pullu şeylerin, yani şimdiye değin hep hayalini kurduğu ama bir türlü ulaşamadığı ve evlendiğinde kavuşacağını sandığı şeylerin ancak bayağı bir insanın arzuları olabileceğini anlatsaydı. O tanıdık yalım usul usul, Nevres'in yüzünü yalamaktaydı. Safinaz bunları nereden bilsin. O, yerleri süpüren ipek geceliğini giymiş, aynanın karşısına geçerek kestane renkli saçlarını uzun uzun taramış ve şimdi uyumaya hazırlanıyordu. Başını yastığa koymadan evvel, Nevres'e gülümseyerek, "Allah rahatlık versin," dedi. Nevres ona ne cevap verdiğini kendi de bilmiyordu ama kötü bir şey söylememiş olsa gerek ki, Safinaz tatlı tatlı gülümseyerek kıvrılıp yattı.

Nevres türbe yeşili yorganı kafasına çekti ve kendi vücudundan yayılan kokuların arasında huzur bulmaya çalıştı. Çok yalnızdı; yapayalnızdı. Hem insanların içine karışmaktan nefret ediyor; hem de zaman zaman onların içine karışamamanın acısını çekiyordu. Ne olurdu ki kalkıp bir rüya uydursaydı; ne kaybederdi ki? O zaman kimse ona kötü kötü bakmazdı. Şebgir Kamer Safinaz'ı nasıl okşadıysa, onu da okşar, severdi. Ama yapamamıştı işte; yapamazdı da. Nasıl kendini bildi bileli öteki çocuklar gibi koşup oynayamıyorsa, her daim topallayarak yürümeye mecbursa, bu da onun gibi bir şeydi işte. Elinde değildi. Eskiden acınarak sevilmekten mustaripti; şimdi ise artık hiç sevilmiyordu. Burnunu yalayan sızıya mâni olamadı, içini çeke çeke ağlamaya başladı. Gözyaşları yanaklarından süzülüp ağzının içine akıyor, oradan da yastığa damlıyordu. Ak karıncayı gördüğü, Ceviziçi Tahir'den okkalı bir tokat yediği günden bu yana hiç ağlamamıştı oysa.

O garip ses, bu sefer yorganın içinden geldi; ta ayak ucundan. Kulak kabarttı Nevres. Evvela bir uğultu duydu; sanki mahşeri bir kalabalık toplanmıştı yorganın içinde. Ardından, uğultunun ortasında bir kadın sesi ayırdetti. Yumuşak, nazenîn bir kadın sesi. Belki de annesinin sesiydi bu. Heyecanlandı.

"Nevres, ne güzel ismin var. İsmini herkese duyurmak istemez miydin?"

Nevres bu sual karşısında afallamıştı, ama artık sesin annesine ait olmadığından emindi. Peki o zaman kimindi bu ses, neden her gece yakasına yapışıyordu? Oralı olmamaya çalıştı; bîgane kalırsa onu savabileceğini umarak. Ama ses, tıpkı bir böcek gibi ayak uçlarından yukarıya tırmanmaya başladı o zaman. Nevres ürkerek gözlerini iri iri açtı.

"Bana sırtını dönme Nevres. Kimim kimsem yok benim; tıpkı senin gibi."

Nevres sesini Safinaz'a duyurmamak için fısıldayarak konuştu.

"Ne istersin benden? Kimin nesisin?"

"Sana yardım etmek isterim Nevres. Dostun olmak isterim."

Nevres alaylı alaylı güldü.

"İstemez," dedi. "Babam göçtüğünden bu yana herkes yardım etmek ister durur. Bir de sana lüzum yok."

"Ben onlara zerre kadar benzemem Nevres. Hem sen onlara için için kızmaktasın, öfkelenmektesin bilirim. Her kim ki sana acımaya kalkar, sen onu ellerinle boğmak istersin bilirim. En ziyade acınmaktır seni bizar eden. Seni senden iyi bilirim Nevres. Uzun zamandır seni izler dururum. Bakışlarındaki kudreti, öfkenle çıkardığın yangınları, yerinden ettiğin küpeleri... hepsini bilirim. Seni okurum."

"Öyle ise artık kâfi. Madem ki iyi bilirsin beni, seni istemediğimi de bilmen lâzım gelir. Uzak dur benden. Git başkasını bul."

"Bu kadar çabuk hiddetlenme. Öfke sıcaktır Nevres, üflemeden yenmez. Ben istedim ki sana yardım edeyim. Tekmil siyah karıncaları beyaza boyamana yardım edeyim. Ben istedim ki yeryüzündeki bütün karıncalar ak karıncaya benzesin."

Nevres bu sözleri duyunca umursamazlığından, kızgınlığından çabucak sıyrıldı. Merakla sordu.

"Sen de gördün mü onu? Gördün mü ak karıncayı?"

"Görmem mi; onu ben gönderdim. Ona sıkı sıkı tembihledim kendini herkese gösterme diye; kem gözlerden sakın. Seni ilk gören pek müstesna bir insan olsun dedim. Demek o da sende karar kıldı."

Nevres ne söyleyeceğini bilemiyordu. Dili tutulmuştu sanki; hem şaşırmış hem de içten içe derin bir haz almıştı işittiklerinden. Ses, yeniden duyuldu.

"Artık gitmeliyim Nevres. Gönlüne danış kararını ver. Bil ki ikimiz bir olduk mu, siyah karıncaların çanına ot tıkarız. Sen hele bir düşün. Beni çağırmak istediğinde adımı seslen yeter."

"Peki nedir adın? De bana."

"Nakş-ı Nigâr!"

Ses kayboldu.

Nevres o gece derin bir uyku çekti. Sahura kalkarken dahi sızlanmadı. Safinaz da sahura kalkmıştı. Demek artık kusurlu değildi.

Ertesi gün Nevres, bir daha ortaya çıktığı takdirde o sesi tardetmeyi düşünüyordu. Ama bir yandan da onu daha yakından tanımak için gemlenemez bir merak duyuyordu. Üstüne üstlük sade tanımak değil, bir de onu altetmek istiyordu. Bu zıt fikirler arasında bocalarken, sesi duymasının üzerinden tam yedi gün geçti. Şeker bayramı geldi çattı. Evde hem bayram hazırlıkları, hem de Safinaz'a gelecek görücülerin telaşı vardı. Nevres tamamıyla unutulmuştu o hengâmede. Merdivenlerde oturup suratını buruşturarak, evdekilerin ortalığa ve kendilerine çekidüzen verebilmek için nasıl koşuşturduklarını seyretti. Bilhassa halası ile Safinaz bu koşuşturmanın başını çekiyorlardı. Ana-kız gelecek görücüleri, şimdiye değin hep hayalini kurup da bir türlü elde edemedikleri pahalı ve gösterişli şeylerden mürekkep bir dünyanın anahtarı olarak görüyorlardı. Epeydir nakıs kalan emelleri işte bu anahtar sayesinde bir bir ikmal edilecekti. Nevres ise bu zenginlik ve refah hayalini onlarla paylaşamayacağını, buraya ait olmadığını biliyordu. Hatta şimdi buradan çıkıp gitse, yollara düşse, kimbilir kaç gün sonra yokluğunun farkına varırlardı. Onları seyretmekten sıkılınca Safinaz'ın aynasının karşısına geçip, gözlerine baktı. Yakın zamanda yumurtalardan çıkan eciş bücüş kara gölgeler, ortalıkta salınmak için müsaade istiyorlardı sanki. Nevres onları daha fazla bekletmemeye karar vermiş olacak ki, denizin dibinden ağır bir ağ çeker gibi seslendi.

"Nakş-ı Nigâr!"

❂

Bayram gecesi, sabaha karşı, Beberuhi Rıza davulunu gümbürdete gümbürdete bütün mahalleliyi ayağa kaldırdı. Çok geçmeden de, atılan toplarla sabah namazı vakti ilan edildi. Minarelerden yükselen ezan sesleriyle mahallenin yediden yetmişe tüm erkekleri camiye gitti. Çocuklar, yeni esvaplarını giymiş, bahşiş zamanının gelmesini sabırsızlıkla beklemekteydi. Gene de eski adıyla Akrep Arif, yeni adıyla Nakş-ı Nigâr mahallesinde şeker bayramının gelmesine en çok sevinenler şüphesiz mahallenin demkeşleri olmuştu. Adeta bir hürriyet bayramı kutlar gibi vakt-i kerahati karşılamaya hazırlanmışlardı.

Nevres bayram sabahı gizlice evden çıktı. Hoş, pek de saklanmasına lüzum yoktu çünkü evdeki hiç kimse onu görecek halde değildi. Sokaklardaki bayram telaşının evden az kalır yanı da yoktu hani. Topallaya topallaya, daha çok bayram harçlığı koparabilmek için en sevimli ifadelerini takınıp koşuşturan çocukların, kabristanları ziyaretten dönen kadınların, şekerci dükkânının önüne yığılan erkeklerin arasından geçti. Bir gece evvel Nakş-ı Nigâr ile konuştukları aklından çıkmıyordu. Ne yapması gerektiğini söylememişti gerçi; ama demişti ki, doğru zamanda doğru yere vardığında, kendisi buluverecekti lâzım geleni. Nevres, işte bu fikirden hareketle sokakları aylak aylak dolaşmakta, gördüğü her şeyi dikkatle izlemekteydi.

Akrep Arif mahallesinin doğu kapısına açılan Karakuşi sokağına girdiğinde tepeden tırnağa simsiyah giyinmiş, saçsız sakalsız bir dervişin, sanki birini bekler gibi dikilmekte olduğunu fark etti. Dervişe yaklaşıp, gözlerini onun gözlerine mıhladı. Dervişte bir tuhaflık vardı; bir sûret gibiydi adeta; varla yok arası. Benzi o kadar solgundu ki Nevres onun hasta olduğunu düşündü. Ama gözleri onun sol bileğine takılır takılmaz, ne yapması gerektiğini, Nakş-ı Nigâr'ın neyi kastettiğini bir çırpıda anlayıverdi.

Başını geriye atıp, gülümsedi. Gözlerindeki eciş bücüş siyah gölgeler, sevinç nidaları ile ayaklandılar. İstirahat bitmişti; şimdi faaliyete geçme vakti gelmişti. Nevres gözlerinde olup bitenlerin farkında mıydı bilinmez ama karşısındakini hemencecik tanıyıvermişti. Kepoz'dan başkası değildi bu. Demek İsmihan Kadın'ın seneler evvel esir ederek insanlara kötülük etmesine mâni olduğu Kepoz, bu sefer de derviş kılığında mahallenin sokaklarını arşınlamaktaydı. Ona sokulup, gülümsedi. Kepoz donuk gözlerle topal kız çocuğunu seyrediyordu; adeta kendini tamamıyla ona teslim etmişti.

Nevres bir an tereddüt eder gibi oldu. Aynı anda Şebgir Kamer'in verdiği gümüş halkanın avcunda olduğunu fark etti. Ne vakit almıştı onu yanına; hatırlayamadı. Halkadan yayılan bir kuvvet vardı ve bu kuvvet onu geri çekiyor; yolundan ediyordu. Gümüş halkanın "sakın ha!" der gibi bir hali vardı. Ama Nevres böyleydi işte; günahı kurcalamayı, yasağı delmeyi, kötüyü deşmeyi severdi. Ve kendi kendine, bütün bunları daha evvel, çok daha evvel tecrübe ettiğini fısıldadı. Hepsi, noksansız hepsi, bir başka rüyada, geçmişte başına gelmişti. Yani daha önce yaşamıştı bu acıyı. Öyle ise hepsini bir daha yaşamakta ve yaşatmakta hiçbir mahzur yoktu. Bu da bir rüya idi topu topu.

Bir rüya... bir rüya daha... hiç fark etmez.
Nasıl olsa su alıp götürür bunu da;
Su asla zemmetmez, kızmaz, küsmez.

Nevres, kararlılığını gösterebilmek için, Şebgir Kamer'in verdiği diş kirasını uzağa fırlattı. Ona ihtiyacı yoktu. Ve sonra, öne doğru atılarak, bir hamlede, hâlâ şaşkınlıkla ona bakmakta olan Kepoz'un sol bileğindeki çuvaldızı çıkardı.

Çünkü geçmiş dediğin bir rüya idi
ve de gelecek...
Onlar olmadığında ne günah vardı
ne de kötülük...

İsmihan Kadın'ın seneler evvel yakalayıp, bir çuvaldızla kötülüklerine son verdiği Kepoz, âzad edilir edilmez gülmeye başladı. Onun, kulakları tırmalayan tiz kahkahaları, çuvaldızın yere düştüğünde çıkardığı sesi boğdu. İşte bu, Kepoz'un Akrep Arif mahallesindeki ilk intikam hamlesi oldu.

Nida hamamı

Bu hamamın içinde, ama her şeyin dışında bir yüzdü çocuğunki.

Murathan Mungan, *Son İstanbul*

Bayram sabahı Beberuhi Rıza, çuval çuval yabani otu sokaktan Kevser ninenin oturduğu evin avlusuna taşıyordu. Boyunu geçen çuvallar bir hayli ağır olduğundan kan ter içinde kalmıştı. Yabani otlar, şehr-i İstanbul'un pek çok köşesinden, bilhassa da Kasımpaşa mezarlığının arkasından, bir de Üsküdar'daki Uzun Çayır civarından toplanmıştı. Kevser nine bu iş için her sene üç kadın tutardı. Bu kadınlardan adları Maile ve Naile olan ikisi, bohçacılıkla geçinen genç, Kıpti kadınlardı. Güllü, çiçekli, dallı yapraklı, gözalıcı basmalardan bol yenli mintanlar; menekşe moru, kavuniçi yahut türbe yeşiline kesmiş parlak kumaşlardan da tiril tiril şalvarlar giyerek, tepeden tırnağa bir renk cümbüşü içinde salına salına dolaşırlardı. Bu halleriyle Bedrenk Asiye'yi bile çatlatırlardı. Dibalar, hatailer, hakirler, dımişkiler, abaniler, seraserlerle doldurdukları bohçalarını sırtlayıp sabahtan akşama kadar sokak sokak, kapı kapı dolaşırlardı. Sattıkları mallar pek kıymetli olduğundan, öyle her müşteriye tenezzül etmezlerdi. Gittikleri zengin evlerinde, zaman zaman bakla falına da bakarlardı. Kenarları oyalı mendillerini orta yerde açıp, baklaların arasında cirit atan kömür, şeker, taş ve kayatuzu parçalarından müneccimâne laflar çıkartırlardı. Hiç kimsenin elini eteğini öpmeden, kendi yağlarında kavrularak yaşayıp giderlerdi.

Adı Sallabaş Dürdane olan üçüncü kadın ise onlardan epey yaşlıydı. Kimi kimsesi yoktu; susamcılık yapardı. Ağdalanmış şekerle karıştırıp, kare kare keserek sattığı susamla karnını doyurmaya çalışırdı. Her üç kadın da tam bir tütün tiryakisi olduklarından, Kevser nine onlara bazı bazı süslemeli lüleler yahut en hasından tütün hediye ederdi. Ve Akrep Arif mahallesinden çok uzakta ikame eden her üç kadının da Kevser nineye ta geçmişten kalma vefa borçları vardı. Mahallede kimse onların Kevser nineye hangi sebepten ötürü bu kadar düşkün olduklarını bilmezdi; hatta Ceviziçi Tahir bile bu meselenin aslını astarını öğrenememişti. Tek bildikleri, Kevser nine gibi kudretli ve düşene dostluk etmekten geri durmayan bir kadının, koskoca İstanbul şehrinde her yaştan, her fıtrattan, her dinden insanla ahbaplık ettiğiydi ki, sade bu bile, bu üç kadının ona olan vefa borçlarını izah etmek için kâfiydi.

Maile, Naile ve Sallabaş Dürdane, senenin her günü sokaklarını arşınlayıp durdukları şehr-i İstanbul'un dört bir yanından yabani ot toplarlardı Kevser nineye. Bilhassa şeker bayramı yaklaşırken, üç günlerini tamamıyla bu işe ayırır; o mezarlık senin bu mezarlık benim diyerek envai çeşit yabani otu, çuvallara istiflerlerdi. İşte bu çuvallar onların Kevser nineye bayram hediyeleriydi. Lâkin bu sefer iki Kıpti kadın, gittikleri bir konakta kendileriyle ileri geri konuşan evin hanımını evvela hakaretlere boğup, ardından da dövmeye kalkıştıkları için, başlarını fena halde belaya sokmuş ve tutuklanmışlardı. Susamcı kadın Sallabaş Dürdane yabani otları bir başına toplamak zorunda kaldığından, çuvalların gelmesi de bayramın ilk gününe sarkmıştı. Bundan dolayıdır ki, Beberuhi Rıza'nın çuvalları sokaktan avluya taşıma vazifesi, tam da bayram bahşişlerini toplayacağı zamana denk gelmişti.

Beberuhi Rıza, bir yandan olmadık zamanda belaya bulaşan iki Kıpti kadına veryansın ediyor, bir yandan da bir an evvel çıkıp bahşiş toplayabilmek için elini mümkün olduğunca çabuk tutuyordu. Ne de olsa koca Ramazan ayı boyunca bu günü beklemişti. Hatta sırf bu günün hatırına yanına bir başka bekçinin gelmesine dahi mâni olmuş; bütün mahallenin yükünü tek başına omuzlamıştı. İşin aslı hiç kimse için bahşiş toplamaya geç çıkmaya razı gelmezdi; gelmezdi ama Kevser ninenin yeri bambaşkaydı. Beberuhi Rıza'nın bu yaşlı kadına olan hürmeti kolay kolay tarif edilemeyecek kadar derindi. Onu velinimeti bellemişti. Hal böyle olunca da, sabaha karşı davulunu gümbürdete gümbürdete mahalleliyi bayram namazına çağırdıktan sonra, sabah erkenden buraya gelmeye kendini mecbur hissetmişti. Gelir gelmez de susamcı kadının dört merkebe yükleyerek ancak getirebildiği yabani ot çuvallarını içeri taşımaya koyulmuştu. Hiç hesapta olmayan şu külfetli işi bitirdiğinde, en büyük oğlunu yanına alıp, mahalleliyi birer birer ziyaret etmeye başlayacaktı. Sokaklarda davulunu gümbürdete gümbürdete dolaşarak, nicedir hayalini kurduğu bahşişleri toplayacaktı. Beberuhi Rıza gayet iyi biliyordu ki, insanların eşkali nasıl türlü türlü ise, verdikleri bahşişler de türlü türlü olurdu. Kiminin ensesi kalın olduğu halde gönlü daracık olduğundan böylelerinden bir şey koparmak hayli güçtü. Onlar, olsa olsa içi lokum dolu bir mendil verirlerdi. Mendilleri sırığa asıp öyle dolaşırlardı Beberuhi Rıza ile oğlu. Lâkin kimi insan da bir kap yemekle kefaf-ı nefs ettiği halde öylesine elibol davranırdı ki, böylelerini sevmemek ne mümkündü. Lokumlu mendil de olsa bahşişi, Beberuhi Rıza koca Ramazan-ı Şerif boyu çektiklerinin semeresini görmek için sabırsızlanmaktaydı. Topu topu üç tane yabani ot çuvalı kalmıştı geride; onları da içeri taşıdı mı bu iş tamamdı artık. Gayrı kimse buralarda tutamazdı onu.

Geride tek bir çuval kaldığında, Beberuhi Rıza'nın tâkati de tükenmek üzereydi. Boynundan şıpır şıpır damlayan terleri silip, son çuvalı da sırtlanmıştı ki, aniden tuhaf bir gürültü işitti. Sesin geldiği yöne bakmak için başını çevirdiğinde, rüzgârın önüne kattığı çalıların üstüne üstüne gelmekte olduğunu gördü. Ve aniden, çalıların arkasından acıyla koşturan, sütlükahve benekli, uzun kulaklı, dik kuyruklu bir köpek çıktı. Sağ arka bacağında açılmış avuç içi büyüklüğündeki bir yaradan kanlar akmaktaydı. Beberuhi Rıza inleyen hayvancağıza dikkatle baktığında, yarasına bir sürü karıncanın doluşmuş olduğunu fark etti. Dehşete düştü. Yoksa bu garip sokak köpeğini karınca ısırıkları mı bu hale getirmişti? Bu fikri hızla kafasından sildi. Köpek inleye inleye, ardında kan izleri bıraka bıraka geçip giderken, Beberuhi Rıza, göz açıp kapayıncaya kadar olup biten bu garip hadisenin verdiği şaşkınlıkla sırtındaki yabani ot çuvalını düşürdü.

Her şey birdenbire oldu.

O bayram sabahı, her sene olduğu gibi ortalık cıvıl cıvıl iken, birdenbire hava karardı. Gökten karınca yağmaya başladı; sokaklar, pervazlar, cumbalar, bahçeler, avlular, çeşmeler, eşikler siyaha kesti; simsiyah oldu. Ardından güçlü bir rüzgâr çıktı. İnsanlar nereye kaçışacaklarını şaşırmış, oradan oraya yalpalamaktaydılar. Karıncalar ağızlarına, kulaklarına, burunlarına doluyordu. Dizlerinin üstüne düşenler, itişip kakışırken birbirini ezenler, battaniyelerle bu fırtınayı savuşturmaya çalışanlar, korkudan dili tutulanlar oldu. Ve aniden, o karınca fırtınası, geldiği gibi gitti. Her yerde ölü karıncalar kaldı. İçlerinden bazıları yaşamakta ısrar ediyor, titrek bacaklarını oynatarak beyhûde debeleniyordu.

Sittinsenenin Akrep Arif, yeni adıyla Nakş-ı Nigâr mahallesini dehşetli bir sessizlik kapladı. İçindekilere ebediyet kadar uzun gelen ve ansızın, bir çocuğun avazı çıktığı kadar yırtına yırtına ağlamasıyla sona eren, ağır mı ağır bir sessizlik.

Beberuhi Rıza kendini toparlayıp yere bıraktığı çuvalı aldı ve karınca ölülerine basa basa, son çuvalı da evin avlusuna taşıdı. İçeri girdiğinde Kevser nine ile burun buruna geldi. Yaşlı kadının her zaman pembe-beyaz olan yüzü şimdi limon kabuğu rengini almıştı. Dudakları devamlı kıpır kıpırdı; bir şeyler söylüyordu ama ne dediğini anlamanın imkânı yoktu. Onu bu halde gören Beberuhi Rıza'nın eli ayağına dolaştı. Mahallenin çınarı idi bu kadın. Kimbilir ne badireler atlatmış, ne korkunç yıkıntıların arasından yıkılmadan çıkmayı başarmıştı bu güne değin. Ama ilk defa, onu böyle çökmüş bir halde gören olmuştu.

Ne vakit korkuyu gördü
korkusuz bellediğinin
suratında
işte o zaman korktu
Beberuhi Rıza.

Akrep Arif mahalleliler, akşam, felâketlerin peşlerini bırakmadığını gördüler. Güneş batar batmaz gökyüzünde kılıç biçiminde bir yıldız peyda oldu. Durmadan yer değiştirerek, önüne çıkan bütün yıldızları kesip parçalara ayırıyordu. Kan yerine bir ışık huzmesi süzülüyordu gökten; sanki eğilip toplanabilirmiş gibi herkes yanına yöresine bakınıyordu. Kılıç şeklindeki yıldız efelik ederek gökyüzünde dolanıyor, rastladığı bütün yıldızları kesip biçiyordu. Mahalleliler hayretler içinde başlarını yukarı kaldırmış, kılıç yıldızı takip ediyorlardı. Bir zaman sonra kılıç yıldız aşağılara kaymaya başladı. Sanki doludizgin üstlerine geliyordu. Korkuyla kaçışanlar oldu. Daha şahbaz yahut daha meraklı olanlar kaldı geride. Kimse tek kelime edemiyordu. Kılıç yıldızın sivri ve soğuk ucunu boğazlarında hissettiklerinde, birdenbire her taraf karardı; ay bulutların arkasına saklandı; perde-i nilgûn üzerlerine örtüldü.

Peşpeşe gelen suskunlukların acısını çıkarmak istercesine, ayyuka çıkan bir gümbürtü koptu akşamın geç saatlerinde. Mahalleliler başlarına gelen felâketlere adayacak bir kurban bulmuşlardı en nihayetinde. O namussuz, o bî-edeb, o zelil kadının evini basacaklardı. Meşhud cürmünü öyle sert bir tokatla yüzüne vuracaklardı ki, pılını pırtısını toplayıp bir daha avdet etmemek üzere bu mahalleden gitmekten başka çare bulamayacaktı. Bu fikirden hareketle mahallenin güney kapısından çıktılar yola. Kalabalık biraz daha büyümekte, semirmekte idi geçtikleri her sokakta. Ellerindeki meşalelerle aydınlattıkları sokaklarda, daha fazla dikkat çekebilmek için, neredeyse koca bir ordunun çıkartabileceği gürültüyü çıkartıyorlardı. Beberuhi Rıza ile Ceviziçi Tahir, imam efendinin yanında, kalabalığın önsaflarında yürüyorlardı. Ne de olsa mahallenin karanlıkta neler çevirdiğini en iyi bilen onlardı. Madem ki tanıktılar olan biten edepsizliğe, en önde yürümek onların hakkıydı.

Hokkagülü İfakat'ın evi mahallenin en büyük evi idi. Murdar sokağı'nın Zebella sokağı ile bitiştiği yerde, her iki sokağı da rahatlıkla görecek şekilde yayılmıştı. Bu ev, Akrep Arif mahallesindeki tek boyalı evdi. Tepeden tırnağa camgöbeğine kesmişti. Esmer güzeli, ateşîn mizaçlı İfakat, bundan seneler evvel, daha henüz körpe bir fidanken bu eve gelin gelmişti. Yaşça kendinden bir hayli büyük olan kocası eşraftan epey zengin ve itibarlı bir kimseydi. Adam, daha evliliklerinin ilk senesi bile dolmadan göçüp gittiğinde, genç karısına yüklü bir servet bırakmıştı. İfakat da adamcağızın kırkının dolmasını beklemeye dahi lüzum görmeden, mirasını çatır çatır yemeye, gününü gün etmeye başlamıştı. Adının başına Hokkagülü'nün eklenmesi işte o günlere rastlardı. O zamandan bu yana da evinde ahlâka mugayir işler çevirdiği yolundaki şaibeler katmerlene katmerlene artmıştı. Akrep Arif mahalleliler bunca zamandır huyunu suyunu gayet iyi bildikleri, arkasından bol bol dedikodusunu yapıp yüzüne tebessüm ettikleri İfakat'a şimdi düşman kesilmişlerdi. Onların nazarında bütün bu uğursuzluklara sebep, her akşam evine lebleri nergis gencecik kadınları doluşturup âlem yapan, kocası vefat ettiğinden bu yana, bir bakışına müştak olan erkek kısmına yüzvermeyip hemcinslerine meyleden, kırdığı cevizlerin haddi hesabı olmayan Hokkagülü İfakat'tan başkası değildi.

Kalabalık her sokakta biraz daha büyüyerek ilerlerken, camgöbeği evde cümbüş vardı. Üst kattaki geniş odaya doluşan misafirlerin altlarında yumuşacık, kuştüyü minderler; önlerinde de, birbirinden leziz mezelerle tıkabasa dolu siniler sıralanmıştı. Senelerdir bu evde hizmet eden Zişan konukların arasında seke seke dolaşarak, hızla boşalan kadehleri gül renkli şarapla dolduruyordu. Odanın bir köşesi dört kişilik saz heyetine ve kolbaşı kadın ile muavinine tahsis edilmişti. Saz heyetindeki kadınlardan biri ud, ikisi çifte nekkare, bir başkası da def çalmaktaydı. Odanın tam orta yerinde ise çengi oynuyordu. Hokkagülü İfakat oldum olası çengileri seyretmeye bayılırdı. Ama bu akşamki çenginin gönlünde pek müstesnâ bir yeri vardı. Ne kadar uğraşsa da onun şuh kahkahalarını, baygın bakışlarını, menekşe kokusunu aklından bir türlü çıkartıp atamamıştı. Onu görmeden geçirdiği günler, geceler boyunca, o sütbeyaz, uzun, incecik boynunda, yeşile kaçan morluklar bırakma arzusuyla yanıp tutuşmuştu. Ondan uzak durabilmek için kendi kendisine defalarca söz üstüne söz vermiş; ama verdiği her söz çok geçmeden güme gitmişti. İşin aslı, kimsenin parmağında kolay kolay oynatabileceği bir kadın değildi Hokkagülü İfakat. Dul kaldığından bu yana başına buyruk, âsûde bir hayat yaşamaktaydı. Her güçlüğün üstesinden gelebilecek, her densize ağzının payını verebilecek kadar ahenin bir metaneti vardı. Ne var ki, bu güzeller güzeli çenginin karşısında, bambaşka biri oluyor; bir sermestlik deryası içinde gevşeyerek sahip olduğu bütün kudreti yitiriveriyordu. Her seferinde onun, gözünün içine baka baka misafirleriyle oynaştığını görüp, bütün bunları sırf kıskandırmak için yaptığını sezinliyor; ama gene de bu nahoş oyuna gelmekten kendini alıkoyamıyordu.

Hokkagülü İfakat'ın aklını başından alan bu çenginin adı Kaymaktabağı Rana idi. Bir Çerkez güzeliydi. Ve bu akşam her zamankinden daha da güzeldi. Hokkagülü İfakat iki haftadır onu görmemek için kendi kendisiyle boğuşmuş, en nihayetinde içini kemiren hasrete yenik düşmüştü. Kolbaşı kadına derhal haber salarak en alasından bir saz heyeti ve bilhassa da Kaymaktabağı Rana'yı istemişti. İşinin ehli, anasının gözü kolbaşı kadın, kıymetli müşterisi Hokkagülü İfakat'ın bir dediğini iki etmezdi. Çengilik mesleğine iki sene evvel intisâp eden Kaymaktabağı Rana'nın, bu zenginlikte ve güzellikte yektâ kadının üzerinde ne denli derin bir tesir bıraktığını gayet iyi bildiğinden, zaten iki haftadır ha bugün ha yarın diyerek bu haberi beklemekteydi.

Kaymaktabağı Rana'nın başında çepeçevre altınlarla süslü bir tepelik vardı. Kıvır kıvır, altın sarısı saçları tepeliğin altından ta kalçalarına kadar uzanıyordu. Yanakları al aldı. Yusyuvarlak, irice bir mücevher sallanıyordu alnının ortasında. İpek hilalî gömleğin üstüne, mor kadifeden, kenarları sırmalı bir üstlük geçirmişti. Öne doğru her eğilişinde iri, sütbeyaz göğüsleri gömleğinden dışarı fırlıyordu. Beline püsküllü, kan kırmızısı lâhûrî bir şal dolamıştı. En ufak bir hareketinde şalın püskülleri de oynuyordu. Üç eteğin altına giydiği mavi ipekten şalvarı, gümüş tokalı bir kemer vasıtasıyla sıkarak ince belini açığa çıkarmıştı. Kınalı ayakları çıplaktı. Elindeki zilleri çala çala odanın içinde dört dönüyordu. Vücudundan yayılan taze menekşe kokusu, gözlerini ondan alamayan Hokkagülü İfakat'ı mestediyordu. Evsahibesi, ne misafirleriyle alakadar oluyor, ne de önündeki sinide sıralanan birbirinden güzel yemişlere, mezelere elini sürüyordu. Kaymaktabağı Rana da, inadına daha cilveli oynamaktaydı. Arada bir sürmeli, yeşil gözlerini süzüp, odadakilerin yüreklerini ağızlarına getiriyordu.

Kaymaktabağı Rana, misafirlerden birine açık açık cilve yapmaya başladı bir ara. Bunu görür görmez Hokkagülü İfakat'ın yüzünü ateş bastı. Sinirli sinirli saçlarını çekiştirmeye başladı; hatta farkında olmadan gece rengi saçlarından birkaç tel kopardı. Neyse ki misafir, evsahibesinin korkusundan çengiye yüz veremiyordu. Camgöbeği evde misafirler, evsahibesinin gözdesine ilişmemek ahdına mukabil diledikleri kadar yiyip içip eğlenebilirlerdi. Bu saklı mukaveleyi çiğnemeye kalkanı Hokkagülü İfakat evvela hırpalar, sonra da omuzlarından tuttuğu gibi kapıdışarı ederdi. Kaymaktabağı Rana da bunu gayet iyi bildiğinden, çok geçmeden, oynadığı küçük oyundan sıkılıp, tekrar evsahibesinin önünde raksetmeye başladı. Adeta yaptığı hatanın affını temenni eder gibi bir hali vardı. Şakaklarından küçük ter damlaları süzüldüğü halde hiç de yorulmuş görünmüyordu. Saz heyeti müziği yavaşlatıp sona erdirdiğinde, beline doladığı kankırmızı lâhûrî şalı çıkartıp, fiyakalı fiyakalı şöyle bir havada çevirdikten sonra, Hokkagülü İfakat'ın ayaklarının dibine bıraktı. İşte tam o esnada dış kapı korkunç bir gürültüyle sarsıldı. Daldığı mülevven rüya âleminden bir türlü çıkmak istemeyen Hokkagülü İfakat dışında, odadaki herkes korkuyla sıçradı.

Evin önüne biriken kızgın kalabalık kapıyı yumruklamaya başlamıştı. Kapının iniltileri yankılanarak evin üst katına ulaşıyordu. Hokkagülü İfakat bahtiyarlık denizinden ağır ağır çıkıp, şöyle bir silkelendi. Hiç telaş etmeden ayağa kalktı; odanın orta yerinde şaşkınlıktan donakalan Kaymaktabağı Rana'yı hızla kendine doğru çekerek, çenginin rengi solmuş yanağına ıslak bir bûse kondurdu. Sonra, korkudan oturdukları yerlere sinen misafirlerine şöyle bir tepeden bakıp, kapıya yöneldi. Sırtını öyle bir dikleştirip omuzlarını geriye atışı vardı ki, görenler neredeyse şeref pâyesi almak üzre bir merasime katılmaya gittiğini düşüneceklerdi. Kapıdan çıkmadan evvel senelerdir yanında çalışan Zişan'a bir işaret verdi. İkisi birlikte alt kata indiler.

Ağır ağır aralanan kapının gıcırtısı, kalabalığın uğultusunu bıçak gibi kesti.

İşte o zaman kalabalık ne yapacağını bilemedi. İçlerinde tereddüt edip, geri dönmeye hazırlananlar oldu. Lâkin mahalle imamı kararlı idi. Yanına Beberuhi Rıza ile Ceviziçi Tahir'i de alarak birkaç adım öne çıktı. Birbirlerinden cesaret alan bu üç adam, kapıda korkuyla dikilen Zişan'ı kenara iteleyip, eşikten içeri adımlarını attılar. Adımlarını atar atmaz da esmer güzeli Hokkagülü İfakat ile burun buruna geldiler. Genç kadının simsiyah saçları yavrusunu korumaya çalışan bir hayvanın tüyleri gibi diken dikendi. Merdivenlerin başını tutmuştu; bu haliyle kimseleri içeri almamaya yeminli görünüyordu. Onu böylesine kararlı gören kapıdaki üç adam bir müddet donakaldılar. Sonra gene birbirlerinden cesaret alarak merdivenlere doğru atıldılar. İşte tam o esnada İsmihan Kadın ortaya çıktı. Kalabalığı yara yara ilerledi. Öylesine kızgın görünüyordu ki, çivit mavisi gözlerinden ateş saçıyordu neredeyse. Kaşlarını çatmıştı. Sinirden şakakları zonkluyordu. Eve giren üç adamın karşısına dikildi. Kalabalık şöyle bir çalkalandı. Ne de olsa mahallede herkes az biraz çekinip korkardı İsmihan Kadın'dan. Hele onun cinlerinden daha çok korkarlardı. İsmihan Kadın'ın beddualarının tuttuğu, onu gazaba getirenlerin çarpık çurpuk kalıp, bir daha da iflah olmadıkları tecrübe ile sabitti.

İsmihan Kadın tek kelime etmedi. Lâkin öylesine büyük bir öfke ile baktı ki, karşısındaki üç adamın üçünün de dizlerinin bağları çözüldü oracıkta. Başından beri zaten tereddüt eden kalabalık ağır ağır, homurdana homurdana dağıldı. Attıkları her adımda, ittifak etmişçesine bu vakayı hatırlarından silmekteydiler. Mahalle imamı, Ceviziçi Tahir ve Beberuhi Rıza da ayaklarını sürüyerek onları takip ettiler. İşte o zaman Hokkagülü İfakat, kalabalığın karşısındaki metanetini bir kenara koydu; gözlerinde yaşlarla koştu, İsmihan Kadın'ın elini öptü. Kısa, kısacık bir an için bakıştılar. Hokkagülü İfakat'ın gözlerinde şükran, İsmihan Kadın'ın çivit mavisi gözlerinde yorgunluk vardı. Koca bir ömrün yorgunluğu... İsmihan

Kadın bu akşam ölümü düşünüyordu. Hokkagülü İfakat'ın gözlerindeki yıldızlarsa ona gençlik demlerini hatırlatıyordu. Gizliden gizliye gıpta ediyordu bu hodbin ve hırçın Kadın'a. Akrep Arif mahallesinde aslını inkâra yeltenmeyen bir tek o kalmıştı ne de olsa. İsmihan Kadın onun gözlerinde yanıp sönen yıldızlara baktıkça avunuyor, umutlanıyordu. Hayatta oldukça kimselerin ona bir kötülük etmesine müsaade etmezdi. İsmihan Kadın, dalgın dalgın gülümseyerek evinin yolunu tuttu. Gözlerinde elem perdesi, kulaklarında uğultu, yüreğinde sıkıntı vardı.

Hokkagülü İfakat, sokağı dönüp, gözden kayboluncaya kadar uzun uzun İsmihan Kadın'ın arkasından baktı. Ona minnettardı. Ama mutlu olması gerekirken, tam tersine, içini korkunç bir sıkıntının kapladığını fark ediyordu. Sanki onu bir daha göremeyecek, o çivit mavisi gözlerde bir daha huzur bulamayacaktı. Sinek kovalar gibi elini hızla indirip kaldırarak, aklından bu nahoş fikri defetti. Sonra saçını başını hızla düzeltip, akşamın velvelesinden sersemlemiş olan Zişan'ın koluna girerek tekrar üst kata çıktı. İçerdeki misafirlerin her birinin beti benzi atmıştı. Hadisenin büyümediğini anlayınca derin bir soluk alıp, parmaklarının ucunda sessizce çıkıp gittiler. Hokkagülü İfakat, en ufak çıtırtıya pabuç bırakacak kadar ödlek ve her vesilede kaypaklık edecek kadar yanardöner olan bu insanların ardından alaylı bir bakış fırlattı. Korkaklığa da, riyakârlığa da zerre kadar tahammülü yoktu.

Kaymaktabağı Rana, şalını yerden almış, tam gitmeye hazırlanıyordu ki, Hokkagülü İfakat, kolbaşı kadına dönüp eliyle bir işaret verdi. Kolbaşı kadın, belli belirsiz bir tebessümle başını hafifçe öne eğdikten sonra telaşla saz heyetini toparlayıp ayrıldı. Herkes çekip gittiğinde, Hokkagülü İfakat, neşesini bütün mahalleye duyurmak istercesine avazı çıktığı kadar bağırarak Zişan'a seslendi.

"Hele getir şu meşhur lokma tatlını da, ağzımız tatlansın!"

O gece Hokkagülü İfakat, bir yandan, kucağına yatırdığı Kaymaktabağı Rana'nın altın sarısı saçlarını okşayıp bir menekşe rayihası içinde sermest olurken, bir yandan da Zişan'ın lokma tatlılarını birer ikişer atıştırırken, koskoca Akrep Arif mahallesinde şeker bayramını tam bir gönül rahatlığıyla karşılayan tek insandı.

İsmihan Kadın, evine vardığında oldukça halsizdi. Hiddeti geçmiş, yerini endişeye bırakmıştı. Ölümü düşünüyordu. Şimdiye değin, vakit tamam olduğunda göçüp gitmekten hiç korkmamış; bir başka âlemde doğabilmek için bu âlemde ölmeyi tabii addetmişti. Oysa şimdi, daha evvel hiç tatmadığı duygularla cebelleşiyor, ölmek istemiyordu. Akrep Arif mahallesini bu halde bırakıp giderse gözünün arkada kalacağını biliyordu. Hele bu akşam tanık olduklarından sonra toprağında nasıl huzurlu uyuyabilirdi ki? Hokkagülü İfakat'ın evini basmaya gidenlerin gözlerinde öfkeyi görmüştü; ve kendi gözlerindeki öfke ile onları durdurması kabil olabilmişti ancak. Peki bunun mânâsı ne idi?

İki cini, Karakura ile Kişniş yaşlı kadının omuzbaşlarına çökmüş; dikkatle, merakla ona bakmaktaydılar. Kepoz ise ortalıkta görünmüyordu. İsmihan Kadın'ın içinde korkunç bir sıkıntı vardı. Kepoz'un yokluğu bu sıkıntıyı daha da artırmaktaydı. Vaktinin azaldığını bildiği için hızla düşünmeye devam etti. Belki de öfkeyi öfke ile dindirmek demek, mahallenin parçalanmışlığını parçalanmışlıkla dindirmek demekti. Zehirin de, panzehirin de masdarı, aynı yabani otun köklerine yürüyen yağmur sularıydı.

Eğer bu tespit doğru ise mahalleye öyle biri lâzımdı ki, yaradılıştan parçalanmış olsun; içtekini dışa çıkarsın, dıştakini içine alsın. Öyle biri olmalı ki halden anlasın, bu derdi daha evvel tatmış olsun; ve elini çabuk tutsun, tez vakitte gelsin.

Demek öfke dediğin
öfke ile diniyor.
Mahallenin ikibaşlılığı
ikibaşlılıkta deva buluyor.

İsmihan Kadın mahallenin dermanını bulmuştu nihayet. Bulmuştu bulmasına da, bunu dostlarına iletmeye vakti olmadığını da biliyordu. Rüzgârın soluğuyla pencereye çarpıp aralarında fısıldaşan yapraklara baktı. Kalkıp odadaki bütün pencereleri ardına kadar açtı. Soğuk rüzgâr içeriye akın etti. Demirden dökülmüş kuzey kapısından esen bâd-ı şahbaz'dı bu. İsmihan Kadın, ona dokununca bir parça rahatladı; bâd-ı şahbaz'ın her şeye tanıklık ettiği bir akşam, ölmek için hiç de kötü bir vakit değildi. Damarları fırlamış ellerini, üstündeki kumaş entarinin yakalarına götürüp, hızla yana çekti. Alaca iplikten dokunmuş kumaş yırtılırken, seneler evvel pörsüyüp sarkarak, tazeliğini çoktan yitirmiş bulunan memeleri ortaya çıktı. Bâd-ı şahbaz, yaşlı kadının koyu kahverengi uçlu, avuç içi büyüklüğündeki çelimsiz memelerine yapışıp, bir bebek gibi ağzını köpürte köpürte emmeye koyuldu. İsmihan Kadın gözlerini kapatıp, kendini koyverdi. Sanki bağrında açılan bir cerîhadan oluk oluk akan irini emiyordu bâd-ı şahbaz. O emdikçe yaşlı kadın da şifa buluyor, tüm vücuduna bir taravet dalgasının yayıldığını görüyordu.

Bâd-ı şahbaz karnını doyurup geri çekildiğinde, yaşlı kadının memeleri, bir genç kızın yeni tomurcuklanmış memeleri gibi sert ve dimdik durmaktaydı.

İsmihan Kadın, birden Kişniş ve Karakura'ya dönüp öyle acı, öyle derin bir mânâyla baktı ki, iki cini de ne demek istediğini anlayıp, korkuyla geri sıçradılar. Ama inatçıydı İsmihan Kadın. Onun dillere destan inadını en iyi cinleri bilirdi. İki cin itiraz etmeden, senelerdir omuzlarından ayrılmadıkları bu yaşlı kadınla vedalaştılar. Sonra elele tutuşup, bâd-ı şahbazı da yanlarına katarak pencereden çıkıp gittiler.

İsmihan Kadın pencereleri teker teker kapadı. Diri memelerine kaçamak ve hoşnut bakışlar fırlatarak, yırtılan entarisinin yakalarını itinayla dikti. Dışarı çıkamayıp içeride tutsak kalan ve şimdi odanın her tarafına usul usul yayılan soğuk havayı, bâd-ı şahbazdan bir hatıra olarak kabul etti. Bütün hazırlıklarını tamamladıktan sonra, çivit mavisi gözlerini odanın kapısına dikip, kollarını iki yana açarak Kepoz'u beklemeye başladı. Çok sürmedi bu bekleyiş. Kapı açıldı. Kepoz, suratında donuk bir ifadeyle içeri girdi. Bu sefer

İsmihan Kadın kılığına girmeyi uygun bulmuştu. İki İsmihan Kadın bir müddet öylece birbirlerine baktılar. Tek farkları gözrenkleriydi. Hangisinin hakiki İsmihan Kadın olduğunu bir tek çivit mavisi eleveriyordu. Senelerin tutsaklığının hesabını sorup, intikam şarabını bir dikişte içmek için sabırsızlanan Kepoz, içlerine karınca ölüleri, yıldız tozları ve kan pıhtıları doluşmuş tırnaklarını çıkartıp, yürüdü. Attığı her adımda ahşap ev zangırdadı. İsmihan Kadın hiç kıpırdamadı.

Hiç kıpırdamadı.

Bir külçe gibi yere yığılırken,
çivit mavisi gözleri açık,
aklı mahallesinde kaldı.

❂

Ertesi sabah mahallenin kocakarıları Kevser ninenin evinde toplandılar. Tandırın etrafında dizilerek ve simli örtüyü sızlayan bacaklarına örterek, bir gün evvel gelen yabani otlardan bahsettiler. Kevser nine şikâyetçiydi; bu sefer gelen çuvallardan hiçbiri istediğini verememişti. Ya tek başına kalan susamcı kadın işi tembelliğe vurup rasgele ot toplamıştı ya da şehrin otları günbegün tükenmekteydi. Ne var ki bu sırküpü İstanbul şehri kurumakta olsa bile, Kevser ninenin yaşlı haliyle kalkıp diyar diyar ot toplayacak hali yoktu ya. Halefi olarak torunu İdris'i yetiştirmekteydi; ona otların sırlarını açıklıyordu. Ama kap taşıyabileceğinden fazlasını almaz diyerek acele etmiyor, İdris'e fazla yüklenmiyordu.

Havadan sudan konuşarak endişelerini bastırmaya çalışıyorlardı. Sabah erkenden, Kepoz'un birileri tarafından serbest bırakıldığını duymuşlardı. İşin aslını astarını öğrenmek için İsmihan Kadın'ı bekliyorlardı. Ama o bir türlü gelmiyordu.

İsmihan Kadın'ın evine yollanan İdris çok geçmeden koşa koşa içeri girdi. Ninesine bakarak, yutkundu. Bu kelime çok ağırdı; söyleyemedi. Kevser nine anlamıştı. Yanaklarından süzülen yaşları elinin tersiyle silerek, tepeden tırnağa cart pembeler giyip beline de parlak maviden kuşak dolayan Bedrenk Asiye'ye dönüp, "hâlâ mahalleyi nazar mı kakaladı dersin?" diye sordu. Sesi bir yumru olup oturdu her birinin boğazına. Bedrenk Asiye'nin cevap veremediğini görünce, "nazarlık iş değil bu. Bu başka, bu başka..." dedi. Daha başka konuşmadılar. Birbirlerine tutunarak, sanki düz yolda değil de bir çamur deryasında yürür gibi bata çıka hamamın yolunu tuttular.

Pinhan, sabahtan beri Karanfil Yorgaki'den başka hiçbir şey düşünmeden ve ne tarafa gittiğini bilmeden öylesine yürümekteydi. Kendinde değildi; gözlerini kapattığında Karanfil Yorgaki'yi görüyor, gözlerini açtığında Karanfil Yorgaki'nin sûreti yüze, bine bölünerek her tarafı kaplıyordu. Sabah onu uyandırmaya kıyamamış, uykuda daha da güzelleşen çehresini bir müddet temâşâ ettikten sonra kendini sokaklara vurmuştu. Bundan sonra ne yapacağı hakkında en ufak bir fikri yoktu. Bir yanı, geri dönüp Karanfil Yorgaki'yi kucaklamak ve bir daha ondan hiç ayrılmamak için direnirken; bir yanı da, bu şehri bir an evvel terk edip Dürri Baba tekkesine dönmesini salık veriyordu.

Yürüyordu; saatlerdir nereye gittiğini, ne yaptığını bilmeden yürüyordu. Utanmıyordu; Karanfil Yorgaki'ye söylenilmez sandığını söylediğinden, sırrını ona teslim ettiğinden bu yana utanmıyordu. Sanki bir çocukluk kâbusunu geride bırakıyor, tazeleniyor, diriliyordu. Gene de içten içe bir ses, bir fısıltı, Karanfil Yorgaki'nin bile silemediği hüzün yakasından düşmüyor; ara sıra yoklayıp dürtüklüyordu.

Tabanları şişmeye başlayan ayaklarını teselli etmek için biraz soluklanıp durduğunda, gümüşten yapılmış devasa bir kapının önünde olduğunu fark etti. Kapının üstündeki menekşe biçiminde kesilmiş mühre takıldı gözleri. Ağzını bıçak açmayan mim harfi onu görünce hafifçe kıpırdandı; bâd-ı pürgû keskin bir ıslık çaldı.

Pinhan'ın önünde durduğu kapı, Akrep Arif mahallesinin doğu kapısı idi.

Sittinsenenin Akrep Arif mahallesinin dört kapısı vardı. Bâd-ı şahbaz, bâd-ı berin, bâd-ı pîçân ve bâd-ı pürgû dört ayrı yönden yola çıkıp demir, kurşun, bakır ve gümüş kapılardan içeri girerek, serbazlık, güzellik, hüsn-i âdâb ve küfürbazlık getirirdi.

Macuncu Makbule kuzey kapısını tuttu; Şebgir Kamer ise güneyi. Bedrenk Asiye batı kapısını tuttu; Kevser nine ise doğuyu.

Sidikli Safiye ile Hoyrat Hacer, Külbastı sokağında rastladıkları tanıdıklara selâm verip, telaşlı adımlarla Muammâ sokağına saptılar. Senelerdir birbirlerinden ayrılamayan ama birbirlerine tahammül de edemeyen bu iki zıt fıtratlı kadın, şimdi tekyürek, teknefes olmuşlardı. İsmihan Kadın, gözlerinin önünde çivit mavisi bir ışığa dönüşmüş; yol gösteriyordu.

Nida hamamının kadınlar kısmı Muamma sokağına, erkekler kısmı ise yan taraftaki Keşmekeş sokağına açılıyordu. Hamamın kadınlar kısmının kapısından içeri girerken, serin bir yel yaladı yüzlerini; ürperdiler. Soyunmalığa vardıklarında onları hamamcı kadın Sarsak Zehra karşıladı. Hamamcılığın yanı sıra bir de çöpçatanlık yapan bu kadın, mahallede bir tek kendine koca bulamamıştı. O kadar tombuldu ki, bir kere zıplasa yeri titretir, göğü inletirdi. İri memeleri ta göbeğine kadar iniyor, memelerinin bittiği yerde ise kocaman göbeği nöbeti devralıyordu. Velhasıl gövdesi kat kat idi. Her zaman ekşi ekşi ter kokardı. Oldum olası altına meraklıydı; kulaklarında altın top küpeler, boynunda beşibiryerdeler ve kollarında sıra sıra altın bileziklerle ayaklı bir kuyumcu dükkânından farksızdı. Mütemâdiyen enfiye çektiğinden, burun kanatları simsiyahtı. Nida hamamı yapılmadan evvel bohçacılıkla geçimini sağlar; girdiği evlerde beğendiği güzelleri lâzım gelen yerlere, ufak bir bahşiş karşılığında yetiştiriverirdi. Hamama kapılandıktan sonra işini ilerletmiş; gelin adaylarını çok daha yakından görme fırsatı bulduğundan talep ettiği bahşişi de artırmıştı. Sarsak Zehra uluorta konuşmayı âdet haline getirmiş, ağzıbozuk bir kadındı. Ama mahallenin kocakarılarından pek korkar, onların yanında süt dökmüş kediye dönerdi. Bu sebepten ötürü Sidikli Safiye ile Hoyrat Hacer'i karşısında görünce, bileziklerini şıkırdata şıkırdata hemen koştu, onları kapıda karşılayıp hal hatır sordu. Biriki hoşbeşten sonra bu iki zıt fıtratlı kadının, hamamın derhal boşaltılmasını istediklerini anlayınca sebebini sormadan, iri gövdesini yuvarlaya yuvarlaya sıcaklığa gidip oradaki kadınlara haber verdi.

Hamamdaki kadınlar birer ikişer çıktılar. İçeride zaten pek fazla kimse yoktu. En son, bîçare Ganime ve ona yardım eden birkaç kadın kalmıştı. Ağzında tam onbir diş ile dünyaya gelen bebeğini emzirirken memeleri mosmor olmuş, kan revan içinde kalmış Ganime, yıkanıp tazelenmesi için Nida hamamına getirilmişti. Getirilmişti ama ne fayda; acıdan bas bas bağırdığından onu yıkamak, yumurta kabukları ve baldırıkara otu ile her tarafını ovmak kabil olmamıştı. Ganime acıdan kıvranarak göbektaşında ikibüklüm olunca, etrafındaki kadınlar da ne yapacaklarını şaşırıp, ağlamaklı olmuşlardı. Hal böyle olunca da, Sarsak Zehra hamamın boşaltılması gerektiğini haber verdiğinde, itiraz etmek yahut sebebini sormak bir yana, içten içe sevinmişlerdi bile. Orada öylece durup bîçare Ganime'nin nasıl kıvrandığını seyretmektense, buradan bir an evvel çıkıp gitmeyi yeğlerlerdi.

Herkes çıkıp gittiğinde Hoyrat Hacer ile Sidikli Safiye, Sarsak Zehra'yı da münasip bir dille uzaklaştırdılar. O da sesini çıkarmadan, yerleri zangırdatıp memelerini hoplatarak çekti gitti. Giderken ekşi ter kokusunu da yanında götürmeyi ihmal etmedi.

Bu mutantan hamamda bir başlarına kalan iki kocakarı, yanlarında taşıdıkları bohçaları sıcaklığa taşımaya başladılar. Hiç konuşmuyorlardı; endişeliydiler. Acaba gelecek miydi bekledikleri kişi? Gerçi Kevser nine onu istihare falında görmüştü ve onun istihare falları hiç şaşmazdı ama, gene de son anda bir aksilik çıkmasından korkuyorlardı. Nicedir felâketlerden yakasını kurtaramayan çift isimli mahallelerine her ne olacaksa, işte bugün, burada olacaktı.

Bohçaların hepsini sıcaklığa taşıyıp geri döndüklerinde, öteki dört kocakarının da dönmüş olduklarını gördüler. En arkada Kevser nine duruyordu. Saatlerdir doğu kapısının önünde bâd-ı pürgû'yu dinlemekten bitap düşmüştü. Yanında saçsız, sakalsız, tepeden tırnağa siyahlar giyinmiş bir derviş, yarı sıkıntılı yarı mahçup bir edayla etrafına bakınıyor; buraya getiriliş sebebini anlamaya çalışıyordu.

Pinhan, etrafını saran altı yaşlı kadına teker teker baktı. Sevimli buldu onları; oyun oynamaya çıkmış, macera peşinde koşan altı haylaz çocuğa benzetti. Nida hamamının göbektaşına oturmuş; ayaklarını başına doğru çekerek, sırtını kamburlaştırmıştı. Kocakarılar da yan yana dizilmiş, dikkatle ona bakıyorlardı. Nereden geldiği belirsiz bir su şırıltısından başka ses seda yoktu etrafta. Dışarının bütün tarrakasından uzaktı hamamın içi. Sessizlik her yanı sarmıştı.

Sonunda dayanamayıp, kocakarılara onu neden buraya getirdiklerini sordu. Kevser nine, uzun uzun boğazını temizledikten sonra cevap verdi: "yaradılıştan hünsâ biri lâzım idi bize." Pinhan bu cevabı duyunca tepeden tırnağa ürperdi. Biliyorlardı işte; bir tek Karanfil Yorgaki'ye açtığı sırrını, hayatında ilk defa gördüğü bu altı yaşlı kadın biliyordu. Derinlerde sakladığı cerîhanın açılması için bir-iki söz kifayet etmişti. Ama canı yanmadı; sadece,

"Ya niçin?" diye sordu.

O zaman Şebgir Kamer öne doğru çıkıp, "çünkü rüya dediğin zıddıyla tâbir olunur. Bizim rüyamız da tâbirimiz de sendedir," dedi. Sonra Pinhan'ın şaşkınlıktan iri iri açılan doğuştan sürmeli simsiyah gözlerine bakarak konuşmaya devam etti.

"Allahu Taala sual etmiş Âdem'e: 'bu yarattıklarıma baktın; onların içinde bir benzerini gördün mü?' diye. Âdem aleyhisselam, 'hayır Rabbim,' demiş. 'Beni ululadın, emsalsiz kıldın. Lâkin bana benzer bir eş yarat bana..' Allahu Taala onun bu arzusunu kabul etmiş ve sonra Adem babamızı uyutmuş. Âdem aleyhisselam uykusunda Havva anamızı görmüş. Açmış gözlerini, karşısında onu bulmuş. İşte bu ilk rüyadır. Ta kaalubeladan bu yana her birimiz rüya görürüz. Rüya dediğinin tâbiri zıddıyla bilinir."

Şebgir Kamer bunları söyledikten sonra başını öne eğip sustu. Sözü Bedrenk Asiye aldı.

"Akrep Arif mahallesinde devir döndü. Felâketler peşimizi bırakmaz oldu. Zira emanete hıyanet etmişliğimiz var. Emanete hıyanet etmeseydik eğer gene öyle eskisi gibi mutlu mesut yaşar giderdik. Lâkin oldu bir kere. Gayri Nakş-ı Nigâr'dır bir adımız. Bu hamam buraya yapıldı diye, Nakş-ı Nigâr'a vefa borcumuzu ödeyelim diye, Akrep Arif'e hıyanet etmişiz bir kere."

Kevser nine Bedrenk Asiye'nin sözünü kesti. Kaşları çatık, pembe-beyaz yüzü kaygılıydı.

"Derdimizin dermanı sendedir. Çünkü yaradılıştan hünsâ gelmişsin bu âleme. Mahalle de tıpkı senin gibi iki başlıdır. Hem Akrep Arif' tir bir adımız, hem Nakş-ı Nigâr'dır. Bunda bir kötülük yok elbet. Lâkin ikisi de yekdiğerinden hazzetmez. Aralarında husumet var; adavet var. Başların kavgası dört hılta sirayet etti. Bilir misin o vakit ne olur? Dört hılt kavgaya tutuştuğunda muhakkak biri galip gelir. O vakit ötekileri ezer geçer; keser doğrar. Kan ve barut kokar dört bir yan. Huzuru kaçar insanın. İşte bize böyle oldu. Artık çocuklarımız güzel doğmaz, serbazlarımız kaçacak delik arar. Küfrü bile unuttuk. Hüsn-i âdâb desen hak getire. Dört hılta bir haller oldu çünkü başlar birbirine girdi. Akrep Arif, Nakş-ı Nigâr'ı sevmez; Nakş-ı Nigâr, Akrep Arif'i istemez. İkisi de hükümdar olmak ister bir başına. Hangisi gelse başa öteki kızar, darılır. İki ucu mülevves bir değnek. Artık bir hal çaresi bulma vakti gelmiştir. Daha dün İsmihan Kadın gözleri açık gitti; o..."

Kevser nine lafını tamamlayamadı. Derin bir sessizlik çökerken üzerlerine, kocakarılar gözyaşlarına boğuldular. Pinhan altı haylaz çocuğun oynadığı oyundan korkmaya başlamıştı. Sakit, sapsarı bakıyordu onlara. Söylenen her lafı dikkatle dinlemiş, gene de burada ne aradığını anlayamamıştı. Neyse ki, hamamdaki su şırıltısı korkacak bir şey olmadığını fısıldıyordu kulağına. Sonunda, kara kaşlı, kara gözlü Sidikli Safiye bu sessizliği yırtmak için kendini toparlayıp, dertlerinin ne olduğunu bir çırpıda özetleyiverdi.

"Eğer ki senin ikibaşlılığın bu hamamda tamamına ererse, mahallenin dört hıltı yatışır; kavga durulur. Eski huzurumuza kavuşuruz. Emanete hıyanet etmek dengeleri bozmuşsa eğer, biz yaradılıştan hünsâ birinin dengesini bu hamamda bularak hıyanetimizi temizleriz. Madem ki bu hamam buraya yapılalıberi böldü parçaladı bizi, şimdi bize parçalanmış biri lâzım. Yani madem ki rüya dediğin zıddıyla tâbir olunur, derdimizin dermanı sendedir. Hasıl-ı kelâm, biz tek iken çok olduk; sen çok iken tek olursan salâha kavuşuruz. Marûzâtımız bundan ibarettir. Gayri düşün taşın, kararını ver. Ama çabuk tut elini; mahallemiz zordadır bilesin. Dervişlik sıfatın var. Senden yardım bekleriz, sana yardım etmek üzre."

Pinhan gözlerini kapadı. Dürri Baba geldi gözlerinin önüne. İncecik çekilmiş, mavi bulutlar gökyüzünü kapladı. O mavilikte yağmuru, fırtınayı, ebemkuşağını ve Nuh tufanını gördü. Birdenbire her şeyi anladı. Anladı ki,

"Âdemde dahi dört od mevcuttur. Mide odu, şehvet odu, soğukluk odu ve muhabbet odu. Hem dünyada dahi dört od vardır. Taş odu, ağaç odu, yıldırım odu, Tamu odu. Nasıl ki yedi kat gök var; ten dahi yedi kattır. Et, kan, damar, sinir, süğük, ilik yedi kat göğe benzer.

Hem dünyada ırmaklar var. Amma gözyaşı ırmaklara benzer. Ve hem dünyada dört türlü su var. Evvel safi; ikinci acı; üçüncü koyu; dördüncü yer suyu. Amma tende dahi var: evvel ağız suyu, tatlı... ikinci göz suyu acı... üçüncü kulak suyu... dördüncü burun suyu koyu...

Ve hem dünyada bulutlar, yağmurlar var. Pes kaygu buluda, göz yaşı yağmura benzer. Ve hem artmak eksilmek var. Pes tende dahi kuvvet var. Kimiyerde kuvvet eksilir, kimiyerde artar."[1]

Hal böyle iken dört unsur var insanda. Safra dediğin ateştir; tabiatı sıcak ve kuru. Kan dediğin havadır; tabiatı sıcak ve rutubetli. Balgam dediğin sudur; tabiatı soğuk ve rutubetli. Sevda dediğinse topraktır; tabiatı soğuk ve kuru. Ola ki bu dördünden herhangi biri ötekilere galip gelirse, o vakit vücut hastalanır. Vücudun selâmeti için dördünün muhabbetlerinin aksamaması elzemdir. Aksamaması için de baş dediğin, iki de olsa tek de olsa aşkla yoğrulma-

1. Hacı Bektaş, Makaalat.

ndan ötürü yaradılanı sevmeyi bilmelidir.

Pinhan o vakit anladı ki;
vücudu, şu koskoca varlık âleminin benzeridir. Ve vücudu şehr-i şehir-i İstanbul'un benzeridir. Ve vücudu sittinsenenin Akrep Arif, yeni adıyla Nakş-ı Nigâr mahallesinin benzeridir. Ve nasıl ki kendisi iki başlı ise, işte bu mahalle de iki başlıdır.

Pinhan o vakit anladı ki;
kaçarak, korkarak, saklayarak, bitmez tükenmez can sıkıntılarından mürekkep bir hayatı yaşamak, yaşamak değildir. İnsan ki eşref-i mahlûkattır; bir nebat gibi hissiz yaşamak ona yakışmaz.

Hem ne demişti Dürri Baba?
"Vücudun şehrine gir, onu seyreyle"
dememiş miydi?

Ne söylemişti Dürri Baba?
"Biz nefsimizi silmekten değil
bilmekten yanayız" dememiş miydi?

Ve Pinhan o vakit anladı ki;
vücudun şehrine girme vakti çoktan gelmiştir. Madem ki kaleme alınmamış bir hikâyedir bunca zamandır arayıp durduğu ve Dürri Baba tekkesine taşımayı arzuladığı, işte o hikâyeyi uzaklarda, başka başka diyarlarda değil de kendi içinde, kendi derinliklerinde bulabilir.

Doğuştan sürmeli, iri, simsiyah gözlerini açtı. Altı yaşlı kadın, bir de İsmihan Kadın'ın ruhu, soluklarını tutmuş, dudaklarından dökülecek kelimeleri bekliyorlardı.

"Kabulümdür," dedi Pinhan.

Ka-bu-lüm-dür!

Elem Şehristanı

Hiçbir şeyi yoktu ve olsun da istemiyordu.
Kente, konuşmalara, kitaplara gidiyordu.
Sözcüklere doğru yola çıkıyordu.

Sylvie Germain, Amber Gece

Gece idi; zifiri karanlıktı. Önüsıra ilerleyen kandil olmasa, karanlığa teslim olmaktan başka çaresi kalmamıştı. Gittiği yönü kestiremeden, bastığı yeri göremeden çarnaçar kandili takip ediyordu. İlânihâye süreceğini sandığı ve adını boşluk koyduğu bu yolculuk, kandilin titrek ışığına meydan okuyan bir ışık huzmesinin uzakta görünmesiyle son buldu. Miadını dolduran kandil nazlı bir edayla sönüverdi o anda. Demek ki sonunda varmıştı. Vücudunun şehrine girmek üzereydi. Boynunda asılı duran boynuzu dudaklarına yapıştırıp, vargücüyle üfleyerek, giderek yaklaşmakta olduğunu "oraya" ve "oralılara" haber verdi. O kallavi ses, etrafını ışığa boğmaya yemin etmiş koskoca bir inci tanesini andıran şehrin kurşunî kubbelerinde halkalar çizerek dağıldı, eridi, kül oldu.

Kül dediğin devr-i Yusuf'tan bu yana havaya savrulurdu.

❂

Pinhan yaklaştıkça, şehrin, tepelerin üstüne kurulmuş olduğunu fark ediyordu. Her bir tepeden süzülen ışık demeti, havada öteki demetlerle buluşup, bir renk deryası içinde eriyordu. Gözlerini bu güzellikten alamadan, ayağını ısıran dikenlere, çalılara aldırmadan şehrin eteklerine vardı. İşte o vakit anladı ki dört ayrı yol var önünde; şehre uzanan dört farklı damar.

Vücudun şehrinin etrafı yumurta aklarıyla örülmüş, geçit vermemeye adeta and içmiş kalın duvarlarla çevrilmişti. Köstebek yuvalarıyla dolu toprak yolu, bu duvarların altından lamelif misali kıvrılarak uzanıyordu. İçerisi hayli karanlık olmalıydı. Toprak yolunun ağzında, bir elinde kazma, bir elinde barut kesesi tutan lağımcıbaşı durmuş, Pinhan'ı bekliyordu. Hava yolu duvarların üstünden inişli çıkışlı, engebeli bir patika çiziyordu. Bu yola kalın halatlara tırmanarak giriliyordu. Halatlardan birinde, daha evvelden Pinhan için hazırlanmış büyük, geniş ve bembeyaz kuş kanatları asılıydı. Ateş yolu ise şehrin surlarının tam önünden geçiyordu. En kısa yol ateş yolu idi; lâkin çok tehlikeliydi. Hisarlardaki muhafızlar bir ucu ateşli oklarla koruyordu bu yolu. Alevlerin içinde bir semender, bağdaş kurup oturmuş, Pinhan'ın bir işaretini bekliyordu. Sonuncu yol ise su yoluydu. Şehrin surlarının etrafını bir örümcek ağı gibi örerek, ve kollara ayrılarak dolanıyordu. Hırçınlığı yetmezmiş gibi, her an anayoldan çıkıp tali yollara sapma ihtimalini taşıyordu. Bir yunus balığı ara sıra sulardan kafasını çıkartıp Pinhan'a selâm veriyor, aşk ve niyâz ederek onu yanına çağırıyordu.

Pinhan'ın kaybedecek vakti yoktu. Semendere özenip, en kısa yol olan ateş yolunu tuttu. Hisarın üzerindeki muhafızlar onu görür görmez üzerine ateşli oklar atmaya başladılar. Okların arka uçlarına envai çeşit kuşun kanat tüyleri takılıydı. Tavuskuşlarının, balabanların, şahinlerin, atmacaların tüyleri... Pinhan, semenderin de yardımıyla oklardan sıyrılıp şehristanın kapısına yaklaştı. O esnada ayak ucuna düşen bir ok az kalsın tutuşmasına sebep olacaktı. İki kanadına harfler hakkedilmiş heybetli kapıya dayandı ama kapı ağır ve inatçıydı. Kapıdaki yazıyı sökmeye çalıştı:

Min-el-evvel İl-el-ezel.

Pinhan, o heybetli kapıyı hafifçe iteledi. Kapı kıpırdamadı bile. Bu sefer bir koçbaşıyla kırmaya çalıştı kapının inadını. Baktı ki olmuyor, başını kaldırıp sitemle ona baktı. "Sana bir vakitte kapu hakkı vermiş idim. Ya nedir bu vefâsızlık?" diye haykırdı. Feryadı

şehristanın surlarına çarpıp, havada parçalara ayrıldı. He
ça, yankılanarak geri döndü. Dört bir yandan çığlıkların
ların hücumuna uğrayan Pinhan kulaklarını tıkayıp kıvranmaya başladı. Derken sesler birdenbire kesildi. Şehristanın kapısı ağır ağır açıldı. Pinhan, yerden doğrulup, ateşli okları ve semenderi geride bırakarak bir gölge gibi içeri süzüldü.

İki kanatlı kapı koca bir kitaptı; ilk sayfayı açtı ve okudu.

Kimine kâfi gelir bu ten sûreti
Böyle doğar, böyle sırlanır
Kimine dar gelir bu ten sûreti
Hep arar, savrulur

Kiminin imanı korkudur
"Ve inne rabbeke leşediydül'ikaab"[1]
Kiminin imanı safi aşktır
"Ve ma rabbüke bizallamin lil'abiyd"[2]

Her kim ki aşk için, aşkla yaşar
Aşkı arar, aşkla yanar
İşbu vücud şehrinin
Kapısını aralar

İçerisi bayram yeri gibiydi; tıklım tıklım, cıvıl cıvıl, rengârenk. Orda burda yakılmış ateşler etrafı aydınlatırken, gölgeleri de çoğaltarak, zaten hıncahınç dolu olan meydanı adım atılması güç bir hale getiriyordu. Gölgelere basmamak için hoplaya zıplaya, birbirlerine çarparak geçen iki dirhem bir çekirdek giyinmiş insanları yararak ağır ağır ilerledi Pinhan. Bazı bazı başların ona doğru çevrildiğini, tepeden tırnağa süzüldüğünü görüyor, umursamıyordu.

Varsın baksınlar. İstedikleri kadar baksınlar. Nasıl olsa onlar benim içimdeler. Benden farklı, benden ayrı değiller. Bu şehir benim şehrim.

1. "Gerçekten senin Tanrı'nın azabı çok şiddetlidir" (Ra'd suresi, 6. ayet).
2. "Rabbin kullarına asla zulmedici değildir" (Fussilet suresi, 46. ayet).

Öyle ise neden korkayım ki sizden?
Niçin çekineyim yavuz dilinizden?
Benden ayrı değilsiniz.
Hepiniz vücudum şehrindesiniz.

Pinhan kalabalığa yaklaştı. Omuzların, başların üzerinden, herkesin baktığı yere baktı. O zaman kalabalığın tam orta yerindeki yılanbazı gördü. Merakla, yılanbazı daha yakından görebileceği bir yer bulmaya çalışırken, birkaç kişinin ayağına bastı. En nihayetinde, kel kafalı, kısa boylu, asık suratlı bir adamın arkasında, daha fazla ilerleyemeyeceğini anlayarak durdu. Nasıl olsa bulunduğu yerden yılanbazı görmekte güçlük çekmiyordu. Yılanbaz, sol kulağında iri bir altın halka taşıyan, tepesinde uzun bir saç tutamı sallanan, genç irisi bir zenciydi. Göğsü çıplak, ayakları yalın, elleri büyük ve kemikli, beline sardığı kuşak saf ipektendi. Kan kırmızı dudaklarını kıpırdatarak, ayaklarının dibindeki sepetle konuşuyordu. Derken sepet kıpırdadı ve içinden, simsiyah derisinin üzerinde sarı lekeler barındıran bir yılan başını uzattı. Yılan sürüne sürüne çıkarken, onun ne kadar büyük olduğunu gören kalabalık korkuyla birkaç adım geriledi. Pinhan'sa hiç kıpırdamadan, ona, tıpkı gecenin karanlığında yanıp sönen yıldızlara benzeyen derisine bakıyordu. Sonra, gözlerine takıldı gözleri.

Yılanın gözleri...
Som yeşil, parıltılı, bi-perva gözleri...

Yılan, zenci yılanbazın etrafında birkaç defa döndükten sonra Pinhan'ı fark etti. Garip bir mânâ geldi gözlerine; ona yaklaşmaya başladı sürüne sürüne. Kalabalıktan bir uğultu yükseldi; insanlar korku ile kaçıştılar. Pinhan belki de orada bulunan herkesten daha çok korkuyordu; ama ne öne ne geriye tek bir adım dahi atamıyordu. Yılan yaklaştı, yaklaştı; Pinhan'ın ayaklarına dolanarak yukarıya doğru kıvrılmaya başladı. Kafasını geriye atarak, gözlerini Pinhan'ın gözlerine mıhladı; birbirlerine baktılar.

Biri kıpırdasa, öteki de kıpırdıyor; biri sussa, öteki de susuyordu.

Karşı karşıya durmuş iki ayna gibi, birbirlerini çoğaltarak, birbirlerine akarak duruyorlardı. Aniden, bir yerlerden gizli bir emir almışçasına, gölgeleri yavaş yavaş hareketlendi. Onlar da, yüz yüze durmuş iki ayna gibiydi; ayna içre ayna. Gölgeleri, meydanda yakılan büyükçe bir ateşin etrafında raksettiler. Mor çiçekli bir yabani sarmaşık ve yaşlı, ulu bir ağaç çıktı meydana.

Sarmaşık, sürüne sürüne, kıvrıla kıvrıla ağacın etrafına dolandı– sardı sarmaladı onu– mor çiçekli sarmaşık, ağacı tırmaladı.

Ağaç, inledi, yaralandı, kıvrandı– yarılan kabuklarından kan aktı– ağaç ikiye ayrıldı– içinden bir bebek çıktı.

Bebek, sarışın, pembe yanaklıydı– yumuk yumuktu elleri– gülüyordu– bebek, Karanfil Yorgaki'nin yüzünü taşıyordu.

Pinhan, heyecanlandı– koşup Karanfil Yorgaki'ye sarılmak için atıldı– oyun bozuldu.

Yılan, Pinhan'la aynı anda kıpırdadı– keskin dişlerini açığa çıkarttı– sinsice sokulup, onu sokmak için ağzını açtı.

Pinhan yılanın ağzında dişlenmiş, ısırılmış bir elma buldu. Elma sulu, elma kan kırmızıydı. Düşündü ki, elmanın dişlendiği an, parçalanmışlığın anıydı. Bu bir veda anıydı. Öyle ise utanç değil, sade hüzün; silme hüzün; tepeden tırnağa hüzün... Anladı ki yılanın gözleri, som yeşil, parıltılı, bî-perva gözleri, parçalanmışlığı, ayrılığı anlatıyordu. Yılanın gözleri o dosttan ayrı düşmenin hüznünü anlatıyordu.

O esnada yılan dişlerini geçirdi; soktu onu.
Zehir kana karıştı.

Pinhan meydandan koşarak ayrılıp, ara sokaklara daldı. Sokaklar daracık, ince ve uzundu; kıvrılıp dolanıyorlardı şehrin bağrında. Bir kenarlarından kirli yağmur suları yerine, kan akıyordu. Sokaklar damardandı. Ve bu şehirde, çıkmaz sokak yoktu. Bu muammâengiz şehrin kendisi bir çıkmaz şehir iken, bir de çıkmaz sokaklara lüzum yoktu.

Yavaşladı. Zehir etkisini göstermeye başlamıştı. Başı dönüyor, dili şişiyordu. Her biri birer dükkân olan iç organların yanından geçti.

Bazı dükkânların önlerinde birkaç bezgin kişi toplanmış, çene çalıyorlardı. Az ötede harıl harıl çalışan karaciğer, âlicenap bir meyhaneydi. Buradan dışarıya dökülen damacanalar dolusu gül renkli şarap, sokakların kenarından akan kana karışıp, kırmızıyı bulandırıyordu. Meyhanenin kapısındaki çıngırağın çaldığını işiten Pinhan, vaktin ne kadar geç olduğunu anladı. Peki ya ne için geç? Nereye yetişiyordu?

Ayakları birbirine dolanıyor, yürümekte bir hayli güçlük çekiyordu artık. Düşe kalka, yalpalaya yalpalaya birkaç sokak daha geçti. Ve kendini kocaman bir hamamın içinde buldu. Şehrin alt bölgesinde kurulmuş olan bu hamamın külhanı o kadar sıcaktı, o kadar huzurluydu ki, insan ona teslim olduğu takdirde asla ölmeyeceğini sanabilirdi. Pinhan ıslak, ışıltılı mermer zeminde kayarak sıcaklığa ulaştı. Burada akan sular, basamak basamak alçalan kurnalara dökülüyordu. Sıcaklığın bir köşesinde pirinç bir çeşme su fışkırtıyor; öteki köşesinde mermer bir çukur bu suları emiyordu. Kurnalar ikisinin arasına dizilmiş, suları birinden yekdiğerine aktarma vazifesi görüyordu. Pinhan bir pirinç çeşmeye baktı, bir mermer çukura. İkisinden birini kapamaya karar verdi. Ama hangisini?

Sanki niyetini anlamışlardı. Pirinç çeşme hızla su fışkırtırken, mermer çukur korkunç bir gürültüyle suları emiyor, yutuyordu. İkisi de hayatta kalmak istiyordu.

Yılanın akıttığı zehir, vücudun şehrinin sokaklarından akan kana karışmaya ve gül renkli şarabı, kırmızı kanı, çeşit çeşit suyu, som yeşile boyamaya hazırlanmaktaydı. Ölümün yeşiline...

❂

Altı kocakarı, göbektaşında titreyen vücuda kaygıyla baktılar. Kevser nine kulak hırsızlığından elleri boş dönmüş; Macuncu Makbule hamamın sıcağında macunlarının eriyebileceğini hiç hesaba katmamış; Sidikli Safiye ile Hoyrat Hacer ilk defa bir faldan aynı mânâyı çıkartmış olmanın verdiği şaşkınlıkla suspus olmuş; mecâzistân haritası tam orta yerinden yırtılan Şebgir Kamer bir uçurumun eşiğinde kalakalmış; Bedrenk Asiye'nin elindeki nazar boncukları bir

bir çatlayarak yerlere saçılmıştı. Ellerinden bir şey gelmiyordu.

En kötüsü beklemekti.

❂

Pinhan terden sırılsıklam olmuştu; ama üşüyor, titriyordu. Buz gibiydi elleri, ayakları. Siyah halelerle çevrilmiş doğuştan sürmeli gözlerinin önünde, sapsarı başı, yemyeşil gözleri, ışıltılı çehresiyle Karanfil Yorgaki duruyordu. Çehre giderek bulanıklaşıyor, en nihayetinde Dürri Baba'nın incecik, masmavi bulutları yeri göğü kaplıyordu. Sapanlar, elmalar, keşküller, inciler, şarap kadehleri, fısıltılar, çığlıklar, geceler ve gündüzler birbirine karışıyor; her şeyi hatırlama çabası içinde hiçbir şeyi tam olarak hatırlayamıyordu. Hafıza ile hayal, geçmiş ve gelecek karındaş olduklarını anladıklarından olsa gerek, içiçe girmiş, kucaklaşmış, birbirlerinin içinde erimeye başlamışlardı.

Sular yükseliyordu. Pirinç çeşme öfkeliydi.
Sular alçalıyordu. Mermer çukur inatçıydı.

Yılanın akıttığı zehir, onlar çekişirken bir fırsatını kollayıp, silahını çekerek sokakları bastı. Şehrin nabzı hızla atmaya başladı. Pinhan, son bir gayretle atıldı. Pirinç çeşme ve mermer çukur korkuyla geri çekildiler. O hengâmede hangisinin ağzını kapattığını, soluğunu kestiğini anlayamadı. Külçe gibi yere yığılırken, boğuk bir inleme çıktı dudaklarının arasından.

❂

İsimler büyülüdür.
Sade büyülü mü, isimler hem de büyücüdür.

İsmi gibi saklı idi sırrı.
Gün geldi, vücudun şehri zehirlendi.

O tufan dinip de zehirli sular çekildiğinde, toz duman dindiğinde, geride, yıkıntıların arasında baygın yatan uzun saçlı bir kadın kaldı. Altı kocakarı onu kucaklayıp, tıpkı bir lohusa hamamındaymış gibi yumurta kabuklarıyla ve baldırıkara otuyla ovdular vücudunun her bir karesini. Bildikleri her şeyi, ellerinden gelen her şeyi yaptılar onu kendine getirebilmek için. Gözyaşları içinde dua ettiler. Onu bu halde görmek, mahallelerinin kurtuluşuna sevinmelerine mâni oluyordu. Sevinmek şöyle dursun, olup bitenden kendilerini mesul tutarak vicdan azabı çekiyorlardı.

Saatler sonra, genç kadın ağır ağır, doğuştan sürmeli, simsiyah, iri gözlerini açtı. Kevser nine kurumuş dudaklarına su damlattı.

Uzun, dalgalı saçlı kadın, şefkatle ve kaygıyla ona bakan kocakarıların içlerine su serpmek için kuvvetini toplayıp, gülümsedi. Hâlâ onları altı haylaz çocuğa benzetiyordu; oynadıkları oyunun kurallarını unutup, kendi kendilerini sobeleyen çocuklara.

Firar yolları

Ey gönlüm, seni küçük utançtan ve
kuytular erdeminden arıttım, seni
güneşin önünde çıplak durmaya kandırdım.

Böyle Buyurdu Zerdüşt,
"Büyük Özlem Üstüne"

Denizli Kadısı'na hükmüm ki,

Denizli kazasında Dürri Baba tekkesinde toplanmış olan Hikâyeciler tâifesi duyduk ki, sapkınlık ve dalâlet ve memleketi dinden saptırmak üzre olup, İstanbul'dan kaçırılan zındık kitabı saklamakta, şer-i şeriften sapmakta, küfr ü ilhâd içinde olmakta, saz ve söz ile fisk-u fücûr edip, namaz kılmazmış.

Hakikatin açığa çıkması içün, tebdil-i kıyafet edip Dürri Baba tekkesine varıp Hikâyeciler tâifesine isnâd edilen sapkınlık, mülhidlik ve dalâletin aslı var mıdır, nicedir göresin. Zındık kitabı bulasın. Sapkınlıkları sabit olanları hapsedup, tekkenin faaliyetlerini tez zamanda durdurasın.

✪

Taş köprünün tam orta yerinde durdu. Artık biliyordu ki ne geriye ne ileriye hangi yöne adım atarsa atsın, karşısında hikâyesini bulacaktı. Biliyordu ki görüp geçirdiği her bir acıyı ve her bir saadeti tekrar ve tekrar yaşayacaktı. Her kuşluk vakti ferahlayıp kanat çırpan yüreği, her akşam vakti sıkışacaktı. Yaşanan, yaşanılan ve aslolan tekerrürdü; ve tekerrürde hiçbir şey baki kalamazdı. Öyle ise dönüp durmalı halka diye düşündü. Nesim-i seherde tazelemeli yüreğimi, öğle güneşinde lime lime etmeli etlerimi, günbatımlarında bir bir toplamalı oraya buraya dağılmış parçalarımı, yıldızların altında tekrar ete kemiğe büründürmeli beni. Dönmeli ki ben, ben olmaktan çıkayım. Toprağa karıştığımda yabani bir ot olup boyvereyim; dönmeli ki otu alıp kaynatmalı başka başka insanlar; dönmeli ki şifa niyetine içsinler beni, hastalıklarına deva, yaralarına merhem olayım. Dönmeli ki ölümlerden hayat doğsun. Dönmeli ki başka başka demlerde, başka başka sıfatlarda vücut bulayım. Dönmeli ki her dem başka bir sûret ile geleyim.

Halka dediğin dönmez ise
kendini yer bitirir;
Bir yılan ki
kuyruğunu ısırır.
Yılanın gözleri
işte bunu hatırlatır.

Öyle ise/ köprü dediğin sahte/ bir ayağı orada/ bir ayağı burada/ iki ayrı isim taşır/ iki tarafında/ helak eder kendini/ ikibaşlılığını saklayabilmek için/ gerim gerim gerilirken derisi/ çatır çatır ederken kemikleri/ birer birer dökülsün daha iyi/ taştan etleri/ varsın/ köprü yıkılsın/ ne geçmişte / ne gelecekte/ hemen şu an yıkılsın/ bir ismi/ öteki isme/ bağlamak yerine/ tez elden/ suya karışsın/ varsın/ köprü dediğin/ su olsun...

Dağ, tepe/ bayır, ova/ su ve toprak/ ateş ve hava/ senin kokunla yoğrulmuş/ buram buram sen kokmakta/ her nefeste/ her iç çekişte/ ve her özlemde/ seni/ sade seni/ soluyorum/ senin karşında utanmaktan değil/ seni utandırmaktan/ korkuyorum/ öyle bir sapa yola/ soktun ki/ beni/ öyle bir yolda rehberlik ettin ki/ hep ışığı görmemek için/ görüp de/ gün ortasında çırılçıplak kalmamak için/ yalvardım durdum/ en nihayetinde/ dönüp dolaşıp vardığım yerde/ senden/ bir senden/ uzak düştüm/ ayrı düştüm/ belki de ilk kez/ o zaman bölündüm...

Bugün sana nazım geçmedi.
Yazık ki bu demde sana nazım geçmedi.
De bana, vuslatımıza daha çok var mı?

Hani halkanın ucunda/ kavuşacaktım sana/ hani bir iken ayrı düşmüştük/ ve çok iken bir olacaktık sonunda/ çoktan razı idim oysa/ razı idim gecenin matemine/ karanlığı fırsat bilene/ ve korkaklığıma/ ve karabasanlarıma/ oyun oynar gibi yaşar giderdim/ kuş avlardım/ kuşları deli gibi kıskanırdım ya/ bırakmadın/ bırakmadın ki kendimden kaçayım/ koyvermedin/ koyvermedin ki sürsün bu devran

Döndü halka/ döndü olanca hızıyla/ toprak ki siyah bir halka idi/ ve geceye saklanırdı bazen/ tuttu su ile karıştı/ su ki sarı bir halka idi/ rengiyle dalaşırdı bazen/ tuttu toprağı kucakladı/ eğildim suya baktım/ suda kendimi gördüm/ kendimi sen sandım/ sarılmak için atıldım/ köprüye hıncım yalan imiş/ onu yıkarken suya karışan/ ben oldum

Balçıktan çıktım ben/ balçıktan yoğurdum kendimi/ içerdeki dışa taştı/ dıştaki içe çekildi/ görünen görünmeyene sataştı/ görünmeyen görünene diş biledi/ siyah halka/ sarı halka ile yer değiştirdi/ çekildim bir köşeye/ sessiz sedasız/ baktım olan bitene/ seni gördüm kaderimde/ ebrunun halkalarını saydım/ tastamam dört etti/ halkalardaki kıvrımları hesapladım/ tastamam senin ismin etti/ isminin yanına beni de kazı dedim/ boyalar isyan etti

Bir de baktım ki/ ben ben değilim artık/ sûretim başka bir sûret/ ismim bir başkasının ismi/ gönlüm ne yöne akar/ ben ne yöne/ verdiğin emaneti yitirdim yollarda/ hata ettim/ kusur ettim/ affola...

İsimler ki büyülüdür/ sade büyülü mü/ isimler hem de büyücüdür/ sanmam ki çıkmış olsun hatırından/ ismini "fasl-ı hazan" koyalım/ söndüğü yerde aradığını bulasın/ lâkin fasl-ı hazan demek/ fasl-ı hüzün demek/ söndüğü yerde/ sana kavuşmam gerek/ onun söndüğü yerde/ benim tutuşmam gerek...

Uzun, dalgalı saçlı kadın taş köprünün ayağında kan kırmızı bir gül gördü. "Belki de bugün Hıdrellez'dir," diye geçirdi aklından. Bugünün Hıdrellez olmasını her şeyden çok istedi. Eğildi; içine çekti gülün kokusunu. Sonra saçlarından bir tutam kesip güle bağladı; dikenler battı parmağına; ama hiç kan akmadı. Güle bakıp "al bunun rengini, ver senin rengini," dedi. Gül hiç nazlanmadı. Kadın ayağa kalktığında uzun, dalgalı saçları tepeden tırnağa kızıla boyanmıştı.

Kızıl saçlı kadın, tekkeye vardığında bir harabe buldu karşısında. Dürri Baba tekkesi yıkılmış, tarumar edilmişti. O canım bahçeyi yabani otlar bürümüş; toprağın üzeri, kararıp çürümüş meyvelerle kaplanmıştı. Bir zamanlar o füsunkâr kuşun dallarında içli içli öttüğü elma ağacınının yapraklarını böcekler kemirip delik deşik etmişti. Bahçenin bu metrûk ve mahzûn halini kendi haline benzetirken, buruk bir gülümseme yerleşti dudaklarına. Remizler ve harfler topladı topraktan; remizler ve harfler saçtı ortalığa. Bir başka baharda gelip derecekti onları. Bir başka baharda...

Tekkeye girdi. Ortalık darmadağındı. Tanıdık eşyalar buldu yıkıntıların arasında; Dertli Hagopik'in siyah minelerini, Dulhani Hasan'ın sapı kırılmış kahve fincanını, Kul Hüseyin ile Budala Tosun'un hikâyelerinden artakalan tamamlanmamış sözleri görür görmez tanıdı. Neden hayatta kalmak istemişlerdi ki onları var edenler, onlara hayat verenler olmayınca?

Ağır ağır yürüyerek o uzun, loş koridoru geçti. Dürri Baba'nın ebru yaptığı odaya girdiğinde bir köşede duran ceviz sandığı buldu. Ona sarılıp uzun uzun ağladı. O ketûm sandık da insafa gelmiş, Pinhan'la beraber gözyaşı dökmekteydi. Pinhan, çok geçmeden sandıkla beraber çıktı tekkenin yıkıntılarından. Dereye doğru yürüdü. Sandığı alıp dereye attı; atar atmaz da, hafızasına küs sandığın senelerdir kapalı duran ağzı açıldı, içinden bir kitap çıktı. Dere öylesine hızlı sürüklüyordu ki sandığı, Pinhan kitabın kapağında ne yazdığını okumaya vakit bulamadı.

İşte hepsi, hepsi bu kadardı. Yılanın akıttığı zehrin ona tanıdığı müddet dolmuştu. Kanı çekildi; bir çiçek gibi kurudu.

✿

Karanfil Yorgaki, avcunun içinde sımsıkı tuttuğu inci tanesiyle Pinhan'ın peşinden gelmişti. İnciyi alabilmek için elinden geleni yapmış; aldıktan sonra da Pinhan'ın izini sürerek, yolboyu onun bıraktığı kokuları takip ederek buraya kadar gelmeyi başarmıştı. Sabah uyanıp da Pinhan'ı yanıbaşında bulamadığında, onun peşinden, onun uğruna, Cüce Cafer'e dil dökmüş, Akrep Arif mahallesine varıp kocakarılardan hakikati öğrenmiş, sevdiğinin Dürri Baba tekkesine geri döndüğünü tahmin etmekte gecikmeden, ağlana sızlana yollara düşmüştü.

Kızıl saçlı kadının cansız bedenini derenin yanında buldu. İncitmekten korkarcasına dikkatle kucaklayıp, harabeye dönen tekkenin arka bahçesindeki mezarlığa kadar taşıdı onu. Elleriyle kazdı toprağı. Çıkardığı her toprak, yüreğinden bir şeyler söküyordu sanki. Bir de mezar taşı yaptı. Pinhan'a veremediği ve şimdi güneşin altında pırıl pırıl parlayan inci tanesini mezar taşındaki oyuğa yerleştirdi. Taşın üstüne şu mısraları yazdı.

Periden güzel huriden müstesnâ
Sebebi envai bela türlü cefâ
Yedi düvel çehrene müptelâ
Ben garip âşık-ı şeydâ iken
Terk-i can etmen revâ mı bana

Bî-vefâ, bî-vefâ, bî-vefâ

Karanfil Yorgaki geceyi mezarın başında geçirdi. Hava kararırken, inci tanesinin de karardığına ve kuşluk vaktinde tekrar ışıldadığına tanık oldu. İnci pırıl pırılken çıkmak istedi yola. Sabaha karşı, kalkıp gitmeye hazırlanırken, gökyüzünde halkalar çizen bir kuş dikkatini çekti. Kuş alçaldığında, siyahlı sarılı gövdesinin üstünde mavi şeritler ve şarabi lekeler olduğunu fark etti. Bu garip kuş bir ara o kadar alçaktan uçmaya başladı ki, Karanfil Yorgaki onun gözlerini görebildi; mavi bulutlu gözlerini ve o gözlerde biriken yaşları...

Karanfil Yorgaki, son bir kez geriye dönüp baktı. Tuz kesilmedi; ne de taş. Ne sitem vardı gözlerinde; ne de yaş. Adeta bir sır verir gibi, "Bekle beni," dedi fısıltıyla.

"Bekle!"

EK

Biyografi
Söyleşi
Görüşler

Biyografi

Strasbourg doğumlu Elif Şafak, çocukluğunu ve gençliğini Ankara, Madrid, Amman, Köln, İstanbul, Boston, Michigan ve Arizona'da geçirdi. ODTÜ Uluslararası İlişkiler Bölümü'nü bitirdi, yüksek lisansını aynı üniversitede Kadın Çalışmaları Bölümü'nde, doktorasını ise siyasetbilimi alanında tamamladı. İlk romanı *Pinhan*'la 1998 Mevlâna Büyük Ödülü'nü aldı. Bunu, *Şehrin Aynaları* (1999) ve Türkiye Yazarlar Birliği Ödülü'nü kazandığı *Mahrem* izledi (2000). Ardından her ikisi de çok satan ve geniş bir okur kitlesine ulaşan *Bit Palas* (2002) ve İngilizce kaleme aldığı *Araf* (2004) yayımlandı. *Med-Cezir*'de (2005) kadınlık, kimlik, kültürel bölünme, dil ve edebiyat konulu yazılarını topladı. 2006'da senenin en çok okunan kitabı olan *Baba ve Piç* yayımlandı. Ardından aylarca satış listelerinden inmeyen ilk otobiyografik kitabı *Siyah Süt*'ü yazdı. Doğan Kitap tarafından 2009 Martı'nda yayımlanan *Aşk*, Türk yayıncılık dünyasında önemli bir rekora imza atarak, en kısa sürede en çok satan roman oldu.

Tüm eserlerinden seçkiler niteliğinde olan *Kâğıt Helva* (2009), gazete yazılarından derlediği *Firarperest* (2010), İngiltere'ye göç etmiş Türkiyeli bir ailenin dramını anlattığı *İskender* (2011), yine gazete yazılarından derlediği *Şemspare* (2012), 16. yüzyıl İstanbulu'nu kaleme aldığı romanı *Ustam ve Ben* (2013), aşk, inanç ve dostluk ekseninde üç kadının hikâyesini anlattığı *Havva'nın Üç Kızı* (2016) Doğan Kitap tarafından yayımlandı.

2010 yılında Fransa'nın Sanat ve Edebiyat Şövalyesi nişanına layık görülen, eserleri kırkın üzerinde dile çevrilen ve *The New York Times, The Financial Times, The Guardian, La Repubblica* gibi önde gelen yayın organlarına makaleler yazan Elif Şafak'ın romanları, Penguin, Random House, Rizzoli, Flammarion, Kein&Aber gibi dünyanın en önemli yayınevleri tarafından yayımlanmaktadır.

www.elifsafak.com.tr
http://www.facebook.com/elifshafak
http://www.twitter.com/Elif_Safak

***Pinhan*'ı yazma kararını nasıl aldınız?**

Tüm kitaplarım arasında ilk romanım *Pinh*
özel bir yeri var benim için. Kendi edebiyatçılığımda
milat, bir dönemeç olarak görüyorum. Öyle oturup bir "karar" alarak kitaba başlamadım. O dönemde zaten çok yoğun olarak tasavvuf okuyor, tasavvuf soluyor ve hayata hep hikâyeler üzerinden bakıyordum. Âdeta elimde olmayan güçlü bir akıntı beni bu hikâyeyi yazmaya yönlendirdi. Romana başladığımda tam olarak ne yazacağımı bilmiyordum. Kendimi yazının akışına bıraktım. Kitaptaki her bir karakteri hayal ederek ve severek yazdım... Sadece anlattığım konu ve karakterlere değil, dile ve üsluba da büyük önem vererek, Türkçenin ritmini yüreğimde duyarak yazdım. Bu benim bir başka dile çevrilmesi en zor kitabım.

Tasavvuf, daha ilk romanınızda önemli bir yer tutuyor. Tasavvufa ilginiz nasıl başladı?

Tuhaf gelecek ama bu sorunun cevabını ben de bilmiyorum. Tasavvuf benim etrafımdan görüp duyduğum ya da aileden aldığım bir kültür değildi. Kendi arkadaşlarım ve sosyal çevremle alakası yoktu. Öyle bir ortamda neden, nasıl bu kadar yoğun bir ilgi duydum, ben de bilmiyorum. Tek bildiğim, ta en başından beri bu kişisel bir yolculuktu. Bana tasavvufun kapısını kitaplar açtı. Bu konularda okumaya başladım. Abdülbaki Gölpınarlı, Annemarie Schimmel, Ahmet Yaşar Ocak... Okudukça açlığım azalacağına arttı. Zamanla akıldan kalbe indi; "aklen" değil "kalben" bağlandığım bir boyut aldı. Bence tasavvufun manyetik bir çağrısı var. Bu çağrıyı tüm dünyada bazı insanlar duyuyor, bazı insanlar duymuyor. Niye bunlar duyuyor da ötekiler duymuyor, bilmiyorum. Ama duyanlar kalkıp dünyanın bir ucundan geliyor. O yüzden tasavvuf bir "merak konusu"ndan ibaret değil. Hayatlarımıza değdiği andan itibaren bizi değiştiriyor, bir uzun içsel yolculuğa çıkartıyor.

***Pinhan* da *Aşk* gibi bir arayışın romanı. O zamandan bu zamana bir şeyler değişti mi? Kahramanların ya da sizin arayışınıza dair...**

Pinhan ile *Aşk* benzer bir gönülle yazılmış ama özünde çok farklı kitaplar. Roman tekniği açısından farklılar. Dilleri, üslupları, enerjileri, renkleri tamamen değişik. Çünkü benim hayatımın farklı dönemlerinde yazıldılar. Yolculuğumun ayrı duraklarında kaleme alındılar. Bu iki kitabın yazarı hem aynı hem aynı değil. Öte yandan şuna çok inanıyorum: Her iki roman arasındaki köprüleri de, farklılıkları da en isabetli şekilde tespit edebilecek olan okurdur. Ben kendimi objektif bir şekilde değerlendiremem. Ama okurlar her iki roman arasındaki seyrüseferi analiz edebilir.

Hep *Pinhan*'ın okurlarınız nezdinde ayrı bir yeri olduğu söylenir. İlk baskısından on iki yıl sonra tekrar listelere girmesinin de bir nedeni olmalı. *Pinhan*'ı özel yapan nedir sizce?

Pinhan'ın okurlar nezdinde çok ayrı bir yeri olduğunu senelerdir görüyor ve tecrübe ediyorum. "Yazdıklarınız arasında en çok *Pinhan*'ı seviyorum" diyen bir okur kesimi var. Bunlar genellikle gençler. Her meslekten, her kesimden. Çok ayrı bir okur grubu bu. Hayata bakışları olgun, beklentileri yüksek, kriterleri billur. Aslında bir yazarın en çok korktuğu okur kesimidir bu. Ben onlardan çok şey öğreniyorum. İlk romanımdan bu yana beni sadakatle okuyan bir okur kesiminin olmasını *Pinhan*'a borçluyum. Hiçbir kitabım *Pinhan* kadar tutkulu ve sadık bir okur kesimi yaratmadı. Birçok kitabın bir "zamanlaması" vardır. *Pinhan* öyle bir kitap değil. O zamanın kıyısında duran bir kitap, bu yüzden ne moda olabilir ne de eskiyebilir.

Bir ilk roman olarak *Pinhan*'ı nasıl kurguladınız?

Pinhan'ı yazmaya başladığımda 24 yaşındaydım. Çok gençtim, endişeliydim ve henüz hiçbir romanım yayımlanmamıştı. Heyecanla, kalp çarpıntılarıyla, aşkla, esriklikle yazdım. Oturup aklımla bir kurgu yapmak yerine sezgilerimle yazdım. Tabii o zamanlar edebiyat dünyasını da, kültürel eliti de tanımıyordum. İstanbul'u bilmiyordum. Hayatının epey kısmı yurtdışında geçmiş, Ankara'da okuyan bir üniversite öğrencisiydim. Dolayısıyla "Eleştirmenler ne der, başka yazarlar nasıl karşılar, filanca gazeteci ne der?" gibi kaygılarım hiç olmadı. Acemiliğimden güç, gençliğimden feyz aldım. Eve kapandım, yemeyi içmeyi bıraktım, perdeleri kapadım ve yazdım yazdım yazdım.

***Pinhan*'ı yazmamış olsaydınız, şimdi yazar mıydınız?**

Pinhan'ı şimdi yazamam çünkü Pinhan'ı yazan 24 yaşındaki BEN ile Aşk'ı yazan 37 yaşındaki BEN aynı değil. İkisi arasında ortaklıklar olmakla beraber kimyalar tamamen farklı. Mutasavvıflar diyor ki "Her an başka bir şan üstüne kurulu. Ve Sufi, şu anın oğlu, şu anın kızı..." Ben de böyle bakmaktan yanayım.

DK'da yayımlanmış kitapları

Pinhan

Elif Şafak'ın en ayırt edici özelliği kullandığı dil. Çok eski zamanlardan çıkıp gelmiş, günlük dile ya da eski edebi yapıtlara hapis kaldığını düşündüğümüz sözcükleri kullanarak yoğun, kendi metaforlarını üreten, her biri birer anlam yumağı cümlelerle örülü bir dil kullanır. Vereceği lezzet garantilidir.

Cem Erciyes

Şehrin Aynaları

Aynalar şehrine geldim çünkü benim hikâyemin önünü, benden evvel kaleme alınmış bir başka hikâye tıkıyor. Aynalar şehrindeyim çünkü bir kez şu bendi yıkabilsem sular çatlayacak, deli deli akacak; hissediyorum. Aynalar şehrindeyim çünkü ben bir korkağım; ve ne olduğunu bilen her korkak gibi, bu sırrı kendime saklıyorum.

Mahrem

Öyle güzel ki uçmak... Öyle güzel ki tüyden hafif, uçurtmadan serseri, buhardan oynak, toz zerresinden kıvrak, kar tanesinden savruk olabilmek gökkubbede. Niyetim daha, daha da yükseklere çıkmak. (...)

Mahrem 2000 yılında Türkiye Yazarlar Birliği Ödülü'nü aldı.

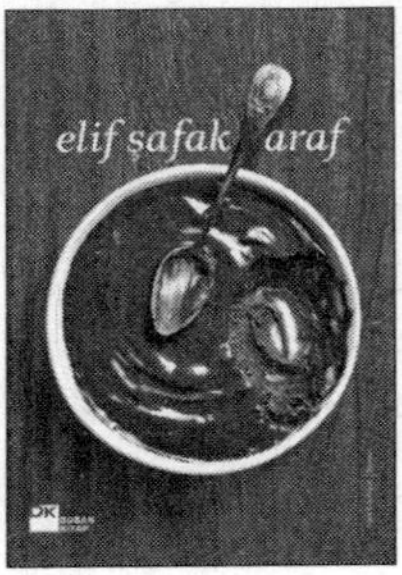

Araf

İyi de bir insana neden ömür boyu geçerli olacak şekilde tek bir isim veriliyordu başka bir isim de verilebilecekken, hatta isminin harfleri karıştırılıp aynı isimden yenileri türetilebilecekken? Kendimiz de dahil etrafımızdaki her şeyi yeniden adlandırma şansı ne zaman alınmıştı elimizden?

Med-Cezir

"Elif Şafak'ı yalnız romanlarından tanıyanlara, kafalarındaki fotoğrafın eksik karelerini tamamlamak için *Med-Cezir*'deki yazıları okumalarını salık veririm. Burada kanlı canlı, öfkesiyle, inadıyla, kırılganlığıyla, tutkularıyla velhasıl renginin bütün tonlarıyla Elif Şafak var."

Ali Çolak

Bit Palas

Edebi ve yazınsal başarısı, Türk kimliğini ve ülkenin tarihine yaklaşımını edebiyat yoluyla yeniden tanımlayan genç kuşak yazarlar arasında Şafak'ı temsilci olarak öne çıkarıyor... Bu roman enerji dolu ve gizemli bir yolculuğa davet ediyor insanı; tutkuyla, gülmeceyle ve Türkiye'ye dair bir dolu fotoğraf karesiyle...

The Independent

Baba ve Piç

Türk edebiyatçılarının şimdiye kadar görmezden geldikleri bir konuyu, Ermeni meselesini işliyor yazar Elif Şafak son romanı *Baba ve Piç*'te. 1915'te ne oldu, sorusunun cevabından çok, Diaspora Ermenilerinin ve Türklerin bugün bu olaya nasıl baktıklarını, hatırlamak ve hafızasızlık kavramları üzerinden anlatıyor yazar.

İhsan Yılmaz

Siyah Süt

Bu kitap okunur okunmaz unutulmak için yazıldı. Suya yazı yazar gibi...
Siyah Süt kadınlığın, kadınların hayatının kasvetli ve karanlık ama son tahlilde geçici bir dönemiyle ilgili. Birdenbire gelen ve geldiği gibi hızla dalgalar halinde çekile çekile giden bir haletiruhiye burada incelenen. Bu kitap bir nevi tanıklık. Otobiyografik bir roman.

Aşk

"Cümlelerin güzelliği, dili inanılmaz bir yaratıcılıkla kullanıyor olması ve bunu şimdiye kadar yazdığı her şeyden üstün bir şekilde becermiş olması, bu romanı tek kelimeyle olağanüstü yapıyor. Yazarın kişiliğini en saf biçimiyle görebileceğimiz bir yapıt çıkarmış ortaya."

Asuman Kafaoğlu Büke

Kâğıt Helva

(...) Derken o yolculukta bir an geliyor, durup geriye bakma gereği duyuyorum. Geçtiğim yolları, uğradığım durakları, güzergâh boyu karşılaştıklarımı anımsıyorum. Bu kitap dünden bugüne yazdıklarımdan ufacık bir seçkidir. Bir alıntılar kitabı. Karın doyursun diye değil, tadımlık niyetine.

Firarperest

İnsan ki eşrefi mahlukattır, içindeki semavi özü keşfetmekle yükümlüdür. Çıkacaksın yollara, kendine doğru git gidebildiğin kadar.
Keşif boynumuzun borcudur. Kendimizi keşfetmek, aşkı keşfetmek, dünyayı keşfetmek, ötekini keşfetmek...

İskender

Aşkı aramadan evvel düşün bir, ya benden nasıl bir âşık olur? İnsanın sevdası karakterinin yansımasıdır. Sen kavgacı isen, ha bire öfkeli, aşkı da bir cenk gibi yaşarsın. Gönlü pak olanın sevgisi de saf olur.
Şu hayatta insan en çok sevdiklerini acıtır. En derin yaralar ailede açılır. Kabuk tutsa bile kanar hikâye içten içe...

Şemspare

Kararır gökyüzü bazen; kasvetli bulutlar kaplar semayı. Hayatın ritmi durağanlaşır, sohbetler bildikleşir, içimizde birikir yalnızlık hissi. Nasıl özleriz güneşi o zaman, griler içinde aradığımız bir tutam renk demeti. Peri tozu gibi, inceden.
Gönülden yazılmış her roman, her hikâye, her kelime bir şemsparedir... Güneş parçası...

Ustam ve Ben

Elif Şafak'ın tüm külliyatını okumuş biri olarak diyebilirim ki, bu roman yazarın "ustalık" dönemi işlerinden biri. Öncelikle, büyük bir işçilik var içinde. 16. yy İstanbul'unu seslerinden, kokusuna, iktidar kavgalarından, hareminden Hürrem'ine, çok kültürlülüğünden, salgın hastalıklarına, yangınlarına kadar dev bir sahnede, müthiş bir koreografi içinde izliyoruz.

Filiz Aygündüz

Sakız Sardunya

Eğlenceli, eğitici ve öğretici bir kitap. Elif Şafak imzalı bir çocuk romanı. Her zamanki Elif Şafak romanlarından farklı bir dili var. Ama çocuksu bir dille yazmamış. Karmaşık cümlelerden kaçınmış, ama basitleştirmemiş. Çocukların zekâsına ve yaratıcılığına saygı göstererek kaleme almış. Sadece çocuklar değil büyükler de okumalı. Hatta çocuklarla büyükler birlikte okumalı.

Ayşe Arman

Havva'nın Üç Kızı

Ben ne annem gibi dindarım, ne babam gibi kâinatın, beş duyumla kavradığım şeylerden ibaret olduğuna kaniyim. Öyleyse ben neredeyim? Ne mutlak dindarlığa, ne de mutlak akılcılığa dahil olmak isteyenler için bir başka yaklaşım, yeni bir varoluş şekli yok mu acaba? Bir üçüncü yol mesela? Kim bilir?

http://www.facebook.com/elifshafak
http://www.twitter.com/Elif_Safak